RACHE AN DER RIVIERA

Der Autor, Jahrgang 1965, schreibt unter dem Pseudonym Luca Ferraro. Er lebt mit seiner Frau in Berlin und Ligurien. Nach dem Studium der Politologie und Amerikanistik arbeitete er zunächst als Reporter für Zeitungen und Magazine, seit Ende der neunziger Jahre dreht er als Autor und Regisseur Reportagen für das Fernsehen.

LUCA FERRARO

RACHE AN DER RIVIERA

Kriminalroman

emons:

Lust auf mehr? Laden Sie sich die »LChoice«-App
runter, scannen Sie den QR-Code und bestellen Sie
weitere Bücher direkt in Ihrer Buchhandlung.

Bibliografische Information der Deutschen Nationalbibliothek
Die Deutsche Nationalbibliothek verzeichnet diese Publikation
in der Deutschen Nationalbibliografie; detaillierte bibliografische
Daten sind im Internet über http://dnb.d-nb.de abrufbar.

© Emons Verlag GmbH
Alle Rechte vorbehalten
Umschlagmotiv: Montage aus mauritius images/Realy Easy Star/
Toni Spagone/Alamy, shutterstock.com/kuzmaphoto
Umschlaggestaltung: Nina Schäfer
Gestaltung Innenteil: César Satz & Grafik GmbH, Köln
Lektorat: Susann Säuberlich, Neubiberg
Druck und Bindung: CPI – Clausen & Bosse, Leck
Printed in Germany 2020
ISBN 978-3-7408-0779-5
Komplett überarbeitete Neuausgabe
Die Originalausgabe erschien 2015 unter dem Titel
»Tod an der Riviera« bei der epubli GmbH.

Unser Newsletter informiert Sie
regelmäßig über Neues von emons:
Kostenlos bestellen unter
www.emons-verlag.de

Prolog

Der Mann öffnete die Tür zur heiligen Kammer. Vier armdicke weiße Kerzen tauchten den winzigen Raum in flackerndes Licht. Vor dem Altar kniete die Frau, mit dem Rücken zu ihm. Wie immer hatte sie nichts zwischen ihre Knie und den kalten Schieferboden gelegt. »Kälte härtet dich ab. Schmerz macht dich stark.« Wie oft hatte er diese Worte gehört.

Er betrat das Zimmer, schloss die schwere Holztür hinter sich und schob den Riegel vor. Die Frau reagierte nicht. Er wusste, dass sie ihren Rosenkranz in den Händen hielt, hörte das Klappern der Perlen und ihr heiseres Flüstern: »Heilige Maria, Muttergottes, bitte für uns Sünder.« Neunundfünfzig Perlen und ein Kreuz. Sechzig Gebete. Dreiundfünfzig davon das Ave-Maria.

Er hatte noch nie einen Rosenkranz gebetet. Das war etwas für Frauen. Und doch kannte er jedes Wort auswendig, sein ganzes Leben hatte er hier zugehört. Manchmal war er in diesem monotonen Wortrauschen eingeschlafen. Das hatte sie wütend gemacht. Aber ihr Gebet hatte sie nie unterbrochen. Erst danach griff sie zur Lederpeitsche. Schmerz macht dich stark. Er hatte sich das Einschlafen abgewöhnt.

Er setzte sich auf die alte Holzbank, auf der er schon als Kind gesessen hatte, und wartete. Er blickte auf den kerzengeraden Rücken der Frau. Sie wippte im Takt ihrer Worte fast unmerklich vor und zurück. Schlank, straff, kontrolliert, so war sie immer gewesen. Ihre weißgrauen Haare hatte sie zu einem Knoten zusammengebunden. Von hinten wäre niemand auf die Idee gekommen, dass sie fünfundachtzig Jahre alt war.

»Ehre sei dem Vater und dem Sohn und dem Heiligen Geist, wie im Anfang, so auch jetzt und alle Zeit und in Ewigkeit. Amen.« Sie war fertig.

Stille.

Er wartete.

Nach ein paar Minuten hörte er ihre raue Stimme: »Hast du deine Aufgabe gelöst?«

»Ja, es gab keine Probleme.«

»Hast du mir etwas mitgebracht?«

Er stand auf und griff in die Tasche seiner grün gescheckten Jägerhose. Ein zusammengeknülltes Stofftaschentuch, darin eingewickelt ein winziger Gegenstand. Wortlos reichte er das Bündel nach vorn.

Die Frau nahm es entgegen, ohne sich umzudrehen, stand auf und öffnete den Deckel zu einem gläsernen Schrein auf dem Altar. Sie blickte auf ein vergilbtes Schwarz-Weiß-Foto in einem Holzrahmen und auf eine rostige Blechdose. Sie öffnete die Dose und legte das, was er mitgebracht hatte, hinein.

Danach kniete sie sich wieder hin, nahm ihren abgegriffenen Rosenkranz aus der Rocktasche und begann ein neues Gebet.

Er wartete. Er wusste, er hatte alles richtig gemacht. Heute würde sie zufrieden mit ihm sein.

Es wurde still. Die Messe war zu Ende.

Seine Großmutter drehte sich um und sah ihn an. Sie streckte ihre Hand nach ihm aus.

Er zuckte kurz zurück. Ein Reflex, den ihn das Leben gelehrt hatte.

Langsam, fast zärtlich streichelte sie mit der Rückseite ihrer rissigen Finger über seine Wange.

Teil I

Die Entscheidung

1

Donnerstag

Das Wasser war trüb. Die Piranhas waren nicht mehr zu sehen. Alberto versuchte, irgendetwas hinter der fünf Zentimeter dicken Glasscheibe wahrzunehmen. Doch er sah nichts als eine milchig rötliche Brühe.

Er schaute sich um. Gegenüber, im großen Becken auf der anderen Seite des dunklen Gangs, drehte ein Seehund eine Pirouette und schwamm rasant wieder davon. Alberto sah ihm gedankenverloren hinterher.

Seit neun Jahren war er Tierpfleger im zweitgrößten Aquarium Europas, das auf einem umgebauten Schiff im alten Hafen von Genua lag. Ungelernt hatte er als Einundzwanzigjähriger angefangen. Und sich Schritt für Schritt immer tiefer in die südamerikanische Fischwelt hineingearbeitet. Mittlerweile gab es in ganz Italien kaum jemand, der mehr über Piranhas wusste als er. Sogar aus dem Ausland bekam er regelmäßig Anfragen, wie mit den legendären Raubfischen umzugehen sei. Doch in diesem Moment stand er vor einem Rätsel.

Alberto sah auf die Uhr. Kurz vor sieben, er hatte wie so oft als Erster seinen Dienst begonnen und war noch allein. In zweieinhalb Stunden würde der Touristenstrom beginnen. Aber seine Piranhas, eine der Hauptattraktionen, waren leider verschwunden.

Er ging näher an die sechs Meter breite und zweieinhalb Meter hohe Scheibe heran, um in der trüben Suppe vielleicht doch etwas zu erkennen. Jetzt konnte er Schatten sehen, die sich langsam bewegten. Offenbar waren die Fische noch am Leben. Aber warum war das Wasser so trüb?

Er erinnerte sich an die Zeit, als er den Piranhas manchmal Pferdefleisch als Futter ins Becken geworfen hatte. Damals hatte sich das Wasser stundenlang ähnlich verfärbt. Seitdem er nur noch aufgetauten Frostfisch verfütterte, war dieses Problem nicht mehr aufgetreten.

Alberto glaubte, ein Schnalzen hinter sich zu hören. Doch da war nur der Seehund mit seinem grau-weiß gescheckten Fell, der wieder an ihm vorbeischwamm. An dessen fünfzehn Meter langem Riesenbecken drückten sich normalerweise die Kinder ihre Nasen platt, angezogen von den Kapriolen der stets fröhlich wirkenden Robben. Die Erwachsenen dagegen waren von etwas anderem fasziniert, der Gefahr, die gegenüber lauerte: Piranhas. Hundertsechsundvierzig unschuldig aussehende Raubfische, die es sonst nur in südamerikanischen Flüssen gab. Auf dem Schild über dem Becken stand der lateinische Name: *Pygocentrus nattereri*, Roter Piranha, bis zu fünfunddreißig Zentimeter lang, mit Glupschaugen und einem seltsam vorstehenden Unterkiefer. Es gab definitiv schönere Fische hier im Aquarium. Aber keine anderen regten so sehr zu blutigen Phantasien an.

Viele erzählten sich die klassischen Gruselstorys über ihr gefährliches Gebiss. Geschichten von Rindern, die zum Trinken ins flache Wasser gingen und auf einmal von einem Piranha-Schwarm angefallen wurden. Mit ihren messerscharfen Zähnen rissen die Fische ganze Fleischbrocken aus dem lebendigen brüllenden Tier. Bis nur noch ein Gerippe übrig war, aufs Skelett abgenagt.

Alberto kannte auch die Legende, wonach die Amazonas-Indianer ihre Toten als Skelette begruben. Angeblich versenkten sie die Verstorbenen vorher an einem Seil im Fluss, als Aasfutter für die Fische. Und wenn sie die Leichen ein oder zwei Tage später wieder herausholten, waren nur noch sauber genagte Knochen übrig.

Die meisten dieser Geschichten waren übertrieben. Wenn Piranhas keinen Hunger hatten, waren sie ängstlich und lammfromm. Aber Alberto wusste auch, dass sie tatsächlich mit einer unglaublichen Kraft zubeißen konnten. Ein einziges Mal hatte er nicht aufgepasst, in seinem ersten Jahr als Piranha-Pfleger. Beim Füttern war ihm ein Stück Plastiktüte ins Wasser gefallen. Und ohne lange nachzudenken, hatte er mit seiner rechten Hand danach gegriffen. Sekundenbruchteile später ein stechender Schmerz. Ungläubig hatte er auf den zwanzig Zentimeter großen Fisch gestarrt, der sich in seiner Fingerkuppe verbissen und seinen Kopf wild hin- und hergeschüttelt hatte. Dann war es vorbei. Der junge Piranha fiel zurück ins Wasser, mit seiner Beute. Ein knapper Zentimeter Zeigefinger war einfach weg. Auch die Spitze des Knochens hatte der Fisch glatt abgebissen.

Unter bestimmten Bedingungen konnte so ein Schwarm in einen regelrechten Fressrausch verfallen. Hohe Temperaturen, dadurch weniger Sauerstoff im Wasser und vor allem: wenig oder kein Futter.

Alberto machte sich klar, dass diese Voraussetzungen gerade erfüllt waren. Die Sommerhitze hatte das Wasser um ein paar Grad erwärmt. Und die Piranhas hatten seit einer Woche nichts gefressen. Erst für morgen war die nächste Fütterung angesetzt.

Nachdenklich betrachtete Alberto die Narbe auf seinem Fingerstumpf. Hatte jemand den Fischen etwas ins Becken geworfen?

Er schaute hoch. Etwas schien tatsächlich an der Wasseroberfläche zu treiben. Ein großer, länglicher dunkler Gegenstand. Er würde sich das Piranha-Becken von oben ansehen müssen, um herauszufinden, was es war.

Er ging durch eine schwarze Tür hinein in den Versorgungsbereich. Ein unangenehmer Geruch schlug ihm entgegen. Während er einen Fuß nach dem anderen auf die Stahlstufen setzte, die zum Beckenrand führten, zwang er sich, die Treppe zu fixieren.

Er spürte ein Ziehen in seinem Magen. Angst vor dem, was hier passiert war. Was auch immer da im Wasser trieb, es gehörte dort nicht hin. Und es hatte dazu geführt, dass seine Piranhas nicht mehr zu sehen waren.

Schließlich hob er langsam seinen Blick – und sah in die leeren Augen eines Totenkopfes. Auf dem Wasser trieb ein zerfetzter Körper. Er bewegte sich. Der Kopf nickte auf und ab. Der rechte Arm ruderte in Schlangenlinien durch das Wasser. Alberto spürte Panik in sich aufsteigen. Er zwang sich, ruhig zu bleiben, und schaute genauer hin. Die Bewegungen wurden von den Piranhas ausgelöst, die er von oben wieder schemenhaft sehen konnte. Sie zerrten an dunklen Gewebefetzen herum. Menschenfleisch.

2

Freitag

Johann Sorbello hatte großartige Laune. Nur noch das Gespräch mit Commissario Moreno über die Piranha-Leiche, und das lang ersehnte Wochenende konnte beginnen.

Von seinem Fenster im dritten Stock des gerichtsmedizinischen Instituts sah er die grünen Ausläufer der Seealpen. Ein Stückchen links davon, verdeckt durch das chaotisch bunte Häusergewirr der Altstadt, ahnte er den tiefblauen Golf von Genua.

Der Himmel war wolkenlos, die Sonne schickte ihre letzten Strahlen des Tages, und für morgen sagte das Internet fünf bis sechs Windstärken voraus. Es würde ein perfekter Surftag werden.

Wenn die Leute ihn, den deutschen Halbitaliener, immer wieder fragten, warum er sich ausgerechnet Genua ausgesucht hatte, konnte er viele Gründe nennen: Da gab es die faszinierende Altstadt mit ihren schmalen schattigen Gassen, in denen keine Autos fuhren und abends die Gerüche von Pasta und Pesto übers Pflaster zogen. Mit dicht gedrängten fünf- bis sechsstöckigen Häusern, zwischen denen man den Himmel nur erhaschen konnte, wenn man den Kopf in den Nacken legte. Wo jede Piazza wie eine Lichtung wirkte, auf der die Sonnenstrahlen endlich Einlass fanden, um prunkvolle Fassaden aus dem 15. und 16. Jahrhundert zu erleuchten.

Dann war da die einzigartige Lage an der Riviera mit Dutzenden von traumhaften Stränden in direkter Nähe und einem milden Klima, bei dem man selbst im November noch zum Baden ins Mittelmeer springen konnte.

Und schließlich war es für ihn natürlich eine große Herausforderung, an der Spitze eines der wichtigen gerichtsmedizinischen Institute Italiens zu stehen.

Doch in den sechs Monaten, die er schon hier war, hatte er schnell gemerkt, dass es noch einen wesentlichen Grund gab, sich in der quirligen Hafenstadt wohlzufühlen: Für leidenschaftliche Windsurfer wie ihn war diese Bucht mit ihren regelmäßigen thermischen Winden, die von den Seealpen aufs Mittelmeer herunterfielen, ein echter Hotspot.

Das Klopfen an der Tür riss Johann aus seiner Vorfreude. Zu seiner Überraschung trat nicht der Leiter der Mordkommission ein, sondern Guido Ferrari, mit vierundzwanzig Jahren jüngster Assistenzarzt am gerichtsmedizinischen Institut.

Guido war klein, schmächtig und demonstrativ homosexuell. Er hatte seine mittellangen Haare weißblond gefärbt, schminkte sich immer sorgfältig und trug mit Vorliebe farbenfrohe Kleidung. Auch heute war sein Make-up perfekt, dazu hatte er ein eng anliegendes schlammfarbenes T-Shirt und eine nachtblaue Stoffhose gewählt.

Johann versuchte wie so oft, ein spontanes Grinsen zu unterdrücken.

Guido dagegen strahlte ihn an. »Dottore, darf ich Sie kurz stören?«

Johann ahnte, dass Guido nicht über wissenschaftliche Ergebnisse mit ihm reden wollte, sondern wieder einmal über seine Alpträume. Am Vorabend hatten sie die Leiche aus dem Piranha-Becken zusammen obduziert.

Er seufzte verstohlen. »Machen Sie es kurz. Ich erwarte jeden Moment Besuch von der Polizei.«

»Dottore, wie schaffen Sie das nur, so etwas nicht an sich heranzulassen? Ich habe die ganze Nacht von diesem zerfressenen Körper geträumt. Selbst wenn ich jetzt die Augen zukneife, sehe ich den gruseligen Totenschädel vor mir.« Guido schloss demonstrativ die Augen und verzog sein Gesicht zu einer seltsamen Grimasse.

Johann atmete tief durch. Zum wiederholten Male fragte

er sich, ob Guido ein guter Gerichtsmediziner werden würde. Auf wissenschaftlichem Gebiet war er den anderen Assistenten weit voraus. Er war scharfsinnig und hatte einen guten Blick für das Wesentliche. Auf der anderen Seite nahm er sich praktisch alles zu Herzen, besonders die Leichen auf dem Seziertisch. Während der Untersuchungen funktionierte er perfekt und war augenscheinlich in der Lage, seine Emotionen auszuschalten. Nach getaner Arbeit jedoch überfielen ihn die Eindrücke und Gefühle umso stärker. Nicht gerade hilfreich für einen Gerichtsmediziner.

Und doch war Johann froh, den jungen Mann eingestellt zu haben. Er war ein wohltuender Farbklecks im staubigen grauen Institut. Und: Guido war in dieser oft so feindseligen Umgebung praktisch sein einziger Verbündeter.

»Mein lieber Guido, Sie wissen doch: Wir sind Wissenschaftler. Und auf unserem Tisch liegen keine Schicksale, sondern spannende Untersuchungsaufgaben. Sie müssen das völlig emotionslos sehen. Wer dieser Mensch war und wie viel er möglicherweise gelitten hat, sollte Ihnen absolut egal sein. Wir haben da ein sehr konkretes Rätsel vor uns, und dieses Rätsel gilt es zu lösen.«

Johann war sich schmerzlich bewusst, dass er seinem jungen Assistenten gegenüber gerade nicht ehrlich war. Denn ausgerechnet diese Leiche hatte auch ihn zutiefst berührt. Doch er wollte es sich als Chef nicht leisten, Gefühle zu zeigen.

»Ich weiß ja, Dottore«, antwortete Guido. »Aber es ist wirklich nicht leicht. Wie haben Sie das damals geschafft, als Sie in der Ausbildung waren?«

Johann dachte innerlich staunend darüber nach, dass diese Zeit kaum mehr als zehn Jahre zurücklag. Mit seinen sechsunddreißig Jahren war er gerade mal zwölf Jahre älter als Guido. Der jüngste leitende Gerichtsmediziner im ganzen Land, zudem der einzige Deutsche.

Das erneute Klopfen an der Tür unterbrach seinen Gedankenfluss und erlöste ihn aus der Not, eine gute Antwort auf Guidos Frage zu finden.

Sein Assistent verabschiedete sich sofort und ging, Commissario Bruno Moreno trat ein. Johann registrierte den abfälligen Blick, den er Guido hinterherwarf.

Er schüttelte Moreno die Hand und stellte wieder einmal fest, dass dieser dabei an ihm vorbeisah.

Johann kannte den Leiter der Mordkommission aus mehreren vorangegangenen Ermittlungen. Ein kleiner, schlanker Mann, immer perfekt gekleidet, heute in einem frisch gebügelten Leinenhemd, darüber ein dunkelgraues Sakko. Die mittellangen dunkelbraunen Haare trug er stets mit jeder Menge Gel nach hinten gekämmt. Offensichtlich waren sie gefärbt, Johann konnte nicht die Spur eines grauen Ansatzes entdecken. Mit Mitte fünfzig war das nicht besonders glaubwürdig.

»Tut mir leid, Dottore. Ich konnte nicht früher kommen«, sagte Moreno mit seiner leisen Stimme. »Wir mussten noch einer Spur in der Sache mit der Piranha-Frau nachgehen.«

»Kein Problem«, antwortete Johann. »Wissen Sie mittlerweile, wer sie ist?«

Er hatte schon viele Leichen auf seinem Seziertisch gehabt, denen er buchstäblich nicht mehr ins Gesicht schauen konnte. Besonders unschön waren Körper, die längere Zeit im Wasser gelegen hatten. Sobald sich im Prozess der Leichenfäulnis Teile der Gesichtshaut ablösten, hatte Johann immer wieder mal erlebt, dass selbst hartgesottene Ermittler eine Auszeit von der Sektion brauchten.

Natürlich hatte er auch schon Leichen ganz ohne Kopf seziert. Und einmal hatte ein psychisch gestörter Schlachtermeister seinem Opfer fein säuberlich die Gesichtshaut abgezogen. Ein Anblick, den Johann lange nicht losgeworden war.

Dagegen hatte ihn die Leiche aus dem Piranha-Becken zunächst einmal seltsam kaltgelassen. Alles Menschliche war verschwunden. Die Fische hatten einen Großteil der Haut und auch gewaltige Stücke der Muskulatur weggefressen. Selbst die inneren Organe waren perforiert.

Erst gestern Vormittag war Johann mit Blaulicht ins Aquarium gefahren. Das riesige Gebäude im alten Hafen von Genua war von Dutzenden Polizisten umringt gewesen. An den Kassen davor hatten bereits lange Schlangen von Touristen gestanden, die einerseits darauf hofften, endlich eingelassen zu werden, andererseits aber auch gespannt darauf warteten, dass vor ihren Augen irgendetwas passieren könnte.

Am Tatort selbst hatte es für ihn nicht viel zu tun gegeben. Auf die erste Untersuchung der Leiche im Becken hatte er verzichtet; es war einfach zu gefährlich. Er ordnete also zunächst an, dass die Kriminaltechniker vorsichtig Wasserproben entnahmen. Danach stand die Frage im Raum, wie die Männer von der Spurensicherung die Leiche aus dem Aquarium herausheben sollten. Auch mit Handschuhen schien das Risiko, verletzt zu werden, zu groß. Schließlich brachte der Tierpfleger mehrere lange Metallgreifer, die normalerweise dazu benutzt wurden, das Becken innen zu säubern. Damit gelang es den Polizisten schließlich, den Körper zu fassen und auf eine Plane zu legen.

Ein Blick genügte Johann, um zu erkennen, dass er die Untersuchung nicht dort, sondern im gerichtsmedizinischen Institut fortsetzen würde. Das Einzige, was er mit einem speziellen Tatortthermometer überprüfte, war die Temperatur im Inneren des Restkörpers. Siebenundzwanzig Grad – genau die Temperatur des Aquariumwassers. Für die Ermittlung des Todeszeitpunktes half ihm das nicht weiter. So, wie die Leiche aussah, musste sie schon ein paar Stunden im Becken gelegen haben.

Kurz darauf war das, was von dem unbekannten Menschen übrig geblieben war, vorsichtig auf seinem Sektionstisch ausgepackt worden. Und er hatte untersucht, was möglich gewesen war.

Johann konnte sich nicht daran erinnern, dass ihm ein Opfer

jemals so wenige Anhaltspunkte zur Analyse geboten hatte. Für die Identifizierung gab es weder ein Gesicht noch Fingerabdrücke. Nur die DNA und der Zahnstatus lagen vor. Die Piranhas hatten zwar das Zahnfleisch angenagt, das Gebiss war aber weitgehend unversehrt geblieben. Schon daraus konnte Johann ersehen, dass er einen relativ jungen Menschen vor sich liegen hatte. Das Skelett gehörte zu einer Frau, sie musste zwanzig bis dreißig Jahre alt gewesen sein, etwa einen Meter sechzig groß, keine erkennbaren Knochenbrüche.

Wie immer, wenn er eine Leiche aufs Genaueste untersucht hatte, war er in diesem Moment gespannt, welcher Mensch, welches Leben diese sterbliche Hülle ausgefüllt hatte. Er wartete auf die Antwort des Commissario.

Moreno blickte aus dem Fenster, als er schließlich sprach. »Sie heißt Francesca Ermia, war vierundzwanzig Jahre alt und Sekretärin in einer Firma. Sie wurde gestern von ihrer besten Freundin als vermisst gemeldet. Wir haben ihren Zahnarzt gefunden und ihm den Zahnstatus geschickt. Er hat vorhin angerufen und bestätigt, dass es sich um seine Patientin handelt.«

»Haben Sie schon einen Verdacht, wer ihr das angetan haben könnte?«

Moreno sah irgendwo in die ligurische Berglandschaft und antwortete nicht. Offenbar hatte er nicht vor, Johann weitere Details über die tote Frau im Piranha-Becken zu erzählen. Stattdessen stellte jetzt er die Fragen.

»Was können Sie mir über die Todesursache sagen? Wir haben das ganze verdammte Fischbecken leeren lassen. Vorher wurde stundenlang jeder einzelne beschissene Piranha mit einem Kescher herausgefischt. Gefunden haben wir nichts. Keine Waffe, keine Kleidungsreste, keinen Schmuck, gar nichts.«

Johann öffnete den Ordner, den er auf seinem Tisch bereitgelegt hatte. »Vielleicht das Wichtigste zuerst: Die Frau war schon tot, als sie in das Becken geworfen wurde. Ihre Lunge war als einziges Organ fast unverletzt. Wir haben kein Wasser darin gefunden. Also ist sie nicht ertrunken.«

»Könnte es nicht sein, dass die Fische sie getötet haben?« Johann hatte die Frage erwartet. Er hatte selbst eine Weile darüber nachgedacht.

»Zwei Gründe sprechen dagegen: Erstens, wenn die Fische sie bei lebendigem Leibe gefressen hätten, wäre sie im Becken verblutet. In dem Fall hätten wir im Wasser mehr Blut finden müssen. Aber in unseren Proben gab es erstaunlich wenig Blut. Das bedeutet, der Blutkreislauf war schon lange unterbrochen, als die Piranhas ihr die erste Wunde zufügten. Zweitens, und damit kommen wir zur wahrscheinlichen Todesursache: In der Lunge gab es zwar kein Wasser, aber etwas anderes. Und das habe ich offen gestanden in meiner Karriere noch nicht erlebt. In ihrer Lunge identifizierten wir Öl, sehr wahrscheinlich Olivenöl.«

Moreno wirkte erstaunlich gelangweilt. »Was bedeutet das?«

»Das bedeutet, dass sie ziemlich sicher an Olivenöl erstickt ist. Wenn es so etwas gäbe wie ein Schwimmbecken mit Olivenöl, würde ich sagen, sie ist darin ertrunken. Wie gesagt, ich kenne keine Präzedenzfälle. Ansonsten gibt es keine Verletzungen, die nicht von den Fischen herrühren.«

»Kann jemand ihr das Öl eingeflößt haben? So lange, bis sie keine Luft mehr bekommen hat?«

»Denkbar wäre das. Normalerweise hätten wir in diesem Fall Blutergüsse oder andere Anzeichen von Gewalt an ihrem Gesicht und ihrem Hals entdecken müssen. Aber leider haben uns die Fische ja die Möglichkeit genommen, solche Indizien aufzuspüren. Wenn ich ein Handbuch für den perfekten Mord schreiben müsste, bekäme die Entsorgung der Leiche in einem Piranha-Becken definitiv ein eigenes Kapitel. Ich kann mir kaum eine bessere Methode vorstellen, alle Spuren zu verwischen.«

Moreno zog ein Päckchen Zigaretten aus der Tasche und

sah Johann mit einem Mal scharf ins Gesicht. »Darf ich?« Die Frage war reine Floskel.

Johann schob ihm den Aschenbecher über den Tisch. Er selbst hatte sich das Rauchen im Medizinstudium abgewöhnt, schwer beeindruckt von der schwarz angelaufenen Teerlunge eines Kettenrauchers, die er mit den Kommilitonen im Präparationskurs seziert hatte.

Hier in Italien schienen fast alle Menschen zu rauchen. Im Institutsgebäude war das Rauchen zwar schon seit Jahren streng verboten. Und trotzdem wurde der Aschenbecher im Büro des obersten Gerichtsmediziners von Genua regelmäßig benutzt. Gewohnheitsrecht, es schien schon immer so gewesen zu sein, auch bei Johanns Vorgänger, Dottor Alessandro Bertoli, dem früheren Leiter der Gerichtsmedizin. Fast zwanzig Jahre lang hatte Bertoli dieses Zimmer okkupiert. Vor einem Jahr war der damals Neunundfünfzigjährige suspendiert worden. Sechs Monate danach hatte Johann das Büro übernommen. Von Anfang an war ihm, dem »Tedesco«, dem Deutschen, von fast allen Institutsmitarbeitern kaum verhohlene Feindseligkeit entgegengeschlagen. Da schien es ihm übertrieben deutsch, gleich zu Beginn seines neuen Jobs den fanatischen Nichtraucher zu spielen. Er hatte den Aschenbecher auf seinem Konferenztisch stehen lassen.

Commissario Moreno zündete sich eine Zigarette an und führte sie mit einer seltsam affektierten Geste zum Mund. Er inhalierte tief und fragte: »Okay, was gibt es noch? Anzeichen von Drogen oder Alkohol?«

»Soweit wir das feststellen können: weder Alkohol noch andere Drogen. Der Todeszeitpunkt ist schwer einzugrenzen, irgendwann zwischen sechs Uhr abends und Mitternacht. Wahrscheinlich hat sie nichts zu Abend gegessen. Jedenfalls konnten wir im Magen sowie in den Wasserproben keine Rückstände menschlicher Nahrung finden. In ihrer Vagina fanden sich aber Spuren von Sperma. Wir können leider nicht mehr herausfinden, ob sie vergewaltigt wurde oder einfach nur kurz vor ihrem Tod Geschlechtsverkehr hatte. Die DNA des Spermas haben wir jedenfalls analysiert.«

Moreno blies Rauch in die Luft und grinste derb. »Wenigstens hat sie vor ihrem Tod noch ein bisschen Spaß gehabt. Okay, was noch?«

Johann blätterte eine Seite in seinem Ordner um. Er war gespannt, ob sich Moreno endlich zu einer emotionalen Reaktion hinreißen lassen würde. Denn was als Nächstes kam, war der Teil der Untersuchung, der ihn selbst aus dem Gleichgewicht gebracht hatte.

Er erinnerte sich genau an den Augenblick. Vorsichtig hatte er das, was von der Gebärmutter übrig gewesen war, freigeschnitten und aus dem Körper herausgehoben. Normalerweise wurden die Organproben erst im Nachhinein analysiert. Aber bei dieser Leiche war eben nichts normal. Da die Piranhas auch hier gewütet hatten, konnte er in die Gebärmutter hineinschauen. Und sah den Embryo beziehungsweise das, was von ihm übrig war. Der Anblick des angefressenen Fötus hatte Johann die Tränen in die Augen getrieben. In diesem Moment war es vorbei gewesen mit der professionellen Distanz, die er vorher erst wieder dem jungen Guido empfohlen hatte.

»Der Tote als wissenschaftliches Objekt, in dem es richtig zu lesen gilt.« – Johann erinnerte sich nur zu gut an den Leitspruch seines Berliner Professors. Er hatte immer gut damit gelebt und sich nur selten dafür interessiert, welche Schicksale hinter den Körpern auf seinem Tisch gesteckt hatten. Aber die Vorstellung, dass die Fische ihre Zähne in diese Leibesfrucht geschlagen hatten, hatte ihn erschauern lassen.

Jetzt sagte er ruhig: »Sie war im fünften Monat schwanger. Es wäre ein Mädchen geworden. Wir konnten die DNA feststellen, obwohl die Fische einen Teil des Embryos gefressen haben. Der Vater ist ziemlich sicher derselbe Mann, von dem das Sperma stammt.«

Moreno sah ihn mit müden Augen an. Ob ihn die Nachricht

berührte, war nicht zu erkennen.»Gut, das ergibt vielleicht einen Sinn.«

»Was meinen Sie, gibt es schon einen Verdächtigen?«

Moreno bequemte sich nun doch zu einer Antwort:»Der Freund des Opfers ist verschwunden. Er arbeitete als Tierpfleger im Aquarium. Er hatte jedenfalls die Möglichkeit, sich dort Zutritt zu verschaffen. Wir haben keine Einbruchsspuren gefunden.«

»Aber warum sollte er die Leiche ausgerechnet im Piranha-Becken ablegen?«

»Das werden wir ihn fragen, wenn wir ihn gefunden haben. Vielleicht haben sie Streit gehabt. Vielleicht ist er durchgedreht. Die beste Freundin sagt zwar, dass die beiden ein Herz und eine Seele waren. Aber sie war nicht besonders kooperativ. Keine Ahnung, ob die blöde Kuh die Wahrheit sagt.«

»Und das Öl?«

Moreno wirkte genervt.»Keine Ahnung. Vielleicht stand die Olivenölflasche gerade auf dem Tisch in Reichweite. Vielleicht haben sie sich über das richtige Salatdressing gestritten. Dann hat er sie eben gepackt und ihr das Öl in den Hals gegossen. Was weiß ich?« Er stand auf. Ein deutliches Signal, dass das Gespräch für ihn beendet war.

Johann merkte, dass Morenos herablassende Art ihm die gute Laune nahm.»Warten Sie einen Moment, Commissario. Ich glaube nicht, dass ihr das Öl eingeflößt wurde. Wenn ein Mann in Wut gerät, wenn er eifersüchtig ist oder was auch immer, dann würde er zuschlagen, vielleicht zum Messer greifen. Normalerweise erwürgen gehörnte Ehemänner ihre Frauen. Ich kann mir auch nicht vorstellen, dass der Inhalt einer Ölflasche reicht, um einen Menschen damit zu ersticken. Das Opfer würde sich wehren, würde husten, würde einen Teil wieder ausspucken.«

»Wer weiß das schon? Sie sagen ja selbst, es gibt keine Präzedenzfälle. Vielleicht hat der Wichser sie bewusstlos geschlagen, ihr das Öl in den Mund gekippt und ihr die Nase zugehalten.

Er wird es uns hoffentlich bald erzählen.« Moreno wandte sich zur Tür.

Doch Johann ließ nicht locker: »Zwei Dinge noch: Wir haben eine Analyse des Öls in Auftrag gegeben. Es gibt da spezielle Verfahren, mit denen man feststellen kann, um welche Sorte es sich handelt. Das wird aber ein paar Tage dauern. Und noch etwas Seltsames. Dem Opfer fehlte ein Schneidezahn, der zweite oben rechts. Keine Ahnung, warum. Jedenfalls glaube ich nicht, dass die Fische ihn gefressen haben. Soweit ich weiß, hat man ihn auch nicht im Becken gefunden.«

Johann hielt kurz inne, um sich zu konzentrieren. Die Sache mit dem Schneidezahn weckte eine Erinnerung in ihm. Schon als er die Tatsache des fehlenden Zahns bei der Sektion in sein Diktiergerät gesprochen hatte, war ihm der Anflug eines Gedankens gekommen. Eine Assoziation, eine Idee, vielleicht ein anderer Fall?

Wieder versuchte er, sich konkret zu erinnern, was sich dahinter verbarg, wieder vergeblich. Also fuhr er fort.

»Das mit dem Zahn ist umso auffälliger, als sie ansonsten ein perfektes Gebiss hatte. Sie sollten den Zahnarzt fragen, ob sie deswegen in Behandlung war.«

Moreno war stehen geblieben. Er zog ein etwa zehn mal fünfzehn Zentimeter großes Farbfoto aus der Tasche seines Sakkos und schaute es sich an.

»Also hier auf dem Bild hat sie keine Zahnlücke. Die Freundin hat es aufgenommen. Sie sagt, die Aufnahme sei erst ein paar Tage alt.«

»Darf ich mal sehen?«

Johann war tatsächlich neugierig. Die seltsamste Leiche seines Lebens bekam ein Gesicht.

Eine schöne dunkelhaarige Frau sah ihn an. Ein schmales Gesicht, hohe Wangenknochen, intensive dunkelbraune Augen. Sie schenkte der Kamera ein strahlendes Lächeln. Ihre Zähne waren makellos. Aber das war es nicht, was Johann aus der Fassung brachte.

Er starrte das Bild von Francesca Ermia an, hörte seinen Puls in beiden Ohren hämmern, spürte die aufsteigende Hitze in seinem Gesicht. Er wendete sich ab, um zu verbergen, dass er rot geworden war, ging zum Fenster und holte erst einmal tief Luft. Doch Moreno hatte seine Aufregung bemerkt.

»Was ist los? Kennen Sie die Frau etwa?«

»Nein. Aber sie sieht genauso aus wie eine Frau, die ich einmal kannte.« Johann zögerte ein paar Sekunden lang. »Sie wurde auch ermordet. Sie ist sozusagen ein Geist aus meiner Vergangenheit.«

Er hatte nicht vor, dem Commissario zu erzählen, welche Geschichte dahintersteckte.

3

Samstagmorgen

»*Caffè al banco 1 Euro*«, stand auf einer kleinen Tafel unter dem großen Wandspiegel. Wie in fast allen Genueser Cafés kostete der Espresso im Stehen an der Theke fünfzig Cent weniger als im Sitzen an einem der Tische. Dass in dieser Gegend viele Millionäre wohnten, schien sich auf die Preise der Bar nicht auszuwirken.

Johann legte eine Münze auf den Tresen und bestellte seinen *caffè*. Der Barista, ein älterer Herr mit Anzugweste und Fliege, griff nach einer vorgewärmten Tasse. Während die Espressomaschine brummte, drehte sich Johann um und musterte die Menschen im Raum. Besonders reich sah hier niemand aus. Der junge Mann mit dem dicken Bauch, der einen Tisch weiter saß, wirkte eher bedürftig. Er nippte an seinem *crodino* und schaufelte gewaltige Mengen *stuzzichini* in sich hinein, kleine belegte Brothappen, Oliven und Kartoffelchips, die zu jeder Art von Drink umsonst serviert wurden. Auch der Handwerker im staubigen Overall, der neben Johann an der Theke stand, hatte nicht den Anschein von Wohlstand. Weißgraue Dreadlocks, ein zerfurchtes Al-Pacino-Antlitz, Hände, denen man die tägliche harte Arbeit ansah. Er tunkte seine Brioche in den Cappuccino, verschlang das Gebäck, leerte die Tasse und ging. Das typische italienische Frühstück.

Johann nahm einen Schluck von seinem Espresso und grübelte darüber nach, warum er an einem Samstagmorgen ausgerechnet in dieses Viertel von Genua aufgebrochen war. Zu einer Adresse, die ihm Commissario Moreno zunächst gar nicht geben wollte, als er ihn am Abend zuvor angerufen hatte.

»Was wollen Sie von ihr? Hören Sie, Dottore. Das sind unsere Ermittlungen. Außerdem ist die Dame, vorsichtig formuliert, nicht besonders kooperationswillig. Ich habe kaum einen ganzen Satz aus ihr herausbekommen. Wollen Sie Detektiv spielen?«

Johann war durchaus bewusst gewesen, dass Moreno recht hatte. Und doch hatte er ihn weiter bedrängt. Irgendwann hatte Moreno nachgegeben und ihm gesagt, wo die beste Freundin der Piranha-Leiche wohnte. Allerdings nicht ohne einen mahnenden Hinweis mit den üblichen Fäkalbegriffen:

»Dottore, ich weiß ja nicht, was für eine Scheißgeschichte dahintersteckt. Ich möchte nur sehr deutlich formulieren: Mischen Sie sich nicht ein!«

»Nein, natürlich nicht«, hatte Johann ruhig geantwortet und es in dem Moment ernst gemeint.

Jetzt war er sich nicht mehr so sicher. Dass Commissario Moreno seinen Hinweis auf das Olivenöl einfach ignorierte, wurmte ihn. Und die Erinnerung an das schöne Gesicht auf dem Foto ließ ihn nicht los.

Er goss den süßlich cremigen Espresso in einem Zug hinunter und verließ die Bar.

**

Enza Marconi schaute auf das Meer. Von ihrem zwei mal drei Meter großen Panoramafenster im sechsten Stock des Palazzo Lupi konnte sie die ganze Bucht vor Genua überblicken. Der Wind peitschte Gischt über die Wellenkämme. Bunte Segel flitzten auf und ab. Die Windsurfer waren wieder unterwegs.

Wenn sie hier stand, fragte sie sich oft, wie es sich wohl anfühlen mochte, nur auf einem Brett mit Segel über das Mittelmeer zu rasen.

Das Geräusch der Türklingel riss sie aus ihren Gedanken. Sie hatte keine Ahnung, wer um diese Zeit etwas von ihr wollen könnte. Zehn Uhr morgens an einem Samstag. War es wieder der ekelhafte Commissario?

Sie ging zur Tür und sah auf den Monitor der Sprechanlage.

Ein dunkelhaariger Mann, vielleicht Mitte dreißig, gut aussehend, aber wildfremd. Sie drückte auf die Sprechtaste. »Ja, bitte?«

»Guten Morgen. Mein Name ist Johann Sorbello. Hätten Sie einen Moment Zeit für mich?«

Der Mann lächelte in die Kamera. Er sah wirklich gut aus. Enza zögerte, drückte wieder auf die Taste. »Wer sind Sie? Was wollen Sie?«

»Ich möchte mit Ihnen über Francesca Ermia sprechen.«

Enza war sprachlos. Erst am Vortag war die Polizei bei ihr gewesen. Und man hatte ihr mit keinem Wort verraten, was wirklich passiert war. Nur dass Franca nicht mehr lebte. Natürlich hatte sie von der Leiche im Piranha-Becken gelesen. Zeitungen und Fernsehen überboten sich mit Gruselstorys. Aber bisher wusste niemand, wer das Opfer war.

Ihre Gedanken überschlugen sich. Toni arbeitete doch im Aquarium. Und auch er war verschwunden. Was um Himmels willen war geschehen?

»Hallo! Sind Sie noch da?«

Die Stimme des Mannes vor ihrem Haus holte sie zurück in die Gegenwart. »Ja, Entschuldigung. Ich verstehe nicht, wie ich Ihnen helfen kann.«

»Verzeihen Sie, dass ich Sie so überfalle. Ich bin Gerichtsmediziner. Die Polizei hat mir gesagt, dass Sie Francescas beste Freundin waren. Ich muss einfach mit Ihnen sprechen. Bitte.«

Enza sah an sich herab. Sie trug eine labbrige Jogginghose, darüber ein verwaschenes Schlafshirt. Ihre Haare standen kreuz und quer vom Kopf ab. Sie hatte sich noch nicht einmal die Zähne geputzt. Ein Alptraum. Sie überlegte kurz und fällte eine Entscheidung.

»Kommen Sie hoch und wundern Sie sich nicht. Ich war gerade im Bad und brauche noch fünf Minuten.«

***

Johann betrat den Palazzo und sah sich erstaunt um. Das prachtvolle Gebäude aus dem 16. Jahrhundert war offensichtlich vor Kurzem luxussaniert worden. Francescas beste Freundin musste sehr wohlhabend sein. Die Adresse hatte ihn jedenfalls überrascht. Am Belvedere Luigi Montaldo tummelten sich auf der Straße die Touristen, von hier aus hatte man einen grandiosen Blick über Stadt und Hafen. Im Gebäude darüber lagen angeblich die teuersten Apartments von Genua.

Im sechsten Stock wartete die nächste Überraschung auf ihn. Nur zwei Eingänge gab es im Etagenflur, der in einer geschmackvollen Kombination von Schiefer und Marmor glänzte. Die beiden Apartments mussten riesig sein, so wie die Wohnungstüren. Sie waren bestimmt drei Meter hoch und bestanden aus massivem, matt geöltem Kastanienholz. Vor etwa fünfhundert Jahren, als Genua noch reichste Stadt der Welt gewesen war, hatte ein ganz normaler Handwerker Olivenzweige und Löwenköpfe in das Türblatt geschnitzt.

Johann fuhr mit den Fingern die Ornamente entlang. Er freute sich jedes Mal, wenn er den Spuren von Genuas großartiger Vergangenheit begegnete.

Rechts war die Tür nur angelehnt. Johann blickte aufs Klingelschild. Zwei Buchstaben: E. M. Er klopfte und wartete.

Keine Reaktion.

Vorsichtig trat er ein. Mit einem sanften Schnappen fiel die Tür hinter ihm ins Schloss. Von hinten hörte er eine gedämpfte Stimme.

»Machen Sie es sich bequem. Ich bin gleich da.«

Johann trat zum riesigen Fenster. In der Bucht sah er die Segel der Windsurfer. Ein Gefühl der Wehmut befiel ihn. Doch sein Surfbrett musste warten, er hatte sich nun mal für diesen Besuch entschieden.

Er sah sich um. Das Zimmer war bestimmt vierzig Quadratmeter groß. Links stand ein gewaltiges schlichtes graues Sofa. Rechts befand sich eine dunkelrote Küchenzeile. An der

Wand neben dem Fenster ein Schreibtisch mit Laptop und einem Stapel Papier. In der Mitte auf dem geölten Parkettfußboden lagen ein paar große bunte Kissen, ansonsten war der Raum praktisch leer. Trotzdem strahlte das Zimmer eine angenehme Gemütlichkeit aus. Die Frau, die hier wohnte, hatte Geschmack.

Johann hörte das Geräusch eines Föhns. Er setzte sich auf das Sofa und ließ seine Gedanken schweifen. Wenn er ehrlich war, begriff er nur zum Teil, warum er sich auf den Weg in diese Wohnung gemacht hatte, anstatt auf seinem Surfbrett über die Wellen zu gleiten.

Die Piranha-Leiche hatte ein Gesicht bekommen. Ein Antlitz, das nun schon zum zweiten Mal in seiner Seele brannte. Die Ähnlichkeit war frappierend. Er erinnerte sich an jedes Detail. Montagmorgen, 23. Juni 2009. Ihr Name war Hülya Demirek, und sie sah unglaublicherweise genauso aus wie Francesca Ermia.

Johann hatte manchmal davon gelesen, dass es solche Zufälle gab. Dass einander wildfremde Menschen sich ähnelten wie eineiige Zwillinge. Aber er hatte es noch nie selbst erlebt. Wieder sah er Hülya vor sich. Sie lächelte nicht, sie schaute ihn flehend an. Er sah das Blut aus den Schusswunden strömen. Und er fühlte wieder diesen plötzlichen Anflug der totalen Panik.

»Darf ich Ihnen einen *caffè* anbieten?«

Johann blickte auf. Er hatte nicht gemerkt, dass Enza Marconi den Raum betreten hatte. Vor ihm stand eine Frau, die vollkommen anders aussah als das Gespenst aus seiner Vergangenheit. Er spürte, dass ihn das erleichterte. Enza Marconi war schlank und für eine Italienerin ungewöhnlich groß, bestimmt einen Meter fünfundsiebzig. Erstaunlicherweise trug sie zu Hause hochhackige Sandaletten, was sie noch einmal um fünf Zentimeter größer machte.

Johann stand auf, um ihr die Hand zu schütteln, und fand sich annähernd auf einer Höhe mit ihr: braune Augen, kurze flachsblonde Haare, schöne volle Lippen. Sie sah frech aus, als sie ihn anlächelte. Ihre sinnliche Ausstrahlung brachte ihn kurz aus der Fassung. Dann erinnerte er sich, dass sie ihm einen Espresso angeboten hatte.

»Ja gern, aber nur wenig Zucker bitte.«

Sie lächelte weiter. »Vielleicht wollen Sie mir in der Zwischenzeit erzählen, wer Sie sind und was Sie eigentlich von mir wollen.« Ihre Stimme war dunkel, fast heiser. Sie klang älter, als sie war. Johann schätzte sie auf Anfang dreißig, vielleicht ein paar Jahre mehr.

Sie ging leichtfüßig durch den Raum zur Küchentheke, wo eine gewaltige Espressomaschine stand. Sie war es sichtlich gewöhnt, auf hohen Absätzen zu gehen.

Johann schaute ihr fasziniert hinterher. Seine Gastgeberin trug schwarze, eng anliegende Designerjeans, die ihre langen Beine betonten. Darüber eine leicht schimmernde dunkelbraune Seidenbluse. Als sie eine Tasse aus dem Regal nahm, konnte Johann im Profil ihren kleinen Busen erahnen. Sie erinnerte ihn an ein Model auf dem Laufsteg.

* * *

Enza drückte auf den Knopf. Die Maschine mahlte scheppernd eine Portion Kaffeebohnen. Während der Espresso in die Tasse lief, musterte sie verstohlen ihren Gast. Er sah in Wirklichkeit noch besser aus als auf dem Videomonitor. Schlank, sportlich, mit Jeans und T-Shirt leger gekleidet. Ungewöhnlich leger für einen Italiener. Sein Gesicht und seine Hände waren von der Sonne gebräunt. Braune, struppige Haare um ein freundliches Gesicht, die Haarspitzen ein bisschen heller, wie vom Salzwasser ausgebleicht. Einen Gerichtsmediziner hatte sie sich anders vorgestellt.

»Ich heiße Johann Sorbello und bin Leiter der Gerichtsmedizin hier in Genua.«

Er sprach perfektes Italienisch. Und doch war da ein Akzent, den sie nicht einordnen konnte. Irgendwie charmant, dachte sie. Der Mann aus der Gerichtsmedizin gefiel ihr. Doch seine nächsten Worte brachten sie wieder zurück in die Realität.

»Ich habe von der Polizei erfahren, dass Sie die beste Freundin von Francesca Ermia waren. Darf ich Ihnen ein paar Fragen zu ihr stellen?«

»Warum? Was haben Sie mit der Sache zu tun?«

Der Mann zögerte. »Ich habe ihre Leiche untersucht.«

Enza merkte, wie ihre Traurigkeit zurückkam. Sie reichte ihm den Espresso, setzte sich auf ein Kissen und bemühte sich, ruhig zu sprechen.

»War sie es? Ist Franca die Leiche aus dem Piranha-Becken?«

»Ich darf darüber offiziell nicht reden. Aber ja, sie war es.«

Sie schluckte, doch das Schluchzen in ihrer Kehle ließ sich nicht unterdrücken. Sie fühlte die Tränen auf ihren Wangen und wandte sich ab. »Entschuldigen Sie mich bitte einen Moment.« Sie rannte zurück ins Bad, putzte sich die Nase, wusch sich das Gesicht.

Drei Minuten später war sie mit ihrem Make-up wieder zufrieden. Als sie zurück in die Wohnküche kam, sah der fremde Gast sie erwartungsvoll an. Sie versuchte, sich zusammenzureißen.

»Tut mir leid. Franca war wirklich meine beste Freundin. Ich kann einfach noch nicht glauben, dass …« Der Kloß im Hals erstickte ihre Stimme.

Der Mann auf dem Sofa ergriff wieder das Wort. »Ich bedaure es auch sehr, dass ich Ihnen das erzählen musste. Es ist nur so, dass die Umstände ihres Todes so seltsam und ungewöhnlich sind, dass ich einfach mehr über sie erfahren möchte.«

»Was für ein Mistkerl könnte so etwas tun? Wie gestört muss man sein, um jemand den Piranhas vorzuwerfen?« Enza bremste sich und setzte neu an. »Was ist denn überhaupt passiert?«

Wieder dieses Zögern auf der anderen Seite.

»Ich dürfte gar nicht mit Ihnen sprechen. Alles, was ich Ihnen erzähle, fällt unter die Schweigepflicht. Sie müssen mir zusichern, dass Sie mit niemandem darüber reden.«

»Kein Problem. Ich wüsste auch keinen Menschen, mit dem ich darüber sprechen möchte.«

»Ehrlich gesagt habe ich gar keine Ahnung, was genau passiert ist. Sie wurde am Mittwochmorgen im Aquarium gefunden. Jemand hat sie getötet und ihre Leiche danach dort abgelegt. Alles andere ist sehr schwierig zu bestimmen, weil die Untersuchung der Leiche kompliziert ist. Ich muss zugeben, es fällt mir nicht leicht, die Umstände konkreter zu beschreiben.«

Enza merkte, wie der Mann vor ihr nach Worten suchte. Sie fürchtete sich vor dem, was er sagen wollte. Aber sie wollte die Wahrheit wissen.

»Haben die Piranhas sie gefressen?«

»Ja, jedenfalls zum Teil. Aber sie war definitiv schon tot, als das passierte.«

Enza holte tief Luft, versuchte, die Bilder aus einem Horrorfilm, die vor ihrem inneren Auge erschienen, irgendwie auszuknipsen. Die ruhige Autorität, die Johann Sorbello ausstrahlte, half ihr dabei, sich auf Inhalte zu konzentrieren.

»Woran ist sie denn gestorben?«

»Auch das ist äußerst seltsam. Wir glauben, dass sie an Olivenöl erstickt ist. Jedenfalls haben wir Öl in ihrer Lunge gefunden.«

Enza wurde eiskalt. Ausgerechnet Olivenöl! Konnte das ein Zufall sein? In ihrem Kopf schien sich alles zu drehen. Sie blieb eine Weile still, bemüht, einen klaren Gedanken zu greifen. Dann fasste sie einen Entschluss.

»Okay, was wollen Sie von mir wissen?«

***

Johann merkte es sofort. Die Atmosphäre hatte sich verändert. Plötzlich wirkte Enza Marconi weniger weich, weniger traurig. Ein harter Zug hatte sich in ihr schönes Gesicht eingeschlichen. Eine senkrechte Linie auf ihrer Stirn, die sie älter aussehen ließ. Sie zündete sich eine Zigarette an. Er stellte seine erste Frage.

»Wann haben Sie Francesca zuletzt gesehen?«

»Am letzten Wochenende. Sonntagabend war ich mit ihr und ihrem Freund Toni essen. Wir haben uns im Fischrestaurant ›Da Rina‹ getroffen.«

»Ist Ihnen etwas aufgefallen?«

»Nein, wir hatten Spaß. Das Essen war gut. Wir haben viel Wein getrunken. Alles war wie immer.«

»Und danach?«

»Franca und ich, wir hatten uns für Mittwochabend verabredet. Wir wollten uns um achtzehn Uhr im ›Caffè degli Specchi‹ auf einen Aperitif treffen. Doch sie war nicht da. Um Viertel nach sechs rief sie mich an und sagte, sie müsse nur noch kurz etwas erledigen, spätestens um sieben würde sie nachkommen.«

»Aber sie kam nicht?«

»Nein. Als sie um Viertel nach sieben noch nicht da war, habe ich versucht, sie anzurufen. Aber ihr Handy war nicht erreichbar, wahrscheinlich ausgeschaltet. Ich habe es immer wieder probiert, weil ich mir Sorgen machte. Franca kommt nie zu spät. Und sie ist immer total zuverlässig. Ich habe in der Nacht nicht gut geschlafen. Am nächsten Morgen habe ich an ihrer Tür geklingelt. Niemand hat aufgemacht. Danach habe ich die Polizei angerufen.«

»Und ihr Freund? Wie heißt er noch mal?«

»Antonio. Aber alle nennen ihn Toni. Der ist auch verschwunden. Die beiden wohnten ja zusammen. Ist er etwa auch tot?«

»Das weiß ich nicht. Die Polizei sucht nach ihm. Haben die beiden sich manchmal gestritten?«

»Warum fragen Sie? Glauben Sie etwa, dass Toni etwas damit zu tun hat?«

Johann rang mit sich. Spätestens an diesem Punkt musste er sich disziplinieren. Was der Commissario ihm erzählt hatte, war definitiv Ermittlerwissen und damit streng geheim. Er versuchte auszuweichen.

»Ich glaube gar nichts. Was ich denke, spielt auch keine Rolle.«

Er spürte sofort, dass Enza Marconi ihn durchschaute. Ihr Blick war weiter wie versteinert, aber ein Hauch von einem Lächeln umspielte ihre Lippen. Er wurde einfach nicht schlau aus ihr.

»Hören Sie«, sagte sie schließlich. »Wenn ich Ihnen vertraue, müssen Sie mir auch vertrauen. Ich begreife sowieso nicht, warum Sie hier bei mir sitzen. Selbst wenn Sie der zuständige Gerichtsmediziner sind, was haben Sie mit der Suche nach dem Mörder zu tun?«

Johann überlegte. Wie viel durfte, wie viel wollte er ihr sagen? Er war sich ja selbst über seine Motive noch nicht im Klaren. Aber wenn er weiterkommen wollte, musste er da jetzt durch.

»Sie haben recht. Ich habe Sie gerade erst kennengelernt. Und Ihnen kommt das Ganze natürlich merkwürdig vor. Ich bin hier, weil mich der Tod Ihrer Freundin zutiefst aufgewühlt hat. Francesca Ermia erinnert mich an eine Geschichte aus meiner Vergangenheit. Da gibt es etwas, das mich hierhergetrieben hat, das ich herausfinden muss.«

Enza schien zu begreifen, dass er nicht konkreter werden wollte. »Bitte nennen Sie sie Franca. Sie hasst es, mit ihrem vollen Namen angesprochen zu werden«, sagte sie und zögerte, ehe sie mit fester Stimme weitersprach. »Ich muss wohl sagen, sie *hat* es gehasst. Also noch mal: Wird Toni etwa verdächtigt?«

»Ja, die Polizei glaubt, dass er es war. Er hatte einen Schlüssel zum Aquarium. Und er ist verschwunden. Das alles spricht gegen ihn.«

»Das ist doch totaler Quatsch. Ich habe noch nie ein Paar erlebt, das sich so sehr geliebt hat. Toni war vielleicht ein bisschen seltsam. Aber er hätte alles für Franca getan. Das ist absolut unvorstellbar.«

Johann horchte auf. »Was meinen Sie mit ›ein bisschen seltsam‹?«

»Na ja, er konnte sehr verschlossen sein. Die beiden kommen aus irgendeinem Dorf oben in den Bergen. Dort haben sie sich auch kennengelernt. Aber wenn man danach fragte, lenkte er immer ab oder war sehr still. Er hat ein totales Geheimnis daraus gemacht. Und wenn ich ehrlich bin, war das bei Franca genauso. Sie war meine beste Freundin, und trotzdem weiß ich nichts über ihre Familie und über ihre Herkunft. Die Polizei hat mich gefragt, wer ihre nächsten Verwandten sind. Ich habe keine Ahnung. Die beiden sind auch nie nach Hause gefahren. Dennoch, Franca und Toni waren ein Herz und eine Seele.«

Johann spürte, dass sie die Wahrheit sagte. Ihre Augen leuchteten, die Stirnfalte war wieder verschwunden.

»Wussten Sie, dass Franca schwanger war?«

Die Frage traf Enza wie ein Faustschlag. »Ja, sie hat es mir erzählt. Ich glaube, ich war die Einzige außer Toni, die Bescheid wusste. Sie war so glücklich.«

»Kann es sein, dass die beiden darüber in Streit geraten waren?«

»Auf keinen Fall. Er hat sich gefreut wie ein Wahnsinniger.«

Enza Marconi stand auf und ging zu ihrem Schreibtisch. Aus einer Schublade holte sie ein Foto und gab es ihm.

Er blickte in drei lachende Gesichter. Enza mit ihrem blonden Bubikopf in der Mitte, links von ihr das schöne Gesicht, das er schon kannte. Es versetzte ihm wieder einen Stich, auch wenn die Ähnlichkeit bei diesem Bild nicht ganz so extrem war. Rechts ein sympathisch aussehender Mann mit kahl rasiertem Kopf.

Johann wusste aus Erfahrung, dass es viele Mörder mit

netten Gesichtern gab. Aber Enzas Beschreibung von Toni wirkte auf ihn überzeugend. »Darf ich das Foto behalten?«

»Ja, ich habe die Datei auf meinem Computer.«

Johann dachte einen Moment nach. »Wenn es nicht Toni war, wer könnte sonst einen Grund gehabt haben, Franca umzubringen? Und warum ist Toni verschwunden?«

Enza sah ihn an, zuckte hilflos mit den Schultern. »Vielleicht wurde er ja auch umgebracht.«

»Klar, das ist möglich.« Johann erinnerte sich an den Zahnstatus der Leiche. »Wissen Sie, ob Franca kürzlich einen Unfall hatte? War sie vielleicht beim Zahnarzt? Ihr fehlte nämlich ein Schneidezahn.«

Enza schüttelte den Kopf. »Sie hatte die schönsten Zähne der Welt. Als wir uns am Sonntag gesehen haben, war alles in Ordnung. Und sie hat mir auch am Telefon nichts erzählt.«

Johann hatte plötzlich wieder das Gefühl, etwas Wichtiges zu übersehen. Was war es bloß, woran ihn diese Zahnlücke erinnerte? Bei Opfern von brutaler Gewalt war er schon oft mit ausgeschlagenen Zähnen konfrontiert worden. Aber dieser Fall war nun mal wie kein anderer. Er versuchte, das schwarze Loch in seinem Gedächtnis mit Inhalt zu füllen, merkte aber, dass er die Erinnerung nicht erzwingen konnte.

»Vielleicht bringt uns ihr Umfeld weiter. Wissen Sie, wo Franca arbeitete?«, fragte er.

Enzas Gesicht verdüsterte sich wieder. Dieses Gespräch schien wie eine emotionale Berg-und-Tal-Fahrt für sie zu sein. Ihr Schweigen dehnte sich endlose Sekunden. Verheimlichte sie ihm etwas?

»Ja. Sie war Sekretärin bei ›Extravergine‹«, sagte sie schließlich zögernd.

Johann schaute sie überrascht an. Enza wich seinem Blick aus, sah auf den Boden.

»Sie meinen *die* Firma ›Extravergine‹? Den Olivenöl-Riesen?«

Enza nickte stumm.

Bei Johann überschlugen sich die Gedanken. Olivenöl. Die Substanz, die er in Francas Lunge gefunden hatte. Er dachte an die Laboruntersuchung der Ölprobe. Die Ergebnisse sollten nächste Woche kommen. Ob man wohl feststellen konnte, von welchem Hersteller das Olivenöl stammte?

»Extravergine« war einer der größten Olivenölproduzenten des Landes. Er hatte kürzlich einen Artikel darüber gelesen. Der Chef der Firma hatte auf seinem Anwesen für die Fotografen posiert, neben seiner deutlich jüngeren blonden Freundin und einem knallroten Ferrari. Mit Olivenöl war der Mann schwer reich geworden. Eine groß aufgemachte »Tellerwäscher wird Millionär«-Geschichte. Nur dass der Tellerwäscher in diesem Fall als armer Olivenbauer angefangen hatte.

Johann erinnerte sich sogar noch an den Namen des neureichen Ölbarons: Gianni Marconi.

Marconi. Auf einmal wurde ihm bewusst, dass die junge Frau, die ihm gegenübersaß, den gleichen Familiennamen trug.

Er dachte an die exquisite Lage des Hauses, die Größe ihrer Wohnung, das Panoramafenster und sah Enza direkt in die Augen.

»Sagen Sie mal. Der Chef von ›Extravergine‹ heißt doch Marconi. Sind Sie vielleicht …?«

Enza Marconi ließ ihn nicht ausreden. »Ja, er ist mein Vater.«

4

Samstagmittag

Er hatte sich entschieden. Er würde sterben. Keine Angst mehr vor den Schmerzen. Keine Gefühle. Er sah Francas totes Gesicht vor sich und spürte nur noch Leere. Es gab andere leblose Gesichter, die ihn schon so lange quälten. Er hatte Franca nie davon erzählt. Jetzt war es zu spät. Vor ihm lag nichts mehr außer dem Sprung. Und vorher der letzte Besuch bei der Nonna.

Seit sieben Jahren war er nicht mehr hier gewesen. Nichts hatte sich verändert. Die Kerbe in der Haustür, die er als Achtjähriger eingeritzt hatte. Für die er zehn Hiebe mit der Peitsche bekommen hatte. Die blinden Fensterscheiben, die nie geputzt worden waren. Das blecherne Schild neben der Haustür, das vor einem Hund warnte, den er nie hatte haben dürfen. Haustiere waren für sie immer tabu gewesen.

Er klopfte nicht, bevor er eintrat. Er wusste, dass sie um diese Zeit, kurz nach Sonnenaufgang, in der heiligen Kammer war. Er ging die Treppe hoch und erkannte das Knarren jeder einzelnen Stufe wieder.

Sie drehte sich nicht um, als er die Tür öffnete. Sie kniete und betete.

Auch hier hatte sich nichts verändert. Aber er war ein anderer geworden. Er hatte zwar keine Zukunft, aber er stand nicht mehr in ihrer Macht.

Mit drei Schritten ging er durch den Raum, packte sie an der Schulter und riss sie zu sich herum.

Sie sah ihm ins Gesicht, überrascht, dass er es war. Aber sie blieb still.

»War es das, was du wolltest?«, schrie er. »Sollen alle sterben? Alle für ihn?« Er zeigte auf den Schrein.

Sie antwortete nicht. Ihr Blick irrlichterte an ihm vorbei.

Er schlug ihr mit voller Wucht ins Gesicht. Das erste Mal in seinem Leben. Er hatte so viele Schläge von ihr bekommen. In ihrem Mundwinkel war Blut. Sie schaute ihn wieder an, sagte aber weiterhin kein Wort.

Er schlug noch einmal zu. Sie stürzte zu Boden.

»Wir hatten ein neues Leben!«, brüllte er, außer sich vor Wut! »Sie hat dir nichts getan! Ihr hättet uns in Ruhe lassen können! Ihr habt alles vernichtet!«

Sie blieb liegen, sah ihm weiter stumm ins Gesicht.

Er schrie: »Ich hasse dich!«

Endlich sprach sie, heiser und unerbittlich: »Du bist nicht wichtig. Deine Hure ist nicht wichtig. Ich habe dir immer gesagt, was wichtig ist. Aber du warst nicht hart genug, um deine Aufgaben zu erfüllen.«

Ihm wurde kalt. Seine Wut erlosch. Auf einmal wurde ihm bewusst, dass sie wahnsinnig war. Dass sie ihn zu ihrem Werkzeug gemacht hatte, fast sein ganzes Leben. Dass es keinen Sinn mehr machte zu reden. Es war vorbei. Er drehte sich um und ging.

5

Samstagnachmittag

Johann war nicht bei der Sache. Er lag im Bett mit Veronica, dachte aber an Enza. Nicht in sexueller Hinsicht, obwohl er sie durchaus attraktiv fand. Nein, ihn quälte die Frage, was die Tochter von Gianni Marconi vor ihm verbarg. Warum hatte sie nicht sofort erzählt, wo Franca gearbeitet hatte, als er das Olivenöl in ihrer Lunge erwähnte? Warum hatte sie ihn mehr oder weniger rausgeworfen, nachdem das Gespräch auf ihren Vater gekommen war? Bis zu diesem Zeitpunkt hatte er das Gefühl gehabt, dass Enza die Wahrheit sagte. Aber jetzt? Wollte sie ihren Vater schützen?

»Was ist los? Woran denkst du?« Veronica küsste ihn neckisch auf die Nase. »Wollen wir Sex haben, oder willst du lieber ein Kuschelprogramm?«

Er fühlte sich ertappt. Aber er sah, dass sie lächelte, und er wusste, dass er bei Veronica nur wenig falsch machen konnte.

»Ja, ich geb's zu. Mir lässt ein Fall keine Ruhe.«

Veronica richtete sich auf, stützte sich auf einen Ellbogen. »Erzähl mir davon.«

Johann sah sie an. Veronica war nicht wirklich hübsch, aber ungemein intensiv. Ihre Augen leuchteten tiefschwarz in einem matt dunkelbraunen Gesicht. Ihre Lippen waren außen hellbraun, weiter innen dunkelrosa. Sobald sie lächelte, strahlten ihre Zähne so perfekt wie in einer kitschigen Zahnpastawerbung. Aus irgendeinem Grund war das Johanns Assoziation gewesen, als er ihr das erste Mal begegnet war. Ein wirklich bescheuerter Vergleich, dachte er amüsiert. Aber diese Beziehung war eben alles andere als konventionell. Der Leiter der Gerichtsmedizin im Bett mit einer schwarzafrikanischen Prostituierten. Ob das in Genua wohl als direkter Kündigungsgrund ausreichte?

Die Tatsache, dass er ihr regelmäßig von seinen Leichen erzählte, war auf jeden Fall ein grober Verstoß gegen seine Schweigepflicht. Denn Veronica interessierte sich für jedes noch so grauenerregende Detail seiner Sektionen. Mit ihrem leicht gutturalen Akzent in fast fehlerfreiem Italienisch stellte sie bei jedem ihrer wöchentlichen Treffen eine Frage nach der anderen. Wie sah die Wunde aus? Hatte die Haut sich schon verfärbt? Hast du Maden im Fleisch gefunden?

Johann kannte natürlich Fälle von psychisch schwer gestörten Menschen, die sich an solchen eigentlich perversen Details sexuell erregten. Aber das war definitiv nicht Veronicas Interesse. Sie hörte aufmerksam zu, schloss manchmal die Augen, als wolle sie sich das Beschriebene bildlich vorstellen, blieb immer ruhig. Diese Frau konnte nichts schocken. Johann fragte sich oft, ob das mit den Erlebnissen ihrer Kindheit in Afrika zusammenhing. Doch darüber sprach sie nie.

Er wusste fast nichts über Veronica, und trotzdem fühlte er sich bei ihr ungemein wohl. Sie hatte ihm eine Geschichte erzählt: vom jungen Mädchen aus Nigeria, dem die Familie ein Ticket auf einem Flüchtlingsboot kaufte, das zwischen verdursteten Leichen die Fahrt über das Mittelmeer überlebte, das über Lampedusa in Italien landete und vergeblich Arbeit suchte. Schließlich hatte sie als Prostituierte angefangen. So konnte sie ihrer Familie regelmäßig Geld schicken.

Ob all das so stimmte, ob sie einen Zuhälter hatte oder ob eine Organisation dahintersteckte? Johann hatte keine Ahnung. Irgendwann hatte er akzeptiert, dass sie auf solche Fragen nicht antwortete. Und trotzdem vertraute er ihr. Schließlich hatte sie ihm zu Beginn ihrer Bekanntschaft den Arsch gerettet, vielleicht sogar das Leben.

Er erinnerte sich gut an ihre erste gemeinsame Nacht. Ziemlich naiv war er in den Wochen nach seiner Ankunft in Genua regelmäßig spazieren gegangen. Und war dabei in Gefahr geraten. Ihn faszinierten die *carruggi*, die engen, steilen Gassen der Altstadt, in denen die Häuser beim Blick nach oben fast zusammenstießen und kaum Licht nach unten ließen. Wo kein Platz für Autos war und sich die Menschen auf ein Meter breiten Wegen aneinander vorbeizwängten.

Johann mochte die krassen Gegensätze, das dichte Aufeinandertreffen von geschäftig schickem Alltag und zwielichtigem Nachtleben. Eitle Männer in Designeranzügen, mit auffällig gepflegten Haaren und perfekt gestutztem Schnurrbart, stolzierten vorbei an Schwarzafrikanern in nietenverzierten Designerjeans und krachweißen Joggingschuhen. Schlanke Damen, deren braun gebrannte Beine vom knappen Businesskostüm perfekt zur Geltung gebracht wurden, stolzierten auf hohen Absätzen über das Schieferpflaster. Keines Blickes gewürdigt von dunkelhäutigen Frauen mit müden Augen, die in viel zu engen Nylonkleidern an Häuserecken herumlungerten oder auf Hockern vor einer Haustür saßen.

Zu Beginn hatte ihn all das immer wieder überrascht. Aber eines Tages hatte er begriffen, wie Genua tickte. Es war im Palazzo Rosso gewesen, einem gigantischen Adelspalast aus dem 17. Jahrhundert, dem bekanntesten Museum der Stadt auf der berühmten Via Garibaldi. Eben hatte er noch das »Porträt eines jungen Mannes« von Albrecht Dürer bewundert, als sein Blick aus einem Fenster auf zwei Frauen fiel, sie standen an der nächsten Ecke des Vico Boccanegra: lange schwarze Perücken, dazu High Heels und Strapse. Die eine Dame trug sie in Blau, die andere in Rot. Warten auf Kundschaft, ein schönes farbiges Stillleben hinter einer Leine mit frisch aufgehängter Wäsche. So nah, so selbstverständlich lagen Prachtstraße und Gassenstrich in dieser Stadt zusammen.

Dass dieses Miteinander auch kriminelle Seiten barg, hatte er in der Nacht entdeckt, als er Veronica begegnet war. Kollegen hatten ihn vor Genuas dunklen Ecken gewarnt. Er hatte die Warnungen nicht ernst nehmen wollen. Bei einem seiner nächtlichen Ausflüge entlang der Via Maddalena war er morgens gegen zwei Uhr voller Entdeckerdrang in eine der dunklen Gassen abgebogen, auf einmal konfrontiert mit drei

Typen, die gerade eine grünliche Masse – wahrscheinlich Marihuana – in kleine Plastiktüten abfüllten. Bevor er einen klaren Gedanken fassen konnte, ließ einer der Männer ein Springmesser ausschnappen und baute sich bedrohlich vor ihm auf. Aus einem Reflex heraus brüllte ihm Johann ins Gesicht und lief, so schnell er konnte, davon. Er hörte, dass die drei ihn verfolgten, rannte panisch durch die Gassen, bog mal links ab, mal rechts, einfach immer weiter, bis er das Gefühl hatte, die Verfolger abgeschüttelt zu haben.

Irgendwo im Labyrinth der *carruggi* blieb er stehen, versuchte, sein Keuchen zu unterdrücken und zu lauschen. Er hatte sich getäuscht. Er hörte Schritte und laute Rufe; es schien, als hätten sich die Männer aufgeteilt, um ihn einzukreisen. Als die Panik in ihm wieder hochkam, fühlte er den festen Griff einer Hand, die ihn in einen unbeleuchteten Hauseingang zog. Die Hand war dunkel, so dunkel wie die Frau, die ihn soeben gerettet hatte. Sie schloss die Tür, hielt den Finger mahnend vor ihre Lippen und zog ihn weiter in eine Wohnung im ersten Stock. So war er Veronica nähergekommen.

»Ist es ein Mann oder eine Frau?« Veronica sah ihn erwartungsvoll an.

Er brauchte einen Moment, um in die Gegenwart zurückzufinden. »Eine junge Frau. Sie wurde von Piranhas angefressen«, sagte er schließlich und erzählte ihr die ganze Geschichte.

Wie immer fragte sie genau nach, hörte ruhig zu, verzog keine Miene.

Als säße ich im Beichtstuhl, dachte Johann und erinnerte sich an seine verklemmte katholische Kindheit in Deutschland. Er fühlte sich tatsächlich zunehmend befreit, fast gereinigt, während er im Bett mit Veronica die gruseligen Details der Sektion beschrieb.

Warum vertraute er ihr so sehr? Das Risiko war kaum tragbar. Er musste davon ausgehen, dass sie illegal in Italien lebte. Jederzeit konnte sie festgenommen und ausgewiesen werden. Mal abgesehen von der kriminellen Organisation, die wahrscheinlich ihre Einnahmen kassierte. Johann war nicht so naiv zu denken, dass da niemand im Hintergrund agierte. Aber er hatte Veronicas Gegenwart von Anfang an genossen und alles andere ausgeblendet. Schon in der ersten Nacht hatte er mit ihr geschlafen. Und war überrascht gewesen, als sie ihn danach nicht aufgefordert hatte, wieder zu gehen.

Seitdem besuchte Johann sie fast jeden Samstag. Er zahlte die üblichen siebzig Euro für eine halbe Stunde, blieb aber meistens die ganze Nacht. Sie hatten Sex, er erzählte von seiner Arbeit. Sie hörte zu, stellte Fragen, sprach ansonsten wenig. Das schmale Bett in ihrer schäbigen Zwei-Zimmer-Wohnung war immer frisch bezogen. Normalerweise, so hatte sie ihm erzählt, verrichte sie ihre Arbeit in einem Stundenhotel in der Via Maddalena, zwei Gassen weiter. Wenn er sie fragte, warum sie ihn nicht wie jeden anderen Freier behandelte, sagte sie nur: »Du bist netter als die anderen.«

Veronica war die erste Prostituierte in Johanns Leben. Alles an ihr war warm und weich. Wenn er in sie eindrang, umschlang sie ihn fest und atmete ruhig weiter. Für mehr Erregung war in ihrem Leben wahrscheinlich kein Platz. Johann hatte das schnell akzeptiert. Wenn er ehrlich war, musste er zugeben, dass Veronica Ruhe und Entspannung in sein Liebesleben gebracht hatte.

Er war Single, nicht unbedingt aus Überzeugung, aber er fühlte sich so ziemlich wohl. Vielleicht hatte er einfach noch nicht die Richtige getroffen. Auf der anderen Seite fand er Beziehungen schnell anstrengend. Lag es an ihm? Lag es an den Frauen? Sie waren immer wieder attraktiv, intelligent und lustig. Doch Schmetterlinge im Bauch konnte er nie fühlen. Er hatte Angst vor zu viel Nähe, Angst vor Verbindlichkeit, Angst vor Verlust.

Nach dem Trauma mit Hülya hatte er regelmäßig unter Panikattacken gelitten. Sie überfielen ihn immer wieder nachts infolge eines Alptraums, kamen aber auch tagsüber einfach so aus dem Nichts. Auf dem Weg zur Arbeit in der Straßenbahn, während der Visite im Krankenhaus, einmal sogar während einer komplizierten Operation, bei der er assistiert hatte. Sein Chef war gerade dabei gewesen, die zersplitterten Unterschenkelknochen eines Motorradfahrers zu richten, als es losgegangen war: Ohne jede Vorwarnung fing Johanns rechte Hand, mit der er nach einem Skalpell gegriffen hatte, unkontrolliert an zu zittern. In seiner Brust staute sich ein schier unvorstellbarer Druck. Dazu ein Sausen in seinen Ohren und das Gefühl, dass alles Blut langsam aus seinem Kopf nach unten floss. Der Chefarzt schien etwas zu ihm zu sagen, doch dessen Gestalt und alles um ihn herum lösten sich langsam auf. Wie in Zeitlupe wurde es schwarz vor seinen Augen. Und er fühlte nur noch eines: unvorstellbare Angst. Angst davor, ohnmächtig zu werden. Angst, nichts mehr tun zu können. Angst, die Kontrolle zu verlieren.

Hinterher hatte ihn der Chefarzt nach Hause geschickt und ihm sehr direkt den Rat gegeben, sich in Therapie zu begeben. Doch Johann hatte sich lieber eine andere Abteilung mit einem anderen Chef gesucht. Er hatte genug Psychologie studiert, um zu wissen, dass er das Problem damit verdrängte. Aber so war er eben. Und letztlich war er so auch mit Frauen. Wenn es anstrengend wurde, wenn er konfrontiert wurde, dann suchte er das Weite. Ab einem bestimmten Zeitpunkt mied er jede Verbindlichkeit.

In Berlin war das kein Problem gewesen. Er hatte lose Freundinnen gehabt, ab und zu einen One-Night-Stand, nie etwas Ernstes. Die meisten gaben sich damit zufrieden. In Italien war das anders. Die Frauen hier schienen auf ihn zu fliegen. Fast jedes Gespräch wurde zu einem erotisch angehauchten Flirt. Das war durchaus spannend, aber sobald er auch nur in die Nähe eines ersten Kusses kam, wurde die Sache kompliziert. Unvermittelt zogen sich die Damen zurück und fingen irgendwie an, mit ihm zu spielen. Als wollten sie austesten, wie ernsthaft sein Interesse war. Dabei war er immer ehrlich und sagte offen, dass er eben nicht auf der Suche nach einer festen Beziehung sei. Aber niemand nahm das ernst.

Zweimal hatte er tatsächlich mit italienischen Frauen eine Nacht verbracht. Und es hinterher bitter bereut. Sein erstes Date hieß Claudia, eine junge Staatsanwältin am Bezirksgericht. In einer Bar im Centro Storico hatte sie ihn angesprochen. Und ihn danach nicht mehr losgelassen. Es wurde eine aufregende Nacht. Aber als er sich am Morgen danach verabschiedete, schaute sie ihn ungläubig an und setzte zu einer hysterischen Schimpftirade an. Er sei kein richtiger Mann, ein Schwächling, im Bett eine Nullnummer. Wenn er jetzt gehe, brauche er niemals wiederzukommen. Er ging trotzdem und versuchte es, viele Wochen später, noch ein zweites Mal. Paola war Englischlehrerin an einem Gymnasium. Ihre schönen braunen Augen hatten im öffentlichen Bus so oft seinen Blick gesucht, dass er sie ansprach und zum Abendessen einlud. Danach wollte sie unbedingt die Aussicht von seiner Dachterrasse erleben, die er ihr schwärmerisch beschrieben hatte.

Auch diese Nacht war intensiv und schön gewesen. Doch am nächsten Morgen war die fröhliche Leichtigkeit vergangen.

»Wann sehen wir uns wieder?«, hatte Paola gefragt.

»Wer weiß? Vielleicht treffen wir uns wieder mal im Bus«, war seine krampfhaft witzige Antwort gewesen.

Sie hatte ihn traurig angeschaut, still ihre Sachen zusammengepackt und war ohne ein weiteres Wort gegangen.

Er hatte sich mies gefühlt.

Seitdem ging er erotischen Abenteuern aus dem Weg. Italienische Frauen blieben ihm ein Rätsel.

»Glaubst du, ihr Freund hat sie getötet?« Veronica hatte gut zugehört. »Vielleicht wollte er das Kind nicht.«

Johann erinnerte sich an das, was Enza ihm erzählt hatte. »Ich glaube es nicht. Obwohl viele Indizien gegen ihn sprechen. Es war zum Beispiel definitiv sein Sperma, das wir gefunden haben. Das hat der Vergleich mit der DNA aus seiner

Zahnbürste ergeben. Also war er auch der Vater des Kindes. Aber was mich viel mehr beschäftigt, ist diese Zahnlücke. Wir hätten den Zahn finden müssen, in ihrem Mund oder im Aquarium.«

Veronica schien nachzudenken. Dann sagte sie bedächtig: »Weißt du, bei uns in Afrika haben Zähne eine besondere Bedeutung. Wenn ein Krieger einen Löwen oder Leoparden getötet hat, bricht er ihm die Zähne heraus und trägt sie um den Hals. Er glaubt, dass die Kraft des Tieres auf ihn übergeht.«

Johann überlegte kurz, ob irgendjemand Interesse daran haben könnte, sich den Schneidezahn der jungen Frau um den Hals zu hängen. Er schüttelte den Kopf.

»Ehrlich gesagt bringt mich das auch nicht weiter. Seltsam ist aber auch, dass sie in einer Firma gearbeitet hat, die Olivenöl herstellt. Da muss es einen Zusammenhang geben. Die Polizei muss in diese Richtung ermitteln.«

Er hörte auf einmal den Nachhall seiner eigenen Stimme. Unwillkürlich war er laut geworden. Er merkte, wie sehr ihn der Tod von Francesca Ermia beschäftigte.

Veronica fixierte ihn mit einem seltsamen Blick. »Seit wann kümmerst du dich um das, was die Polizei tut? Wieso interessiert dich dieser Fall mehr als andere?«

Johann hätte es ihr erzählen können. Dass die Tote aus dem Piranha-Becken genauso aussah wie die Frau, die er damals nicht hatte retten können. Dass er sich bis heute Vorwürfe machte, in Panik geraten zu sein. Dass ihn dieser Fall verfolgte, weil sein Dasein damals eine Wendung genommen hatte, weg vom Leben hin zum Tod. Dass seine Angst zurückgekehrt war. Aber er wollte mit ihr nicht darüber sprechen.

»Hallo, Herr Gerichtsmediziner! Wovon träumen Sie?« Veronica tätschelte ihm sanft die Wange.

»Von dir.« Er legte ihr einen Finger auf die Lippen und begann, ihren Busen zu küssen. Sie kicherte und zog ihn an sich.

6

Sonntag

Er war am Ende seines Weges. Er stand auf dem Gipfel, fast tausendfünfhundert Meter hoch, und sah das Meer am Horizont. Franca liebte diesen Ort. Sonntags waren sie manchmal hier gewandert. Vier anstrengende Stunden über steinige Bergpfade, aber es hatte sich immer gelohnt.

Wenn sie hier oben mit einem Glas Rotwein und ein paar Scheiben Salami saßen, machten sie Pläne. Viel Geld organisieren und danach ab nach Übersee, das war ihr Traum. Vielleicht nach Australien oder Neuseeland, auf jeden Fall über einen Ozean weit weg von Castelbianco, dem Dorf und seiner unerträglichen Geschichte.

Sie hätten es fast geschafft. Franca hatte das Geld besorgt. Hundertfünfzigtausend Euro, ihr Boss hatte tatsächlich gezahlt. Bald wären sie aufgebrochen. Sein Kind wäre weit weg von der Vergangenheit auf die Welt gekommen. Vorbei.

Er fühlte sich leer, aber auch leicht. Er hatte sich alles von der Seele geredet. Ob der Pfaffe es für sich behalten würde, das war ihm jetzt gleichgültig.

Er ging die fünf Meter bis zum Abgrund und sah in die Tiefe.

***

Zwanzig Kilometer weiter südlich jauchzte Johann Sorbello vor Freude. Nirgendwo konnte er so gut von allem abschalten wie auf dem Surfbrett.

Der Wind wehte weiter mit fünf bis sechs Beaufort. Johann hing im Trapez unter seinem Viereinhalb-Quadratmeter-Segel und raste mit bestimmt fünfzig Stundenkilometern über die

Wellenkämme. Sein Kopf war wie befreit. Keine schweren Gedanken von Tod und Schuld. Keine Angst. Er fühlte nur den Wind, die Gischt und die Geschwindigkeit.

***

Der Mann zögerte. Plötzlich spürte er sie wieder, die unendliche Last, die Trauer und die Schuld. Er weinte. Er sprang. Er schrie. Dann war es still, bis auf das Zwitschern der Vögel und das Rauschen des Windes.

***

In der Bucht vor Genua drehte Johann eine Powerhalse. Er fragte sich kurz, ob jemand das rasante Manöver gesehen hatte. Doch die anderen Surfer waren zu weit weg.

Er lächelte innerlich über seine eigene Eitelkeit. Und sah die Welle, zehn Meter voraus, mindestens anderthalb Meter hoch, mit einer perfekten Neigung. Er erreichte sie, kurz bevor sie brach. Er hob ab.

La vita è bella. Das Leben ist schön.

7

Montag

Es war am frühen Montagmorgen im öffentlichen Hallen-
bad, als sich Johann Sorbello endlich an die Geschichte mit
der Zahnlücke erinnerte. Zweimal pro Woche kraulte er hier
morgens um sieben Uhr seine vierzig Bahnen. Als ehemali-
ger Leistungsschwimmer brauchte er die zwei Kilometer als
Minimum, um ein bisschen die Form zu halten.

Während ihm das Wasser in den Ohren rauschte, versuchte
er, die bisher recherchierten Fakten zu sortieren. Eine Frage
nach der anderen gurgelte durch seine Gedanken. Welche Rolle
spielte Enza Marconi? Welche ihr Vater, der Olivenöl-Baron?
Gab es so etwas wie ein Ölbecken, in dem man ertrinken
konnte? Und wo war Toni, Francas Freund?

Ein Fußtritt ins Gesicht brachte Johann kurz aus dem
Rhythmus. Die ältere Dame, die ihn getreten hatte, be-
schimpfte ihn lautstark. Er hatte sie einfach übersehen.

In Momenten wie diesen sehnte er sich manchmal nach
der guten alten deutschen Ordnungsliebe, die zum Beispiel
dazu führte, dass in öffentlichen Bädern Bahnen für Schnell-
schwimmer reserviert waren.

Er überholte die schimpfende Dame und gab sich wieder
seinem Grübeln hin. Durch seine Schwimmbrille sah er schräg
vor sich eine junge Frau mit stromlinienförmigem Körper. Sie
erinnerte ihn an Enza. Welchen Sport sie wohl betrieb? Sie
hatte definitiv eine gute Figur. Seit Langem war sie die erste
Italienerin, die er anziehend fand. Trotz des kühlen Abschieds
zwei Tage zuvor hatte er große Lust, sie wiederzusehen.

Als er unter der Dusche stand und sich das Chlor von der
Haut wusch, fiel sein Blick auf einen alten Mann unter dem
Wasserstrahl gegenüber. Er hatte sich gut gehalten. Bestimmt

achtzig Jahre alt, kaum Fett am faltigen Bauch, seine Schulter-muskulatur wirkte sehnig, aber gut trainiert.

Der Mann merkte, dass Johann ihn beobachtete, und lächelte ihn an. Es war ein schiefes Lächeln durch drei Zahnlücken hindurch. Normalerweise nichts Besonderes, Johann hatte schon oft bemerkt, dass sich viele Italiener keinen Zahnersatz leisten konnten. Aber diesmal machte es plötzlich Klick in seinem Gedächtnis: die andere Leiche mit der Zahnlücke, er hatte das Bild wieder vor Augen.

Endlich begriff er, warum er sich daran nur so schwer erinnern konnte. Es war nämlich gar nicht »seine« Leiche gewesen. Und er hatte den Körper auch nie zu Gesicht bekommen. Es war der Fall seines Berliner Chefs gewesen. Vier oder fünf Jahre musste das schon her sein. Johann war damals stellvertretender Institutsleiter. Professor Thomas Wohlscheid hatte ihm ein Foto von einer Wasserleiche gezeigt. Ein alter Mann mit erstaunlich gut erhaltenem Gebiss, dem der zweite Schneidezahn oben rechts fehlte.

Johann kamen jetzt ein paar Details in den Sinn. Auffällig war gewesen, dass die Leiche keinerlei Verletzungen im Mundbereich aufgewiesen hatte. Sie hatten darüber diskutiert, ob jemand den Zahn absichtlich herausgebrochen hatte. Johann wusste noch, dass der Zahn nie gefunden wurde. Aber er konnte sich nicht mehr daran erinnern, wie der Mann tatsächlich zu Tode gekommen war. Geschweige denn, ob der Fall jemals aufgeklärt wurde.

Beim Frühstück bemühte er sich, auf andere Gedanken zu kommen. Carla, die grauhaarige Chefin seiner Lieblings-Focacceria, empfahl ihm wie immer etwas Süßes, diesmal die frisch gebackene *torta della nonna* mit Pinienkernen. Wie immer wählte er stattdessen etwas Herzhaftes, zwei große Stücke der goldbraunen *farinata* mit Zwiebeln und Pilzen.

»*Voi tedeschi siete proprio matti!*«, flachste sie mit ihrer von vielen Zigaretten angerauten Reibeisenstimme über die verrückten deutschen Essgewohnheiten. »Zum Frühstück verschlingt ihr, was wir zu Mittag essen. Wann kann ich Sie endlich mal zu etwas Süßem verführen?« Sie zwinkerte Johann zu.

Er zwinkerte zurück. »Wenn es *torta della Carla* gäbe, würde ich vielleicht irgendwann schwach werden.«

Mit einem herben Lachen schob Carla Essen und Cappuccino über die Theke.

Johann setzte sich nach draußen und genoss die Morgensonne. Die Focacceria lag an der Piazza delle Fontane Marose am nördlichen Rand der Altstadt. Um ihn herum toste der Verkehr, dominiert von den knatternden *motorinos*, den Mopeds und Vespas, die jede sich bietende Lücke zwischen den Autos nutzten, um schneller voranzukommen.

Johann nahm einen Bissen von der *farinata* und kaute genüsslich. Ein Brotersatz, gebacken aus Kichererbsenteig, früher Arme-Leute-Essen, als Weizenmehl zu teuer war, mittlerweile Genueser Spezialität. Er nahm sich die Zeit, in Ruhe zu essen und seinen Cappuccino zu trinken. Obwohl seine Gedanken schnell wieder um den Fall mit der Zahnlücke kreisten.

Eine halbe Stunde später saß er am Schreibtisch und rief seinen ehemaligen Chef in Berlin an. Die Sekretärin stellte ihn sofort durch.

»Wohlscheid.«

Er erkannte die hanseatisch näselnde Stimme des Ex-Hamburgers. »Hi Thomas, hier spricht dein verlorener italienischer Sohn.«

Sie hatten sich immer gut verstanden. Johann verdankte seinem Mentor viel.

»*Ciao bello!*«, rief Thomas Wohlscheid ins Telefon. Johann wusste: Das waren so ziemlich die einzigen italienischen Worte, die er kannte, aber dafür umso häufiger benutzte. »Wie geht es dir?«

Sie tauschten ein paar Nettigkeiten aus, bevor Johann zur Sache kam und ihn nach dem Fall mit der Zahnlücke fragte.

Wohlscheid blieb ein paar Sekunden still. »Ich erinnere mich nur vage. Warum fragst du? Hat es mit deiner Piranha-Leiche zu tun?«

Johann wurde klar, dass die Schlagzeilen über das traurige Schicksal von Francesca Ermia auch den Weg nach Deutschland gefunden hatten.

»Ja, ihr fehlt der gleiche Zahn. Und er ist verschwunden.«

»Aber wo soll da ein Zusammenhang liegen?«, fragte Wohlscheid skeptisch. »Es gibt bestimmt Dutzende oder sogar Hunderte von Leichen mit irgendwelchen Zahnlücken.«

»Keine Ahnung, nur so ein Gefühl«, sagte Johann.

Wohlscheid versprach, in seinem persönlichen Archiv nachzuschauen und sich danach wieder zu melden.

Johann blieb eine Weile ruhig sitzen und dachte nach. So ging es nicht weiter. Er musste eine Entscheidung treffen. Was er seit ein paar Tagen tat, verstieß gegen alle Grundregeln der Arbeitsethik eines Gerichtsmediziners. Erst besuchte er Enza Marconi, die beste Freundin der Frau, die er obduziert hatte, und gab ihr vertrauliche Informationen. Jetzt fing er an, selbst zu recherchieren. Ohne Wissen der ermittelnden Behörden und, wenn er ehrlich zu sich selbst war, ohne klare Beweggründe, warum er das wirklich tat.

Er stand auf und ging ins Erdgeschoss. Im Labor fragte er nach den Ergebnissen der Ölanalyse.

Der Assistent dort zuckte mit den Schultern. »Wir haben hier alles. Blut, Serum, Sperma, aber bestimmt kein Olivenöl«, sagte er patzig.

Johann ärgerte sich. Nach einem halben Jahr an der Spitze dieses Instituts hatte er immer noch das Gefühl, ständig gegen Windmühlen anzurennen. Auch dieser Mitarbeiter gab ihm das Gefühl, unerwünscht zu sein. Formal benahmen sich alle korrekt. Aber in den Zwischentönen sendeten die meisten klare Signale. Und die waren negativ.

»Mir ist durchaus bewusst, dass wir hier kein Olivenöl untersuchen«, sagte er ruhig. »Aber Sie sollten wissen, dass wir im Fall Ermia eine Ölprobe an das Institut für Pflanzengenetik in Perugia geschickt haben. Und so langsam sind die Ergebnisse überfällig.«

Der Assistent reagierte mit einem aufgesetzten Lächeln.

»Ach so, das meinen Sie. Ich werde gleich mal in Perugia anrufen und nachfragen.«

Johann ließ ihn stehen und ging weiter in Richtung Leichenhalle. Die Obduktionstische waren noch leer. Die erste Leichenöffnung des Tages war für elf Uhr angesetzt. Der Raum roch nach scharfen Desinfektionsmitteln.

Johann sah sich um, er war allein. Er öffnete eine der acht edelstahlglänzenden Kühlschranktüren und zog die Bahre heraus. Die Leiche darauf war mit einem weißen Tuch zugedeckt. Er schlug es zurück und sah auf das, was vom Gesicht der Frau übrig geblieben war. Er starrte auf die Stümpfe der beiden Sehnerven in den leeren Augenhöhlen, auf die gräulich verfärbten Reste des ebenfalls angefressenen Zungenmuskels.

Natürlich hatte er all das schon mehrfach eingehend studiert. Doch als er versuchte, diesen Anblick mit den schönen Gesichtszügen von Francesca Ermia in Einklang zu bringen, wurde ihm zum ersten Mal bewusst, wie schrecklich, wie gruselig, wie schockierend dieser Rest eines Gesichts aussah.

Plötzlich war der Wissenschaftler Johann Sorbello ganz weit weg. Und der Schmerz war wieder da. Francesca Ermia auf dem Foto vermischte sich mit Hülya Demirek vor seinem inneren Auge. Er sah Hülya noch einmal sterben, fühlte die Panik und die Hilflosigkeit von damals. Dazu der Druck, die Atemnot, unendliche Angst.

»Dottore, geht es Ihnen nicht gut?«

Johann schreckte hoch. Er fühlte sich, als wäre er aus einer Ohnmacht erwacht.

Vor ihm stand Guido Ferrari. Unter seinem weißen Kittel schauten perfekt gebügelte Falten einer dunkelgrünen Anzughose hervor. An seinem Gesichtsausdruck konnte Johann ablesen, dass der junge Assistent peinlich berührt war.

Erst jetzt merkte er, dass er den Kopf der Leiche mit beiden

Händen gepackt hatte. So wie damals den Kopf von Hülya. Die Panikattacken, die vor ein paar Jahren endlich aufgehört hatten, waren zurückgekommen.

Verlegen hob er die Hände und bemühte sich, wieder ruhiger zu atmen. »Ach, wissen Sie, das ist eine lange Geschichte. Aber das gehört nicht hierher.«

Guido sah auf seine Uhr. »Ich will mich nicht aufdrängen. Aber bis zur ersten Obduktion sind es noch anderthalb Stunden. Ich höre gern zu.«

Johann starrte ihn überrascht an. So ruhig und abgeklärt hatte er Guido noch nicht erlebt. Was für eine absurde Situation, dachte er, setzte zu einer freundlichen Ablehnung an und kam ins Stocken. Er spürte, dass er endlich mit jemandem reden musste. Nur mit wem? In den sechs Monaten Genua hatte er keine Freunde gefunden. Ein paar lose Bekanntschaften mit Männern, die schwierigen Erfahrungen mit Frauen. Auch Veronica war nicht die richtige Gesprächspartnerin. Er schlief mit ihr und zahlte dafür. Und Guido? Wenn es an diesem Institut jemand gab, der auf seiner Seite stand, dann war es dieser bunte Vogel. Er hatte ihn von Anfang an gemocht.

»Ich muss gestehen, dass ich Ihnen gegenüber vor ein paar Tagen nicht ehrlich gewesen bin«, sagte er zögernd.

Und in diesem Moment brachen bei ihm alle Dämme. In kurzen Zügen erzählte er die Geschichte, die sein ganzes Leben auf den Kopf gestellt hatte. Die Geschichte vom Einser-Abiturienten, auf den die Mutter so stolz gewesen war, vom einzigen Sohn, der immer schon Arzt hatte werden wollen. Der im Medizinstudium stets der Beste gewesen war. Der davon geträumt hatte, Leben zu retten. Unfallchirurg, das war sein großes Ziel gewesen. Aber schon in der Ausbildung zum Facharzt war er gescheitert.

»Es war am 23. Juni 2009. Ich war als junger Notarzt mit dem Rettungswagen unterwegs. Im Einsatzbefehl hieß es: Frau durch Schüsse verletzt. Aus irgendeinem Grund waren wir noch vor der Polizei dort. Die Frau lag auf der Straße. Später erfuhr ich, dass sie Hülya Demirek hieß und dreiundzwanzig Jahre alt war. Sie blutete aus drei Schusswunden.«

In seiner kurzen Karriere als Notarzt hatte Johann bisher das Glück gehabt, keinen Patienten zu verlieren. Er hatte immer das Richtige getan. Dass seine Patienten auch sterben könnten, war abstrakte Möglichkeit geblieben. In diesem Moment stand er vor seiner schwersten Aufgabe. Und er hatte versagt.

»Ich musste mich entscheiden, welche Wunde ich zuerst versorgte. Sie hatte einen Schuss ins Bein, eine Kugel in die Schulter und eine in den Bauch bekommen. Sie verlor viel Blut. Ich wusste, es geht um jede Sekunde.«

Später hatte sich herausgestellt, dass Hülya von ihrem eifersüchtigen Ehemann angeschossen worden war. Der Polizei war es schon kurz darauf gelungen, ihn festzunehmen. Aber das hatte das Leben der jungen Frau nicht mehr retten können.

Johann sprach schonungslos davon, dass er wie aus dem Nichts einen totalen Blackout erlebt hatte, wie gelähmt und unfähig, eine Entscheidung zu treffen. Er sah das Blut fließen und wusste, er musste etwas tun. Er entschied sich für den Bauch, versuchte, die Blutung dort mit einem Verband zu stoppen. Und merkte zu spät, dass das nichts nützte.

Beim Eintreffen der Polizei war Hülya bereits tot gewesen. Er selbst hatte ihren Kopf mit beiden Händen gehalten und unablässig die Worte wiederholt: »Du darfst nicht sterben. Du darfst nicht sterben.« Er, der Notarzt, im Schock.

Es tat bis heute weh, sich daran zu erinnern.

»Die Sachlage war klar. Ich hätte sie erkennen müssen. Die Wunde im Bein war die einzige, die lebensbedrohlich war. Die Kugel hatte die große Schlagader zerfetzt. Wenn ich dort sofort einen Druckverband angelegt hätte, wäre sie nicht gestorben.«

Guido schaute ihn mit großen Augen an. »Jeder macht doch mal einen Fehler in seinem Leben, Dottore.«

»Nein, Guido. Solche Fehler darf man einfach nicht machen. Ich war für ihren Tod verantwortlich.« Johann hielt kurz inne und sprach leise weiter. »Dann starb meine Mutter.«

Er ersparte Guido die Einzelheiten. Hülyas Tod hatte ihn schon völlig aus dem Gleichgewicht gebracht. Kurz darauf war bei seiner Mutter Bauchspeicheldrüsenkrebs diagnostiziert worden. Unheilbar, er wusste das sofort. Auf alles, was er erreicht und was er noch vor sich hatte, war sie so stolz gewesen. Als sie nach nur sechs Wochen starb, sah er keinen Sinn mehr in allem, was er plante. Das Leben hatte verloren. Der Tod war stärker.

Er entwickelte eine Riesenangst davor, dass sich die Dinge wiederholen könnten. Dass er wieder und wieder ein Leben verlieren würde. Immer öfter lähmten ihn Panikattacken, wie er sie gerade wieder erlitten hatte. Bis er seine Karrierepläne über den Haufen warf.

»Ich merkte, dass ich diese Angst nicht besiegen konnte. Deshalb entschied ich mich dafür, Gerichtsmediziner zu werden. Meine Kollegen und Professoren waren entsetzt. Doch ich sagte mir: Ich werde keine Leben mehr retten, aber ich werde auch keine mehr verlieren. Tote können nicht mehr sterben. Also änderte ich mein Leben.«

Stille. Ein leises Räuspern. Guido wollte etwas fragen. Johann kam ihm zuvor.

»Und jetzt liegt die Piranha-Leiche auf meinem Tisch, mit diesem Gesicht wie aus einem Horrorfilm. Und ich muss feststellen, dass die Italienerin genauso aussah wie die Deutschtürkin, die damals in meinen Händen verblutete.«

Er zog das Foto aus der Tasche und zeigte es Guido. Dann flüchtete er sich in Sarkasmus: »Tja, das sind wohl die sogenannten Launen des Schicksals.«

»Und alles kommt wieder hoch?« Guidos Stimme zitterte. Johanns Erzählung hatte ihn offenbar tief berührt.

»Ja, das kann man wohl sagen. Wie Sie gerade selbst gesehen haben, durchlebe ich intensive Tagträume. Ich rede mit Beteiligten über streng geheime Einzelheiten. Und ich zweifle an der Weitsicht der Polizei. Mit Professionalität hat das alles wenig zu tun.«

Guido nickte. »Was die Polizei angeht, zweifle ich mit Ihnen. Aber was wollen Sie nun tun?«

Johann sah ihn nachdenklich an und wurde sich der Surrealität des Augenblicks bewusst. Der Leiter des Instituts für Gerichtsmedizin hatte gerade seinem jüngsten Assistenten gegenüber eine Art Lebensbeichte abgelegt. Zwischen ihnen lag eine grausam entstellte Leiche. Gleichzeitig hatte sich wie durch ein Wunder ein Moment der großen Nähe und Intimität ergeben. Was also wollte er tun?

In diesem Augenblick erkannte er, dass er sich längst entschieden hatte. Er würde versuchen herauszufinden, wer Francesca Ermia getötet hatte. Wenn er schon keine Leben retten konnte, dann wollte er wenigstens dabei helfen, dass diejenigen, die mordeten, dafür bestraft wurden. Er war bereit.

»Vielleicht spiele ich ein bisschen Detektiv«, sagte er. »Und wenn Sie Lust haben, spielen Sie mit.«

Guido strahlte ihn an. »Ich bin dabei.«

Teil II

Olivenöl

1

Dienstag

Das riesige goldene Schild über dem Portal war so protzig, wie ihr Vater es liebte. »Extravergine – Marconi Enterprises« stand in gewaltigen Lettern darauf.

»Der alte Angeber«, sagte Enza Marconi leise voller Spott. Bevor sie auf die Klingel drückte, dachte sie darüber nach, wie gut oder wie schlecht sie ihren Vater kannte. Seit über zwei Jahren hatte sie ihn nicht mehr gesehen. Dass er egozentrisch, aufbrausend und gewissenlos war, wusste sie seit Langem. Auch dass er jede Menge krimineller Energie entwickeln konnte, hatte sie immer wieder gehört und gelesen. Aber war er fähig, einen Menschen zu töten?

Das Gebäude war vor Kurzem aufwendig renoviert worden. Auch die Hausnummer rechts vom Eingang war jetzt auf einer golden schimmernden Platte eingraviert: Via Giovanni Bettolo 8. Hier hatte der Aufstieg des Gianni Marconi endgültig begonnen.

Ende der achtziger Jahre war es Enzas Vater gelungen, das viereinhalb Stockwerke hohe Gebäude für eine lächerliche Summe zu kaufen. Fast zwei Jahrzehnte lang hatte das ehemalige Speicherhaus im Hafen vorher leer gestanden. Eines von unzähligen Symbolen der Krise, die Genua damals im Griff gehabt hatte.

Heute war die Wirtschaftskrise Geschichte, und Enza wusste, dass die Firmenzentrale im Schatten des berühmten Leuchtturms »Lanterna« mittlerweile auf rund zwanzig Millionen Euro taxiert wurde, tausendmal so viel, wie ihr Vater bezahlt hatte.

Sie blickte hoch zum Wahrzeichen der Stadt. Aus ihrer Schulzeit erinnerte sie sich noch daran, dass im Mittelalter die erste Laterne dort oben, hundertsiebzehn Meter hoch, mit Olivenöl befeuert worden war. Der Flüssigkeit, um die sich gerade alles drehte.

Aus der Ferne hörte sie das Tuten einer Fähre, vermischt mit dem Schreien der Möwen, die über dem Kielwasser eines Fischerbootes kreisten. Enza konnte den Lauf des Bootes nicht weit hinter der Mole verfolgen. Die beiden Fischer saßen mit nacktem Oberkörper am Ruder, unterhielten sich und lachten miteinander. Wahrscheinlich hatten sie einen guten Fang an Bord. In der Sonne glitzerte die Gischt der Heckwelle, dahinter leuchtete das Mittelmeer in verschiedenen Schattierungen: Tiefblau am Horizont, verwandelte es sich zum Strand hin in ein opalisierendes Farbenspiel aus Hellblau- und Türkistönen. Seit ihrer Kindheit faszinierte Enza dieser Anblick der Riviera.

»*Pronto?*« Eine Stimme meldete sich über die Sprechanlage.

»*Buongiorno.* Ich bin's, Enza Marconi. Ich habe einen Termin mit meinem Vater.«

Es war eine Lüge. Sie hatte ganz bewusst nicht vorher angerufen. Sie wollte ihn überraschen, um seine spontanen Reaktionen auf ihre Fragen zu erleben. Seit dem Besuch des Gerichtsmediziners nagte in ihr ein böser Verdacht.

Der Summer ertönte sofort. Sie trat ein und staunte nicht schlecht. Seit ihrem letzten Besuch war die Empfangshalle in einen funkelnden Schickimickipalast verwandelt worden.

Enza musste unwillkürlich grinsen. Dass die chromblitzenden Bauhaus-Ledersessel alles andere als gut zu den vergoldeten Kaffeehaustischen passten, hatte ihren Vater bestimmt nicht gestört. Hauptsache, teuer, das war schon immer sein Motto gewesen. Auch das frisch verlegte Olivenholzparkett musste ein Vermögen gekostet haben. Ganz zu schweigen von der Riesenskulptur in der Mitte des Raums. Dort stand tatsächlich ein gewaltiger Olivenbaum, annähernd fünf Meter hoch, eingepflanzt auf einem kleinen Flecken Erde. Enza widerstand dem Impuls, hinzugehen und die Blätter anzufassen.

Verglichen mit diesem Hingucker war das goldene Firmenschild draußen ein Klacks. Wie hatten es die Arbeiter wohl geschafft, den Baum samt Wurzel in den Raum hineinzubekommen?

»Das war der erste Baum, den ich als Vierzehnjähriger gepflanzt habe«, sagte eine Stimme, die sie kannte, aus dem Hintergrund. »Wir mussten das gesamte Portal und noch ein Stück Mauer herausreißen, um ihn hier hereinfahren zu können.« Als hätte Gianni Marconi ihre Gedanken gelesen. Enza drehte sich um und sah ihren Vater an. Stechende dunkle Augen im tief gebräunten Gesicht, die grauen Haare nach hinten gegelt, kein Lächeln. Er trug weiße Lederslipper zur englisch karierten Stoffhose, darüber ein pinkes Lacoste-Hemd, unter dem sich ein gewaltiger Bauch wölbte. Er hatte zugenommen, sich sonst aber nicht verändert: Eitel, zynisch und eiskalt, so hatte sie ihn ein Leben lang ertragen.

»Warum hast du den Baum nicht einfach da stehen lassen, wo es ihm immer gut ging?«, fragte Enza kampfeslustig.

»Weil er hier viel mehr Eindruck macht«, antwortete Gianni Marconi ungerührt. »Stell dir das mal vor, wir mussten vorher ein fünf mal vier Meter tiefes Loch in den Boden graben. Zusätzlich haben wir diese extrem starken Tageslichtleuchten installiert.« Er zeigte auf zwei futuristisch aussehende Lampen an der Decke. »Und das reichte trotzdem nicht aus. Wir brauchten auch noch eine spezielle Klimaanlage, die für Tag und Nacht eine wechselnde Luftfeuchtigkeit produziert.«

Er kam auf sie zu. Widerwillig ließ sie sich zur Begrüßung kurz auf beide Wangen küssen und entzog sich schnell seiner Berührung.

»Was hat dich der Spaß gekostet?«, fragte sie. Im selben Moment ärgerte sie sich über sich selbst. Das war genau die Art von Frage, die ihr Vater liebte.

Er verzog seine Lippen zu einem stolzen Grinsen. »Wenn du es genau wissen willst: siebenundachtzigtausend Euro. Aber es hat sich gelohnt. Meine Gäste machen noch größere Augen, als du sie gerade gemacht hast.«

Enza hasste seine selbstzufriedene Art. Sie konterte mit einem schneidenden Unterton: »Oh, deine Gäste. Das sind bestimmt wichtige Leute. Sind sie dadurch so geblendet, dass du sie leichter bescheißen kannst?«

Gianni Marconis Grinsen verschwand. Er drehte sich wortlos um und ging auf die Tür zu, durch die er vorher herausgetreten war. »Komm, lass uns in mein Büro gehen. Ich nehme an, du bist nach zwei Jahren Sendepause nicht hierhergekommen, um mit mir über Olivenbäume zu streiten.«

»Ich will mit dir über Franca reden«, sagte Enza, nachdem ihr Vater die Tür seines Arbeitszimmers geschlossen hatte.

Er setzte sich hinter seinen Schreibtisch und schaute sie überrascht an. »Was hast du damit zu tun? Kanntest du sie etwa?«

Enza wunderte sich nicht über seine Reaktion. Ihr Vater hatte sich nie für ihr Leben interessiert.

»Sie war meine beste Freundin. Du hast sie mir vor Jahren vorgestellt. Egal, ich wollte dich fragen, ob dir irgendetwas aufgefallen ist. Ob es vielleicht Spannungen zwischen euch gab?«

Gianni Marconi musterte sie düster und schüttelte langsam den Kopf. »Was willst du von mir? Ich habe dich zwei Jahre nicht gesehen. Jetzt kommst du einfach an, behauptest, du hättest einen Termin, und willst mir Fragen zu einem Mordfall stellen. Wie wäre es mit: Papa, wie geht es dir?«

Enza hatte das Gefühl, dass ihr Vater gar nicht sauer war, sondern Zeit gewinnen wollte. War sie auf der richtigen Fährte?

»Ich kann sehen, wie es dir geht: Du hast Geld gescheffelt ohne Ende, wie immer. Sag mir, war da etwas zwischen euch?«

»Enza, also wirklich! Das Ganze ist schon schrecklich genug. Ich habe mehrere Stunden mit der Polizei gesprochen, musste tagelang die Typen von der Presse abwimmeln. Und nun kommst du auch noch an. Warum?«

Enza vermied eine Antwort. »Wusstest du, dass in Francas Lunge Olivenöl gefunden wurde?«

Gianni Marconis Gesicht blieb absolut unbeweglich. Er sah sie lange an. »Nein, das wusste ich nicht. Aber woher weißt du das? Und willst du damit sagen, ich hätte etwas mit ihrem Tod zu tun?«

»Keine Ahnung. Hast du etwas mit ihrem Tod zu tun?« Enza lächelte ihm dreist ins Gesicht, und als er nichts sagte, fuhr sie fort: »Ich darf dir nicht sagen, woher ich meine Informationen habe. Aber ich hatte in den letzten Wochen das Gefühl, dass Franca mit dir Stress hatte.«

»Ich finde das nicht lustig«, sagte ihr Vater nach einer ausgedehnten Atempause. »Nein, wir hatten keinen Stress. Wir hatten übrigens auch keinen Sex miteinander, falls dich das interessiert. Wahrscheinlich stand sie eher auf Frauen.« Wieder zog er sein dämliches Grinsen auf.

Enza ließ sich nicht provozieren. Seine ständig wechselnden Freundinnen waren ihr schon lange egal. Seit dem Tod ihrer Mutter vor fünfzehn Jahren hatte er nie länger als ein paar Monate mit derselben Frau verbracht. Seine aktuelle Flamme war blond und hatte große Brüste. Diesen Eindruck vermittelte jedenfalls das Foto auf seinem Schreibtisch.

»Hat Franca vielleicht etwas von dir gewollt? Hat sie dich unter Druck gesetzt?«

An der Reaktion ihres Vaters merkte sie sofort, dass sie ins Schwarze getroffen hatte. Sein eben noch herausforderndes Lächeln verzerrte sich zu einer seltsamen Grimasse. Er wirkte unsicher, wich ihrem Blick aus, sprach leiser.

»Was meinst du? Wovon redest du da?« Seine Stimme wurde wieder fester. »Womit hätte sie mich unter Druck setzen können? Ich sagte doch, da war nichts zwischen uns.«

Sie ging endgültig zum Angriff über. »Irgendetwas mit der Firma. Franca hatte doch bestimmt einen guten Einblick in deine besonders schmutzigen Geschäfte.«

Enzas Frage war ein reiner Bluff. In Wirklichkeit hatte sie keine Ahnung, mit welchen Deals ihr Vater zurzeit seine Millionen einfuhr.

An die Anfänge von ›Extravergine‹ erinnerte sie sich gern. Sie war noch ein Kind gewesen, als Gianni Marconi seine erste Ölmühle gekauft und darin die Oliven seines Schwiegervaters gepresst hatte. Oft war die Familie zusammen am Wochenende aufs Land gefahren. In die Berge oberhalb von Genua, wo die Olivenhaine vom Nonno, ihrem Großvater, lagen.

Enza erinnerte sich an den Geruch von wilder Zitronenmelisse, an silbrig glänzende Blätter, durch die ab und zu ein Sonnenstrahl hindurchblitzte, und natürlich an den prall gefüllten Picknickkorb ihrer Mutter. »Du weißt ja, unsere Oliven sind die besten«, hatte sie immer zu ihr gesagt und ihr eine mildwürzige Taggiasca-Olive in den Mund gesteckt. Enza war seit vielen Jahren nicht mehr dort gewesen.

Erst als sie älter geworden war, hatte sie langsam begriffen, wie Gianni Marconi tickte. Mit sechzehn war sie auf die Barrikaden gegangen. Ihr Geschichtslehrer am Gymnasium hatte sie für die Ideen der Globalisierungsgegner fasziniert. Sie war zu ein paar Treffen gegangen und hatte endlich die Revolte gewagt.

»Du bist eines von den kapitalistischen Raubtieren, an denen wir alle zugrunde gehen.« Diese Worte hatte sie ihrem Vater, dem Eisblock, damals als Erstes ins Gesicht geschleudert. Und damit endlich einmal ein echtes Gefühl ausgelöst: nackte Wut. Die Szene war furchtbar gewesen. In der Mitte saß die damals schon schwer kranke Mutter, die sich gerade von ihrer ersten Chemotherapie erholte. Drum herum in wechselnden Positionen Vater und Tochter, die sich wütend Argumente an den Kopf warfen. Bis die Situation total eskalierte, beide sich nur noch atemlos anschrien und Enza schließlich die Tür hinter sich zuschlug, um nicht mehr zurückzukehren.

Sie wusste, dass sie recht hatte. Der Reichtum ihrer Familie war das Ergebnis einer rücksichtslosen Expansion. Marconi hatte mit dem Geld seines Schwiegervaters günstig einen Olivenhain nach dem anderen gekauft, mehrere Ölmühlen übernommen und schließlich eine gigantische Marktmacht aufgebaut. Dadurch konnte er die Preise drücken, bis andere Olivenbauern in wirtschaftliche Not gerieten und ihr Land an ihn verkaufen mussten. Enza wusste auch, dass er im Verdacht stand, Behörden zu bestechen, um sein Monopol immer weiter ausbauen zu können. Bewiesen wurde natürlich nie etwas. Aber sie machte sich keine Illusionen. Sobald ihr Vater ein Ziel hatte, war er auf dem Weg dorthin zu allen Schandtaten bereit.

»Meine Geschäfte sind sauber.« Gianni Marconi hatte sich wieder in der Gewalt. Er war aufgestanden und sah ihr direkt in die Augen. »Und mit Francas Tod habe ich nicht das Geringste zu tun.«

Enza glaubte ihm kein Wort. Was hatte Franca bloß im Sinn gehabt? In den Monaten vor ihrem Tod war sie seltsam gewesen. Sie hatte begonnen, alle möglichen Fragen zu Gianni Marconi und seiner Firma zu stellen. Enza hatte sich gewundert – schließlich war Franca ihrem Vater viel näher gewesen als sie selbst.

Als Franca irgendwann Andeutungen gemacht hatte, dass sie bald viel Geld haben werde, war Enza endgültig stutzig geworden. Doch auf ihre Fragen, was dahinterstecke, hatte Franca immer nur gelächelt und den Finger an ihre Lippen gelegt: »Das möchtest du nicht wissen.«

Enza stand ebenfalls auf. Die Audienz beim Big Boss war vorbei. Aber sie war noch nicht fertig: »Darf ich mir ihren Arbeitsplatz ansehen?«

»Du darfst alles, was du willst, Töchterchen«, sagte Marconi herablassend. »Ich will nur, dass du mir glaubst. Allerdings wirst du da nicht viel finden. Die Polizei hat schon alles durchsucht und ihren Computer mitgenommen.« Gianni Marconi führte sie ins Nebenzimmer. »Du musst mich leider entschuldigen. Ich habe einen wichtigen Termin und muss weg. Wenn du vorher angerufen hättest, hätte ich mehr Zeit für dich gehabt.«

Enza setzte sich hinter den Schreibtisch ihrer toten Freundin.

Ein Blick genügte, um zu sehen, dass ihr Vater recht hatte. Hier gab es nichts mehr von Interesse. Eine unbeschriebene Schreibtischunterlage, das LAN-Kabel vom Computernetzwerk und ein paar Stifte. Doch sie interessierte sich für etwas anderes.

»*Ciao papà*«, sagte sie kalt zu ihrem Vater, der neben ihr stand und sie beobachtete.

Nachdem er schließlich gegangen war, saß sie reglos zwei Minuten lang auf Francas Platz. Dann schlich sie zurück in das Zimmer ihres Vaters und setzte sich an seinen Computer. Sie probierte das Passwort, das sie vor Jahren bei ihm ausspioniert hatte. Es funktionierte.

Sie zog eine mobile Festplatte aus ihrer Handtasche, steckte das Kabel in den USB-Anschluss und begann, Dateien herunterzuladen.

***

Der Computer jodelte. Johann Sorbello sah genervt von seiner Akte auf. Ein gewitzter Systemverwalter hatte das Jodeln damals als Mailgeräusch auf seinem Rechner installiert, wahrscheinlich als Willkommensgruß für den neuen Chef aus Deutschland. Das Ergebnis war mehr als lästig. Jedes Mal, wenn eine Mail eintraf, jodelte der Computer. Johann hatte mehrmals in der Systemverwaltung angerufen und um Hilfe gebeten, ohne Erfolg. Er hatte den Verdacht, dass auch diese Abteilung ihn klammheimlich schikanierte.

Doch als er jetzt den Absender der Mail erkannte, war er bester Laune. Post aus Berlin. Sein früherer Chef Wohlscheid schickte ihm die versprochene Akte, die Leiche mit der Zahnlücke.

»Hi Johann, du erinnerst dich richtig«, schrieb Wohlscheid. »Etwas war seltsam an dem Fall. Bis heute wurde kein Täter ermittelt. Aber dass es einen Zusammenhang mit deiner Piranha-Leiche gibt, kann ich mir beim besten Willen nicht vorstellen.«

Johann öffnete den Anhang. Er hatte sich richtig erinnert. Die Leiche war im April 2015 am Ufer des Schlachtensees von einem Jogger gefunden worden: Helmut Bergmann, pensionierter Lehrer, achtundachtzig Jahre alt. Verschwunden war er an einem Sonntag im November 2014. Die Gerichtsmediziner nahmen an, dass Bergmann schon am Tag seines Verschwindens gestorben war und die ganze Zeit im Wasser gelegen hatte. Aufgrund der niedrigen Temperaturen war die Leiche wohl unter der Oberfläche getrieben, bis das Wasser mit dem Frühjahr wärmer wurde. Dadurch setzte die Leichenfäulnis ein, und der Körper bekam durch die Gasbildung Auftrieb. Identifizieren konnten ihn die Ärzte über seinen Zahnstatus.

Johann erkannte das Foto wieder, das ihm Wohlscheid damals gezeigt hatte. Für sein Alter hatte Helmut Bergmann auch nach fünf Monaten im Wasser ein erstaunlich gutes Gebiss gehabt. Nur dass eben ein Schneidezahn fehlte. Stumpfe Gewalt ohne sichtbare Verletzung, so lautete die Ursachenanalyse bezogen auf die Zahnlücke. Wobei Professor Wohlscheid in seinem Gutachten nicht zu hundert Prozent ausschließen wollte, dass der Zahn erst im Wasser herausgebrochen sein könnte.

Was die Ursache seines Todes anging, war die Antwort ziemlich klar: Helmut Bergmann war höchstwahrscheinlich ertrunken, da seine Leiche keine sonstigen Verletzungen aufwies. Alles andere allerdings blieb ein Rätsel. Seiner Familie zufolge war der Mann weder lebensmüde noch übermäßig gebrechlich gewesen. Vielmehr galt er trotz seines hohen Alters noch als guter Schwimmer, der außerdem regelmäßig abends um den Schlachtensee spazieren ging. Die Polizei entwickelte deshalb die Theorie, dass ihn jemand in den See gestoßen haben könnte. Doch es gab weder ein mögliches Motiv noch Zeugen. Alle Ermittlungen liefen ins Leere.

Johann seufzte frustriert. Er musste Wohlscheid insgeheim recht geben. Dass der Fall Bergmann mit dem Mord an Francesca Ermia zusammenhängen könnte, erschien ihm angesichts der Aktenlage wie eine absurde Idee. Und doch kamen ihm noch einmal Veronicas Worte in den Sinn: Raubtierzähne, die als Trophäen um den Hals getragen wurden.

Er druckte die Akte aus, rief Guido zu sich und zeigte ihm das Foto. »Fällt Ihnen etwas auf?«

Guido trug unter seinem offenen Kittel heute ausnahmsweise schlichtes eng anliegendes Schwarz. »Es fehlt der gleiche Zahn. Haben die beiden Todesfälle miteinander zu tun?« Er schaute Johann erwartungsvoll an.

»Ich fürchte nein. Es ist nur ein Fall, an den ich mich erinnert habe.«

Johann war sich nicht sicher, was er von Guido hören wollte. Sollte es einen europäischen Serienmörder geben, der die Schneidezähne seiner Opfer als Trophäen sammelte, dann hätte sich das ja wohl mittlerweile herumgesprochen. Er schüttelte den Kopf.

»Aber man kann ja nie wissen. Vielleicht haben Sie Lust, ein bisschen Aktenstudium zu betreiben. Es gibt mit ziemlicher Sicherheit in Italien keine zweite Leiche, die in einem Piranha-Becken gefunden wurde. Falls es jedoch andere Fälle mit ähnlichen Zahnlücken geben sollte, wäre es gut, darüber Bescheid zu wissen.«

Guido wirkte alles andere als begeistert. »Glauben Sie nicht, dass die Polizei so etwas schon überprüft?«

»Ich weiß es nicht. Commissario Moreno hat mir leider nicht das Gefühl vermittelt, dass er irgendein Interesse an der Zahnlücke hätte. Ich glaube, die Polizei geht fest davon aus, dass Francesca von ihrem Freund ermordet wurde.«

»Was ja auch naheliegt«, sagte Guido. »Das Kind war von ihm, seine DNA wurde im Körper des Opfers nachgewiesen. Und er ist geflohen.«

»Oder nur verschwunden.« Johann seufzte. »Auf jeden Fall gibt es kein erkennbares Motiv.«

»Okay, ich werde mich morgen ins System einloggen und nach Zahnlücken suchen.«

Guido war deutlich anzumerken, dass ihn dieser Auftrag nicht gerade begeisterte. Doch mit einem Mal hellte sich seine Miene auf. Er zog einen braunen Briefumschlag aus seiner Kitteltasche hervor.

»Aber ich habe noch eine Überraschung für Sie, Dottore. Vielleicht bringt uns das hier weiter. Post vom Institut für Pflanzengenetik aus Perugia.«

Johann blickte fassungslos auf den Poststempel. Jetzt wusste er, warum die Rückmeldung so lange gedauert hatte.

»Wir haben hier den spektakulärsten Mord der letzten Jahre, und die schicken ihre Analyse mit der italienischen Post, die für die vierhundert Kilometer von Perugia nach Genua vier Tage braucht. Unglaublich.«

Er öffnete den Umschlag und zog drei eng bedruckte Seiten heraus. Die Analyse der Olivenölexperten war gespickt mit Fachbegriffen, die selbst dem Gerichtsmediziner fremd waren. Polyphenole, Hydroxytyrosole, Oleocanthale, Tocopherole – beeindruckt verfolgte Johann, welche Inhaltsstoffe in einem ganz normalen Olivenöl enthalten waren. Wobei es sich hier eben nicht um ein normales Öl handelte. Er war aufrichtig überrascht: Die Pflanzengenetiker nutzten tatsächlich das gleiche Instrumentarium wie Gerichtsmediziner. Sie hatten den genetischen Fingerabdruck des Olivenbaums analysiert, aus dessen Früchten das Öl gepresst worden war.

»Verstehe ich das richtig«, fragte er Guido, »dass die DNA unserer Ölprobe wohl nicht aus Italien stammt?«

»C–H–E–M–L–A–L–I«, buchstabierte Guido laut. Er hatte sich über Johann gebeugt und mitgelesen. »Eine Olivensorte, die benannt wurde nach einer kleinen Stadt in Tunesien. Wird vor allem im Süden Tunesiens angebaut.« Er schaute Johann mit großen Augen an. »Ja, Dottore, Sie haben recht. Das Olivenöl, das wir in Francescas Lunge gefunden haben, kommt aus Afrika.«

2

Mittwoch

Sie trug wieder Stöckelschuhe, auch hier auf dem Dorffriedhof von Castelbianco. Leichtfüßig und elegant ging sie langsam hinter der Trauergemeinde her. Enzas blonder Schopf überragte die meisten Menschen, die zur Bestattung von Francesca Ermia gekommen waren. Den Sarg trugen vier Männer auf ihren Schultern. Dahinter ein Priester in schwarzer Soutane mit gefalteten Händen. Ein älteres Paar folgte ihm, der Mann blickte starr geradeaus, die Frau weinte, wahrscheinlich Francas Eltern. Johann hatte das Gelände nicht betreten. Er stand etwa dreißig Meter entfernt, leicht erhöht auf einer Gartenterrasse, und hatte einen guten Blick. Der Friedhof lag am Rande des Dorfes inmitten von Olivenhainen. Rechts von den Trauernden am Berghang standen, etwa vier Meter hoch gemauert, die eigentlichen Gräber. Johann war immer wieder fasziniert von der hiesigen Friedhofsarchitektur. Hier wurde nicht beerdigt, sondern eingemauert. Weil der Platz für Erdgräber nicht reichte, hatte man Dutzende von Fächern übereinanderzementiert. Jedes Fach in der Größe eines Sarges, wie eine gewaltige Schubladenwand.

Das Grab für Franca stand offen, ein rechteckiges Loch, etwa einen Meter hoch, sozusagen in der zweiten Etage. Sobald der Sarg hineingeschoben war, würde ein Maurer die Öffnung luftdicht verschließen und mit einer Marmorplatte verdecken. Darauf der Name, die Lebensdaten und ein Bild von Francesca Ermia.

Johann hoffte insgeheim, dass die Angehörigen ein anderes Foto wählen würden als das, das ihn so sehr an sein traumatisches Versagen als Notarzt erinnerte.

Links zum Tal hin wurde das Friedhofsgelände von einer niedrigen Mauer begrenzt. Dahinter lagen sanft geschwungene grüne Bergrücken in der Morgensonne, ein idyllischer Blick, der allerdings von etwa zwanzig Reportern gestört wurde. Auf die Mauer gestützt, fotografierten sie unablässig jede Bewegung, jede Geste, jede Träne, die sie mit den Teleobjektiven einfangen konnten. Nach dem Einsturz der Morandi-Brücke im vergangenen Jahr war der Piranha-Mord, der genau genommen kein Piranha-Mord war, die größte Story seit Langem.

»Na, auch keine Lust, von den Geiern fotografiert zu werden?«

Johann drehte sich um und erblickte Commissario Moreno, der sich leise von hinten genähert hatte. Der Leiter der Mordkommission trug ein Fernglas in der Hand, mit dem er die Trauergemeinde musterte.

»Glauben Sie wirklich, der Mörder kommt zur Bestattung seines Opfers?«, fragte Johann. »Ich dachte, so etwas gibt es nur in billigen Krimis.«

Moreno ignorierte seine Frage. »Eines muss man ihr lassen. Die Zicke ist vielleicht unfreundlich, aber sie sieht echt scharf aus. Haben Sie mit ihr gesprochen?«

Johann begriff, dass er von Enza sprach. »Ja, ich habe sie besucht. Danke noch mal für die Adresse.«

»Und? Hat sie Ihnen etwas Spannendes erzählt?«

Johann zögerte. Morenos ordinäre Art ging ihm auf die Nerven. Er hatte immer weniger Lust, mit ihm zusammenzuarbeiten. Auf der anderen Seite interessierte ihn, was die Polizei mittlerweile herausgefunden hatte. Er zwang sich also zu einer freundlichen Antwort:

»Ich bin mir nicht sicher, ob das spannend ist. Enza kann sich nicht vorstellen, dass Francas Freund Toni der Mörder ist. Aber das wissen Sie ja schon. Ich finde auf jeden Fall interessant, dass das Opfer in einer Firma gearbeitet hat, die Olivenöl produziert. Sie nicht?«

Moreno hielt sich weiter das Fernglas vor die Augen und antwortete erst nach ein paar Sekunden: »Sie meinen wegen des Öls in ihrer Lunge? Ehrlich gesagt finde ich das ziemlich nebensächlich. Wir haben natürlich mit Marconi gesprochen. Er hat nichts Besonderes bemerkt, und er hat ein Alibi. Ich glaube fest daran, dass Antonio Testa unser Mann ist. Wer weiß, vielleicht kommt er ja wirklich nach Hause zurück, um sich anzuschauen, was er angerichtet hat. Wir haben für alle Fälle ein paar Leute positioniert.«

»Haben Sie mit den Menschen hier im Dorf gesprochen?«

Moreno scannte mit dem Fernglas die umliegenden Oliven-terrassen ab. Wahrscheinlich hatten sich seine Polizisten dort verteilt.

»Was glauben Sie denn?«, antwortete er gereizt. »Natürlich, das ist ja unser Job. Die Eltern von Francesca Ermia haben seit einiger Zeit keinen Kontakt mehr mit ihr. Sie wussten nicht einmal, dass sie mit ihrem Freund Toni zusammenlebte. Und die Eltern von Toni sind schon seit Ewigkeiten tot. Sie starben bei einem Autounfall kurz nach seiner Geburt. Ansonsten keine Verwandten außer einer schrulligen Oma. Mit der haben wir versucht zu sprechen. Aber sie wirkt ziemlich meschugge. Das Einzige, was wir aus ihr herausbekommen haben, ist, dass sie Toni seit Jahren nicht mehr gesehen hat. Sie hat nicht mal ein Foto von ihm. Unsere Fahndung läuft also mit einem be-schissenen uralten Passfoto.«

Johann hatte das Fahndungsfoto in der Zeitung gesehen und sich schon gewundert. Auf dem Bild war Toni ein pick-liger, vielleicht siebzehnjähriger Schüler mit langen Haaren gewesen. Auf dem Abzug, den Enza ihm gegeben hatte, sah man dagegen einen sonnengebräunten Mann mit markanten Zügen und kahl rasiertem Kopf. Es war deutlich, dass Enza dieses Bild der Polizei nicht gegeben hatte. Das machte die Fahndung mit Sicherheit nicht leichter. Möglicherweise hätte Moreno seinen Hauptverdächtigen gar nicht erkannt, wenn er sich tatsächlich unter die Trauernden gemischt hätte.

Johann überlegte. Er hatte das Foto dabei. Sollte er es dem Commissario zeigen?

Moreno unterbrach seine Gedanken: »Etwas stinkt an diesem Fall. Wir haben noch verschiedene andere Leute im Dorf befragt. Keiner weiß was, keiner sagt was. Außer dass die beiden schon lange weg waren und nie wieder gesehen wurden.«

Die beiden Männer sahen eine Weile stumm der Zeremonie zu.

»Ich will Sie ja nicht nerven«, sagte Johann nach einer Weile. »Aber wir haben Ihnen gestern das Ergebnis der Ölanalyse rübergefaxt. Sie haben es bestimmt gesehen: Das Olivenöl stammt aus Tunesien. Vielleicht ist das eine Spur, die uns weiterbringt.«

Moreno sah ihn scharf an. »Wenn überhaupt, bringt es die Polizei weiter. Sie, Dottore, haben mit der Fahndung nichts zu tun. Und was hinter Ihrem ach so privaten Interesse steckt, das kann ich mir schon denken.«

Er machte eine vulgäre Geste, schlug mit der flachen rechten Hand auf die zur Faust geballte linke und nickte mit seinem Kopf Richtung Trauergemeinde.

Johann ignorierte die offensichtliche Anspielung auf Enza, obwohl ihn die provozierenden Sprüche des Commissario ärgerten. Er hatte sich schon oft gefragt, warum Moreno ihm mit einer solchen Abneigung begegnete. In Berlin war er daran gewöhnt gewesen, eng mit der Polizei zusammenzuarbeiten. Bei seinen Obduktionen war einer der ermittelnden Kommissare immer zugegen, auch wenn es manchem Kollegen sichtlich schwerfiel.

Johann wusste, dass diese Vorgehensweise auch im italienischen Kriminalsystem üblich war. Doch Moreno hatte seinen Seziersaal bisher noch kein einziges Mal betreten. Er holte sich lieber hinterher die Ergebnisse ab, nicht ohne dabei deutlich zu machen, wie gering er sein Gegenüber schätzte.

Mochte der Commissario einfach keine Gerichtsmediziner?

Hatte es mit Johanns Vorgänger zu tun, der unter zwielichtigen Umständen gefeuert worden war? Irgendwann würde er ihn fragen und konfrontieren müssen. Heute hatte er keine Lust dazu. Und ein besseres Fahndungsfoto von Toni würde Moreno schon selbst auftreiben müssen. Mit einem knappen »*ciao*« ließ Johann ihn stehen und ging zurück zum Dorf. Er hatte gesehen, dass Enza Anstalten machte, die Bestattung zu verlassen, bevor sie zu Ende war. Er begegnete ihr am Friedhofstor.

Sie starrte ihn entgeistert an, wie vor den Kopf geschlagen. »Was machen Sie denn hier?«

Sie trug ein schlichtes schwarzes Kleid, das ihre schlanke Taille betonte. Sie hatte geweint.

Johann fand, dass sie umwerfend gut aussah. Zumindest in dieser Angelegenheit musste er dem Commissario recht geben. Er überlegte, was er sagen sollte, und entschied sich, ehrlich zu sein:

»Ich hatte Ihnen ja gesagt, dass der Fall mich persönlich berührt. Und ich habe insgeheim gehofft, Sie hier wiederzutreffen.«

✳✳✳

Enza sah dem Gerichtsmediziner ins Gesicht. Sie fühlte sich überwältigt von einem Strudel gegensätzlicher Gefühle. Alles hier war ihr fremd. Francas Eltern, die sie noch nie gesehen hatte. Der Priester, der von einer jüngeren Franca sprach, die sie so nie kennengelernt hatte. Die Menschen aus dem Dorf, die sie anstarrten wie eine Außerirdische. Vor ein paar Sekunden hatte sie erkannt, dass sie nicht miterleben wollte, wie der Sarg ihrer Freundin eingemauert wurde. Sie war einfach gegangen.

Und jetzt stand er vor ihr. Mit seinem anziehenden Lächeln, das sie gleichzeitig daran erinnerte, was sie ihm alles nicht erzählt hatte. Seitdem sie den Computer ihres Vaters gefilzt hatte, waren noch ein paar Geheimnisse dazugekommen. Doch bevor sie darüber redete, wollte sie erst herausbekommen, was dahintersteckte.

Sie versuchte zu lächeln, merkte aber, dass ihre Gesichtsmuskeln ihr nicht gehorchten. Dann spürte sie, dass sie trotz allem froh war, an diesem Ort nicht mehr allein zu sein.

»Können Sie mich mit nach Genua nehmen? Ich bin mit dem Bus hierhergekommen.«

»Gern. Aber ich wollte erst noch einen Besuch machen. Ich habe soeben erfahren, dass Tonis Großmutter hier in der Nähe wohnt. Wollen Sie mitkommen?«

Enza war überrascht. Toni hatte mal erzählt, dass seine Eltern schon lange tot waren. Dass es noch eine Oma gab, hatte er nie erwähnt. Etwas zog sich in ihr zusammen. Ihre Trauer wich einem großen Unbehagen, aber sie spürte auch Neugierde. Warum bloß hatten weder Franca noch Toni jemals über diesen Ort geredet?

»Ja, gern. Wo müssen wir hin?«, sagte sie und folgte ihm.

Sie gingen durch Castelbianco, über steile, mit Flusskieseln gepflasterte Gassen, unter romantischen mittelalterlichen Bogengängen hindurch, vorbei an violett blühenden Bougainvillea-Sträuchern und Zitronenbäumen voller reifer Früchte.

»Schön hier«, sagte Enza. Doch mit jedem Schritt wuchs ihre Spannung: Welches dunkle Geheimnis lag über diesem idyllischen Dorf?

***

Das Haus sah von Weitem so aus, als sei es vor vielen Jahren verlassen worden. Nur noch wenige graue Putzreste klebten an den Natursteinmauern. Ein paar große Steine waren herausgefallen. An der Tiefe der Löcher konnte Johann erahnen, dass die Mauern fast meterdick sein mussten.

Eine alte Frau auf dem Dorfplatz hatte ihnen den Weg gewiesen, er war weiter und anstrengender geworden als erwartet. Tonis Großmutter wohnte mehr als einen Kilometer außerhalb Castelbiancos. Sie hatten einen steinigen Pfad bergan laufen müssen. Für Enza mit ihren hochhackigen Schuhen war es alles andere als ein Spaziergang gewesen. Ab und zu hörte Johann sie leise fluchen. Im Augenwinkel konnte er wahrnehmen, dass ihr eleganter Gang zu einem taumeligen Auf und Ab geworden war.

Sie hatten nicht viel miteinander gesprochen. Ein paar Worte über das heiße Sommerwetter, die Schönheit der Landschaft, darüber, wie abgeschieden von der Außenwelt Tonis Oma lebte. Johann hatte das Thema Franca noch nicht anschneiden wollen. Und sein Instinkt sagte ihm, dass es Enza ähnlich ging.

Sie näherten sich dem Haus, schwitzend und verstaubt. Die Fensterscheiben waren praktisch blind, so lange waren sie nicht mehr geputzt worden. Dahinter konnte man schemenhaft Gardinen wahrnehmen.

Der Vorgarten dagegen war gepflegt und bewässert. Diverse Gemüse- und Salatsorten standen saftig grün in sauber gezogenen Linien. Hinter dem Haus hörte man Hühner gackern. All das sprach dafür, dass sich Tonis Oma weitgehend selbst versorgte.

Sie suchten vergeblich nach einer Klingel, klopften mehrmals laut an die rissige Holztür. Niemand antwortete.

Johann zögerte und sah Enza hilfesuchend an.

»Sie glauben doch nicht, dass ich mir meine besten Schuhe ruiniere, um jetzt einfach wieder zu gehen«, sagte sie. Ihre Augen funkelten ihn an, als sie die Klinke drückte.

Die Tür öffnete sich ohne jeden Widerstand. Tonis Oma hatte nicht abgeschlossen.

»Wir können da nicht einfach reingehen«, sagte Johann mahnend. Ihm schossen deutsche Paragrafen durch den Kopf: Unverletzlichkeit der Wohnung, Hausfriedensbruch und so weiter. Doch Enza schien vor solchen Überlegungen gefeit.

»Sie können ja draußen bleiben und aufpassen«, sagte sie schnippisch und stakste hinein ins Halbdunkel.

Johann war gegen seinen Willen beeindruckt. Er kämpfte

kurz mit sich, versuchte Chancen und Risiken gegeneinander abzuwägen, merkte aber schnell, dass er sich etwas vormachte. Er hatte mit seinen privaten Ermittlungen sowieso schon eine Grenze überschritten. Und er wollte endlich verstehen, was passiert war. Er trat über die Schwelle.

Es dauerte ein paar Sekunden, bis sich seine Augen an die Lichtverhältnisse gewöhnt hatten. Er befand sich in einer großen Wohnküche. Weiter hinten führte eine Holztreppe in den ersten Stock. Darüber eine Art Empore, verkleidet mit einem auffällig großen Spiegel, der keine Funktion zu haben schien. In der Mitte des Raums ein nackter Holztisch mit drei Stühlen. Der blank geputzte Steinfußboden stand in einem merkwürdigen Kontrast zu den schmutzigen Fensterscheiben, durch die ein paar fahle Sonnenstrahlen ins Zimmer schienen.

Aber das war es nicht, was ihn irritierte. Erst nach ein paar Sekunden merkte er, was seltsam war. Er fühlte sich in eine andere Zeit versetzt. Dieser Raum wirkte wie ein Museum. Er konnte nicht ein einziges elektrisches Gerät entdecken. Gekocht und gebacken wurde hier auf einem gusseisernen Kochherd, der mit Holz beheizt wurde. Eine tiefe Pfanne stand auf der Herdplatte. Darin köchelte eine braune Flüssigkeit. Es roch nach Rosmarin und würzigem Fleisch. Auch im gewaltigen Kamin in der Ecke flackerte trotz der Sommerhitze ein Feuer, darüber hing ein großer, mit Wasser gefüllter, dampfender Topf. Das Ganze wirkte auf ihn, als hätte die Hausherrin vor hundert Jahren mal kurz das Zimmer verlassen.

Eine Schublade quietschte laut, er zuckte zusammen. Aber es war Enza, die das Geräusch verursacht hatte. Sie stand vor dem mächtigen Küchenschrank und hatte eine Art Durchsuchung begonnen. Bei Johann klingelten erneut die Alarmglocken.

»Das kannst du nicht machen. Sie kann jederzeit wiederkommen.«

Enza öffnete ungerührt die nächste Schublade. »Ist dir auch etwas aufgefallen?«

»Was meinst du? Dass hier die Zeit stehen geblieben ist?«
Johann merkte, dass sie angefangen hatten, sich zu duzen.
Warum auch nicht? Immerhin waren sie zu Komplizen geworden. Sie brachen gerade zusammen in ein fremdes Haus ein.

»Nein, das findest du immer wieder mal in den Dörfern.«
Enza schloss die Schublade und sah ihn an. »Aber ich habe noch nie eine italienische Wohnung ohne jeden persönlichen Schmuck gesehen. Normalerweise hängen da immer jede Menge Familienfotos, Widmungen, Glückwünsche, Grußkarten. Hier ist nichts davon. Sie muss doch mal einen Mann gehabt haben, vielleicht ein paar Kinder, mindestens ein Enkelkind. Und du siehst keine Spur davon.«

Sie öffnete die dritte Schublade und kramte darin herum.

Was sie sagte, stimmte. Johann hatte sich schon oft über die mit Bildern bepflasterten Familienaltäre amüsiert, wenn er bei italienischen Bekannten zu Gast war. Dieses Zimmer aber wirkte trotz des Essens auf dem Herd merkwürdig unbelebt.

Plötzlich knarrte es, diesmal hinten auf der Treppe. Johann fuhr herum und hielt unwillkürlich den Atem an.

Langsam, Schritt für Schritt, Stufe für Stufe, löste sich eine Figur aus dem Schatten des Obergeschosses. Dürre Beine in dunklen Wollstrümpfen kamen zum Vorschein, darüber ein schwarzer Rock, eine weiße Bluse und schließlich ein Gesicht dazu: faltig und doch straff, tief liegende Augen, auf jeden Fall alt, vielleicht sogar sehr alt. Allerdings machte diese Greisin keinen gebrechlichen Eindruck. Sie war schlank, hielt sich kerzengerade und trug weder Stock noch Brille. Die weißen Haare hatte sie streng nach hinten gebunden. Jede ihrer Bewegungen wirkte bestimmt und kontrolliert. Tonis Nonna, wenn sie es denn war, strahlte vor allem eines aus: Disziplin.

»Wer sind Sie? Was tun Sie in meinem Haus?«
Ihre Stimme klang schrill, doch sie wirkte auf Johann alles andere als nervös angesichts der Tatsache, dass zwei fremde

Menschen ihre Wohnküche durchstöberten. Er suchte nach Worten, um das gemeinsame Eindringen zu erklären. Enza war schneller.

»*Buonasera, signora.* Entschuldigen Sie unsere Störung. Aber die Tür stand offen, wir haben laut gerufen, und nichts passierte. Da wollten wir nachsehen, ob alles in Ordnung ist.« Ihr Lächeln strahlte über ihre Lügen hinweg.

Johann sah, dass hinter ihr die Schublade, in der sie eben noch gewühlt hatte, offen stand.

Die alte Frau verzog keine Miene, ging zum Kamin, griff nach der Spaltaxt, die dort auf einem Stapel Holzscheite lag, und wiederholte ihre Frage: »Wer sind Sie? Was wollen Sie hier?«

»Wir sind Freunde von Toni und machen uns Sorgen. Wissen Sie, wo er sich aufhält.«

»Toni? Wen meinen Sie?« Sie sprach den Namen aus, als hätte sie ihn noch nie gehört, nahm ein Stück Holz, hackte es mit einem einzigen energischen Hieb in zwei Stücke und schürte das Feuer damit.

Enza warf Johann einen irritierten Blick zu. Waren sie im falschen Haus?

»Wir suchen Antonio Testa«, erklärte Johann. »Wir dachten, er sei Ihr Enkel. Sind wir hier nicht richtig bei Gina Testa?«

»Doch, das bin ich. Sie meinen also Antonio, meinen Schatz. Er war ein schönes Kind. Und so klug. Aber er ist schon lange tot. Schon fünf Jahre. Oder sechs?« Signora Testa fasste sich an die Stirn, als wolle sie ihrer Erinnerung nachhelfen.

Johann erinnerte sich an die Worte des Commissario. Es schien, als hätte Tonis Großmutter tatsächlich Probleme mit ihrem Gedächtnis. Er versuchte es noch einmal:

»Nein, Signora, Sie müssen sich irren. Antonio lebte bis vor einer Woche noch in Genua. Er arbeitete im Aquarium und hatte eine Freundin namens Francesca. Aber jetzt ist er verschwunden. Wir suchen ihn dringend.«

Signora Testa sah ihn verständnislos an. »Mein Antonio

hat eine Freundin? Nein, das kann nicht sein. Er hat mir versprochen, dass er niemals in Sünde leben wird. Bevor er starb.« Ihr Blick flackerte wie ein Irrlicht durch den Raum, landete auf Enza. »Oder ist er noch nicht tot? Ich habe ihn so lange nicht mehr gesehen. Viele, viele Jahre.« Schlagartig wirkte sie müde und zittrig. Sie setzte sich auf einen der Stühle.

»Wann war Antonio denn zum letzten Mal hier bei Ihnen?«, fragte Johann.

Signora Testa blickte nur kurz auf, zuckte mit den Schultern und brabbelte etwas Unverständliches. Sie schien in sich zu versinken, wippte langsam vor und zurück, reagierte auf keine Frage mehr.

Johann sah hilflos zu Enza hinüber. Sie machte einen hoch konzentrierten Eindruck und schien die Szenerie weiterhin intensiv in sich aufzunehmen. Doch er war enttäuscht. Sie waren so weit gegangen. Und hatten nichts Neues erfahren. Nach Hause in sein Dorf war Toni jedenfalls nicht geflohen. Seine Großmutter lebte allein mit ihrer verwirrten Erinnerung.

Sie entschuldigten sich für die Störung und machten sich auf den Rückweg.

»*Merda*, Scheiße!« Enza ließ ihren Gefühlen freien Lauf.

»Tut mir leid, dass ich dich zu dieser Wanderung überredet habe«, sagte Johann. »Ich hatte gehofft, wir könnten aus der Nonna mehr herausbekommen als die Polizei.«

Sie sah ihn prüfend von der Seite an. »Ich habe nur geflucht, weil ich schon wieder umgeknickt bin. Was unseren Besuch bei Signora Testa angeht, ich finde, der war äußerst interessant.«

Johann blieb überrascht stehen. »Was meinst du? Ist dir etwas aufgefallen?«

Enza lächelte spitzbübisch. »Du hast ihr die Show abgenommen, nicht wahr? Typisch Mann, keinerlei Empathie für Frauen, egal welchen Alters. Ist dir nicht aufgefallen, dass sie erst in dem Moment schwachsinnig wurde, als wir nach Toni fragten?«

Johann fühlte sich herausgefordert. »Weißt du, ich habe mal

Medizin studiert. In einer gewissen Phase von Altersdemenz können Menschen zwischen Klarheit und Vergessen hin und her schwanken. In einem Moment scheinen sie vollkommen lebensfähig zu sein. Im nächsten haben sie drei Viertel ihres Lebens vergessen.«

»Stimmt schon«, sagte Enza. »Aber in diesem Fall fand ich die Veränderung vollkommen unglaubwürdig. Ich habe mal ein Praktikum gemacht in einem Altersheim für Demenzkranke. Nach allem, was ich da erfahren habe, schaffen es Menschen mit dieser Krankheit nicht mehr, ein unabhängiges Leben zu führen. Sie vergessen, wie man sich den Hintern abwischt. Sie denken nicht daran, dass sie essen und trinken müssen. Und hier haben wir eine Frau, die ihre Hühner füttert, den Nutzgarten beackert und eine Fleischbrühe kocht. Glaub mir, sie hat uns etwas vorgespielt.«

Johann wollte etwas erwidern, doch Enza steckte auf einmal ihre Hand in den Ausschnitt ihres Kleides und zog etwas hervor.

»Schau mal, was ich in einer der Schubladen gefunden habe«, sagte sie. »Das mit der Demenz kannst du vergessen.«

Mit einem Blick erkannte Johann, dass sie recht hatte. In ihrer Hand hielt sie eine Eintrittskarte für das Aquarium von Genua, abgestempelt vor drei Wochen.

✳✳✳

Der Mann sah den beiden hinterher. Die dünne blonde Frau kannte er. Er hatte sie oft mit der Schlampe zusammen beobachtet. Den Typen an ihrer Seite hatte er noch nie gesehen. Jetzt zog die Frau etwas aus ihrem Ausschnitt und zeigte es ihm. Er wusste nicht, was es war. Aber er hatte genau gesehen, dass sie es aus der Schublade gestohlen hatte, als die Nonna die Treppe hinunterging. Wie gut, dass es den Spiegel gab, hinter dem er alles beobachten konnte. Vor vielen Jahren schon hatte er ihn installiert. Damals, als das mit den Aufgaben losging.

Seitdem wusste er: Er musste immer auf alles vorbereitet sein. So wie auf diesen überraschenden Besuch.

Er öffnete die Schublade. Seine Schublade, darin bewahrte er alles auf. Er wühlte sich durch die Unterlagen, aber er konnte nicht erkennen, was fehlte. Er sah wieder aus dem Fenster und dachte nach. Der Mann nahm die Frau an der Hand. Waren die zwei ein Paar? Egal, er würde sie im Auge behalten müssen. Er spürte: Die beiden waren eine Bedrohung. Vielleicht würden sie irgendwann zur Aufgabe werden.

»Wer war das?« Die Nonna saß auf dem Stuhl und schaute ihn düster an.

»Keine Ahnung.« Er wusste, dass sie sich nicht wirklich dafür interessierte. Vor vielen Jahren schon hatte er begriffen, dass sie in der Vergangenheit lebte. Dass es in ihrem Dasein nur einen Sinn gab. Und er war kurz davor, alles zu vollenden.

»Mach dir keine Sorgen, Nonna«, sagte er leise und öffnete den Wandschrank. Gut, dass die Blonde mit ihrer Neugierde nicht so weit gekommen war.

Er überlegte kurz und wählte die Neun-Millimeter-Beretta. Die Bockflinte war ihm zwar lieber, aber er wollte es nicht riskieren, mit einem ein Meter sechzehn langen Gewehr über die Grenze zu fahren.

»Spätestens übermorgen bin ich wieder da.« Mit diesen Worten griff er nach seiner Tasche, legte die Pistole hinein und verließ das Haus der Nonna. Er schaute sie nicht mehr an. Wenn er zurückkam, würde sie mit ihm zufrieden sein. Das war es, wofür er lebte.

＊

Seine Hand war trotz der Hitze trocken und fest. Enza fühlte Hornhautschwielen und Kraft. Erstaunlich, dachte sie, wie bei einem Maurer, der jeden Tag einen Backstein nach dem anderen anfasst.

Als sie zum wiederholten Mal über ihre dämlichen Absätze

gestolpert war, hatte Johann nach ihrer Hand gegriffen, um sie zu stützen. Erst war sie überrascht gewesen, dann hatte sie gemerkt, dass es ihr gefiel. Sie riskierte einen Seitenblick. Johann sah stoisch geradeaus.

Die Nachmittagssonne stand schon tief, die Hügel warfen lange Schatten, in der Ferne lag, wie ein blauer Dunst, das Meer. Der Weg zurück zum Dorf führte durch wild zugewucherte Gartenterrassen. Enza erkannte, dass sie durch eine ehemalige Olivenplantage gingen. Doch die Bäume ragten wie geheimnisvolle Urzeitwesen in den Himmel, schon lange nicht mehr beschnitten und vollkommen bedeckt von einem zotteligen Kleid aus Efeu und Brombeerranken. Nur der Pfad zum Haus der Nonna wurde offensichtlich regelmäßig freigeschnitten.

Schwer vorstellbar, dass die alte Frau noch die Kraft hatte, hier die Machete zu schwingen. Enza fragte sich, wer sie wohl mit dem Nötigsten versorgte, seitdem ihr Enkel vor sieben Jahren in die Stadt gezogen war.

Sie diskutierten darüber, was die Eintrittskarte zum Aquarium bedeuten mochte. Weder Enza noch Johann konnten sich einen Reim darauf machen. Toni arbeitete im Aquarium, er brauchte also kein Ticket. Außerdem war er angeblich seit Jahren nicht mehr hier im Dorf gewesen. Hatte die Großmutter ihren Enkel vielleicht im Aquarium besucht und deshalb Eintritt gezahlt?

Enza rief sich das Verhalten der Nonna noch einmal in Erinnerung. Irgendetwas an ihr war definitiv unheimlich.

»Kannst du dir vorstellen, dass die Großmutter etwas mit Francas Tod zu tun hat?«, fragte sie.

»Keine Ahnung. Mal angenommen, du liegst richtig. Sie ist nicht dement und spielt uns und der Polizei etwas vor. In diesem Fall hätte sie also etwas zu verbergen. Aber nach allem, was wir wissen, hatte sie seit Jahren keinen Kontakt mehr zu Toni.«

»Stimmt. Aber weißt du noch, wie sie gesagt hat: ›Mein

Enkel wird niemals in Sünde leben‹?« Sie imitierte die schrille Stimme Signora Testas.

Johann musste lachen.

»Die Alte ist total gruselig«, fuhr Enza fort. »Kein Wunder, dass Toni hier abgehauen ist. Stell dir mal vor, deine Eltern sind tot und du wirst von dieser Hexe erzogen. Es muss so schlimm gewesen sein, dass er nie darüber reden wollte.«

Sie dachte an Toni, seine stille, aber fröhliche Art, sein glückliches Lächeln, wenn er seiner und ihrer Freundin über den Bauch streichelte. Plötzlich war sie wieder traurig.

***

Schweigend, jeder in sein Grübeln versunken, erreichten sie Castelbianco. Johanns Gedanken waren mittlerweile wieder bei der Frau an seiner Seite. Ihre Frechheit und Geistesgegenwart beim Besuch der Nonna hatten ihm gefallen. Er fühlte sich immer mehr von ihr angezogen.

Er musste aber auch an ihren Vater und dessen Firma »Extravergine« denken. Ein paarmal schon hatten ihm die Fragen auf der Zunge gelegen, die ihn seit seinem ersten Zusammentreffen mit Enza in ihrer Wohnung beschäftigten: Warum hatte sie ihm nicht sofort erzählt, dass Franca bei ihrem Vater in der Olivenölfabrik arbeitete? Was hatte ihr Vater damit zu tun? Was verschwieg sie ihm?

Er hatte die Fragen nicht ausgesprochen. Nun ärgerte er sich über seine Feigheit. Doch ihm war auch klar, was ihn davon abgehalten hatte. Er wollte das intensive Gefühl der Nähe, das sich zwischen Enza und ihm entwickelte, nicht gefährden.

Sein Auto stand auf dem Dorfplatz. Schon von Weitem sah Johann, dass sie erwartet wurden. Lässig an die Motorhaube gelehnt, rauchte ein Mann eine Zigarette. Als sie näher kamen, registrierte Johann den hellen Sommeranzug, dem er schon am Morgen gegenübergestanden hatte: Commissario Moreno.

Johann spürte, wie Enza seine Hand fest drückte. Auch sie hatte Moreno erkannt. Er fragte sich, was hinter dieser heftigen Abneigung stecken mochte.

Moreno grinste breit. »Was für ein schönes Paar! Und? Habt ihr zwei Hübschen etwas aus der Alten herausbekommen?«

Johann machte sich schlagartig klar, dass Morenos Späher jeden Schritt von ihnen überwacht hatten. Er überlegte, ob er dem Commissario von der Eintrittskarte erzählen sollte.

Enza kam ihm mit gepresster Stimme zuvor: »Nein, die hat sie ja nicht mehr alle. Die Frau hat ja schon vergessen, ob sie selbst noch am Leben ist.«

Offenkundig wollte sie weder Fotos noch Informationen mit der Polizei teilen.

Moreno schnippte seinen Zigarettenstummel auf den Boden.

»Ach übrigens, Ihre privaten Ermittlungen können Sie sich endgültig sparen«, sagte er betont beiläufig. »Der Fall ist nämlich aufgeklärt.«

Johann sah ihn fragend an und wartete auf eine Erklärung.

»Es geht Sie ja im Grunde nichts an. Aber ich habe vorhin einen Anruf erhalten. Eine Überwachungskamera im Aquarium konnte endlich ausgewertet werden. Sie hat in der Mordnacht einen Mann gefilmt, der das Gebäude mit einem großen Bündel auf der Schulter betritt und vier Stunden später ohne Bündel wieder verlässt. Und jetzt raten Sie mal, wer der Mann ist. Eindeutig Antonio Testa, der Freund des Opfers. Wir müssen ihn nur noch finden.«

✳✳✳

Auf der Fahrt nach Genua schwiegen sie beide. Johann konzentrierte sich auf die enge Straße, die in einer Haarnadelkurve nach der anderen langsam ins Tal führte. Kaum zu glauben, dass hier ein öffentlicher Bus hindurchpasste. Ab und zu fuhren sie durch ein Dorf, vorbei an uralt aussehenden Olivenbauern mit zerfurchten Gesichtern und geknoteten Kopftüchern. Immer wieder musste Johann eine knatternde *ape* überholen: Zweitakter auf drei Rädern, vorn Motorroller mit Führerhaus, hinten Mini-Lkws mit atemberaubend gestapelten Gemüse- oder Reisigtürmen auf der Ladefläche. Wann immer Johann im Hinterland von Genua unterwegs war, fühlte er sich versetzt in eine idyllisch anmutende Vergangenheit. Die Legende vom einfachen, aber zufriedenen Leben auf dem Lande.

»Dieses Arschloch!«, schrie Enza ihre Wut ohne Vorwarnung laut heraus. »Der hat doch überhaupt keine Ahnung.«

Johann begriff schnell, dass sie nicht von Toni sprach, sondern von Moreno.

»Ich mag ihn ja auch nicht besonders. Aber was hast du gegen den Commissario?«

Enza ignorierte seine Frage. »Johann, wir müssen Toni finden. Ich kenne ihn. Er hat das nicht getan.«

Johann ließ sich nicht ablenken. »Warum hast du dem Commissario das Foto nicht ausgehändigt, das du mir gegeben hast?«

»Ich bin dem Mistkerl schon mal begegnet. Er ist eine faschistische Sau, ein Sadist, ein Arschloch eben. Aber das ist eine lange Geschichte.«

Johann verstand. Es war eine Geschichte, über die sie nicht reden wollte. Zumindest jetzt nicht.

So langsam häuften sich die Tabuthemen zwischen Enza und ihm: ihr Vater und seine Olivenölfirma, sein Trauma rund um Hülyas Tod, ihre früheren Erfahrungen mit der Polizei. Irgendwann würden sie sich einiges erzählen müssen. Johann war sich sicher, dass es nur eine Frage der Zeit war. Denn obwohl er so wenig von Enza wusste, fühlte er sich doch mit ihr verbunden. Durch einen gruseligen Mord, unausgesprochene Geheimnisse und eine große gegenseitige Anziehungskraft. So viel verstand er dann doch von Frauen. Er spürte, dass sie ihn mochte. Und er fand sie so faszinierend, wie er schon lange keine Frau mehr wahrgenommen hatte.

Er lenkte das Gespräch zurück auf den Fall. »Wenn Toni in dieser Nacht wirklich im Aquarium war, gibt es keinen Zweifel mehr. Dann muss er mit dem Mord an Franca zu tun haben.«

»Vielleicht hat ihn jemand dazu gezwungen.« Enza sah ihn flehend an. Sie wünschte sich offensichtlich eine logische Erklärung, die Toni irgendwie entlastete.

Johann versuchte, ihr zumindest ein bisschen Hoffnung zu machen. »Gib mir nachher die Eintrittskarte, die du aus der Schublade genommen hast. Ich kann sie im Institut auf genetische Spuren untersuchen lassen. Vielleicht bringt uns das neue Erkenntnisse. Allerdings könnte es sein, dass zu viele Menschen sie schon in der Hand gehabt haben.«

Johann sprach es nicht aus, aber er fürchtete noch etwas anderes. In dem Moment, da er mögliche Indizien in der Gerichtsmedizin untersuchen ließ, ohne die Ermittlungsbehörden zu informieren, machte er sich endgültig angreifbar.

»Wenn ich ehrlich bin, muss ich mit Moreno darüber sprechen«, fügte er leise hinzu.

»Auf keinen Fall!« Enzas Antwort kam prompt und entschieden. »Du hast ja gemerkt, dass er seinen Mörder schon gefunden hat. Er hat doch überhaupt kein Interesse an der Wahrheit.«

Johann stimmte ihr zu. Von der Polizei konnten sie keine Unterstützung erwarten. Wobei er sich eingestehen musste, dass die Wahrheit, von der Enza sprach, möglicherweise doch recht simpel war. Fast alles sprach im Moment dafür, dass hinter dem Mord an Franca ein gewöhnliches Eifersuchts- und Beziehungsdrama steckte, dass Moreno also auf der richtigen Fährte war. Alle Zweifel daran stützten sich vor allem auf Enzas Intuition. Und vielleicht noch auf das Rätsel mit dem Olivenöl.

»Habe ich dir schon erzählt, dass das Öl, das wir in Francas Lunge gefunden haben, aus Tunesien stammt?«

Johann staunte über sich selbst, wie leicht es ihm mittlerweile fiel, Enza geheimste Ermittlungsergebnisse anzuvertrauen. Im Augenwinkel schien es ihm, als sei sie auf dem Beifahrersitz zusammengezuckt.

Sie antwortete erst nach mehreren Sekunden. »Aus Tunesien? Und was bedeutet das?«

»Keine Ahnung. Aber ich kenne jemand, der viel über Olivenöl weiß. Den werde ich in den nächsten Tagen mal besuchen.«

Beide schwiegen, bis Johann vor ihrem Haus parkte. Die Stille war mit Händen zu greifen. Wieder das Tabuthema Olivenöl.

Er brachte Enza zur Haustür. Dort überraschte sie ihn, griff wieder nach seiner Hand.

»Magst du mit nach oben kommen? Du könntest mir erklären, warum dich dieser Fall so beschäftigt. Und vielleicht erzähle ich dir von meiner ersten Begegnung mit Moreno.«

Sie schenkte ihm ein einladendes Lächeln. Er zögerte.

✳✳✳

Enza glaubte zu spüren, dass seine Hand anfing zu zittern. Aber bevor sie sich ganz sicher war, ließ er ihre Finger los. Da wusste sie, dass er Nein sagen würde. Sie war nicht enttäuscht. Aber sie verstand ihn nicht.

»Vielleicht ein anderes Mal«, sagte er, und seine Augen wichen ihrem Blick aus. »Wir haben doch Zeit, oder?«

Sie nickte ihm zu und ging ohne ein weiteres Wort ins Haus. Oben in der Wohnung öffnete sie ihren Laptop. Sie wollte sich ablenken, also klickte sie sich gedankenverloren durch die Dateien, die sie vom Computer ihres Vaters heruntergeladen hatte.

Die Fülle von uninteressanten Informationen zu überfliegen, war monoton und langweilig. Doch es war immer noch besser, als über Johanns seltsam zurückhaltende Reaktion nachzugrübeln.

Ein Ordner erregte ihre Aufmerksamkeit. Er trug den seltsamen Titel: »AIMRE«. Die Buchstaben lösten etwas in ihr aus, aber was?

Auf einmal begriff sie. Es war Francas Nachname rückwärts buchstabiert: Ermia wurde zu Aimre. Voller Spannung klickte sie auf das Symbol. Darunter abgespeichert waren mehrere Mails, die Franca an ihren Vater geschrieben hatte. Sie begann zu lesen.

3

Donnerstag

Die Leiche stank schlimmer als gewöhnlich. Guido hatte den Raum schon zweimal kurz verlassen, immer mit der Begründung, er müsse auf die Toilette. Aber Johann kannte ihn mittlerweile gut genug, um zu wissen, dass sein junger Assistent frische Luft brauchte.

Der Körper, dessen Brusthöhle sie gerade mit einer Rippenschere geöffnet hatten, war der eines sehr alten Mannes, wahrscheinlich weit über achtzig. Er hatte sich vermutlich erhängt. Jedenfalls steckte sein Kopf in einer Schlinge aus einem blau-gelb geflochtenen Kunststoffseil, an dessen Ende noch das Preisschild klebte. Weil ihn niemand vermisste, hatte er so lange in seiner Wohnung gehangen, bis Nachbarn sich über den schrecklichen Gestank beklagten.

Johann schätzte, dass mindestens sechs bis acht Wochen vergangen waren, bevor die Polizei endlich die Tür aufgebrochen hatte. Die Leiche war entsprechend dunkelgrün verfärbt und von Maden übersät. An den Geruch hatte auch Johann sich nach all den Jahren nie gewöhnen können. Irgendwie süßlich, nach überreifen Früchten, verfaultem Fleisch. Schwer mit Worten zu beschreiben und eben noch schwerer zu ertragen.

Als Guido zurückkam, heute trug er unter dem Kittel eine violett schimmernde Jeans und ein olivgrünes T-Shirt, wollte Johann ihn ablenken. Er war jetzt schon so gut wie überzeugt, dass der Mann auf dem Tisch sich tatsächlich das Leben genommen hatte. Bisher gab es keine Anzeichen für eine Fremdeinwirkung, reine Routine also.

»Wie läuft es mit Ihrem Aktenstudium, Guido?«

»Was meinen Sie? Welche Akten?«, antwortete sein Assistent, der sich wieder Handschuhe überzog, und schaute ihn verständnislos an.

»Na, unsere kleine Zahnrecherche. Sie wissen doch: zweiter Schneidezahn oben rechts. Haben Sie schon Zeit dafür gefunden?«

Johann öffnete den Herzbeutel des toten Mannes und entnahm eine Gewebeprobe für die spätere histologische Untersuchung.

»Ach so, ja, gestern Nachmittag habe ich mich vor den Computer gesetzt«, erwiderte Guido. »Darin sind immerhin alle Todesfälle der Provinz Ligurien bis ins Jahr 2000 erfasst. Wenn wir noch weiter zurückgehen wollen, muss ich in den Keller. Dort stehen alle gerichtsmedizinischen Akten seit dem Zweiten Weltkrieg in endlosen Regalen. Vor 1945 gibt es nichts mehr. Damals ist das Archiv bei einem Bombenangriff der Amerikaner in Flammen aufgegangen.«

Johann war kurz irritiert. Warum um Himmels willen hatten amerikanische Flugzeuge Genua bombardiert? Schließlich fiel es ihm wieder ein. Im Jahre 1943 hatte das bis dahin mit Deutschland verbündete Italien seinen Diktator Mussolini abgesetzt und mit den Alliierten einen Waffenstillstand abgeschlossen. Danach war das ganze Land von Hitlers Truppen besetzt worden. Fast zwei Jahre brauchten Amerikaner, Briten und italienische Widerstandskämpfer, um das Land von Süden nach Norden freizukämpfen. Und in dieser Zeit wurde die strategisch bedeutsame Hafenstadt Genua regelmäßig aus der Luft bombardiert.

»Ich glaube, so weit in die Vergangenheit müssen wir nicht recherchieren«, sagte er lächelnd. »Was hat denn der Computer ausgespuckt?«

»Na ja, jede Menge herausgebrochener Zähne natürlich. Leider kann ich in der Suchmaske nicht diesen konkreten Zahn eingeben. Als Ergebnis bekomme ich deshalb alle Fälle der vergangenen zwölf Jahre, bei denen Zahnlücken festgestellt wurden. Zweihundertsiebenundvierzig Akten, um genau zu sein.« Guido holte tief Luft und fing an zu husten. »Entschuldigung, ich muss noch mal kurz auf die Toilette.«

Johann beendete die Leichenschau ohne ihn. Er öffnete Kopf und Bauchhöhle, entnahm nun von allen Organen Proben für die spätere histologische Untersuchung und sprach die entsprechenden Befunde in sein Diktafon.

Er hatte richtiggelegen. Die Blutstauungen der inneren Organe passten zum Tod durch Erhängen. Es gab weder Anzeichen für ein Tumorleiden noch für eine andere schwerwiegende Erkrankung. Sehr wahrscheinlich lag vor ihm der Leichnam eines alten, lebensmüden Mannes, der seine letzten Kraftreserven zusammengerafft hatte, um sich im Baumarkt einen Strick zu kaufen, damit auf einen Stuhl zu steigen, den Kopf in die Schlinge zu legen und schließlich in ein extrem brutales Ende zu springen. Es war eine traurige Geschichte. Aber sie berührte ihn nicht weiter. Er hatte einfach schon zu viele solcher Leichen auf seinem Tisch liegen gehabt.

Und überhaupt: Seine Gedanken waren ausnahmsweise auf einen lebendigen Menschen gerichtet. Seit dem verkorksten Abschied von Enza am Vorabend hatte er hauptsächlich mit der Frage gerungen, warum er ihrer Einladung ausgewichen war.

Am frühen Morgen war er heftig keuchend aus einem seltsamen erotischen Traum erwacht. Er steht am Rande eines Wasserbeckens, als Enza, nackt und verlockend, aus dem Wasser auftaucht und die Arme nach ihm ausstreckt. Er ist ungeheuer erregt und will sich von ihr ins Wasser ziehen lassen, als er bemerkt, dass Enza aus unzähligen Wunden blutet. Zwei Piranhas haben sich in ihre Brüste verbissen und zerren wild daran herum. Das Wasser schäumt. Fische versuchen, nach ihm zu schnappen. Er hört das Reiben der Zähne, sieht das Wasser immer röter werden. Enza, mittlerweile aus Mund und Nase blutend, zieht ihn weiter ins Wasser. Er wehrt sich, schreit – und wacht auf. Kriegt keine Luft, spürt den Druck, fühlt die Unfähigkeit, sich zu bewegen, zittert in seinem Bett, hat unendlich große Angst. Die nächste Panikattacke.

Seitdem Guido ihn im Leichensaal mit Francas Schädel zwischen seinen verkrampften Fingern angetroffen hatte, kamen die Anfälle jede Nacht. Und natürlich wusste er, warum er nicht mit Enza in ihre Wohnung gegangen war. Er hatte einfach Angst gehabt vor allem, was da kommen könnte. Vor dem Miteinander, vor dem Danach, vor der Zukunft, vor der nächsten Attacke.

Im Umkleideraum traf er Guido wieder. Der tupfte sich vor dem Spiegel sorgfältig das Gesicht mit einem mattierenden Wattebausch ab und schien sich ertappt zu fühlen.

»Entschuldigen Sie, Dottore. Ich bin ins Schwitzen gekommen. Die Luft im Seziersaal war so …«, Guido suchte nach Worten, »so dumpf, so stickig.«

»Machen Sie sich keine Sorgen, Guido. An den Geruch gewöhnt man sich nie. Aber irgendwann lernt man, ihn auszublenden. Man konzentriert sich so sehr auf seine Arbeit, dass man mit der Zeit gar nichts mehr riecht. Sie werden das erleben.«

Johann ersparte ihm kritische Worte, dass er nach seiner angeblichen Toilettenpause nicht mehr aufgetaucht war. Er kam lieber auf das Zahnlückenthema zurück.

»Haben Sie denn schon einen spannenden Fall im Computer gefunden?«

»Ich muss die Obduktionsprotokolle eines nach dem anderen durchgehen. Gestern habe ich fast fünfzig geschafft. Viele durchaus spannende Fälle. Einer Leiche zum Beispiel fehlten alle oberen Schneidezähne. Der Mann war gefallen und mit dem Oberkiefer auf die Badewannenkante geschlagen. Danach ertrank er in seinem Badewasser. Alle Zähne wurden im Wasser oder auf dem Fußboden gefunden. Außerdem gab es eine bedauernswerte Frau, die von ihrem Mörder bestialisch gequält wurde. Er hat ihr mit einer Rohrzange einen Zahn nach dem anderen herausgebrochen.«

Johann unterbrach ihn genervt. »Guido, machen Sie es kurz. Ist etwas dabei, das mit unserem Fall zu tun haben könnte?«

»Bisher leider nicht. Ich habe noch knapp zweihundert Protokolle vor mir. Aber glauben Sie wirklich, dass uns das irgendwie weiterbringt? Die beiden Fälle mit den Zahnlücken liegen fünf Jahre und mehr als tausend Kilometer auseinander. Es fällt mir offen gestanden schwer, darin mehr als eine zufällige Übereinstimmung zu sehen.«

Johann seufzte. »Tja, ich muss zugeben, dass ich an meiner Intuition ebenfalls zweifle. Moreno hat mir erzählt, dass der Fall aus seiner Sicht endgültig gelöst ist.« Er berichtete von der Überwachungskamera im Aquarium.

Guido sah ihn mit großen Augen an. »Dottore, ganz ehrlich, das ist doch der letzte Beweis. Was spricht denn jetzt noch dagegen, dass Toni Franca getötet hat?«

Johann erzählte ihm lieber nicht, dass es vor allem die beste Freundin des Mordopfers war, die nicht daran glauben wollte. Deren Abneigung gegenüber der Polizei noch heftiger war als seine. Mit der er sich intensiv verbunden fühlte. Von dieser emotionalen Verstrickung seines Chefs brauchte Guido nichts zu erfahren. Also wählte er das letzte Argument, das ihm noch zur Verfügung stand.

»Das Öl. Warum sollte Toni ausgerechnet zu afrikanischem Olivenöl greifen, um seine Verlobte zu ermorden? Das ergibt doch keinen Sinn.«

Guido reagierte mit einem triumphierenden Lächeln. »Also, was das Chemlali-Öl aus Tunesien angeht, da habe ich abends noch ein bisschen im Internet recherchiert. So exotisch scheint diese Ölsorte gar nicht zu sein.«

»Was meinen Sie damit?«, fragte Johann überrascht. »In unseren Supermärkten stehen doch hauptsächlich italienische Olivenöle.«

»Ja, das stimmt schon. Aber vor ein paar Monaten gab es einen großen Skandal. Es scheint, als würden viele Firmen das Öl hemmungslos panschen. Sie kaufen billiges Öl aus Spanien und Afrika und verkaufen die Melange teuer als original italienisches Produkt.«

In Johanns Kopf überschlugen sich die Gedanken. Hatte Commissario Moreno womöglich doch die richtige Vermutung? Er versuchte, sich die Szene vorzustellen: Toni und Franca beim Abendessen, ein heftiger Streit, Toni greift zur Karaffe und lässt das Öl in den Hals seiner Freundin laufen. Zufällig ein gepanschtes Öl, das gar nicht aus italienischen Oliven gepresst wurde. Und um möglichst viele Spuren zu verwischen, entsorgt er die Leiche im Piranha-Becken. Doch noch ein anderes Bild erschien vor seinem inneren Auge: Gianni Marconi, Multimillionär durch Olivenöl. Hatte Enzas Vater vielleicht mit gepanschtem Öl gehandelt? Und wenn ja, welche Rolle hatte seine Sekretärin Franca dabei gespielt?

**

Enza Marconi starrte ungläubig auf den Monitor: Die Figur mit dem großen Bündel über der Schulter sah tatsächlich aus wie Toni. »Er ist es wirklich«, sagte sie leise. Ungläubig schüttelte sie den Kopf.

Der Mann, der neben ihr vor der Überwachungsanlage des Aquariums saß, pflichtete ihr bei: »Ja, ganz sicher. Obwohl es merkwürdig ist, wie fremd Menschen, die man gut zu kennen glaubt, auf solchen Überwachungsbildern wirken.« Er war dichter an Enza herangerückt, als ihr angenehm war. Sie spürte seinen Atem an ihrem Hals.

»Aber was ich gar nicht verstehe: Er weiß doch genau, wo die Kamera hängt. Jeden Morgen, wenn wir zur Arbeit gingen, haben wir uns einen Spaß daraus gemacht, vor dem Objektiv Fratzen zu schneiden. Er hätte also klugerweise sein Gesicht abwenden müssen. Aber nein, er tut geradezu alles, um erkannt zu werden.«

»Ja, das ist wirklich seltsam«, antwortete Enza. Der Mann hatte sich noch näher an sie herangeschoben. So nah, dass sie seine Körperwärme spürte. Wie zufällig berührte er beim

Sprechen mit der Hand leicht ihren nackten Oberschenkel. Sie ignorierte seine Aufdringlichkeit und konzentrierte sich auf das Monitorbild.

Toni blickte direkt in die Kamera, ernst, angestrengt, irgendwie gehetzt. Das Bündel, das er trug, war in eine dunkle Decke gewickelt und hätte eine Teppichrolle sein können. Am Rande des Bildes sah Enza Datum und Uhrzeit eingestanzt: 12. September, null Uhr dreiundvierzig, die Nacht, in der Franca starb.

Sie schaute auf den anderen Monitor: Das zweite Standbild zeigte Toni von hinten beim Verlassen des Aquariums. Dasselbe Datum, ein Uhr neunundfünfzig, er trug die Decke zusammengerollt in der rechten Hand.

Fieberhaft versuchte sie, den Bildern einen Sinn zu geben. Wenn Toni hier tatsächlich Francas Körper ins Aquarium trug, dann war ihm ganz offensichtlich alles egal. Hatte er die Leiche nur gefunden und war darüber in einen emotionalen Ausnahmezustand geraten? Verzweifelt, unzurechnungsfähig, auf einem absurden Rachetrip? Aber warum brachte er sie hierher zu den Piranhas?

Enza rieb sich verzweifelt die Augen. Als ließe sich so das Bild auf dem Monitor einfach wegwischen. Doch dort war weiterhin Toni zu sehen. Hatte sie ihn falsch eingeschätzt? War er in Wirklichkeit ein kaltblütiger Mörder und hatte allen nur etwas vorgespielt. War er nur hinter dem Geld her gewesen? Aber warum verbarg er sein Gesicht nicht vor der Kamera?

Ihre Gedanken rasten, bis sich alles vor ihren Augen drehte: die Bilder auf den Monitoren, der spartanisch eingerichtete, fensterlose Raum, der junge Mann, der sie hierhergeführt hatte und gerade etwas zu ihr zu sagen schien. Wie durch eine Nebelwand drangen die Worte an ihr Ohr:

»Kann ich noch etwas anderes für dich tun?«

Sein lüsterner Blick wanderte ihren Körper hinab. Zum zweiten Mal strich er mit einem Fingerrücken über ihren nackten Schenkel. Enza konnte sich gut vorstellen, was er gern mit

ihr machen wollte. Sie war kurz davor, dem Widerling eine
Ohrfeige zu geben. Doch sie zwang sich zur Ruhe. Es war gut
möglich, dass sie den Mann noch brauchen würde. Nachdenklich musterte sie ihn.

Es war leicht gewesen, ihn zu überreden. Wie eine Touristin
hatte sie morgens in der Menschenschlange vor dem Aquarium
gewartet, war anschließend zum riesigen Delfinbecken gegangen und hatte sich das Fütterungsspektakel angesehen. Simultan
erhoben sich die beiden Großen Tümmler meterhoch aus dem
Wasser, drehten Pirouetten, sprangen Salti. Enza wusste: Der
Mann, der diese Kunststücke mit den Tieren eingeübt hatte, hieß
Carlo Grasso. Toni hatte manchmal von ihm als seinem besten
Kumpel erzählt. Von Carlo erhoffte sie sich deshalb Hilfe.

Nachdem die Show zu Ende gewesen war, war sie neben
dem Schaubecken die schwarze Wand entlanggegangen, bis
sie einen Notausgang erreicht hatte. Ein leuchtend gelber
Aufkleber warnte jeden, der hier durchwollte, vor dem auto-
matischen Alarmsignal. Enza zögerte, dachte einen Moment
über mögliche Ausreden nach, drückte dann aber entschlossen
die Klinke und glitt durch die Tür in den Personalbereich. Sie
hielt inne, kurz davor, sich die Ohren zuzuhalten, doch nichts
passierte. Nach ein paar Schritten erreichte sie das Bassin und
hatte wieder Glück. Carlo Grasso war allein. Er trug einen
Neoprenanzug und stieg gerade aus dem Wasser. Ein großer,
breitschultriger Kerl mit langen, im Salzwasser blond gebleich-
ten Haaren, die er nach hinten zu einem Pferdeschwanz gebunden hatte. So wie er mit Kennermiene ihren Körper musterte,
war er mit Sicherheit ein Frauentyp.

Sie hatte sich am Morgen ihr kürzestes Kleid mit einem
gewagten Ausschnitt angezogen. Eine simple Strategie, die
schnell Erfolg gezeigt hatte. Ehrlich und offen erzählte sie
ihm, warum sie gekommen war. Dass sie mit Toni und Franca
befreundet war, dass sie einfach nicht glauben konnte, dass
Toni seine Freundin ermordet hatte, dass sie unbedingt die
Bilder von der Überwachungskamera sehen musste.

Carlo Grasso war sofort Feuer und Flamme gewesen. Er hatte sich umgezogen und mit ein paar Haustelefonaten organisiert, dass sie in den Videoraum hineindurfte, selbstverständlich in seiner persönlichen Begleitung. Den Anlagentechniker schickte er schon bald in die Pause und erwartete jetzt ziemlich deutlich, dass sie sich für sein Entgegenkommen erkenntlich zeigte.

Was für ein Blödmann, dachte Enza. Doch sie spielte ihre Rolle weiter und setzte ein betont trauriges Lächeln auf.

»Carlo, ich bin Ihnen sehr dankbar. Aber meine beste Freundin lag vor einer Woche halb aufgefressen im Piranha-Becken. Sie können sich sicherlich vorstellen, dass ich immer noch sehr aufgewühlt bin. Traurig, wütend und ratlos. Ich begreife einfach nicht, was hier passiert ist.«

»Tja, das verstehen wir alle nicht. Toni war wirklich ein netter Kerl. Keine Ahnung, was in ihn gefahren ist.«

Carlo sah ihr zum ersten Mal an diesem Tag ein paar Sekunden lang in die Augen. Er schien die Message verstanden zu haben.

»Wenn Ihnen noch nachträglich etwas auffällt, egal, wie unwichtig es Ihnen erscheint, würde ich mich freuen, wenn Sie mir Bescheid sagen würden.« Enza gab ihm ihre Handynummer und wollte sich verabschieden. Doch Carlo hielt ihre Hand fest.

»Darf ich auch anrufen, wenn ich Sie einfach nur wiedersehen möchte?«

Sie schüttelte den Kopf und seufzte, Carlo Grasso war ein hoffnungsloser Fall.

Enza verließ das Aquarium über den Personalausgang und bahnte sich ihren Weg durch die schwitzenden Touristenmassen, die im Porto Antico vor dem Panoramaaufzug »Bigo« Schlange standen. Mit ein paar schnellen Schritten überwand sie den Corso Maurizio, dröhnend und stinkend vom endlosen Durchgangsverkehr, und ging hinein in die Stille der Altstadt. Mit starrem Blick eilte sie vorbei an der üblichen Melange von elegant gekleideten Geschäftsleuten, herumlungernden Straßenhändlern und schwarzafrikanischen Prostituierten. In ihrem Hirn hatte sich das Durcheinander auf einen einzigen klaren Gedanken reduziert: Sie musste herausfinden, ob das Geld noch da war.

Die Wohnung von Franca und Toni lag in einer düsteren Nebengasse des Vico delle Mele. Enza schaute nach oben. Zwei winzige Zimmer im fünften Stock, die Nachbarhäuser standen so dicht, dass hier niemals ein Sonnenstrahl einfiel. Das Küchenfenster war kaum anderthalb Meter von der gegenüberliegenden Mauer entfernt. Franca und Toni hätten sich ein besseres Zuhause leisten können. Doch Enza hatte es immer wieder von ihnen gehört: Die beiden wollten jeden Cent zurücklegen, für eine Zukunft, die sie nun nicht mehr erleben würden.

Die Wohnungstür war versiegelt. Vor ein paar Tagen hatte die Polizei hier alles durchsucht. Mit dem Survivalmesser, das sie seit vielen Jahren in ihrer Tasche bei sich trug, schnitt Enza das Siegel der Justiz in der Mitte durch. Ihr Herz klopfte. Nicht wegen des dämlichen Siegels, sondern angesichts dessen, was sie hinter dieser Tür erwarten mochte.

Sie nahm den Schlüssel, den Franca ihr vor langer Zeit zum Blumengießen gegeben hatte, und steckte ihn ins Schloss.

***

Etwa zur selben Zeit verließ Johann das gerichtsmedizinische Institut. Er war nervös. Einerseits wollte er unbedingt mehr erfahren über das erstaunlich komplexe Geschäft mit italienischem Olivenöl. Da er nur einen Menschen kannte, der damit Erfahrung hatte und dem er vertrauen konnte, hatte er ihn angerufen und sich für den Nachmittag mit ihm verabredet. Andererseits merkte er jetzt, dass er diesem Treffen gern aus dem Weg gegangen wäre.

Auf dem Weg zu seinem Auto lenkte ihn eine helle Stimme

ab. »Entschuldigung, können Sie mir vielleicht kurz einen Gefallen tun?«

Johann blickte in das fein geschnittene Gesicht einer attraktiven Frau Anfang dreißig. Ihre dunklen Locken hatte sie straff nach hinten zusammengebunden. Die rechte Hand wuselte in einer großen Prada-Tasche herum, die sie ihm wie zur Erklärung entgegenstreckte. Sie trug ein knapp geschnittenes Sommerkleid und kam ihm bekannt vor, er musste ihr schon einmal begegnet sein.

»Ich arbeite im Institut nebenan, Neurologie, wissen Sie?«

Die Frau zeigte aufgeregt auf ein Gebäude mit barockem Stuck über dem Eingang zwei Häuser weiter. »Ich mache da meine Ausbildung zur Fachärztin. Und jetzt will ich nach Hause fahren, aber ich kann mein Handy nicht finden.«

Johann erinnerte sich auf einmal daran, wo er die Frau gesehen hatte. Eine Woche zuvor, noch bevor der Mord an Franca sein Leben auf den Kopf gestellt hatte, war er mit Guido in ein Restaurant um die Ecke Mittagessen gegangen. *Linguine al nero di seppia con calamari*, kleine zarte Tintenfischchen in einer leichten Weißweinsoße auf schwarzen Nudeln, es hatte vorzüglich geschmeckt. Die hübsche Frau war ihm ein paar Tische weiter aufgefallen. Sie hatte dort mit einer Gruppe von Menschen gesessen, wahrscheinlich Kollegen, und immer wieder seinen Blick gesucht.

Ihr Lächeln wirkte nett und sinnlich. Allerdings hatte er keinen Schimmer, was sie von ihm wollte.

»Und wie kann ich Ihnen helfen?«

»Könnten Sie mein Handy anrufen? Wenn es daraufhin irgendwo hier klingelt, weiß ich, dass alles in Ordnung ist.« Sie verzog ihre dunkelrot gemalten Lippen zu einem extrabreiten Lächeln und klimperte übertrieben mit ihren Lidern.

Johanns Eindruck änderte sich. Schön, aber aalglatt, dachte er. Trotzdem nahm er sein Handy aus der Tasche und ließ sich von ihr die Nummer diktieren. Nach wenigen Augenblicken ertönte in der bauchigen Ledertasche eine dumpfe Melodie.

Demonstrativ überrascht wühlte die Frau erneut in ihrer Tasche. Als sie ihr Smartphone endlich gefunden hatte und es herausnahm, erkannte Johann die Klingeltonmusik:»Più bella cosa« von Eros Ramazzotti.

Kitschiger geht's kaum, dachte er. Ihm drängte sich das Gefühl auf, Opfer eines einstudierten Schauspiels zu sein.

Die Frau bedankte sich überschwänglich, hauchte ihm, bevor er sich's versah, einen leichten Kuss auf die Wange und sagte zum Abschied mit vielsagendem Blick:»Sie können mich jederzeit wieder anrufen. Sie haben ja jetzt meine Nummer. Ich bin Raffaella, ich würde mich wirklich freuen.«

Johann sah ihr hinterher. Die angehende Fachärztin für Neurologie hatte schlanke, sportliche Beine. Sie drehte sich noch einmal um und winkte ihm zu. Er schüttelte nachdenklich den Kopf und begriff endlich: Sie musste hier auf ihn gewartet haben, um ihm dieses eindeutige Angebot zu machen.

Interessanter Anmachtrick, dachte er und speicherte ihre Nummer trotzdem in seinem Telefon ab. In diesem Moment klingelte es. Nein, es war nicht die Nervenärztin, sondern Guido, von dem er sich vor ein paar Minuten erst verabschiedet hatte.

»Entschuldigen Sie, Dottore, dass ich noch einmal störe. Aber es ist wichtig.«

»Kein Problem, was gibt es?«

»Die Eintrittskarte zum Aquarium, ich habe soeben das Ergebnis aus dem Labor bekommen.«

Johann war überrascht. So schnell? Er hatte Guido am frühen Morgen ins Vertrauen gezogen und ihm das Ticket zur DNA-Analyse gegeben. Wahrscheinlich hatte er es noch vor der ersten Leichenöffnung ins Labor gebracht und dort entsprechend Druck gemacht.

»Ich bin gespannt. Erzählen Sie.«

»Wir haben Glück. Unter all den genetischen Spuren, die dem kleinen Stück Pappe anhafteten, war tatsächlich auch die von Antonio Testa. Wir können also davon ausgehen, dass er die Karte in der Hand gehabt hat. Können Sie sich einen Reim darauf machen?«

Johann dachte nach. Natürlich gab es eine denkbare Erklärung. Vielleicht hatte die verwirrte Großmutter einfach vergessen, dass Toni sie vor vier Wochen ins Aquarium eingeladen und ihr dafür ein Ticket gekauft hatte. Dagegen sprach, dass Toni laut Zeugenaussagen schon seit Jahren nicht mehr in Castelbianco gesehen worden war.

»Nein«, antwortete er. »Je mehr wir Detektiv spielen, desto rätselhafter wird das Ganze.«

»Noch etwas, Dottore.« Durch das Telefon hindurch konnte Johann spüren, dass es Guido unangenehm war, worauf er jetzt zu sprechen kam. »Garzetti hat mich gefragt, ob er das Ergebnis gleich an die Mordkommission weiterschicken soll. Ich habe ihm gesagt, dass Sie das persönlich machen wollen. Er hat mich so komisch angeguckt. Ich glaube, er hat Verdacht geschöpft.«

»Das lassen Sie mal meine Sorge sein. Ich kümmere mich darum.«

Johann beendete das Gespräch und stieg endlich in sein Auto. Auf der Fahrt in die Berge grübelte er über die Situation im gerichtsmedizinischen Institut nach. Giuseppe Garzetti war der Leiter des forensischen Labors. Ein kleiner, ewig unzufriedener Mann Mitte fünfzig, pedantisch bis zur Zwanghaftigkeit und beseelt von der Überzeugung, dass früher alles besser war. Auch ihn hatte Johann von seinem Vorgänger »geerbt«, und auch dieser Untergebene begegnete ihm mit kühler bis ablehnender Höflichkeit. Johann musste befürchten, dass Garzetti hinter seinem Rücken das tun würde, wozu er selbst verpflichtet war. Die Polizei über das neue, bisher unbekannte Puzzlestück in der Mordsache Ermia zu informieren: eine Eintrittskarte mit der DNA des Hauptverdächtigen, die Johann Sorbello persönlich bei seinen privaten Ermittlungen gefunden hatte.

Er wusste, dass er sich auf dünnem Eis bewegte. Aber ihm

war auch bewusst geworden, dass er sich, trotz aller Sorgen und Ängste, seit Ewigkeiten nicht mehr so lebendig gefühlt hatte wie in dieser Woche. Einfach so klein beizugeben, kam für ihn deshalb nicht in Frage. Das Verhältnis zu Commissario Moreno konnte sowieso kaum schlechter werden.

Er fuhr mit offenen Fenstern, fühlte die laue Sommerluft auf seiner Haut. Er mochte diese Landschaft. Sanft geschwungene Hügel, die nur selten schroff in die Höhe stiegen. Hellgrün, fast weißlich glänzend, wo Oliven angebaut wurden, dunkler und intensiver grün mit gelben Sprenkeln, wenn Steineichen, Brombeerranken und wilde Ginsterbüsche zu einem undurchdringlichen Geflecht zusammenwuchsen. Von seinen gelegentlichen Ausflügen wusste er, dass diese Berge von einem Netz enger Bauernpfade durchzogen wurden, auf denen nun vor allem Wildschweine unterwegs waren. Dem Wanderer allerdings bot sich von dort aus immer wieder eine fast unwirklich schöne Aussicht auf das Mittelmeer.

Als Johann sich seinem Ziel näherte, spürte er, wie die Nervosität zurückkam. Er hielt vor einem geschmackvoll renovierten alten Bauernhaus. Den Mann, der hier wohnte, hatte er seit fünf Monaten nicht mehr besucht.

Mit klopfendem Herzen klingelte er an der Tür. Sie öffnete sich sofort, als hätte die hagere Gestalt, die ihm reserviert die Hand entgegenstreckte, direkt dahinter gewartet.

»*Ciao papà*«, sagte Johann und küsste seinen Vater zur Begrüßung auf beide Wangen.

✳✳✳

»Du willst Olivenöl begreifen? Dann musst du dir anschauen, wo es herkommt«, sagte Domenico Sorbello. Er bat seinen Sohn nicht ins Haus, sondern griff nach einem bereits gepackten Rucksack und zog die Tür gleich wieder hinter sich zu. Durch den Ort hindurch führte er Johann hinab ins Tal.

Domenico Sorbello lebte in Casanova, einem Bauerndorf

in den Bergen, dreißig Kilometer nördlich von Genua. Von hier aus war das Meer nicht mehr zu sehen. Entsprechend uninteressant war die Gegend für Touristen, die näher an der Küste nach idyllischen Feriendomizilen suchten. Johann konnte die Armut fast mit Händen greifen. Statt pittoresk hergerichteter Natursteinhäuser standen hier einfache, schmucklos verputzte Gebäude. Der staubige Fußweg, auf dem die beiden bergab gingen, war nicht mit schönen weißen Flusskieseln gepflastert, sondern in grauem Zement gegossen. Ab und zu verrieten blinde oder kaputte Scheiben, dass hier schon lange niemand mehr wohnte. Am Ende des Dorfes war ein großer Gebäudekomplex vor langer Zeit in sich zusammengestürzt. Zwischen den dicken Grundmauern wucherte in einem Durcheinander von Müll und alten Balken die Macchia, das wilde Unterholz.

»Bevor ich nach Deutschland ging, war hier jedes Haus bewohnt. Und fast alle meine Nachbarn waren Olivenbauern«, erzählte Domenico Sorbello. »Du erinnerst dich vielleicht: Noch vor dreißig Jahren bestand der ganze Berg rund um das Dorf aus gepflegten Oliventerrassen.«

Johann nickte, aber in Wirklichkeit konnte er sich nicht erinnern. Als er sechs Jahre alt gewesen war, hatten seine Eltern sich getrennt. Der Vater war zurückgegangen nach Italien. Johann hatte dreimal in Folge hier in Casanova die Sommerferien verbracht, abgeliefert von der Mutter bei diesem Mann, der ihm jedes Jahr fremder erschienen war.

Die Erinnerung daran war wie ein graues Tuch, das alle Bilder verhüllte, dafür aber prall gefüllt war mit Gefühlen: Langeweile, Einsamkeit und einem zunehmend unerträglichen Heimweh, das immer schlimmer wurde, obwohl er mit jedem neuen Sommer älter und reifer hätte werden müssen. An seinem zehnten Geburtstag sagte er seiner Mutter, dass er nicht mehr dorthin wollte.

Es sollte siebzehn Jahre dauern, bis sich Vater und Sohn wiedersahen. Nach dem Tod der Mutter hatte Johann ihn kontaktiert. Er war siebenundzwanzig Jahre alt gewesen, als er zum vierten Mal nach Casanova reiste. Er hatte verzweifelt versucht, in dem verknitterten, spröden alten Mann einen Teil von sich selbst wiederzuentdecken. Mit jedem Besuch hatte er es aufs Neue probiert. Und wenn er ehrlich war, bemühte er sich heute, mit sechsunddreißig Jahren, immer noch darum. Sein Vater war ihm fremd geblieben.

Inzwischen war Domenico Sorbello fünfundsechzig Jahre alt, etwa einen Meter achtzig groß, dabei schlank und drahtig, eine attraktive Erscheinung. Sein Gesicht sah nach einem Leben in der Sonne aus, wettergegerbt mit tiefen Furchen auf Stirn und Wangen. Er konnte herzlich sein, er machte gern Witze und lachte ab und zu sein typisches kurzes heiseres Lachen. Die Frauen liebten ihn, und er liebte die Frauen, meistens allerdings nur kurz. Beziehungen waren ihm zu anstrengend.

»Frauen wollen immer nur spazieren gehen und hören: Ich liebe dich.« So simpel hatte er es in einem der seltenen Vater-Sohn-Gespräche formuliert.

Manchmal hatte Johann das Gefühl, dass er bei seinem Vater in derselben Beziehungsschublade wie die Frauen steckte: irgendwie anstrengend, bedürftig und ewig unzufrieden. Will von Papa hören: Ich liebe dich.

Wollte er das wirklich? Johann versuchte, sich darüber klar zu werden, was er sich von seinem Vater wünschte. Eine feste Umarmung, ein liebes Lächeln, eine warme Berührung. Jede kleine Geste hätte ihm dabei geholfen, ein Gefühl von Nähe zu entwickeln. Doch Domenico Sorbello war ihm gegenüber mit Gefühlen genauso karg wie mit Worten. Insgeheim fürchtete Johann, dass sein Vater ihm nie verziehen hatte, damals den Kontakt abgebrochen zu haben.

Als Johann vor einem halben Jahr die Stelle des obersten Gerichtsmediziners von Genua bekommen hatte, war es ihm wie ein Wink des Schicksals vorgekommen. Entsprechend aufgeregt und fröhlich hatte er seinen Vater kurz nach dem Amtsantritt besucht. Voller Hoffnung, ihm nun aus der räumlichen

Nähe heraus tatsächlich näherkommen zu können. Doch er war wieder gegen diese Mauer aus Fremdheit und Gleichmut geprallt. Falls Domenico Sorbello sich darüber freute, dass sein einziger Sohn in die direkte Umgebung gezogen war, ließ er es sich jedenfalls nicht anmerken.

Nachdenklich beobachtete Johann seinen Vater, wie er mit sehnigem Arm die sichelförmig gebogene Machete hin- und herschwang, um den Weg von dicken Brombeerranken zu befreien. Mittlerweile wanderten sie durch verwilderte Olivenhaine. Immer wieder ging es bergab, über steile Pfade oder auf uralten Schieferstufen, die wie vorstehende Zähne in die Terrassenmauern hineinmontiert waren.

»Warum kümmert sich niemand mehr um die Oliven hier?«, fragte Johann.

Sein Vater antwortete, ohne anzuhalten oder sich umzusehen: »Das sind die Terrassen vom alten Alfio. Er ist vor einem Jahr gestorben. Sein Haus steht leer, seine Kinder sind an die Küste gezogen, wie fast alle jungen Menschen. Ihnen ist die Arbeit zu schwer. Und es bringt nicht genug Geld ein.«

»Ich dachte immer, ligurische Oliven seien etwas besonders Feines.«

»Warte, wir sind gleich da.«

Sie erreichten eine frisch gemähte grüne Wiese. Die Olivenbäume standen unregelmäßig verteilt im Abstand von fünf bis sechs Metern, mit kurzen Stämmen, die aussahen wie knorrige Urgestalten. In den Ästen darüber hingen die grünen Früchte, noch winzig und hart. Erst in drei Monaten, kurz vor Weihnachten, würde geerntet werden.

Domenico Sorbello nahm eine Flasche Rossese und zwei Gläser aus seinem Rucksack. Er setzte sich auf ein Mäuerchen, schenkte ein und reichte Johann ein Glas.

»Das hier sind unsere Oliven«, sagte er. »Also, was möchtest du wissen, Giovanni?«

Johann trank einen Schluck von dem herben Rotwein und wägte seine Worte ab. »Eine junge Frau ist ermordet worden.

In ihrer Lunge haben wir Olivenöl gefunden. Die Analyse hat ergeben, dass es sich um Öl aus Afrika handelt, wahrscheinlich aus Tunesien, die Sorte heißt Chemlali. Die Frau hat für ›Extravergine‹ gearbeitet, sie war die Sekretärin von Gianni Marconi.« Er registrierte, dass sein Vater die Erwähnung des Namens mit einem verächtlichen Lächeln quittierte. »Ich habe gehört, dass manche Firmen mit gepanschtem Olivenöl betrügen. Und ich frage mich, ob diese kriminelle Energie auch dafür ausreicht, einen Menschen zu töten.«

Sein Vater sah ihn eine Weile schweigend an und zuckte die Achseln. »Fragst du mich, ob Gianni Marconi ein Betrüger ist? Da bin ich mir ziemlich sicher, die Antwort heißt: ja. Wenn du von mir wissen willst, ob er deshalb morden würde«, er zögerte und hob die Hände hilfesuchend Richtung Himmel, »keine Ahnung. Ich würde es ihm zutrauen, ganz bestimmt. Er hatte nie Skrupel, wenn es darum ging, seinen Profit zu vergrößern.«

»Aber was hätte er denn zu verbergen oder zu verlieren?«

»Es geht immer ums Geld. Ich rechne dir das mal vor. Schau dir diesen Baum an.« Domenico Sorbello ging zur nächsten Olive und rüttelte an einem Ast voller grüner Früchte. »So ein Baum liefert rund zwanzig Kilogramm Oliven. Das ergibt etwa drei Liter Öl. Ein guter Pflücker schafft sechs Bäume am Tag, also genügend Oliven für achtzehn Liter Öl. Für diese Arbeit zahle ich ihm rund hundert Euro. Umgerechnet bedeutet das: Allein die Ernte von einem Liter Öl kostet mehr als fünf Euro. Und mit dem Pflücken ist es ja noch nicht getan. Ich muss die Bäume schneiden, düngen und vielleicht auch bewässern. Ich muss ab und zu neue Bäume pflanzen. Ich muss die Oliven noch am Tag der Ernte zur Mühle fahren und dort pressen lassen. Am Ende kostet mich deshalb die Produktion von einem Liter Öl weit mehr als diese fünf Euro. Vielleicht sieben oder acht oder sogar neun Euro. Und nun rate mal, was ich auf dem Rohstoffmarkt von Bari für diesen Liter hochwertiges extra natives Olivenöl bekommen würde.«

»Keine Ahnung. Sag du es mir.«

»Ziemlich genau zwei Euro. Jetzt verstehst du vielleicht, warum hier niemand mehr Oliven pflegen will.«

Johann schaute seinen Vater überrascht an. »Wieso ist der Preis so niedrig?«

»Weil der Markt eben brutal ist. Weil die großen Produzenten tricksen, täuschen und betrügen und sich dadurch gegenseitig unterbieten. Weil der Kunde im Supermarkt sein Öl für zwei Euro neunundneunzig kaufen will. Ich nenne dir noch ein paar andere Zahlen. Die italienischen Haushalte verbrauchen pro Jahr siebenhunderttausend Tonnen Olivenöl. Zusätzlich exportieren wir noch etwas mehr als zweihundertfünfzigtausend Tonnen ins Ausland. Das sind also insgesamt knapp eine Million Tonnen italienisches Olivenöl. Der Haken an der Geschichte: Sämtliche in Italien geernteten Oliven reichen nur für fünfhunderttausend Tonnen Öl. Wir verkaufen also doppelt so viel italienisches Öl, wie wir produzieren.«

Johann erinnerte sich an den Skandal, von dem Guido ihm erzählt hatte. »Das bedeutet, italienisches Olivenöl kommt oft gar nicht aus Italien?«

»Nein, das Ganze ist ein großer Schwindel. Das Öl wird hier abgefüllt in Flaschen und Blechcontainer. Aber das Produkt selbst kommt zu einem großen Teil aus anderen Ländern. Und genau da können Leute wie Marconi ihre Profite machen. In Spanien kostet Olivenöl kaum fünfzig Cent pro Liter, in Tunesien sogar nur dreiundzwanzig Cent.«

Da war es wieder: Tunesien und das Chemlali-Öl, die Sorte, an der Franca erstickt war. Johann versuchte vergeblich, all die neuen Informationen zu einer logischen Mordtheorie zusammenzufügen. Schließlich stellte er die Frage, die ihm buchstäblich auf der Zunge lag:

»Aber schmeckt man da keinen Unterschied?«

Domenico Sorbello lachte sein seltenes heiseres Lachen.

»Doch, wenn man es zum Beispiel mit meinem Öl vergleicht.«

Er griff nach seinem Rucksack und nahm eine dunkelgrüne Flasche ohne Etikett sowie ein weiteres Glas heraus. Er goss es halb voll mit dem grünlich gelben Öl und reichte es seinem Sohn.

»Probier mal. Dieses Öl ist wirklich nativ extra, oder wie wir sagen: Extra Vergine. Also direkt und kalt gepresst aus frisch geernteten Oliven. Zuerst musst du riechen, dann schmecken.«

Johann steckte vorsichtig seine Nase in das Gefäß und atmete ein. Überrascht registrierte er intensive Gerüche: frisches Gras, Chlorophyll, vielleicht ein Hauch von Kräutern. Widerwillig betrachtete er den dickflüssigen Inhalt. Öl trinken? Der Gedanke war ihm fremd. Zögernd nippte er.

Sein Vater unterbrach ihn: »Nein, nicht so. Du musst einen großen Schluck nehmen und das Öl im Mund mit Sauerstoff vermischen, wie guten Rotwein.«

Johann überwand seine Hemmungen und füllte seinen Mund mit Olivenöl. Er sog an den Mundwinkeln Luft ein, schlürfte das Öl mehrmals zwischen Gaumen und Zunge und schluckte es schließlich hinunter. Er merkte, wie die anfängliche intensive, fast schon eklige Buttrigkeit anderen Aromen Platz machte.

»Es schmeckt irgendwie nussig, vielleicht nach Mandeln? Und am Ende wird es scharf, fast schon bitter.«

»Genau, du hast einen guten Gaumen, Giovanni. Die meisten Menschen wissen gar nicht, dass extra natives Olivenöl eine gewisse Schärfe und Bitterkeit im Abgang haben muss. Sie haben sich an den Geschmack von Öl aus dem Supermarkt gewöhnt. Das schmeckt immer gleich langweilig. Du kannst dir gar nicht vorstellen, wie viele Chemiker heutzutage in so einer Olivenölfabrik arbeiten. Die nehmen sogar minderwertiges Lampantöl, das oft schon ranzig oder schimmelig ist. Oder sie kaufen billiges Haselnussöl und bereiten es so auf, dass es nach gar nichts mehr schmeckt. Desodorierung heißt das Zauberwort. Da wird gemischt und gepanscht, bis am Ende ein Geschmack erreicht ist, der den Massen zusagt. Dieses Ergebnis ist weder nativ extra, noch ist es ein italienisches Öl. Und trotzdem steht beides auf dem Etikett.«

Johann nahm noch einen Schluck Olivenöl. Wieder gurgelte und schluckte er bis zum pfeffrigen Abgang. Dabei dachte er darüber nach, was sein Vater ihm soeben erzählt hatte, und schlug den Bogen zu Gianni Marconi:

»Also mal angenommen, ›Extravergine‹ kauft im großen Stil Öl aus Tunesien. Marconis Chemiker bearbeiten es im Labor, bis der gewünschte Geschmack erreicht ist, und danach wird das Ergebnis als italienisches Olivenöl bester Güteklasse verkauft. Ist das legal?«

»Das hängt davon ab. Wenn er das Öl offiziell importiert und auf seine Flaschen den Vermerk ›enthält Öl aus Tunesien‹ aufdruckt, ist das legal. Aber beides ist unwahrscheinlich. Erstens will kein Kunde Öl aus Afrika kaufen. Und zweitens sind die Importzölle so hoch, dass es sich kaum noch lohnt, das Öl einzuführen. Wenn er das Ganze aber geheim hält, profitiert er doppelt. Er hat nicht nur den niedrigen Einkaufspreis, sondern kassiert auch noch EU-Subventionen dafür, weil er ja behauptet, das Öl sei aus der Europäischen Union.«

»In diesem Fall wäre er ein Betrüger im großen Maßstab.«

Domenico Sorbello nickte. »Und ein Schmuggler. Wir sprechen hier also nicht nur von riesigen Geldsummen, sondern auch von möglichen Gefängnisstrafen. Und damit kommen wir zu deiner Frage vom Anfang zurück: Reicht das als Hintergrund aus, um jemand zu ermorden?«

Johann griff den Gedanken auf: »Wenn dieser Jemand damit droht, alles aufzudecken. Es gibt Menschen, die haben schon für weit weniger getötet.«

Das Klingeln seines Smartphones unterbrach ihn. »Enza Marconi« blinkte auf dem Display. Er entschuldigte sich bei seinem Vater und nahm das Gespräch an.

»*Ciao* Enza, kann ich dich später zurückrufen? Ich bin gerade in einem wichtigen Gespräch.«

»Nein, bitte hör mir zu.« Ihre Stimme klang aufgeregt und gepresst. Als würde sie sich bemühen, leise zu sprechen.

»Okay, was gibt's?«

»Kannst du hierherkommen? Ich habe etwas entdeckt. Ich muss dringend mit dir reden.«

Johann sah seinen Vater an und wünschte sich wieder einmal, mehr Zeit mit ihm zu verbringen.

»Reicht nicht heute Abend? Ich bin in den Bergen, dreißig Kilometer von Genua entfernt.«

»Nein, komm bitte sofort. Ich bin in Francas Wohnung. Sie hat ihn erpresst.«

Johann fragte nicht, wen sie damit meinte. Er konnte es sich ziemlich genau vorstellen.

＊

Das Warten war eine Qual. Seitdem sie ihn angerufen hatte, starrte Enza von innen auf die Wohnungstür, am Boden kauernd, unfähig, sich zu bewegen. Ihr war kalt, außen wie innen. Ihre Gedanken drehten sich unablässig im Kreis. Fragen, die sie quälten, und mögliche Antworten, die sie immer weiter frösteln ließen.

Fast eine Stunde lang verharrte sie in dieser Stellung, bis sie Johanns Klopfen hörte. Er kam herein, warf einen überraschten Blick auf das durchschnittene Siegel, verlor aber kein Wort darüber. Er schloss die Tür hinter sich und umarmte Enza, fest und entschieden.

Enza war viel zu überrascht, um sich zu wehren. Ihr Gesicht lag in seiner Halsbeuge, verschwitzt und klebrig. Sie atmete tief ein, roch eine herbe Mischung aus Schweiß und einem Hauch von Aftershave. Nach kurzem Zögern legte sie die Arme um ihn und begann, die Berührung zu genießen.

Johann hielt sie weiter fest, als er sprach: »Ich fürchte, dein Vater hat etwas mit Francas Tod zu tun. Und ich denke, du glaubst das auch.«

Sie spürte, wie ihr die Tränen kamen und sich der Druck der letzten Tage langsam löste. Mit stockender Stimme begann sie zu erzählen. Von Francas seltsamem Verhalten kurz vor ihrem Tod, von ihren Andeutungen, dass sie bald Geld bekommen werde. Sie beschrieb, wie sie den Computer ihres Vaters ausspioniert hatte und auf welche Informationen sie dort gestoßen war.

»Zuerst habe ich die Mails gefunden. Stell dir vor: Er war so bescheuert, Post von Franca abzuspeichern, in der sie drohte, zur Polizei zu gehen und alles zu verraten. Sie forderte von ihm hundertfünfzigtausend Euro in bar.«

Enza löste sich aus Johanns Umarmung und führte ihn in die Küche. Auf dem rosafarbenen Ikea-Tisch lag eine geöffnete Reisetasche aus Kunstleder, darin eine amorphe Masse von rötlichen Papierbündeln. Sie drehte die Tasche um, sodass sich der Inhalt auf der Tischplatte verteilte: mehrere Dutzend Fünfzig-Euro-Päckchen, umhüllt von Banderolen.

»Wo hast du das gefunden? Ich dachte, die Polizei hätte hier alles durchsucht.« Johann sah sie fragend an.

»Franca hat mir mal ihr Geheimversteck gezeigt. Im Bad gibt es einen Hohlraum hinter der Badewanne, verdeckt durch eine große Kachel. Dort hat sie alles versteckt, was ihr wichtig war. Mir war klar, dass die dämlichen Bullen da nicht suchen würden.«

Enza atmete tief durch. Sie fühlte sich besser. Darüber zu reden, tat gut. Johann hörte ihr ruhig und konzentriert zu. Sie genoss seine Nähe.

»Ich habe das Geld noch nicht gezählt. Aber ich weiß, dass mein Vater gezahlt hat. Gestern kurz vor Mitternacht habe ich endlich den Unterordner gefunden, in dem er seine Kontoauszüge abspeichert. Er hat drei verschiedene Privatkonten. Und von jedem hat er in der Woche vor Francas Tod eine große Summe in bar abgehoben: einmal dreißigtausend, einmal fünfundfünfzigtausend und einmal fünfundsechzigtausend Euro.«

Johann ließ die Scheine eines Bündels nachdenklich wie Spielkarten über seinen Daumen rattern und stellte die Frage, über die Enza schon seit Stunden nachgrübelte: »Aber wenn er bezahlt hat, warum sollte er sie danach noch umbringen? Die Sache war doch gegessen.«

»Ja, ich weiß. Deshalb habe ich mich gefragt, welche Rolle Toni in der ganzen Sache spielt.«

Sie berichtete von ihrem Besuch im Aquarium und dem Bild auf der Überwachungskamera.

»Toni war in der Nacht, als Franca starb, definitiv im Aquarium. Ich hatte deshalb nur noch einen Gedanken: Wenn ich mich in ihm getäuscht habe, wenn er Franca doch umgebracht hat, muss er ein geldgieriges Schwein sein. In diesem Fall hätte er sich mit den hundertfünfzigtausend Euro davongemacht.«

Sie spürte, wie sich alle klar recherchierten Fakten wieder in einem wilden Wust von Verwirrung zusammenknäulten, und zuckte hilflos mit den Schultern.

»Aber das Geld liegt hier, Toni ist verschwunden, mein Vater lügt, und ich verstehe gar nichts mehr.«

***

Johann ging es ähnlich wie Enza. Die Teile des immer komplizierter werdenden Puzzles wollten sich partout nicht zusammenfügen. Oder doch?

Er entwickelte in Gedanken eine wilde Theorie: Gianni Marconi hätte also ein Motiv gehabt. Vielleicht hatte er nur deshalb gezahlt, um den Mord in Ruhe vorbereiten zu können. Weil er zu hundert Prozent sichergehen wollte, dass nach der ersten Erpressung nicht noch eine zweite und eine dritte folgen würde. War es denkbar, dass er Toni mit ins Boot geholt hatte, um ihn erst zu benutzen und danach zu beseitigen?

Johann merkte mit einem Mal, dass Enza ihn ansah. Intensiv, abwartend, die Mundwinkel leicht zu einem Lächeln verzogen. Jetzt registrierte er auch, was sie trug: ein kurzes Sommerkleid, das ihren schlanken Körper umspielte und jede Menge Bein und Brust enthüllte.

Seit einer gefühlten Ewigkeit hatten beide nicht mehr gesprochen. Er fand sie zauberhaft, erotisch und fühlte sich fast schon unwiderstehlich angezogen. Ein magischer, stiller Moment, den er kurz genoss, um ihn gleich darauf zu zerstören: »Hast du herausgefunden, womit Franca deinen Vater erpresst hat?«

Enzas Lächeln verschwand, ihr Blick wanderte ins Ungewisse. »In den Mails stand nichts darüber. Aber es muss irgendwas mit der Firma gewesen sein.« Sie nahm eine schieferfarbene Aktenmappe von der Spüle. »Hier, schau mal. In Francas Versteck habe ich noch diese Mappe gefunden. Darin sind Lieferscheine, mit denen ich ehrlich gesagt nicht viel anfangen kann.«

»Warte, wir legen sie auf den Tisch.«

Johann begann vorsichtig, Geldpäckchen für Geldpäckchen zurück in die Tasche zu legen. Doch Enza ließ ihn nicht zum Ende kommen. Mit einer einzigen Armbewegung wischte sie sämtliche Geldbündel vom Tisch auf den Boden.

»Dreckiges Geld«, sagte sie verächtlich und breitete den Inhalt der Mappe auf der Tischplatte aus.

Sie setzten sich auf die beiden Küchenstühle und studierten die Papiere, die Franca so geheim hatte halten wollen. Johann erkannte schnell, worum es sich handelte. »Bill of Lading« stand jeweils als Überschrift auf den Dokumenten, die erkennbar keine Originale, sondern Kopien waren. Er überflog die insgesamt neun DIN-A4-Blätter und ordnete sie in Dreiergruppen nebeneinander.

»Das sind keine Lieferscheine, aber etwas Ähnliches. ›Bill of Lading‹ bedeutet ›Seeladeschein‹. Wir haben es hier mit Frachtpapieren für Tankschiffe zu tun. Und nun darfst du raten, was die Tanker geladen hatten.«

»Olivenöl.« Enza holte tief Luft und suchte nach den richtigen Worten. »Weißt du, ich habe meinen Vater von Anfang an verdächtigt. Schon als du das Wort Olivenöl zum ersten Mal ausgesprochen hast. Aber ich habe keine Ahnung von seinen Geschäften. Und ich wollte nicht mit dir darüber sprechen, bevor ich mir sicher war. Außerdem kannte ich dich ja überhaupt nicht. Du bist einfach hereingeplatzt in mein Leben und wolltest plötzlich die privatesten Dinge von mir wissen.« Die letzten beiden Sätze fauchte sie ihm laut ins Gesicht, als sei er an allem schuld.

Johann legte den Finger an die Lippen, um sie daran zu erinnern, dass sie in eine polizeilich versiegelte Wohnung eingebrochen waren und besser nicht die Nachbarn alarmieren sollten. Er dachte kurz an all die Spuren, die sie beide nicht nur zerstören, sondern auch hinterlassen würden, verdrängte den Gedanken aber schnell wieder.

»Ich habe gespürt, dass du mir etwas verheimlichst. Aber das ist jetzt egal.« Er konzentrierte sich auf die Dokumente. »Schau mal, für mich sieht das so aus, als hätten wir es mit drei Lieferungen von jeweils dreitausend Tonnen Olivenöl zu tun. Die Schiffe haben andere Namen, aber die Herkunft ist in allen Fällen gleich: La Goulette in Tunesien, dort wurde das Öl geladen.«

»Hast du mir nicht erzählt, dass Franca an Olivenöl aus Tunesien erstickt ist?«

»Ja, das hat die genetische Analyse ergeben. Aber lass uns bei den Dokumenten bleiben. Da wird es nämlich spannend.« Johann legte die ersten drei Schiffsladepapiere nebeneinander. »Hier der Frachtschein aus La Goulette: Das Schiff heißt ›Viking‹, die Ladung ist einfaches Olivenöl, die Menge dreitausend Tonnen. Der zweite Schein wurde in Istanbul abgestempelt. Dort gab es einen Zwischenstopp, warum auch immer. Dasselbe Schiff, dieselbe Ladung: dreitausend Tonnen Olivenöl aus Tunesien. Und nun schau dir mal den dritten Schein an, der trägt den Stempel aus Genua.«

Enza brauchte nicht lange, um den Unterschied zu erkennen.

»Als die ›Viking‹ hier ankam, hatte sie Olivenöl aus Apulien geladen, und zwar mit der Güteklasse ›Extra Vergine‹.«
Sie griff nach dem nächsten Stapel, überflog die Einträge, danach auch den dritten Stapel.
»Du hast recht. Jedes Mal das gleiche Spiel. Das tunesische Olivenöl fährt erst nach Istanbul und verwandelt sich während der Weiterreise nach Genua in italienisches Extra-Vergine-Öl.«
Sie schaute ihn stirnrunzelnd an.« Aber warum? Was macht das für einen Sinn?«
Johann erzählte ihr kurz und knapp, was er vor wenigen Stunden von seinem Vater erfahren hatte. Sie hörte aufmerksam zu, schwieg eine Weile, versuchte, ihre Gedanken zu ordnen.
»Das bedeutet also: Mein Vater kauft superbilliges Öl in Tunesien ein und besticht eine Reihe von Leuten, um es hierherschmuggeln zu können. Offiziell handelt es sich dann um allerbestes Öl aus Apulien, für dessen Produktion er jede Menge Subventionen von der EU kassiert. Und am Ende verkauft er das Billigöl teuer als italienisches Öl.« Sie lächelte gequält.» Klingt sehr nach meinem Vater.«
Johann spann ihre Gedanken weiter:» Und diese Dokumente hier müssen die Beweise sein, mit denen Franca ihn erpresst hat. Kein Wunder, dass sie die so gut versteckt hat.«
Er zögerte kurz, bevor er die nächste Frage aussprach.» Kannst du dir vorstellen, dass dein Vater Toni zur Tat angestiftet hat? Vielleicht hat er ihm noch viel mehr Geld versprochen, als hier liegt.«
»Bei meinem Vater kann ich mir fast alles vorstellen. Aber für Toni hätte ich meine Hand ins Feuer gelegt«, Enza atmete einmal tief durch, »bis ich heute Morgen sein Bild auf der Überwachungskamera gesehen habe. Nur, wie kommt das Öl in Francas Lunge? Und warum die Piranhas?«
»Vielleicht hat er gedacht, dass die Piranhas die Leiche auffressen und so alle Spuren verwischen. So wie Mafiosi ihre Opfer in Säure auflösen.«

»Aber warum schaut er direkt in die Kamera, von der er weiß, dass sie da hängt?«

»Möglicherweise war das der Deal mit deinem Vater. Toni zeigt sich als Mörder und lenkt damit jeden Verdacht ab. Im Gegenzug verspricht ihm dein Vater nicht nur das Geld, sondern auch ein neues Gesicht, eine neue Identität.« Johann musste über seine eigenen wilden Mutmaßungen lachen. »Ganz ehrlich. Das klingt doch völlig absurd. Wie ein schlechter Mafiafilm.«

»Ich fühle mich seit einer Woche wie in einem schlechten Film. Mittlerweile halte ich alles für möglich«, sagte Enza und stand auf. Sie sah ihn an, in ihren Mundwinkeln und ihren Augen erkannte Johann wieder den intensiven, verführerischen Blick von vorhin.

»Ich glaube, wir brauchen eine kleine Auszeit von diesem Irrsinn. Du musst meinem Vater auf den Zahn fühlen. Aber vorher«, sie setzte sich rittlings auf seinen Schoß, »wirst du seine Tochter besser kennenlernen. Und du sollst wissen, dass ich ihn hasse.« Sie küsste ihn sanft auf den Mund.

Johann ertappte sich kurz bei dem Gedanken, dass es vielleicht nicht die beste Idee war, in der versiegelten Wohnung eines Mordopfers Sex zu haben, schon gar nicht, wenn man der verantwortliche Gerichtsmediziner war. Doch er schloss die Augen und legte seine Arme um Enza.

**

Es war der seltsamste Kuss ihres Lebens. Zunächst dachte Enza, sie habe Johann die Luft zum Atmen genommen. Er keuchte, als sei ihm etwas im Hals stecken geblieben. Dabei hielt er sie krampfhaft umschlungen und zitterte am ganzen Körper. Schnell wurde Enza klar, dass der Mann, auf dessen Schoß sie sich gerade gesetzt hatte, alles andere als erregt war.

»Johann, was ist los mit dir?«

Sie löste sich aus seiner Umklammerung und stand auf. Johanns Gesicht war schweißüberströmt. Seine Augen flackerten mit riesigen Pupillen hin und her. Er wollte etwas sagen, doch aus seiner Kehle kam nur dieses erstickte Keuchen. Zusammengekrümmt wollte er aufstehen, fiel aber schwankend auf die Knie. Enza bekam es mit der Angst zu tun. Was für ein Anfall war das? Sollte sie einen Krankenwagen alarmieren? Ausgerechnet hier, in Francas Wohnung, auf deren Küchenfußboden hundertfünfzigtausend Euro in bar lagen? Sie versuchte noch einmal, zu ihm durchzudringen: »Mensch, Johann, sag doch was! Soll ich einen Arzt rufen?« Seine Augen stierten durch sie hindurch. Das Zittern wurde schlimmer. Aber er schien ihre Frage gehört zu haben. Jedenfalls glaubte sie die Andeutung eines Kopfschüttelns wahrzunehmen. Was konnte sie bloß tun?

Kurz entschlossen kniete sie sich hin und schlang die Arme um ihn. Sie hielt den schlotternden Oberkörper fest an sich gedrückt und merkte, dass sie unwillkürlich angefangen hatte, ihm eine Melodie vorzusummen, wie eine Mutter, die ihr Kind beruhigen will.

Mehrere Minuten lang verharrten sie so. Bis Enza spürte, dass Johanns Zittern langsam nachließ und er wieder Luft bekam. Sie ließ ihn los und sah ihm ins Gesicht.

Johann wirkte, als sei er aus einem tiefen Traum aufgewacht. Er wischte sich mit beiden Händen den Schweiß aus dem Gesicht, fuhr sich über den Schädel, als wolle er etwas abstreifen, und sagte schließlich mit einem schiefen Grinsen: »Tja, das war dann wohl unser erstes Mal.«

»Blödmann! Mach keine Witze, ich hatte eine Riesenangst. Bist du Epileptiker oder was?«

Er schüttelte den Kopf. »Nein, das war eine Panikattacke. In letzter Zeit habe ich so etwas häufiger.«

Enza bemühte sich, die Situation zu begreifen. »Aber wovor hast du Angst? Vor mir etwa? Ich habe dich doch nur geküsst.«

»Ich weiß nicht, wovor ich Angst habe. Oder vielleicht doch.« Er stand auf, setzte sich wieder auf den Stuhl und forderte Enza auf, neben ihm Platz zu nehmen. »Das ist eine lange Geschichte. Und wenn du sie gehört hast, verstehst du vielleicht, warum mich der Tod deiner Freundin so aufgewühlt hat.«

Enza hörte ihm gebannt zu. Draußen wurde es dunkel, während Johann von Hülyas Tod erzählte, vom Verlust seiner Mutter, von seinen Ängsten, seinen Panikattacken. Er endete mit seinem Wechsel in die Gerichtsmedizin, seiner Entscheidung, keine lebenden Patienten mehr behandeln zu wollen, bis hin zu dem Moment, als er das Foto von Franca erblickte, die aussah wie Hülya.

Als er ausgeredet hatte, schaute Enza lange aus dem Fenster in die diffuse Dunkelheit der engen Gasse. Sie begann zu verstehen. Der attraktive Mann, dessen müde Augen nun ihren Blick suchten, hatte sein Trauma nie wirklich verarbeitet.

»Waren die Panikattacken denn jemals weg?«, fragte sie.

»Nachdem ich mich für die Gerichtsmedizin entschieden hatte, hörten sie langsam auf. Ein halbes Jahr später war ich sie ganz los. Bis vor einer Woche.«

Enza fühlte sich seltsam berührt. Johanns neu gewähltes Lebensmotto hatte für ihn tatsächlich funktioniert: Tote können nicht mehr sterben. Also brauchte er auch keine Angst um sie zu haben. Bezogen auf Patienten oder eben Leichen war seine Entscheidung nachvollziehbar. Aber was war mit Menschen, die ihm nahekamen?

Sie erinnerte sich an sein Zögern, als sie ihn zu sich in die Wohnung eingeladen hatte. An das leichte Zittern seiner Hand, seinen ausweichenden Blick. Hatte dieser wunderbare Mensch etwa Angst vor zu viel Nähe?

Ihr wurde bewusst, dass sie voller Zärtlichkeit über ihn nachgrübelte, dass sie dabei war, sich in Johann zu verlieben. Trotz der schrecklichen Zusammenhänge – oder vielleicht auch deswegen.

Sie griff nach seiner Hand. »Geht es dir besser?«

Er lächelte mechanisch. »Ich bin mir nicht sicher. Meine

Gesprächstherapie mit dir hat ja gerade erst angefangen. Normalerweise stellen sich die Erfolge erst später ein.«

Typisch, er flüchtete sich in Ironie. Vielleicht hatte er sogar Angst davor, dass sie ihm den nächsten Kuss aufzwingen wollte. Egal, Enza merkte, dass sie Hunger und Durst hatte. Es war schon zweiundzwanzig Uhr, und seit dem frühen Morgen war sie nicht mehr dazu gekommen, etwas zu sich zu nehmen. Sie zog Johann von seinem Stuhl hoch. »Komm, wir gehen etwas essen. Hier um die Ecke gibt es eine kleine Trattoria. Dort gibt es die besten *trenette al pesto* von ganz Genua.«

»Und was machen wir hiermit?« Johann zeigte auf die Frachtpapiere und die Geldbündel, die über den Fußboden verteilt lagen.

Sie beschlossen, alles wieder zurückzulegen und das Versteck ordentlich mit der Kachel zu verschließen. Dass ihre Fingerabdrücke und DNA-Spuren nun überall zu finden waren, ließ sich nicht mehr ändern. Irgendwann würden sie der Polizei wahrscheinlich sowieso viele Dinge erklären müssen.

»Habe ich dir schon erzählt, dass Tonis DNA auf der Eintrittskarte klebte?«, fragte Johann im Hinausgehen.

»Nein«, antwortete Enza, während sie versuchte, das durchschnittene Siegel notdürftig mit Tesafilm aus ihrer Handtasche zu flicken. »Lass uns beim Essen darüber reden.«

Als sie das Haus verließen, wirkte die düstere Gasse menschenleer. Von links hörte Enza nahende Schritte. Nervös drehte sie sich um. Etwa zehn Meter entfernt bog ein Mann in Jeans und T-Shirt um die Ecke. Sein Gesicht lag zunächst im Schatten. Doch als er in den grünlich fahlen Lichtkegel einer Laterne trat, zuckte Enza unwillkürlich zusammen und stieß einen Schrei aus.

»Toni!«

Der Mann blieb stehen und schaute sie an. Er wirkte überrascht, stand aber vollkommen ruhig da. Eine unendlich scheinende Sekunde lang bohrte sich sein Blick regelrecht in ihre Augen, dann drehte er sich um und rannte davon.

»Toni, wir müssen mit dir reden!«, rief Enza ihm nach.

Im Augenwinkel sah sie, wie Johann loslief. Sie wollte hinterherrennen, doch schon nach den ersten beiden Schritten kam sie ins Stolpern und wäre fast der Länge nach auf das Schieferpflaster gefallen. Die schillernden Neun-Zentimeter-Pumps, die sie heute Morgen für den Delfintrainer ausgewählt hatte, waren definitiv nicht fürs schnelle Laufen gemacht. Fluchend streifte sie sich die Schuhe von den Füßen und hastete barfuß hinter den beiden Männern her. Schon nach wenigen Sekunden kam ihr Johann keuchend entgegen.

»Er ist wie vom Erdboden verschluckt. Er ist um diese Ecke hier gebogen und war einfach weg. Bist du sicher, dass es Toni war?«

»Ja, er war es.« Enza spürte noch einmal den brennenden Blick in ihren Augen. Es war derselbe Blick wie auf dem Überwachungsvideo, ein intensiv aggressives Starren, das sie innerlich erschauern ließ. »Meinst du, er wollte das Geld holen?«

»Keine Ahnung.« Johann griff nach ihrem Arm und machte ihr ein Zeichen, leise zu sein. »War da etwas? Vielleicht können wir noch seine Schritte hören.«

Beide lauschten in das dunkle Gassengewirr hinein. Enza hörte zunächst vor allem ihr Blut in den Ohren pochen. Aus einer Wohnung im vierten Stock kam das Geräusch einer dämlichen Talkshow. Von weiter hinten das Flügelrascheln einer Taube. Unten in der Gasse waren weder Menschen zu sehen noch Schritte zu hören.

Plötzlich fühlte sie sich beobachtet. Sie hatte Angst.

4

Freitag

Der Mann verstaute die Pistole wieder im Wandschrank. Er ging die Treppe hoch und öffnete die Tür zur heiligen Kammer. Er wartete, bis die Nonna ihr Gebet beendet hatte. Dann gab er ihr die neue Reliquie. Während sie ihm wie immer den Rücken zuwandte, den Schrein öffnete und den winzigen Gegenstand darin verstaute, dachte er über sein seltsames Leben nach. Seine erste Erinnerung hatte mit Schmerz zu tun: die Abhärtungsübungen, wenn draußen Schnee lag. Eine Stunde lang mussten sie hinter dem Haus im Garten im Kreis laufen, nur mit einer Unterhose bekleidet. Sie waren fünf Jahre alt. Er konnte es heute noch spüren: das Brennen der Kälte an den nackten Füßen, das zunächst immer quälender wurde, bis schließlich der magische Moment erreicht war, wenn die Sohlen gefühllos wurden. Zuerst hatte er oft weinen müssen. Doch die Nonna ließ sich von seiner Schwäche nicht beeindrucken. Sie stieß ihn zurück in den Schnee und sagte nur: »Weiter. Das macht dich stark.«

Wie oft hatte sie diese Worte zu ihm gesagt: »Du musst stark werden. Stärker als die anderen.«

Es kam die Zeit, da musste er nicht mehr weinen. Und er begriff, dass sie recht hatte. Dass Schmerzen im Leben nicht wichtig waren, dass er sie überwinden konnte.

Am Tag, als er es schaffte, sogar die Peitschenhiebe still zu erdulden, als er ihr hinterher frech ins Gesicht grinste, war sie zum ersten Mal stolz auf ihn. Sie nahm ihn mit in die heilige Kammer, setzte sich auf die Bank, zog ihn auf ihren Schoß und belohnte ihn mit einer Umarmung.

Er war verwirrt, eine Berührung, die nicht wehtat. Es fühlte sich so fremd an, eng und stickig, er bekam kaum Luft dabei, aber auch so wohlig warm. Er wünschte sich, diese Wärme würde niemals aufhören. Während die Nonna ihn in ihren Armen hielt, erzählte sie ihm, dass er auserkoren war. Er würde Gottes Werkzeug sein und das tun, was richtig war. Es war der Tag, an dem er zehn Jahre alt wurde.

Die Kälte und der Schmerz kehrten schnell zurück. Die regelmäßigen Hiebe hörten nicht auf. Die Nonna fand immer einen Grund für Strafe. Aber von Zeit zu Zeit, wenn er etwas besonders gut gemacht hatte, belohnte sie ihn wieder. Als er mit elf Jahren seinen ersten Vogel erlegte, einen Gartenrotschwanz, damals noch mit Pfeil und Bogen. Als er mit zwölf ohne jedes Zögern sein Kaninchen Beppe schlachtete, einfach weil sie es ihm befahl. Als er mit vierzehn das erste Wildschwein in der Drahtschlinge erstickte. Jedes Mal erlebte er die gleiche Zeremonie: Kerzen in der heiligen Kammer, die wohlige Umarmung auf dem Schoß der Nonna und die Verheißung, dass er die gerechte Rache des Herrn ausüben würde.

Je älter er wurde, desto stärker erregten ihn diese Momente. Von Mal zu Mal fieberte er der Umarmung mehr entgegen. Wusch hinterher heimlich seine Unterhose aus, schämte sich, freute sich auf die nächste Aufgabe, die er bekommen würde.

Die Jahre vergingen. Die Aufgaben wurden größer. Er wurde erwachsen und entdeckte die Welt der Prostituierten in Genua. Aber keine Frau konnte ihm die Wärme geben, die er in diesen Momenten von seiner Nonna bekam.

Ihr Gebet war zu Ende. Sie drehte sich um und strich ihm langsam über die Wange. »Jetzt ist alles gut.«

Er nickte still, aber er wusste, dass sie keinen Überblick mehr hatte. Es war an ihm, alles zu vollenden. Sie brauchte nicht zu erfahren, dass es neue Probleme gab. Er hatte den Fehler gemacht, zur Wohnung zu gehen. Und war dort ausgerechnet der dünnen Blonden und ihrem Typen in die Arme gelaufen. Es war zu spät. Sie hatten ihn gesehen. Sie waren zu neugierig. Diesen Fehler musste er korrigieren.

Er verließ die heilige Kammer und lächelte. In diesem Moment war ihm war klar geworden, dass er sich eigene Aufgaben stellen konnte. Und dass er sich darauf freute.

***

Johann hielt unwillkürlich den Atem an. Unter ihm lag ein Meer aus Olivenöl, dunkelgrün schillernd und behäbig schwappend in einem gewaltigen Tank aus Edelstahl. Der Behälter musste riesig sein. Die geöffnete Luke maß bestimmt zweieinhalb Meter im Durchmesser. Und das Sonnenlicht, das durch die Öffnung fiel, beleuchtete eine wohnzimmergroße Ölfläche, ohne auf eine Wand zu stoßen.

Wie tief der Tank wohl war? Ob man darin stehen konnte? »Wie groß ist das Becken genau?«, fragte er angespannt den Mann, der ihn hierhergeführt hatte.

»Fünfzehn Meter lang, zehn Meter breit und etwa dreieinhalb Meter tief«, sagte Gianni Marconi voller Stolz. »Aber das ist nur einer von drei Tanks. Insgesamt können wir hier fast tausendfünfhundert Tonnen Öl aufbewahren.«

Sie standen an Deck der »Nani«. Ein Pflanzenöltanker, 1970 in Hamburg gebaut, der seine beste Zeit schon lange hinter sich hatte. Seit einigen Monaten lag das Schiff fest vertäut an der Mole direkt vor dem »Extravergine«-Gelände. Als Zwischenlager, das viel billiger war als die Investition in teure Edelstahlsilos, wie Marconi sich selbstgefällig gebrüstet hatte.

Der eitle Mann war Johann von Anfang an unsympathisch gewesen. Er konnte Enzas Abneigung ihrem Vater gegenüber nachvollziehen. Aber noch ließ er sich nichts anmerken und stellte dem Olivenöl-Baron scheinbar unbefangen freundliche Routinefragen.

»Haben die Carabinieri das Schiff hier auf Spuren untersucht?«

»Nein, warum sollten sie?« Marconi schien aufrichtig überrascht. »Franca ist nie im Leben hier auf dem Schiff gewesen.

Außerdem wurde sie doch im Piranha-Becken gefunden. Oder etwa nicht?«

»Ja, das stimmt. Aber mit Öl in der Lunge. Und irgendwo muss das ja hergekommen sein.« Johann schaute sich nachdenklich um. Außer ihm und Marconi war niemand zu sehen, weder am Ufer noch auf dem Schiff.

Die »Nani« war etwa siebzig Meter lang. Zwei fest installierte Stege aus Stahlrohren führten von der Mole auf das rot lackierte rostige Deck. Links von ihnen, an Land, lag die hohe, fensterlose Wand einer Produktionshalle, rechts das Mittelmeer, eingerahmt von zwei leeren Hafenmolen. Es war ein trostloser, menschenverlassener Ort am Rande des Containerhafens.

War Franca tatsächlich hier gewesen? Hatte sie womöglich mehr über das tunesische Öl herausfinden wollen? Hatte sie sich heimlich auf das Schiff geschlichen und war dabei erwischt worden?

Marconi räusperte sich. »Kann ich Ihnen sonst noch weiterhelfen?«

Johann verstand. Die Frage war ein klares Signal, dass seine Anwesenheit schon lange genug dauerte und dass der Hausherr wichtigere Dinge zu tun hatte, als irgendwelchen dahergelaufenen Gerichtsmedizinern abwegige Fragen zu beantworten. Doch er hatte nicht vor, seinen Besuch vorzeitig abzubrechen. Die wirklich spannenden Fragen hatte er ja noch gar nicht gestellt.

Es war leicht gewesen, den Termin bei Marconi zu bekommen. Johann hatte am Morgen angerufen und sich als leitender Gerichtsmediziner vorgestellt, der noch ein paar Details besprechen wollte. Am Nachmittag hatte er auf die Klingel der protzigen Firmenzentrale gedrückt, die ihm Enza schon beschrieben hatte. Gianni Marconi hatte ihn sofort empfangen und höflich, aber kühl auf seine Fragen geantwortet. Nein, ihm sei in den letzten Tagen nichts Besonderes an Francas Verhalten aufgefallen. Nein, seines Wissens habe niemand in der Firma Streit mit Franca gehabt. Schließlich hatte er Johann scharf angesehen und gefragt:

»Warum stellen Sie mir dieselben Fragen noch einmal, die ich der Polizei gegenüber schon x-mal beantwortet habe?«

Johann war ganz ruhig geblieben. »Weil Franca an Olivenöl erstickt ist. Weil sie in einer Firma gearbeitet hat, die Olivenöl produziert. In Ihrer Firma.«

»Und deshalb fällt der Verdacht jetzt auf mich? Sie wissen doch sicher, dass ich ein Alibi habe.«

»Ja, das hat mir die Polizei gesagt. Ich versuche nur, dem Mysterium ihres Todes näher zu kommen.«

Zu diesem Zeitpunkt hätte Johann seine Trümpfe auf den Tisch legen und Marconi mit den harten Fakten konfrontieren sollen – das Öl aus Tunesien, die Erpressung, das Geld. Doch intuitiv hatte er stattdessen die Frage gestellt, die ihm spontan in den Sinn gekommen war:

»Gibt es in Ihrer Firma so etwas wie einen Riesenbehälter für Olivenöl?«

»Selbstverständlich. Und damit Sie sehen, dass ich nichts zu verbergen habe, zeige ich Ihnen sofort unser Zwischenlager.«

Marconi war wutentbrannt aufgestanden und hatte ihn schnurstracks zum Öltanker geführt, durch die Hintertür an einer riesigen Produktionshalle vorbei bis zur einsamen Hafenmole. Auf dem Weg dorthin hatte er sich beruhigt und seine Selbstbeherrschung wiedergefunden. Nachdem er mit zwei Handgriffen die hydraulische Ladungsluke geöffnet hatte, war er wieder ganz der stolze, über allem stehende Firmenchef gewesen.

»Kann ich noch etwas für Sie tun?«, wiederholte Marconi jetzt seine Frage und legte eine Hand auf den Schalter für die Lukenhydraulik. »Wissen Sie, das Sonnenlicht ist nicht gut für das Öl, und ich müsste so langsam mal wieder an meine Arbeit gehen.«

»Warten Sie.« Johann ließ sich nicht beirren. »Ich habe Ihnen noch nicht gesagt, dass wir das Öl aus der Lunge des

Mordopfers analysieren konnten. Interessanterweise handelt es sich um Olivenöl aus Tunesien. Die Sorte heißt Chemlali. Sagt Ihnen das etwas?«

Marconi zuckte zusammen und schien für einen Moment sprachlos. »Nein«, sagte er schließlich brüsk, »ich handle nur mit italienischem Öl.«

Marconis Unsicherheit spürend, ging Johann endgültig zum Angriff über. »Na, dann haben Sie ja sicherlich nichts dagegen, dass ich eine Probe von diesem Öl hier entnehme. Nur zur Sicherheit, zum Vergleichen, um sicherzugehen, dass Franca nicht hier gestorben ist. Sie sagten ja, dass Sie nichts zu verbergen haben.«

Marconi war sichtlich aufgeregt. »Nein, das geht leider nicht. Ich kann nicht riskieren, dass das Öl verunreinigt wird. Es geht hier immerhin um Olivenöl der besten Güteklasse im Wert von mehreren Millionen Euro.«

Johann lächelte ihm breit ins Gesicht. »Auch das würden wir in unserem Labor analysieren. Und wenn Sie die Wahrheit sagen, wenn hier drinnen tatsächlich italienisches extra natives Olivenöl schwimmt, gäbe es ja auch keinen Grund, sich um viel Geld erpressen zu lassen. Sagen wir hundertfünfzigtausend.«

Während er gespannt Marconis Reaktion beobachtete, erinnerte er sich an Enzas Worte: »Du musst ihn reizen, provozieren, bis sein Puls auf hundertachtzig geht. Ich habe das oft genug erlebt. Wenn er ausflippt, verliert er komplett die Kontrolle und quatscht sich um Kopf und Kragen.«

Johann zwang sich, nicht auf seine Brusttasche hinunterzuschauen. Dort hatte Enza am Morgen ein zigarettenschachtelgroßes Aufnahmegerät versteckt. Sie hatten es vorher ausprobiert. Er hoffte, dass das Diktafon weiterlief. Ihm klopfte das Herz, aber er sah, dass das gebräunte Gesicht seines Gegenübers wie versteinert war.

Marconi blieb sekundenlang still, rang schließlich nach Luft und sagte mit gepresster Stimme: »Ich weiß nicht, wovon Sie sprechen. Für eine Probenentnahme brauchen Sie jedenfalls eine gerichtliche Anordnung. Und jetzt möchte ich, dass Sie gehen.«

Johann spürte, dass er ganz nah dran war. »Sollten wir in diesem Becken dagegen tunesisches Öl finden, müssten Sie einige Dinge erklären. In diesem Fall hätten Sie ein echtes Motiv, die Frau, die für Sie gearbeitet und die Sie erpresst hat, ermorden zu lassen. Wir haben übrigens Beweise für diese Erpressung gefunden. Und es wäre doch eine amüsante Idee des Mörders, sie mit der Flüssigkeit zu töten, um die sich alles dreht. Finden Sie nicht?«

Marconi sagte erst einmal gar nichts. Er schaute Johann nur fassungslos an. Auf seiner Stirn hatten sich dicke Schweißtropfen gebildet, seine Augäpfel flackerten hin und her. Seine Hände zitterten. Würde der große Mann mit dem dicken Bauch gleich explodieren? Es fehlte nicht mehr viel.

Johann versuchte, den Druck weiter zu erhöhen: »Ich mache Ihnen einen Vorschlag. Sie lassen mich eine Probe Ihres Öls nehmen, und schon morgen wissen wir, ob Sie die Wahrheit sagen oder nicht. Ich bin mir sicher: Wir schaffen das, ohne Ihr kostbares Öl schmutzig zu machen.«

Er drehte sich noch einmal zum Tank, um zu schätzen, wie weit die Oberfläche des Olivenöls von der Luke entfernt war: mindestens einen Meter. Wenn er hier eine Probe abschöpfen wollte, würde er ein Gefäß an einer Schnur herablassen müssen. Gleichzeitig lauschte er auf Marconis Reaktion, hörte aber nur ein seltsames Geräusch wie ein unterdrücktes Stöhnen.

Johann wollte sich umdrehen, sah im Augenwinkel eine dunkle, schemenhafte Bewegung und bekam plötzlich einen heftigen Stoß in den Rücken. Er verlor das Gleichgewicht, wollte sich reflexartig an der offenen Luke festhalten, doch es war zu spät. Er fiel vornüber, hinein in den Tank.

Im ersten Moment fühlte es sich an wie ein Sprung ins Wasser, kalt und nass. Dann schmeckte Johann das zähflüssige Öl in seinem Mund und begriff: Er war tatsächlich in ein Becken mit fünfhunderttausend Litern Olivenöl gefallen. Affektartig blitzten weitere Gedanken auf. Ärger über sich selbst. Wie hatte er so dämlich sein können? Verwunderung. War Marconi verrückt geworden? Er musste doch wissen, dass er damit nicht durchkommen würde. Und Angst. Davor, dass Marconi die Luke schließen könnte.

Er sank in die Tiefe. Erst als er den Boden des Tanks unter seinen Füßen spürte, löste sich seine Schockstarre. Er versuchte, mit ruhigen Bewegungen wieder an die Oberfläche zu schwimmen, merkte aber, dass ihn dies erstaunlich viel Kraft kostete. Das Öl schien seinen Händen und Füßen kaum Widerstand zu bieten.

Mit angestrengten Schwimmzügen schaffte Johann es an die Oberfläche. Er schnappte nach Luft, konnte aber nichts sehen, weil das Olivenöl seine Augen verklebte. Doch daran, dass es hell war, erkannte er, dass die Luke noch offen stehen musste. Schon sank er wieder hinab, baff erstaunt, dass das Paddeln mit Armen und Beinen nicht ausreichte, seinen Kopf über dem Ölspiegel zu halten. Für den Bruchteil einer Sekunde erkannte er den Grund: Öl war leichter als Wasser. Das Schwimmen war dadurch für ihn so anstrengend wie mit einem schweren Bleigürtel.

Prustend kämpfte er sich wieder nach oben. Heftig mit Armen und Beinen rudernd, versuchte er, über sich etwas zu erkennen. Nachdem er seine Augen mehrmals auf- und zugekniffen hatte, konnte er schemenhaft den runden Rand des Tanks wahrnehmen. Darüber blauen Himmel, sonst nichts.

»Marconi, machen Sie keinen Scheiß!«, brüllte er. »Die Polizei weiß, dass ich hier bin. Damit kommen Sie doch nicht durch.«

Stille.

»Marconi!«

Nichts.

»Hallo, kann mich jemand hören?«

Er sah weiterhin nur den Himmel über sich und hörte kein Geräusch außer dem Tuten eines weit entfernten Schiffs. Er konnte nicht begreifen, was geschehen war. Wenn Marconi ihn töten wollte, hätte er die Luke schließen müssen, schon um zu verhindern, dass jemand seine Schreie hörte. Hatte der Mann komplett die Nerven verloren und war einfach weggelaufen? Während er angestrengt paddelnd darüber nachdachte, wurde ihm bewusst, dass er tatsächlich in Lebensgefahr schwebte. Er hatte keine Chance, mit der Hand die Luke zu erreichen, der Abstand war zu groß. Und das Schwimmen war so ermüdend, dass ihm schon bald die Kräfte ausgehen würden.

»Hilfe!«

Keine Reaktion. Wer sollte auch zufällig an dieser abgelegenen Ecke des Containerhafens vorbeikommen?

Er beschloss, sein schwimmendes Gefängnis auszukundschaften. Es kostete ihn erstaunlich viel Kraft, mit ein paar Brustzügen die stählerne Begrenzungswand des Tanks zu erreichen. Das fahle Licht reichte hier gerade noch aus, um zu erkennen, dass es nichts gab, woran er sich festhalten konnte.

Immer wieder untertauchend, tastete er sich an den Wänden entlang. Er fand nichts als glatten Stahl. Kein Handgriff, keine Leiter, kein Vorsprung, den er hätte fassen können.

Er sank wieder nach unten, kämpfte sich zurück an die Oberfläche. Mittlerweile waren sein Mund, seine Augen, seine Ohren voller Öl. Das Gefühl war ekelhaft, schmierig und schleimig. Längst hatten sich seine Klamotten vollgesogen und behinderten jede Bewegung.

Tief in seinem Bauch spürte Johann die Angst, als ihn die Erkenntnis durchfuhr: Wenn er jetzt auch noch eine Panikattacke bekam, würde er sofort sterben. Er hatte nur eine Chance. Er musste sich bewegen, er musste agieren, gegen die Angst.

Er holte tief Luft und hörte auf zu schwimmen. Während er auf den Boden des Tanks hinabsank, öffnete er Gürtel, Knopf und Reißverschluss seiner Jeans und begann, sich die Hose von den Beinen zu streifen. Zu spät erkannte er, dass er überhastet gehandelt hatte. Die Hosenbeine blieben an seinen Sportschuhen stecken. Er musste erst die Schuhe ausziehen.

Fieberhaft nestelte er an den Schnürsenkeln herum. Die Zeit wurde knapp, er brauchte dringend Sauerstoff. Der Druck auf seinen Ohren und in seiner Brust wurde unerträglich. Er musste auftauchen. Doch mit heruntergelassener Hose an den Knöcheln würde ihm das nicht gelingen.

Endlich rutschte der erste Schuh vom Fuß, beim zweiten verknotete sich die Schleife. Johanns Lunge fühlte sich an, als würde sie jeden Moment platzen. Er konnte dem Zwang einzuatmen kaum noch widerstehen.

In seinem hämmernden Hirn blitzte der Gedanke an Franca auf. So also war es, wenn man ertrank.

Doch er wollte noch nicht sterben. Mit einer fast übermenschlichen Willensanstrengung zerriss er den Schnürsenkel, streifte den Schuh vom Fuß und die Hose von den Knöcheln. Mit letzter Kraft stieß er sich vom Boden ab und kämpfte sich nach oben.

Gierig atmete er ein, hielt sich mit hektischen Schwimmbewegungen krampfhaft an der Oberfläche und bemühte sich, trotz der extremen Anstrengung ein bisschen Kraft zu sammeln.

Das Hemd, das er trug, war das kleinere Problem. Er hielt sich nicht mit den Knöpfen auf, sondern riss es einfach auf und zog es von den Armen. So fiel ihm das Schwimmen leichter, auch wenn es weiterhin erstaunlich anstrengend blieb.

Er kraulte zurück zur Luke. Dabei fiel ihm auf, dass es ihn weniger Kraft kostete, vorwärts zu schwimmen, als sich auf der Stelle zu halten. Noch einmal versuchte er es mit Brüllen:

»Hallo, hört mich jemand?«

Keine Antwort.

Er hatte das Gefühl, dass es langsam dunkler wurde. Die Vorstellung, im Finsteren durch diesen Tank zu schwimmen, ängstigte ihn zusätzlich.

Immerhin blieb die Panik aus. Er dachte nach. Es gab nur einen Menschen, der wusste, dass er Marconi besucht hatte: Enza. Seine einzige Hoffnung bestand darin, dass sie nach ihm suchen würde. Aber wie sollte sie ahnen, dass er nicht im Büro ihres Vaters saß, sondern im Bauch des Speiseöltankers um sein Leben schwamm. Hatte er überhaupt eine Chance? Er beschloss, sich ganz auf die Bewegung zu konzentrieren, und kraulte los. Fünfzehn Meter bis zur Wand, Wende, wieder zurück, immer weiter. Wie lange würde er das durchhalten? In seiner aktiven Zeit war es für ihn kein Problem gewesen, zehn Kilometer und mehr zu schwimmen. Doch er fühlte sich jetzt schon erschöpft. Er gab sich eine halbe Stunde, vielleicht eine Stunde. Dann würde er sterben.

***

Enza starrte überrascht auf ihren Laptop. Der grüne Punkt auf dem Bildschirm wurde grau. Was hatte das zu bedeuten?

Sie klickte auf den Button »Suche aktualisieren«. Eine Meldung poppte auf. »Smartphone von Johann Sorbello vor drei Minuten«.

Sie klickte noch einmal – und noch einmal. Der Punkt blieb grau, nur die Meldung veränderte sich. »Smartphone von Johann Sorbello vor vier Minuten«.

Es gab nur eine mögliche Interpretation. Seit mehr als vier Minuten war Johanns Handy nicht mehr im Funknetz. Sie versuchte, ihn anzurufen, hörte wie befürchtet die Ansage: »Diese Nummer ist zurzeit nicht erreichbar.«

Ratlos schaute sie aus dem Fenster. Am Horizont konnte sie die Umrisse der Lanterna sehen.

Johanns Handy war etwa hundertfünfzig Meter vom Leuchtturm entfernt gewesen, zumindest bis vor wenigen Minuten. Etwas war vollkommen anders gelaufen, als sie beide geplant hatten.

Enza vergrößerte den Bildausschnitt des Google-Earth-

Satellitenfotos und studierte die Details der Umgebung. An der Stelle, an der Johanns Handy aufgehört hatte zu senden, lag eine Mole, direkt daneben begann das Meer. War er vielleicht in ein Haus mit dicken Betonmauern gegangen, das seinen Handyempfang störte? Nein, das nächste Gebäude, die »Extravergine«-Produktionshalle, lag etwa dreißig Meter weit entfernt. Am Akku konnte es auch nicht liegen. Er war vollgeladen, sie selbst hatte es am Morgen überprüft. Und dass Johann sein Handy ausgeschaltet hatte, schien ihr völlig undenkbar.

Es gab also nur zwei mögliche Erklärungen für das, was sie gerade über das Internet beobachtet hatte. Entweder hatte jemand anders das Telefon ausgeschaltet beziehungsweise es zerstört. Oder es war ins Wasser gefallen.

Ihr schossen wilde Bilder durch den Kopf. War Johann mit dem Handy ins Meer gestürzt? Hatte es einen Kampf gegeben?

Von ihrem Schreibtisch aus würde sie das nicht herausfinden. Kurz entschlossen lud sie die Koordinaten, an denen Johanns Handy weiter als grauer Punkt sichtbar war, auf ihr eigenes Smartphone und aktivierte die Navigationsfunktion. Nach zwei Sekunden zeigte das Display Route und Zeit an: knapp sechs Kilometer, vierzehn Minuten Fahrt. Doch sie wusste es besser. Mit dem Auto würde sie weit mehr als eine halbe Stunde brauchen. Seit dem schrecklichen Einsturz der Morandi-Autobahnbrücke ein Jahr zuvor steckte Genua großflächig im Dauerstau, dazu kam jetzt noch der Freitagabendverkehr.

Sie hastete die Treppen hinunter und winkte ein Taxi herbei. »Richtung Lanterna«, keuchte sie dem Fahrer entgegen. »So schnell wie möglich bitte. Wenn wir näher kommen, sage ich Ihnen genau, wohin wir fahren.«

Der Fahrer stellte keine Fragen und gab Gas. Während er sich hupend in die Blechkolonne auf dem Corso Carbonara einfädelte, begann Enza, sich Vorwürfe zu machen. Als sie beim Abendessen gemeinsam einen Plan ausgeheckt hatten, war sie es gewesen, die darauf bestanden hatte, die Polizei weiterhin außen vor zu lassen.

Ihr Plan war simpel. Johann sollte ihren Vater besuchen und ihn so sehr reizen, dass er die Kontrolle verlieren und sich hoffentlich um Kopf und Kragen reden würde.

»Wenn das funktioniert, wenn wir danach auf dem Aufnahmegerät tatsächlich neue Beweise haben, müssen wir damit zur Polizei gehen«, hatte Johann zweifelnd gesagt.

Sie hatte nur stumm mit dem Kopf genickt. Die Vorstellung, mit Commissario Bruno Moreno zusammenarbeiten zu müssen, löste in ihr einen tiefen Ekel aus. Nun aber begann sie, ihre starre Haltung zu bereuen.

Sie checkte das Display ihres Handys. Noch zwölf Minuten bis zum Ziel. Was auch immer dort passierte, wenn Johann tatsächlich in Gefahr geraten war, trug sie die Schuld daran.

Sie hatten die Nacht miteinander in ihrer Wohnung verbracht. Händchenhaltend, nebeneinander in ihrem breiten Bett, ohne sich weiter zu berühren und ohne viel zu reden. Nach dem Anfall in Francas Küche hatte Johann sich nicht weiter erklären müssen.

Was für ein seltsamer und doch spannender Mann, dachte Enza. Sie hatte große Angst um ihn.

Es war ihre Idee gewesen, seine Position über das Internet zu überwachen.

»Wie funktioniert das?«, hatte er ungläubig gefragt.

Sie hatte es ihm gezeigt, sein Handy in ihrer Cloud registriert und die App »mein Smartphone suchen« gestartet. Auf dem Bildschirm ihres Computers hatte sie ihm schließlich demonstriert, wo er sich mit seinem Telefon befand: Der grüne Punkt lag direkt über ihrer Wohnung am Belvedere Luigi Montaldo.

»Eine Freundin von mir, die krankhaft eifersüchtig ist, kontrolliert auf diese Weise regelmäßig den Aufenthaltsort ihres Mannes«, hatte sie zur Erklärung hinzugefügt.

Johann hatte amüsiert reagiert. »Wenn ich deinen Vater besuche, brauchst du keine Angst zu haben. Ich glaube kaum, dass er es wagt, dem leitenden Gerichtsmediziner der Stadt vor den Augen seiner Angestellten etwas anzutun.«

Enza hatte ihm recht geben müssen. Doch jetzt war sie sich nicht mehr so sicher. Sie hatte hilflos mit angesehen, wie Johann mit seinem Handy die Firma ihres Vaters betrat, eine Viertelstunde lang in dem Gebäude verweilte, danach wieder ins Freie kam und sich Richtung Meer bewegte. Rund zehn Minuten hatte das Symbol direkt an der Mole grün geleuchtet, ehe es auf einmal grau geworden war.

Erneut sah sie auf ihr Handy. Noch acht Minuten bis zum Ziel.

Der Taxifahrer versuchte, sich den Weg freizuhupen. Doch sie steckten mittlerweile im Stau auf der Via Andrea Doria fest.

Langsam wurde es dunkel.

* * *

Johann sah und hörte nichts mehr. Sein Körper schwamm. Fünfzehn Meter hin, Wende, fünfzehn Meter zurück, Wende. Er hatte jedes Gefühl für Zeit verloren. Aber er spürte den brennenden Schmerz in seinen Schultern und die sich ankündigenden Krämpfe in den Oberschenkeln.

Eine Zeit lang hatte er es mit wechselnden Schwimmstilen ausprobiert. Erst Kraulen, dann Brust, dann Rücken und wieder Kraulen. Doch er merkte schnell, dass er beim Kraulen am längsten durchhalten konnte.

Sein Mund war voller Olivenöl. Immer wieder atmete er ein paar Tropfen davon ein und musste fürchterlich husten. Das brachte ihn aus dem Rhythmus und nahm ihm noch mehr Kraft.

Länger als ein paar Minuten würde er nicht mehr durchhalten können. Ein Gedanke blitzte auf: Wenn da oben an der Luke tatsächlich jemand erscheint, um dich zu retten, merkst du das gar nicht. Du hörst es nicht, du siehst es nicht.

Er hielt inne und hob seinen Kopf aus dem Öl. Unbeholfen paddelnd wischte er sich mit den Fingern die schmierige Flüssigkeit aus Ohren und Augen, um irgendetwas wahrnehmen zu können. Doch er hörte nichts.

Nach einer Weile konnte er verschwommen den fahlgrauen Himmel über der Luke erkennen. Die Sonne war längst untergegangen.

Er hatte keine Kraft mehr für Angst. Er ging wieder unter, fühlte, wie die Gleichgültigkeit ihn durchdrang, versuchte, dagegen anzukämpfen. Er war so müde.

***

Die Straße endete an einer Schranke. Bis hierher hatte Enza das Taxi kreuz und quer über das Hafengelände dirigieren können. Vorbei an gewaltigen Kränen und haushohen bunten Containerstapeln, immer in der Richtung, die ihr Smartphone anzeigte. Die letzten zweihundert Meter musste sie nun laufen. Sie warf dem Fahrer einen Zwanzig-Euro-Schein nach vorn, kletterte über die Schranke und rannte los.

Nach ein paar Schritten erreichte sie das Meer. Sie sah sich um. Rechts über ihr auf einem imposanten Steinhügel leuchtete schon die Lanterna, ein gigantischer gelb angestrahlter Obelisk aus Stein. Links lag eine düstere, menschenleere Hafenmole. In diese Richtung lotste sie das Handy.

Sie lief weiter, an zwei rostigen Autowracks vorbei immer weiter die Mole entlang, bis sie im Zwielicht der Dämmerung die Umrisse eines Schiffes vor sich erkannte. Auf dem Google-Earth-Satellitenbild war es nicht zu sehen gewesen; wahrscheinlich war das Internetfoto schon mehrere Jahre alt.

Schließlich stand sie genau an der Position, an der Johanns Handy sein letztes Funksignal in den Äther gesendet hatte. Unmittelbar vor ihr, etwa einen Meter von der Mole entfernt, lag das Schiff, fest vertäut und totenstill.

Ein kalter Windhauch schlug Enza ins Gesicht. Sie fröstelte, bemühte sich, irgendetwas auf dem Schiff zu erkennen, konnte aber nichts sehen, weil das Deck höher lag als die Mole.

Zaudernd stand sie da und überlegte, als sie plötzlich ein Geräusch wahrnahm. Es war eine Art Stöhnen, ein Jammern, ein Keuchen, es klang wie eine Mischung aus fauchendem Tier und weinendem Menschen. Es kam vom Deck des Schiffes.

»Johann?«

Sie erkannte ihre eigene Stimme kaum, so leise und ängstlich hatte sie seinen Namen gerufen. Sie versuchte es noch einmal, diesmal zwang sie sich, laut zu schreien.

»Johann? Bist du da oben?«

Keine Antwort, nur dieses seltsame Geräusch. Es war gruselig.

Sie hatte keine Wahl, sie musste auf das Schiff, nachschauen, was hier passiert war.

Sie wandte sich nach rechts zu einem Steg aus Stahlrohren, der an Bord führte. Ihre Beine zitterten bei jeder Bewegung, wegen der Kälte, aber auch aus Angst vor dem, was sie da oben erwartete.

Langsam, Schritt für Schritt, kam das Deck in ihr Blickfeld. Rechts lag das rostige, ursprünglich einmal weiß lackierte Brückenhaus, doch hinter den gesplitterten Scheiben war niemand zu sehen. Rote Rohrleitungen führten über das ganze Deck. Hinten links, rund dreißig Meter entfernt, stand eine große Luke offen. Von dort kam das Geräusch.

Zögernd näherte sich Enza der Luke. Zuerst nahm sie nur schemenhaft die Umrisse von zwei Männern wahr, die direkt davor lagen. Dann aber erfasste sie das komplette surreale Bild. Ein Mann lag nackt bis auf die Unterhose zusammengekrümmt auf der Seite. Merkwürdigerweise triefte sein Körper vor Öl, er sah aus wie ein glitschiger, frisch geborener Embryo. Erst auf den zweiten Blick begriff sie, dass es Johann war. Seine Augen waren halb geschlossen. Aus dem hektischen Auf und Ab seines Brustkorbes schloss sie, dass er vollkommen außer Atem war. Er keuchte sich die Seele aus dem Leib.

Der andere Mann lag auf dem Rücken, alle viere von sich gestreckt. Er stöhnte laut. Zusammen mit Johanns Keuchen ergab sich das seltsame Geräusch, das Enza nicht hatte zuordnen können.

In seinen Händen hielt der andere Mann das Ende eines Feuerlöschschlauchs. Seine Augen waren offen, schienen aber ins Leere zu starren.

Enza erkannte ihren Vater. Sein arrogantes Grinsen war einer schmerzverzerrten Grimasse gewichen.

Endlich begriff sie, warum: Gianni Marconis Kopf lag in einer dunkelroten Lache. Blut, das aus einer klaffenden Wunde an seinem Hinterkopf tropfte.

***

»Bitte keine Polizei!«

Gianni Marconi sah ihn flehend an.

Johann war alles andere als überrascht. Bei Enza ahnte er weiterhin nicht, warum sie der Staatsmacht so sehr misstraute. Ihr Vater dagegen hatte so viel auf dem Kerbholz, dass er es verständlicherweise vorzog, nicht die Polizei zu alarmieren. Lieber den Mann laufen lassen, der ihm mit einem scharfkantigen Gegenstand fast den Schädel gespalten hatte, als die ganze Situation erklären zu müssen – das Öl aus Afrika, die Erpressung, das an Franca gezahlte Geld, der groß angelegte Betrug, der dahintersteckte.

Johann atmete einmal tief durch.

Sein Mund, sein Gaumen, seine Kehle schmeckten nach Olivenöl. Er hörte schlecht und hatte das Gefühl, dass das Öl bis in seine Ohrtrompeten gedrungen war. Seine Augen waren klebrig und geschwollen.

Fast eine Stunde lang hatte er unter der Dusche gestanden und sich mit gewaltigen Mengen von Seife und Shampoo die schmierige Flüssigkeit von der Haut und aus den Haaren gewaschen. Seine Erschöpfung war geblieben. Jede Faser seines

Körpers schmerzte. Und nur langsam wurde ihm bewusst, wie knapp er mit dem Leben davongekommen war.

Er saß in einem Sessel im luxuriös eingerichteten Privatsalon, den sich Gianni Marconi als Zweitwohnung hinter den Firmenbüros hatte einrichten lassen. Johann trug eine Hose und ein Hemd aus Marconis Kleiderschrank. Seine eigenen Klamotten lagen samt Handy und Aufnahmegerät auf dem Grund des Tankers. Ihm gegenüber kauerte Enza, blass und still, auf einem Stuhl. Johann erinnerte sich an ihren zärtlichen, tief besorgten Blick, als er auf dem Schiff schließlich wieder Luft bekommen und die Augen geöffnet hatte. Sie hatte seinen Kopf in ihren Schoß gebettet und begonnen, ihm mit einem Taschentuch das Öl aus dem Gesicht und aus den Haaren zu wischen. Irgendwann, nachdem er in der Lage gewesen war aufzustehen, hatten sie sich gemeinsam um ihren Vater gekümmert.

Der lag jetzt mit einem grotesken weißen Turban auf dem Sofa gegenüber. Und seine ersten einigermaßen verständlichen Worte nach der Ohnmacht waren ausgerechnet: »Bitte keine Polizei!«

»Lassen Sie uns später darüber reden«, antwortete Johann. »Mich würde viel mehr interessieren, was beziehungsweise wen Sie auf dem Schiff gesehen haben.«

Gianni Marconi rieb sich die Augen und tastete vorsichtig seinen Kopfverband ab. »Nichts. Ich habe gesehen, wie Sie an der Luke standen, und bekam plötzlich von hinten einen heftigen Schlag auf den Kopf. Dann gingen bei mir alle Lichter aus.«

Den Verband hatte ihm Johann angelegt, nachdem sie zu dritt den Weg zurück in die Firma geschafft hatten. Entgegen dem ersten Anschein war die Wunde nicht so großflächig, dass sie hätte genäht werden müssen. Wahrscheinlich litt Marconi unter einer Gehirnerschütterung und würde die nächsten Tage von heftigen Kopfschmerzen geplagt werden.

Er setzte sich vorsichtig auf und starrte eine Weile vor sich hin. »Das Nächste, an das ich mich erinnere, ist dieses komische Plätschern. Ich höre es die ganze Zeit und frage mich, was es ist, aber ich kann nichts sehen. Als ich es endlich schaffe, die Augen aufzumachen, merke ich, dass ich auf dem Schiff liege und dass mein Kopf höllisch wehtut. Aber ich höre weiterhin dieses Plätschern unter mir. Ich krieche also zum Rand der Luke, schaue rein und denke, ich spinne. Da ist jemand in meinem Olivenöl schwimmen gegangen. Ich rufe da rein: ›Was soll das? Komm raus da, du Arschloch!‹ Aber der Typ hört mich gar nicht und schwimmt einfach weiter. Deshalb wollte ich ihn da rausholen.«

Johann erinnerte sich nur schemenhaft daran, wie Marconi ihn gerettet hatte. Irgendwann, als er kurz davor gewesen war aufzugeben, war er beim Schwimmen gegen einen Gegenstand geprallt: die metallene Düse eines Feuerlöschschlauchs, den Marconi kurzerhand abgerollt und in den Öltank hinabgelassen hatte. Wie er selbst es geschafft hatte, sich mit seinen öligen Händen daran festzuhalten, und wie der verletzte Marconi ihn mit fast schon übermenschlichen Kräften an diesem Schlauch aus dem Tank ziehen konnte, blieb für ihn unbegreiflich. Gianni Marconi hatte sich dabei so sehr verausgabt, dass er gleich danach wieder in Ohnmacht fiel.

»Ich muss mich wohl bei Ihnen bedanken«, sagte Johann widerwillig. »Wenn Sie mich da nicht rausgeholt hätten, wäre ich im Öl ertrunken.«

»Wie Franca, was?« Marconi schüttelte den Kopf. »Glauben Sie wirklich, dass sie in diesem Tank gestorben ist? Wer soll das denn bitte getan haben? Ich war es jedenfalls nicht. Wenn ich es gewesen wäre, hätte ich Sie schön da unten im Tank absaufen lassen.«

Johann musste ihm instinktiv recht geben, widersprach aber trotzdem. »Sie hatten doch ein Motiv. Franca hat Sie erpresst, oder?«

»Okay, legen wir die Karten auf den Tisch.« Marconi stand vorsichtig auf und ging auf wackeligen Beinen im Zimmer auf und ab. »Ja, sie hat mich erpresst, die blöde Zicke. Das war der Dank dafür, dass ich ihr damals den Job als Sekretärin gegeben habe. Irgendwie hat sie die Sache mit dem Ölschmuggel spitzgekriegt. Ich dachte, sie ist zu doof, Ladescheine zu lesen. Aber eines Tages drohte sie mir damit, zur Guardia di Finanza zu gehen und denen alles zu erzählen. Sie wollte Geld. Ich habe ihr gesagt: ›Okay, aber wie kann ich sicher sein, dass es bei einem Mal bleibt? Dass du nicht immer wieder ankommst und jedes Mal neues Geld forderst?‹ Sie antwortete: ›Glauben Sie mir, wenn ich das Geld habe, wandern wir aus und Sie sind mich los.‹ Also habe ich gezahlt. Das war's. Eine Woche später lag sie tot im Piranha-Becken.«

»Tja, Papa, da hast du wohl eine Woche zu früh bezahlt.« Enzas Stimme war leise, aber schneidend, ihr Blick auf den verletzten Vater ohne jedes Mitleid. »Aber wenn du sie nicht umgebracht hast, wer war es dann?«

Marconi blieb stehen und schaute seine Tochter missbilligend an. Er zuckte mit den Schultern. »Keine Ahnung.«

Johann hatte das Gefühl, dass er die Wahrheit sagte. Sie waren auf der falschen Fährte. Der »Extravergine«-Chef mochte ein Gauner sein, er war skrupellos und unsympathisch. Doch Francas Mörder war vermutlich jemand anders.

»Wissen Sie was? Der Mensch, der Sie niedergeschlagen und mich ins Öl gestoßen hat, war bestimmt nicht zum ersten Mal auf dem Schiff«, sagte Johann nachdenklich.

Er spürte Enzas Blick. Sie sah ihn an und formte mit den Lippen einen Namen. Er nickte ihr zu.

»Haben Sie jemals Toni getroffen, Francas Freund?«

»Er hat sie manchmal von der Arbeit abgeholt. Ich habe nie mehr als ein paar Worte mit ihm gesprochen. Glauben Sie, dass er der Mann auf dem Schiff war?«

»Vielleicht. Die Polizei sucht nach ihm, bisher leider vergeblich.«

Marconi kratzte sich verlegen an seinem dicken Bauch. »Ja, die Polizei tut bestimmt, was sie kann. Aber wie gesagt, ich lege keinen besonderen Wert darauf, diese Sache hier an die große Glocke zu hängen. Sie verstehen das bestimmt.«

Johann dachte eine Weile darüber nach, was alles passieren würde, wenn sie die Polizei alarmierten. Enzas Meinung zu diesem Thema kannte er. Aber wenn er ehrlich war, hatte auch er selbst nicht die geringste Lust, Commissario Moreno seinen dramatischen Sturz ins Olivenöl zu erklären.

»Ich mache Ihnen einen Vorschlag. Ich könnte mir vorstellen, die Kripo in dieser Sache nicht zu informieren. Unter der Voraussetzung, dass Sie mit mir kooperieren. Ich schicke Ihnen einen Kollegen vom Institut, den Sie persönlich auf das Schiff führen. Dort nimmt er eine Probe des Öls. Und er sucht das Deck auf Fingerabdrücke und DNA-Spuren ab.« Johann sah das aufkeimende Frohlocken im Gesicht seines Gegenübers. »Aber ich muss Sie warnen. Wenn wir im Labor feststellen, dass das Olivenöl aus dem Schiff identisch ist mit dem tunesischen Öl in Francas Lunge, werde ich das in den offiziellen Bericht mit aufnehmen. Daraufhin werden sich die Beamten fragen, warum Ihre Firma ausgerechnet afrikanisches Chemlali-Öl hortet, das offiziell niemals in die EU importiert wurde.«

Marconis Miene verdüsterte sich wieder.

Gut so, dachte Johann. »Spätestens in diesem Moment wird die Angelegenheit an die Guardia di Finanza weitergegeben. Vielleicht sollten Sie einer solchen Entwicklung mit einer Selbstanzeige zuvorkommen.«

Gianni Marconi wirkte verstört. »Verstehen Sie mich nicht falsch. Aber wir sind ja nicht die Einzigen, die so etwas machen. Alle meine Konkurrenten holen sich das Öl aus Ländern, in denen es billiger ist, und verkaufen es als italienisches extra natives Olivenöl. Anders kann man auf diesem Markt gar nicht überleben.«

»Mir kommen gleich die Tränen vor lauter Mitleid.« Enza bedachte ihren Vater mit einem verächtlichen Lächeln. »Ich sehe schon die Schlagzeile vor mir: ›Er wurde zum Betrüger, um seine hungernde Familie zu ernähren.‹.«

Marconi ignorierte den Spott seiner Tochter und ging einen Schritt auf Johann zu. »Ich könnte mich erkenntlich zeigen, wenn wir noch eine andere Möglichkeit fänden, aus der Sache herauszukommen.« Er kam noch näher und senkte seine Stimme. »Sehr erkenntlich.«

Johann war kurz davor, laut herauszulachen. Doch er zwang sich, ernst zu bleiben.

»Signor Marconi, ich bin Leiter der Gerichtsmedizin von Genua. Und ich habe überhaupt keine Probleme damit, Sie wegen des Versuchs der Bestechung anzuzeigen. Entweder wir rufen jetzt die Polizei, oder wir machen es so, wie ich vorgeschlagen habe.«

Er war insgeheim erleichtert, als Marconi Variante zwei zustimmte.

Teil III

Zahnlücken

1

Samstag

Veronica kicherte.

»Das ist nicht lustig«, schimpfte Johann. »Ich wäre um ein Haar in Öl ertrunken.«

Sie versuchte, sich zu beherrschen, aber schließlich brach es rau und glucksend aus ihr heraus. Die Schilderung seines lebensgefährlichen Abenteuers schien sie ungemein zu erheitern. Tränen liefen ihr über die dunklen Wangen. Prustend vor Lachen legte sie ihren Kopf auf seine Brust und schmiegte sich mit ihrem warmen Körper an ihn. Unwillkürlich wollte er sie wegstoßen. Beleidigt, weil sie seinen dramatischen Bericht nicht ernst nahm. Doch eine Sekunde später musste er mitlachen. Es war befreiend, es tat ihm gut, aber es tat auch verdammt weh. Sein Bauch und seine Brust fühlten sich an, als würde jemand Dutzende von spitzen Messern hineinstoßen. Ihn quälte ein gewaltiger Muskelkater, der sich über Nacht in jede Faser seines Körpers geschlichen hatte.

Als er am Morgen zu ihr gekommen war, hatte sie ihm voller Verständnis beim Ausziehen geholfen und sich danach behutsam auf ihn gesetzt. Nach dem Sex hatte er ihr erzählt, was seit dem vergangenen Samstag passiert war, bis zum bitteren Ende – seinem unfreiwilligen Bad im Olivenöl.

»Der Mann, der dich da reingestoßen hat, glaubst du, dass er dich töten will?«, fragte sie wieder ernst. Ihre Augen waren noch feucht von den Tränen der Fröhlichkeit, als sie ihn eindringlich ansah.

Johann wurde bewusst, dass sie sich Sorgen um ihn machte. Dass es eine Ebene der Vertrautheit gab, die sie beide miteinander verband. War es Freundschaft? Oder nur eine ungezwungene Samstagsbeziehung? Egal, wie er es nannte, ihm war es gleich, mit wie vielen Männern sie den Rest der Woche schlief. Veronica schien ihm in diesem Moment die wichtigste Konstante in seinem Leben zu sein. In ihrem Bett fand er die Befriedigung, die er brauchte. In ihren Armen fühlte er sich sicher und gehalten. Es war so herrlich unkompliziert. Dass er dafür bezahlte, schien ihm nur recht und billig.

Und Enza? Insgeheim musste er sich eingestehen, dass er ganz froh war, den ersten Kuss, wenn auch unwillkürlich, im Panikfiasko erstickt zu haben. Seine Gefühle für Enza waren stärker und intensiver als die für Veronica. Enza erregte ihn und regte ihn auf. Er fühlte sich von ihr magisch angezogen und hatte gleichzeitig Angst davor, sich zu verbrennen. Er dachte gern an sie, versuchte aber schnell, die Gedanken an sie zu verdrängen. In diesem Gefühlschaos steckte er tief und ziemlich orientierungslos fest.

Sie hatten sich am Abend zuvor betont beiläufig mit italienischem Wangenkuss verabschiedet. Seit der Geschichte mit der Panikattacke behandelte sie ihn wie ein rohes Ei. Auf ihre Frage »Wann sehen wir uns wieder?« hatte er ausweichend reagiert. »Ich brauche etwas Zeit.« Er hätte ja schlecht sagen können: Morgen geht nicht, da habe ich meinen samstäglichen Sextermin mit Veronica im Vico Colalanza.

Doch als er ihren zunächst erstaunten, dann traurigen Blick wahrgenommen hatte, war er schnell bemüht gewesen einzulenken: »Vielleicht magst du am Sonntag mit zum Surfen nach Voltri kommen?« Was in Wahrheit ein ziemlich bescheuerter Vorschlag gewesen war. Nach dem Motto: Ich will nicht mit dir reden, sondern nur von dir bewundert werden. Aber zu seiner Überraschung hatte sie zugesagt.

Morgen also. Er merkte, dass er sich auf Enza freute. Und wurde sich gleichzeitig der Tatsache bewusst, dass Veronica ihn die ganze Zeit ruhig ansah und auf eine Antwort wartete.

»Ob er mich töten wollte? Ich weiß es nicht. Wahrscheinlich ja. Obwohl …« Johann zögerte kurz. »Er hatte doch alle

Zeit der Welt. Er hätte in aller Ruhe erst den bewusstlosen Marconi töten können, um anschließend die Luke vom Tank dicht zu machen. Dann hätte ich keine Chance gehabt. Wollte er uns also nur erschrecken? Eine Warnung? Aber wovor? Die Geschichte scheint mir ziemlich sinnlos.«

»Glaubst du, dass es Toni war?«

»Vielleicht. Wahrscheinlich. Aber warum?« Johann setzte sich mühsam auf. Seine Bauchmuskeln schmerzten höllisch. »Möglicherweise gibt es auch den großen Unbekannten, von dessen Existenz wir noch gar nichts wissen. Ich habe wirklich keine Ahnung.«

»Ich habe Tonis Foto gesehen. Bei dem Kindergesicht kann man sich schwer vorstellen, dass er jemandem etwas zuleide tun könnte.«

Veronica war aufgestanden und drehte sich am Fenster eine Zigarette. Die Silhouette ihres Körpers stand wie ein schwarzer Scherenschnitt vor der gleißenden Abendsonne, die irgendwie einen Weg durch die engen Gassen gefunden hatte.

Johann starrte fasziniert auf den fremden Leib, der ihm kurz zuvor noch so nah gewesen war, und registrierte verspätet, was sie eben gesagt hatte.

»Ach, du hast das Fahndungsfoto in der Zeitung gesehen? Das ist sieben oder acht Jahre alt. Toni sieht mittlerweile total anders aus.«

Er stand auf und ging zu seiner Jacke, die über der Lehne eines wackeligen Holzstuhls hing. Aus der Innentasche zog er das Foto, das er seit nunmehr einer Woche mit sich herumtrug: Franca, Enza und Toni, drei Menschen, deren fröhliches Lächeln aus einer anderen Wirklichkeit zu kommen schien. Zwei Frauen und ein Mann, die innerhalb weniger Tage die Kontrolle über sein Dasein übernommen hatten. Die eine war tot und erinnerte ihn an das Trauma seines Lebens. In die andere verliebte er sich gerade, der Dritte hatte möglicherweise versucht, ihn zu töten, und würde es vielleicht bald wieder tun.

Er reichte Veronica das Foto. »Der Typ mit der Glatze, das ist Toni.«

Er merkte sofort, dass etwas nicht stimmte. Im selben Moment, als Veronica das Bild sah, ging fast unmerklich ein Zittern durch ihren Körper. Ruckartig drehte sie sich zum Fenster und wandte ihm den Rücken zu. Sie sagte nichts.

»Was ist los?«

Er ging um sie herum und sah, dass sie die Augen zugekniffen hatte. Das Foto hielt sie an ihre Brust gepresst, als wolle sie es vor der Welt verbergen.

Johann kam ein Gedanke, der ihm zunächst völlig abwegig und unwahrscheinlich erschien. Doch in dieser Geschichte war offenbar gar nichts unmöglich. »Kennst du ihn etwa?«

Veronica rührte sich nicht. Sie nickte stumm.

»Er ist doch nicht etwa …?«

Johann war es plötzlich unangenehm, was er sagen wollte. Dass Veronica außer ihm noch zahlreiche andere Kunden hatte, war eine Selbstverständlichkeit. Aber es war ein Thema, das sie immer ausgespart hatten. Er erzählte gern von seiner Arbeit. Sie tat das nicht. So hielten sie die Illusion von einer besonderen Beziehung am Leben. Und das war mit ein Grund, warum er so wenig über sie wusste.

Er wollte seine Frage wiederholen. Doch das war nicht nötig. Sie öffnete die Augen, sah sich das Foto noch einmal an, holte tief Luft und sagte sehr leise: »Ja, er ist ein Kunde. Aber bei mir nennt er sich Marco.«

Johann konnte es kaum fassen. Ihm lagen tausend Fragen auf der Zunge. Konnte ausgerechnet Veronica helfen, das Rätsel um Francas Tod zu lösen?

Als spüre sie seine Aufregung, bremste sie ihn mit einer abwehrenden Handbewegung. »Gib mir ein paar Minuten.« Sie ging ins Bad und zog die Tür hinter sich zu.

Er hörte, wie sie sich wusch. Die Intimität zwischen ihnen war verflogen. Er spürte, dass er die kommende Nacht nicht in Veronicas Bett verbringen würde. Er zog sich an.

Eine Viertelstunde später kam Veronica in einem Bademantel aus dem Bad heraus und setzte sich ihm gegenüber an den kleinen Tisch, an dem sie manchmal sonntagmorgens zusammen einen Espresso tranken. Ihre dunklen Augen fixierten ihn lange, bevor sie mit stockender Stimme zu sprechen begann.

»Er kommt schon seit Jahren, sehr unregelmäßig, manchmal jede Woche, oft nur einmal im Monat, manchmal seltener. Meistens ruft er vorher an, und wenn zufällig ein Termin frei ist, steht er kurz darauf vor der Tür. Das letzte Mal war er vor etwa drei Wochen da. Aber ich weiß, dass er auch zu vielen anderen Kolleginnen geht. So etwas spricht sich herum.«

»Was meinst du mit ›so etwas‹? Bevorzugt er …« Johann stutzte. Er war sich nicht sicher, wie er sich ausdrücken sollte. »Hat er besondere Vorlieben?«

Veronica lachte kurz und verächtlich. »Vorlieben würde ich das nicht nennen. Ich glaube, er ist krank. Aber er zahlt nun mal gut dafür. Und deshalb machen es die meisten mit.« Sie verschränkte ihre Arme vor der Brust, als wolle sie die Erinnerung daran abwehren. »Ich erzähle dir, wie das abgeht. Und du wirst merken, dass man diesem Typen alles zutrauen kann. Es ist immer die gleiche Zeremonie. Er bringt ein Seil und eine uralte Lederpeitsche mit. Er zieht sich nackt aus, legt sich bäuchlings auf den Boden und will an den Handgelenken gefesselt werden. Dann muss ich ihn mit der Peitsche schlagen. Aber nicht soft, wie das normalerweise bei diesen Spielchen vereinbart wird, sondern volle Pulle. Er will, dass es richtig wehtut. Und obwohl ich ihn mit aller Kraft schlage, die ich habe, obwohl ich ihn peitsche, bis blutige Striemen zu sehen sind, macht er keinen Mucks. Er liegt einfach still da und lässt es über sich ergehen.«

Veronica hielt kurz inne. Johann hing an ihren Lippen. Ihre Beschreibung widerte ihn zutiefst an. Aber sie faszinierte ihn auch.

»Schließlich lassen meine Kräfte nach. Wenn er spürt, dass die Schläge schwächer werden, dreht er sich mit einer wutverzerrten Grimasse um, die mir jedes Mal wieder Angst macht. Er zerreißt die Fessel, das Seil ist extra so dünn, dass dies möglich ist, und stürzt sich auf mich. Und jetzt wird es endgültig gruselig.«

Sie zündete sich eine Zigarette an und inhalierte tief. Normalerweise rauchte sie nicht in seiner Gegenwart. In diesem Moment war das nicht wichtig.

»Weißt du«, fuhr sie fort, »es gibt viele Typen, die mit uns ihre Vergewaltigungsphantasien ausleben wollen. Aber das wird vorher besprochen. Dabei wird genau festgelegt, wie weit man gehen kann und wo die Grenzen sind. Es bleibt immer eine Art Schauspielerei. Für diesen Typ ist das kein Spiel. Bei ihm ist alles brutaler Ernst. Er reißt mir buchstäblich die Kleider vom Leib, auch die muss er natürlich hinterher bezahlen. Und dann wird er zur Furie. Er brüllt mir ins Gesicht, was für eine miese Schlampe ich sei, wirft mich aufs Bett. Und schließlich stößt er zu, mit einer Kraft und einer Gewalt, die mich immer wieder schaudern lässt. Ich halte das ehrlich gesagt nur aus, weil er gut dafür bezahlt.«

Sie verstummte und sah Johann mit traurigen Augen an. Er wich ihrem Blick aus und starrte beklommen auf das Foto. Spätestens jetzt war klar, dass Toni seiner Freundin und allen anderen tatsächlich etwas vorgespielt hatte. Nach Veronicas Beschreibung verbarg sich hinter der freundlich lächelnden Visage ein Mann mit einer sadistischen Persönlichkeitsstörung. Die Vorstellung, dass seine sanfte Samstagsfreundin diesen Psychopaten regelmäßig empfangen hatte, ekelte ihn an. Spielte sie auch ihm alles nur vor? Die Nähe, das Interesse, die Vertrautheit?

Er wischte den Gedanken schnell beiseite und konzentrierte sich auf seinen Fall. »Du sagst, er nennt sich Marco. Was weißt du noch über ihn?«

»Nichts, oder jedenfalls nicht viel. Viele Männer erzählen mir Dinge aus ihrem Leben, vor allem wenn sie Stammkunden sind. Dieser Typ erzählt nichts. Er sagt nicht einmal ›ciao‹, wenn ich ihm die Tür aufmache. Er gibt die Befehle, ansonsten schweigt er. Er ist etwa Mitte zwanzig, vielleicht auch ein bisschen älter. Er hat eine seltsame Tätowierung am linken Oberarm. So eine Art verlängerter Galgen, daran hängen Leichen. Keine Farben, einfach nur in Schwarz und ziemlich krakelig. Sieht eher aus wie eine Kinderzeichnung.«

Johanns Handy klingelte. Es war sein Ersatztelefon mit der Zweitkarte. Er sah auf das Display. Es war Guido, wahrscheinlich war er fertig mit der Untersuchung bei Marconi. Johann hatte ihn am Morgen ins Institut beordert und ihm dort erzählt, was auf dem Schiff passiert war. Auf seine Bitte, den Tatort ohne Polizei zu untersuchen, hatte Guido nur kurz erstaunt geguckt, dann aber mit verschwörerischer Geste zugestimmt.

Johann nahm das Gespräch an.

»Dottore, ich bin zurück im Institut«, sagte Guido aufgeregt, ohne ihn zu begrüßen. »Es ist etwas passiert, ich muss mit Ihnen reden. Können Sie hierherkommen?«

Johann überlegte nicht lange. »Ich bin in zwanzig Minuten da.«

Zum Abschied drückte er Veronica an sich. Fest, aber wortlos, er wusste einfach nicht, was er sagen sollte.

Als er den düsteren Vico Colalanza bergauf Richtung Via Garibaldi hastete, fiel ihm ein, dass er das Foto auf Veronicas Tisch vergessen hatte. Egal, er würde es am nächsten Samstag wieder mitnehmen. Obwohl er sich nur schwer vorstellen konnte, jemals wieder unbefangen mit ihr ins Bett zu gehen.

***

Enza stand vor Francas Grab. Eine schlichte weiße Marmortafel verschloss das Fach, in das die Träger den Sarg hineingeschoben hatten. Erst vor drei Tagen war das gewesen. Unglaublich, so vieles war seitdem passiert.

Das Grab war noch nackt. Es fehlten die Schrift und auch

das Foto, das dieser Ruhestätte ein Gesicht geben würde. Nur ein etwa postkartengroßes Pappkärtchen, das mit einem Stück Klebeband befestigt war, verriet, wessen Überreste hier eingemauert waren: »Francesca Ermia, 15.05.1995–12.09.2019«. Irgendein Angestellter hatte die Buchstaben und Zahlen in einer ungelenken Handschrift niedergeschrieben. Und mit blauen Kugelschreiberstrichen vor das Todesdatum ungelenk ein Kreuz gezeichnet. Er hätte auch ein riesengroßes Fragezeichen malen können.

Enza starrte auf das Schild, bis alles vor ihren Augen verschwamm. Sie versuchte, ihre Gedanken zu ordnen. Wer hat dir das angetan, Franca? Und welches Geheimnis hat dieser Toni, von dem ich dachte, dass er mein Freund ist? Was hat seine gruselige Oma zu verbergen? Wofür braucht Johann eigentlich heute seine Zeit? Und was will der Kerl genau von mir?

Sie war sauer auf Johann. Und sie war sauer auf sich selbst, weil es ihr so viel ausmachte, wie er sie am Vorabend hatte abblitzen lassen. Trotzig hatte sie am Morgen beschlossen, auf eigene Faust weiterzurecherchieren, und war mit dem Bus nach Castelbianco gefahren. In diesem Dorf waren Franca und Toni aufgewachsen, in diesen malerischen Gassen hatten sich das Mordopfer und der wahrscheinliche Täter kennengelernt. Hier wollte sie jemand finden, der Antworten auf ihre Fragen geben könnte.

Sie stimmte mit Johann überein, dass Gianni Marconi die Wahrheit gesagt hatte. Ihr Vater war ein korruptes Arschloch. Aber er hatte Johann das Leben gerettet. Er war ganz offensichtlich kein Mörder. Wenn er aber als Verdächtiger ausschied, blieb nur noch Toni. Irgendjemand in diesem Dorf musste ihn gekannt haben, wusste vielleicht, wo er war, oder ahnte zumindest, was ihn zum Mörder hatte werden lassen.

»Kannten Sie die Verstorbene?«

Die heisere Stimme eines alten Mannes ließ Enza zusammenzucken. Sie drehte sich um und erkannte den Geistlichen, der bei der Trauerfeier die Rede gehalten hatte. Er trug ein schwarzes Hemd mit klassischem Priesterkragen, der allerdings schon lange nicht mehr blütenweiß, sondern fleckig und zerschlissen war. Tiefe Furchen zogen sich durch sein sonnenverbranntes Gesicht, die Augen waren blutunterlaufen, der Atem roch nach Wein. Enza wich unwillkürlich zurück.

»Ja, warum fragen Sie?«

»Seit Mittwoch sind hier nur Reporter gewesen. Die haben, ohne um Erlaubnis zu bitten, alles fotografiert und danach versucht, mich auszufragen. Sie sind der erste normale Mensch, der das Grab besucht.«

»Kommen denn nicht einmal Francas Eltern hierher?« Enza war aufrichtig überrascht.

»Nein, die Beziehung zur Tochter war wohl eher schwierig. Soweit ich mich erinnere, hat Francescas Vater sie damals für tot erklärt, nachdem sie bei Nacht und Nebel Richtung Genua verschwunden war. Immerhin sind die Eltern zur Bestattung gekommen.«

Überrascht starrte Enza den Mann an. Er wirkte ungepflegt und versoffen. Aber er schien tatsächlich Details aus der Vergangenheit ihrer Freundin zu wissen, die Franca ihr selbst nie erzählt hatte. Sie zwang sich, den schlechten Atem des Priesters zu ignorieren.

»Franca war meine beste Freundin. Aber seitdem sie ermordet wurde, merke ich mehr und mehr, dass ich vieles über sie gar nicht weiß. Kennen Sie ihren Freund Toni?«

Der Priester sah sie eine Weile schweigend an. In seinem Blick erahnte Enza eine große Melancholie, die ihn sympathischer werden ließ.

»Ich bin Don Giorgio, der Priester dieser Gemeinde«, sagte er schließlich. »Ich kenne Antonio seit seiner Taufe. Sie können mir Ihre Fragen stellen. Aber ich muss Sie warnen. Es gibt vieles, worüber ich nicht sprechen darf, weil es unter das Beichtgeheimnis fällt. Kommen Sie mit. In meinem Haus ist es gemütlicher.«

Er drehte sich um und führte Enza zu einem zitronengelb verputzten Häuschen, das sich direkt an die pittoresk renovierte Dorfkirche anschmiegte. Schön kitschig, dachte Enza, war aber beim Eintreten in die Wohnküche erstaunt, was der Priester unter gemütlich verstand. Die nackte neongrelle Stromsparbirne an der Decke erleuchtete eine Szenerie, die sie frösteln ließ: graue Betonfliesen auf dem Fußboden, eine blanke Edelstahlspüle unter dem winzigen Fenster, daneben ein wackeliger Küchenschrank aus billigen Spanplatten. In der Mitte des Raums stand merkwürdig unpassend ein Bistrotisch aus weißem Marmor mit zwei Eisenhockern. Es schien, als hätte Don Giorgios Haushälterin gerade geputzt. Die blitzblank gewienerten Flächen standen jedenfalls im seltsamen Gegensatz zu dem fleckigen Wasserglas auf dem Tisch, in dem ein Rest Rotwein schwamm.

»Möchten Sie auch ein Glas?«, fragte Don Giorgio und zeigte ihr eine halb leere Flasche ohne Etikett.

Enza verspürte nicht die geringste Lust, die Hausmarke der katholischen Kirche zu kosten. Trotzdem zwang sie sich, Ja zu sagen. Je gelöster die Stimmung in diesem kalten Raum würde, desto mehr hoffte sie zu erfahren. Vielleicht konnte der Wein ja sogar dabei helfen, das hochheilige Beichtgeheimnis zu erschüttern.

Sie setzte sich und nippte zögernd an ihrem Wein. Er schmeckte besser als erwartet: fruchtig frisch mit einer angenehmen Herbe.

»Es ist ein Rossese, vor wenigen Tagen erst abgefüllt. Marisa hier aus dem Dorf macht ihn selbst.« Don Giorgio schien ihre Gedanken gelesen zu haben. Er setzte sich ihr gegenüber, schenkte sich nach und nahm einen tiefen Schluck. »Also, junge Frau, was wollen Sie wissen?«

»Warum hatte Franca keinen Kontakt zu ihren Eltern?«

»Tja, das hat damit zu tun, dass sie sich in Antonio verliebt hat. Aber das ist eine lange Geschichte, dafür muss ich ein bisschen weiter ausholen. Wissen Sie, ich bin erst in den siebziger Jahren in diese Gemeinde gekommen. Aber ich habe schnell gemerkt, dass Castelbianco tief gespalten ist. Hier gibt es alte Feindschaften, die bis heute mit bitterem Ernst gepflegt werden. Nach und nach habe ich herausgefunden, dass diese Animositäten noch aus dem Krieg herrühren. Damals gab es, wie überall in Italien, auch in diesem Dorf Faschisten und Linke. Die haben auf Leben und Tod gegeneinander gekämpft. Und es ist leider so, dass die beiden Lager bis heute keinen Frieden geschlossen haben.« Don Giorgio nahm einen weiteren Schluck und senkte seine Stimme. »Alle wissen es, aber niemand spricht darüber: Francesca hat sich in die falsche Familie verliebt. Die Ermias und die Testas sind wie Hund und Katze. Man schaut sich nicht an, man redet nicht miteinander. Wenn man sich begegnet, wechselt einer die Straßenseite. Und dann entdecken ausgerechnet Francesca Ermia und Antonio Testa ihre Liebe füreinander.«

Er leerte sein Glas und schenkte sich nach. Enza wartete gebannt darauf, wie die Geschichte weiterging.

»Sie war erst vierzehn, er war ein Jahr älter, als das alles begann. Die beiden gingen in dieselbe Klasse. Irgendwann erwischte sie jemand beim Händchenhalten und informierte die Familien. Nach allem, was man sich im Dorf erzählt hat, muss Francescas Vater total ausgeflippt sein. Innerhalb weniger Tage organisierte er eine neue Schule für seine Tochter, ein Internat in einem Kloster am Stadtrand von Genua. Zwei Jahre lang durfte sie nur noch in den Ferien und manchmal am Wochenende nach Hause kommen. Ob sie und Antonio sich in dieser Zeit heimlich getroffen haben?« Don Giorgio blickte hilfesuchend an die Decke. »Ich weiß es wirklich nicht. Auf jeden Fall ging das Drama weiter, als Francesca mit sechzehn Jahren ins Dorf zurückkehrte. Jetzt hielten die beiden nichts mehr geheim. Sie knutschten offen auf dem Marktplatz und gingen eng umschlungen durchs Dorf, selig lächelnd, als wollten sie die ganze Welt herausfordern. Signor Ermia hat wohl alles versucht, den Willen seiner Tochter zu brechen. Es heißt, er habe sie regelmäßig geschlagen.«

Mit einer dramatischen Geste malte Don Giorgio ein Kreuz in die Luft, stand auf, holte eine neue Flasche aus dem Schrank und entkorkte sie.

»Und dann?« Enza wollte endlich wissen, wie die Geschichte endete.

»Und dann«, sagte Don Giorgio, während er sein Glas randvoll goss, »dann kehrte über Nacht Ruhe ein. Denn ein paar Monate später verschwanden die beiden einfach. Die Nachricht verbreitete sich schnell. Eines Morgens waren ihre Betten leer. Sie hatten sich heimlich aus dem Haus gestohlen und Castelbianco zusammen verlassen. Das war vor sieben Jahren. Francesca habe ich seitdem nie wiedergesehen.«

Enza versuchte, das Gehörte zu verarbeiten. Ihr fiel auf, dass Don Giorgio praktisch nur von Franca und ihrer Familie gesprochen hatte.

»Und Toni? Haben Sie den wiedergesehen?«

Der Priester stürzte seinen Wein in einem Zug hinunter. Er wirkte bereits ziemlich betrunken auf Enza. Aber seine Sprache war überraschend klar.

»Es tut mir leid. Darüber darf ich nicht sprechen.«

Enza beherrschte sich nur mühsam. Ausgerechnet an dem Punkt, an dem es richtig spannend wurde, bremste Don Giorgio sie aus und berief sich auf sein unsägliches Beichtgeheimnis. Sie zwang sich zur Ruhe.

»Warum nicht? Hat Toni bei Ihnen die Beichte abgelegt?«, fragte sie betont sachlich. »Darüber kann man doch reden.«

Don Giorgios Hand zitterte beim Nachschenken. Er starrte vor sich hin.

»Selbst wenn Antonio Testa bei mir gewesen wäre, würde ich es Ihnen nicht sagen«, sagte er langsam und überdeutlich. »Wer zu mir kommt und was er mir anvertraut, das bleibt zwischen mir und Gott.«

»Ich bitte Sie!« Enza verlor die Beherrschung und schlug wütend mit der flachen Hand auf den Tisch. »Hier geht es um einen Mord. Meine beste Freundin ist tot. Und Sie wollen mir erzählen, dass dieser ganze Gottesquatsch wichtiger ist als die Tatsache, dass hier ein irrer Mörder frei herumläuft. Vielleicht will er gerade den nächsten Menschen abmurksen. Und Sie pochen auf Ihr dämliches Beichtgeheimnis?«

Don Giorgio sah ihr traurig ins Gesicht. Ihre Provokationen schienen an ihm abzuprallen. Sie hatte das Gefühl, dass er schwer an seinem Wissen trug.

»Hören Sie, Sie brauchen mir ja nicht alles zu erzählen«, sagte sie sanfter. »Toni war mein Freund. Aber irgendetwas ist mit ihm passiert. Ich glaube, er ist verrückt geworden. Was auch immer Sie darüber wissen, sagen Sie es, bitte.«

Don Giorgio hob abwehrend die Hand. »Von mir erfahren Sie nichts. Gehen Sie zu Antonios Großmutter. Sprechen Sie mit Gina Testa. Sie ist der Schlüssel zu allem. Und jetzt verlassen Sie bitte mein Haus.«

**

Guido hatte rote Flecken auf den Wangen. Bevor Johann etwas sagen konnte, hielt sich der Assistent aufgeregt den Finger vor die Lippen, zog ihn in sein Zimmer und schloss die Tür.

»Was ist los? Haben wir Spione im Haus?«, fragte Johann verdutzt.

»So könnte man es nennen. Raten Sie mal, wer bis eben bei Garzetti zu Besuch war?« Guido schaute ihn erwartungsvoll an, gab aber einen Moment später selbst die Antwort auf seine Frage. »Commissario Moreno.«

Johann war tatsächlich unangenehm überrascht. Wenn Kripochef Moreno den Leiter des forensischen Labors besuchte, ohne dass Johann als dessen Vorgesetzter davon wusste, hatte das nichts Gutes zu bedeuten.

»Haben Sie ihn gesehen?«, fragte er besorgt. »Haben Sie mit ihm gesprochen?«

»Nein, aber ich habe zugehört. Das klingt vielleicht komisch, aber …« Guido zierte sich ein bisschen. »Ich habe gelauscht. Ich kam an Garzettis Zimmer vorbei, die Tür stand offen, und ich hörte Stimmen. Also blieb ich einfach eine Weile stehen und merkte schnell, dass er mit diesem schrecklichen Moreno sprach. Ich hatte ja schon das Gefühl, dass Garzetti Ärger macht. Und ich habe recht behalten.«

»Was meinen Sie? Los, erzählen Sie einfach.«

»Garzetti hat Moreno berichtet, dass wir die Eintrittskarte ins Aquarium untersucht haben und dass Tonis genetischer Fingerabdruck daran gefunden wurde. Moreno hat sich natürlich gewundert und gefragt, warum er nichts von diesem Beweisstück wisse. Darauf sagt Garzetti zu ihm: ›Keine Ahnung, das Ticket kam direkt vom Chef.‹«

Johann seufzte. Jetzt wusste Moreno also, dass ihm Informationen vorenthalten wurden. »Und wie hat Moreno darauf reagiert?«

»Er hat ihn gebeten, die Augen aufzuhalten. Garzetti soll Sie ausspähen und den Commissario über alles auf dem Laufenden halten. Im Anschluss ist Moreno einfach aufgestanden und gegangen. Ich war so überrascht, dass er mich fast erwischt hätte. Ich konnte im allerletzten Moment noch ins Nebenzimmer abtauchen.«

Guido wischte sich mit einer übertriebenen Bewegung den nicht vorhandenen Schweiß von der Stirn; es schien wirklich knapp gewesen zu sein.

Johann mochte die kleinen Schauspieleinlagen seines schwulen Assistenten normalerweise gern. Aber in dieser angespannten Situation war ihm nicht danach, groß darauf einzugehen. Dass sein eigener Laborchef ihm jetzt hinterherspionierte und dass eine knifflige Auseinandersetzung mit Moreno drohte, diese Informationen verstärkten sein Gefühl der Beklemmung noch. Seitdem er die Piranha-Leiche seziert hatte, schien sein Leben in einen unwiderstehlichen Sog geraten zu sein, der ihn dazu trieb, immer mehr Geheimnisse zu haben und immer mehr Regeln zu brechen. Wo würde ihn das alles hinführen? Er hatte kein gutes Gefühl.

Guidos Stimme riss ihn aus seinen düsteren Gedanken. »Ich habe noch etwas.«

Johann erinnerte sich, ihn am Vormittag zu Marconis Schiff geschickt zu haben. »Ach ja, haben Sie auf der ›Nani‹ etwas entdeckt?«

»Ich glaube, ich habe die Waffe gefunden, mit der Marconi niedergeschlagen wurde: ein riesiger Schraubenschlüssel mit Spuren von Blut. Er lag am Ufer, etwa dreißig Meter vom Schiff entfernt. Ob es sich um Marconis Blut handelt, muss das Labor noch checken. Auf dem Schiff selbst habe ich ein paar Abstriche gemacht. Mal schauen, was dabei herauskommt. Und natürlich das Öl. Ich habe eine Probe genommen und sie gleich per Kurier an das Institut für Pflanzengenetik nach Perugia geschickt. Mit dem Vermerk, dass sie das Ergebnis diesmal bitte nicht mit der Post, sondern per Fax oder E-Mail schicken mögen.«

Johann spürte, dass Guido noch nicht am Ende angekommen war. »Noch etwas?«

»Ja, ich hatte noch ein bisschen Zeit und habe ein paar Akten gewälzt. Sie wissen schon, die Fälle mit den Zahnlücken. Sofern Sie daran überhaupt noch Interesse haben nach allem, was passiert ist.«

Johann fühlte sich plötzlich müde. Machte diese ganze Recherche überhaupt noch Sinn? Sie standen wieder am Anfang. »Keine Ahnung«, erwiderte er matt. »Wir wissen jeden Tag weniger, wonach wir suchen. Ist Ihnen denn etwas Interessantes aufgefallen?«

»Ich glaube schon.«

Guido griff nach einem staubigen Leitz-Hefter auf seinem Schreibtisch und überreichte ihn Johann mit großer Geste – wie ein Geburtstagsgeschenk.

»Tataaaaa! Das ist der erste Fall mit genau der Zahnlücke, nach der wir suchen. Ein Mann, fünfundachtzig Jahre alt, ertrunken vor neun Jahren im Dorfteich. Sein Restgebiss war altersgemäß ziemlich dürftig. Aber da die meisten Schneidezähne noch im Kiefer steckten, fiel dem untersuchenden Gerichtsmediziner auf, dass der zweite oben rechts fehlte.«

Johann war alles andere als begeistert. »Ein alter, ertrunkener Mann. Ist das alles?«

In Guidos Gesicht blitzte ein schelmisches Lächeln auf. »Warten Sie's ab. Die Blutuntersuchung ergab eins Komma acht Promille. Man nahm also an, dass er im Suff ins Wasser gefallen und einfach untergegangen war. So weit, so langweilig. Aber dann fiel mir auf, welchen Dorfteich sich der alte Mann zum Sterben ausgewählt hatte. Es war der Teich von Castelbianco.«

Auf einmal war Johann hellwach. »Etwa das Castelbianco, wo Franca und Toni aufgewachsen sind? Es gibt doch bestimmt mehrere Dörfer, die so heißen.«

Guido strahlte ihn triumphierend an. »Ich habe das überprüft. Es ist exakt dieses Dorf. Und Sie werden nicht glauben, wie der Mann hieß. Sein Name war Rodolfo Ermia. Der Tote mit der Zahnlücke war Francas Großvater.«

***

Die Tür war zu. Enza rüttelte an der Klinke und lehnte sich mit ihrer ganzen Kraft dagegen. Diesmal hatte Signora Testa abgeschlossen.

»Antonios Großmutter ist der Schlüssel zu allem.« Die Worte Don Giorgios hallten in ihren Ohren.

Sie hörte Geräusche von drinnen, klopfte mehrmals gegen das rissige Holz, ohne Ergebnis. Sie versuchte, durch die blinden Fensterscheiben etwas zu erkennen, vergeblich.

»Signora Testa, sind Sie zu Hause?«, rief sie laut.

Niemand antwortete, nichts regte sich. Und doch fühlte sich Enza beobachtet. Trotz der spätsommerlich warmen Temperaturen lief ihr ein Schauer über den Rücken. Dieses Haus hatte definitiv etwas Unheimliches. Sie wünschte sich, Johann wäre bei ihr.

Das Herz klopfte ihr bis zum Hals, als sie um das Gebäude herumging und in den Garten dahinter schaute. Auch dort keine Menschenseele, nur ein paar Hühner gackerten aufgeregt in ihre Richtung, zusammengepfercht durch einen improvisierten Zaun aus alten Bettgestellen und Maschendraht. Daneben stand ein Holzklotz mit der rostigen Spaltaxt, die Enza schon von ihrem ersten Besuch kannte.

Ob Signora Testa hier nicht nur Holz hackte, sondern ab und zu einem ihrer Hühner den Kopf abschlug? Welche Schlüsselrolle spielte die alte Frau bloß in dieser trostlosen Familiengeschichte?

Enza beschloss, zurück zum Dorf zu gehen, fragte dort einen alten Bauern nach der Adresse von Francas Eltern, stand schließlich vor einem großen, gepflegten Natursteinhaus. Auf ihr Klingeln öffnete ein mittelgroßer Mann mit verhärmten Gesichtszügen. Enza erkannte ihn sofort. Bei der Bestattung hatte Francas Vater keine Träne vergossen und nur düster vor sich hin gestarrt.

»Sie waren auf der Beerdigung. Was wollen Sie?«, fragte er schroff. Offenkundig war sie ihm als Trauergast aufgefallen.

»Ich war Francas beste Freundin. Ich möchte herausfinden, wer Ihre Tochter ermordet hat.«

Signor Ermia musterte sie kalt. »Meine Tochter ist schon vor langer Zeit gestorben. Diese Frau war eine Hure«, stieß er mit schneidender Stimme hervor. »Mehr gibt es nicht zu sagen. Verschwinden Sie!«

Bevor Enza etwas erwidern konnte, schlug er die Tür mit großer Kraft wieder zu. Verdattert klingelte sie noch einmal, ohne Erfolg.

Über ihr in der ersten Etage wurde ein Fenster geschlossen. Doch als sie den Blick nach oben richtete, sah sie nur noch schemenhaft, wie jemand ruckartig die Gardine zuzog.

Nachdenklich ging sie durch die Gassen von Castelbianco zurück in Richtung Bushaltestelle. So weit hatte Don Giorgio wohl die Wahrheit gesagt. Verfeindete Familien, eine verbotene

Liebe, die verstoßene Tochter. War Toni von seiner Oma genauso unter Druck gesetzt worden? Das Ganze erschien Enza wie ein düsteres Märchen aus längst vergangenen Zeiten. Es passte so gar nicht in dieses sonnenverwöhnte Rivieradorf. Auf einmal stupste sie jemand von hinten in die Seite. Verdutzt drehte sie sich um und sah auf einen etwa zehnjährigen Jungen hinab. Der schaute sie mit wachen Augen unter struppigen Haaren an, heftig atmend, als wäre er eine Strecke ziemlich schnell gelaufen.

»Was ist los? Wer bist du?«, fragte Enza.

Der Junge griff stumm nach ihrer Hand und schob ein zusammengeknülltes Stück Papier hinein, drehte sich um und rannte wieder davon.

»Warte«, rief Enza hinter ihm her. Doch einen Augenblick später war er nicht mehr zu sehen.

Sie faltete den Zettel auseinander und entzifferte ein paar hastig dahingekritzelte Worte:

»Franca S. Pietro in B. Mittwoch elf Uhr«.

Enza kannte die kleine Kirche San Pietro in Banchi. Sie lag mitten in der Altstadt von Genua. Wer auch immer mit ihr über Franca sprechen wollte, hatte einen Ort weit weg von Castelbianco gewählt.

***

Er folgte ihr bis zur Haustür, sah das schwere Schloss und die Überwachungskameras. Kein guter Ort, um die Aufgabe zu vollenden. Er würde warten müssen, bis die Gelegenheit kam. Wie sonst auch. Im Warten war er gut.

An diesem Morgen war sie so nah gewesen. Aber er wusste, er hatte sich richtig entschieden. Er wollte kein Risiko eingehen. Außerdem hätte er die Nonna nur verwirrt. Seit der letzten Aufgabe baute sie spürbar ab. Sie verbrachte viele Stunden betend in der heiligen Kammer. Der Schrein war für immer verschlossen. Sie schien bereit zu sterben.

Er fragte sich, wie sein seltsames Leben danach aussehen würde. Ohne die Nonna, ohne ihre Aufgaben und Belohnungen, also ohne all das, wofür er bisher gelebt hatte. Er hatte keine Ahnung. Da war immer eine nächste Aufgabe gewesen, auf die er sich konzentrieren musste. So wie jetzt auch. Nur dass er sich diese selbst gewählt hatte – erst der Gerichtsmediziner, danach die dünne Blonde. Sie steckten ihre Nasen in Dinge, die sie nichts angingen. Die Nonna sollte in Ruhe sterben dürfen.

Wahrscheinlich bestand seine Zukunft darin, immer wieder Menschen zu töten. Das konnte er gut. Und es machte ihm nichts aus. Vielleicht fand er sogar jemand, der ihn dafür bezahlen würde. So wie in amerikanischen Krimis. Auftragskiller. Er musste grinsen, die Idee gefiel ihm.

Er blickte nach oben. In einem dieser schicken Appartements wohnte die Blonde also. Er wusste mittlerweile, dass sie Enza hieß. Sie musste verdammt reich sein, wenn sie sich diese Adresse leisten konnte. Es würde ihr nichts nützen.

Er malte sich aus, wie er ihr die Kleider vom Leib riss. Alles bis auf die Stöckelschuhe, die musste sie anbehalten.

Eigentlich war sie nicht sein Typ, hübsch schon, aber viel zu lang und dünn. Doch die Vorstellung, wie er sie quälen würde, erregte ihn.

Er holte sein Handy aus der Tasche, überlegte kurz, nach wem ihm der Sinn stand, und wählte eine Nummer.

2

Sonntag

Der Wind war mau. Johann hatte das große Sieben-Quadrat-meter-Segel gewählt, aber er quälte sich trotzdem. Sein Board schien sich in den Wellen festzusaugen, so langsam war er unterwegs. Nur ab und zu kam er mit einer Böe ins Gleiten und flitzte eine kurze Zeit lang über das Wasser. Doch selbst in diesen Momenten bekam er den Kopf nicht frei.

Das Wetter passte dazu. Graue Wolken füllten den Riviera-himmel und gaben dem Mittelmeer eine bleierne Farbe. Er schaute zur Küste. Rechts an einer langen Mole löschte ein gigantisches Containerschiff seine Fracht. Weiter links, an Land, erwartete ihn ein ganzes Bündel ungelöster Probleme: sein Laborleiter, der gemeinsame Sache mit der Polizei machte. Commissario Moreno, der früher oder später von Johanns Recherchen erfahren würde. Das Rätsel um die herausgebro-chenen Schneidezähne. Und natürlich Enza, der er dringend erzählen musste, was er über Tonis seelische Abgründe erfah-ren hatte. Aber das konnte er nicht tun, ohne auch Veronica zu erwähnen.

In der Nacht hatte er wieder geträumt. Enza nackt und glitschig in einem großen Bottich mit Olivenöl. Er will sie küs-sen, sie öffnet die Lippen – und beißt zu. Erst in seine Wange, dann in seine abwehrende Hand, schließlich in seine Brust. Jedes Mal bricht einer ihrer Schneidezähne heraus und bleibt blutig in seinem Fleisch stecken. Er schreit und versucht, sie wegzustoßen, doch sie beißt sich immer wieder fest und zieht ihn mit ihren Zähnen hinab ins Öl. Keine Luft zum Atmen, der Druck auf der Brust, der pochende Schmerz.

Klatschnass war er zu sich gekommen. Zunächst erleichtert, dass alles nur ein Traum gewesen war, dann kam der Ärger.

Über sein dämliches Unterbewusstsein, das ihn mit endlosen Variationen des immer selben Themas quälte. Über seine Angst, die er nicht kontrollieren konnte. Über seine Schwäche, die er hasste.

Auf dem Surfbrett hatte er alles unter Kontrolle. Was er dafür brauchte, waren ein paar Muskeln, die Kenntnis der grundlegenden physikalischen Zusammenhänge und eine Portion Erfahrung. Mit den Füßen in den Schlaufen und den Händen am Gabelbaum hatte er sein Schicksal fest im Griff, egal, ob der Wind aufbriste oder die Wellen höher wurden. Das Leben konnte so einfach sein.

Er sah auf die Uhr: halb zwölf. In dreißig Minuten würde er Enza bei den Fischerhütten treffen, so hatten sie sich verabredet. Höchste Zeit, gegen den Wind zurückzukreuzen.

Während sein Board langsam Fahrt aufnahm, fragte er sich, ob er im Neoprenanzug Eindruck auf Enza machen würde. Für aufregende Manöver vor ihren Augen reichte dieses laue Lüftchen jedenfalls nicht.

***

Enza wunderte sich. Johann auf seinem Surfbrett hatte sie sich spektakulärer vorgestellt. Was da plätschernd auf sie zukam, sah eher nach Stehsegeln aus als nach rasantem Fun-Sport. Doch als er im knietiefen Wasser von seinem Board sprang, mit einer energischen Bewegung Board und Rigg über seinen Kopf hob und damit leichtfüßig auf den Strand trabte, war sie widerwillig beeindruckt. Der Neoprenanzug betonte Johanns sehnigen Körper. Seine sonst struppigen Haare hatte das Salzwasser glatt an den Kopf geklebt. Sie fand ihn zum Anbeißen.

»*Ciao bello*«, sagte sie und küsste ihn spontan auf den Mund.

Er konnte sich zwar nicht wehren, denn er hielt mit beiden Händen Brett und Segel über seinem Kopf. Aber er erwiderte den Kuss. Danach löste er sich, lächelte sie verlegen an und legte seine Ausrüstung im Sand ab.

»*Ciao bella*, schön, dass du da bist. Es gibt Neuigkeiten.« Mit einem Schlag war Enzas Bauchsausen weg. Stattdessen lastete die ganze Wirklichkeit von Mord, Intrige und Familienfehde wieder bleischwer auf ihr. Dieser Mann hatte wirklich eine seltsame Begabung dafür, erotische Momente einfach auszuknipsen.

»Ja, das kann man wohl sagen«, sagte sie ernüchtert. »Ich war gestern in Castelbianco.« Sie ignorierte die Verwunderung in seinem Blick. »Willst du dich erst umziehen?«

Johann nickte stumm, trug sein Zeug zu einer der Fischerhütten und verschwand hinter einer klapprigen Holztür. Enza wusste, dass er die Baracke bei einem alten Fischer gemietet hatte, um seine Bretter und Segel nicht ständig hin- und hertransportieren zu müssen. Sie setzte sich in den Sand und schaute sich um.

In ihrem Rücken standen die Fischerhütten, fröhlich blauweiß gestrichen, ordentlich aufgereiht nebeneinander auf einer Breite von rund hundertfünfzig Metern. Dahinter hässliche Hochhäuser, eingerahmt von sanften grünen Bergrücken. Voltri gehörte nicht gerade zu den schönsten Vororten von Genua. Der Strand vor ihr war menschenleer bis auf zwei Männer, die ihr Boot zu Wasser ließen.

Die Gemächlichkeit der Szene beruhigte sie. Die beiden Fischer trugen grüne Anglerhosen und trotz der Septemberwärme drollige Wollmützen. Einer von ihnen griff nach einem Holzbalken, der hinter dem Boot lag, trottete damit langsam am Boot vorbei und legte den Balken direkt vor den Kiel. Er ging zurück, nahm einen zweiten Balken, trug ihn wieder am Boot vorbei und legte ihn etwa einen Meter vor den ersten. Sein Kollege schaute ihm gemütlich dabei zu. Jetzt lehnten sie sich zusammen mit dem Rücken gegen das Boot und schoben es zwei Meter weit, sodass der Kiel auf den beiden Balken vorwärtsglitt. Auf diese Weise rutschte der Holzkahn im

Zeitlupentempo immer weiter den Strand hinab, bis der Bug endlich von den ersten Wellen umspült wurde.

»Faszinierend, nicht wahr?« Johann war in Jeans und T-Shirt zurückgekommen. Er setzte sich neben Enza. »Es hat etwas Archaisches. Das einfache Leben, ohne Zeitdruck, ohne Stress. Nach dem Motto: Die Fische werden schon nicht wegschwimmen, sie warten auf uns. Vielleicht sieht Glück ja so aus.«

Die beiden Fischer waren mittlerweile in ihr Boot geklettert, hatten den Außenbordmotor angelassen und tuckerten gemächlich hinaus ins graue Meer.

»Seitdem die großen Trawler mit ihren Schleppnetzen alles wegfangen, bleibt für die alten Fischer kaum noch etwas übrig. Dieser Beruf ist dabei auszusterben«, sagte Enza nachdenklich und wandte sich Johann zu. »Okay, was ist passiert?«

Er zögerte einen Moment und wich ihrem Blick aus. »Franca hatte einen Großvater. Er starb 2010. Angeblich ist er im Dorfteich ertrunken. Aber ihm fehlte exakt der gleiche Schneidezahn wie seiner Enkelin.«

Enza brauchte eine Sekunde, um sich an das Rätsel mit der Zahnlücke zu erinnern. Sie dachte an die Erzählung von Don Giorgio: Familien, die miteinander verfeindet waren. Kinder, die für tot erklärt wurden. War es vorstellbar, dass der Mord an Franca mit diesen alten Streitigkeiten zu tun hatte?

Sie berichtete Johann, was sie bei Don Giorgio erfahren hatte, erwähnte ihren Besuch bei Tonis Oma und beschrieb die Szene bei Signor Ermia, der ihr voller Wut die Tür vor der Nase zugeschlagen hatte. Sie zeigte ihm die geheimnisvolle Nachricht, die ihr ein wildfremdes Kind zugesteckt hatte.

Johann hörte aufmerksam zu. »Vielleicht ist es Francas Mutter, die sich mit dir treffen will«, sagte er anschließend.

»Ja, den Gedanken habe ich auch schon gehabt. Aber es könnte auch mit Don Giorgio zu tun haben.«

»Vielleicht will dich jemand in eine Falle locken.« Johann streichelte besorgt ihre Wange.

»Nein, das glaube ich nicht. Die Kirche steht mitten in Genua. Da gibt es Pfarrer, Kapläne und jede Menge Leute, die beten. Was soll mir da passieren?«

»Ich könnte mitkommen und mich im Hintergrund halten.« Johann stand auf und ging unruhig am Strand auf und ab. »Es ist jedenfalls zu blöd, dass dieses Treffen erst am Mittwoch stattfinden soll. Wir können ja schlecht drei Tage lang herumsitzen und abwarten.« Er sah Enza eindringlich an. »Weißt du, ich habe in meinem Büro von Tag zu Tag mehr Probleme. Ich kann es mir nicht leisten, die Polizei weiterhin außen vor zu lassen.«

Enza sprang wütend auf. »Hast du etwa Schiss vor diesem Schwein Moreno? Willst du klein beigeben und vor ihm auf dem Boden kriechen?«, fuhr sie ihn an.

Johann sah sie ruhig, fast traurig an.

Als sie den Anflug von Angst in seinen Augen bemerkte, beruhigte sie sich wieder, griff nach seiner Hand und zog ihn mit sich.

»Entschuldige. Komm, wir machen einen Spaziergang. Ich erzähle dir die Geschichte von mir und Commissario Moreno.«

***

Enza zog wortlos ein Messer aus ihrer Tasche, ließ es mit einem lauten Klacken aufschnappen und reichte es Johann. Er starrte überrascht auf die mächtige Klinge mit dem gezackten Sägerücken. Es war eine Art Überlebensmesser, ausgeklappt rund zwanzig Zentimeter lang, eindeutig eher Waffe als Taschenmesser für den Hausgebrauch.

Johann löste die Arretierung, klappte die Klinge wieder ein und gab es Enza zurück.

»Dieses Messer habe ich mir vor achtzehn Jahren gekauft«, erklärte sie nach einer Weile. »Seitdem trage ich es immer bei mir. Ich schwöre dir: Das nächste Mal, wenn mir jemand an die Wäsche will, werde ich es benutzen.«

»Was ist passiert?«

»Du erinnerst dich an den G8-Gipfel in Genua?«

»Ja, klar.«

Johann hatte die Ereignisse damals als angehender Abiturient nur am Rande mitbekommen, später aber vieles darüber gelesen. Im Juli 2001 waren zweihundertfünfzigtausend Demonstranten aus der ganzen Welt nach Genua gekommen, um gegen den Wirtschaftsgipfel und die Globalisierung zu demonstrieren. Die Regierung hatte dagegen zwanzigtausend Polizisten aufgeboten, die das Treffen der Wirtschaftsriesen schützen sollten. Doch die Ereignisse waren völlig aus dem Ruder gelaufen. Die Polizeiaktion artete zu einer Gewaltorgie aus, in der ein Demonstrant erschossen und Hunderte brutal verprügelt wurden. Es waren Szenen wie aus einem Bürgerkrieg gewesen: vermummte Polizisten, die mit ihren Schlagstöcken um sich schlugen und mit ihren Füßen in die Gesichter von Menschen traten, die bereits am Boden lagen. Blutüberströmte verängstigte Gesichter. Brennende Autos.

Johann rechnete sich aus, dass Enza zu der Zeit nicht älter als sechzehn gewesen sein konnte.

»Bist du damals auch auf die Straße gegangen?«

»Ja. Ich war kurz zuvor von zu Hause ausgezogen. Ich ging noch zur Schule und wohnte bei einem Kumpel, der sich für Attac engagierte. Was er davon erzählte, begeisterte mich. Sie engagierten sich gegen alles, was mein Vater repräsentierte. Die Gier, die Macht der Konzerne, das schnelle Geld. Also habe ich teilgenommen. Es war eine geile, aufregende Zeit. Wir haben Transparente gemalt, Gesänge geübt und uns eingebildet, wir könnten tatsächlich etwas verändern.«

Enzas Stimme brach ab. Johann ließ ihr Zeit. Sie gingen Hand in Hand den steinigen Strand entlang, links das ruhige Meer, rechts die steil aufragenden Ausläufer der Seealpen.

Enza blieb stehen und sah ihn mit leuchtenden Augen an.

»Am Anfang war es ein Fest. Wir waren so viele. Die ganze Stadt war gefüllt mit unserer Bewegung, mit unseren Ideen, mit unserer Stimmung. Wir sangen, wir tanzten, wir feierten. Die Bullen hielten sich zurück, sie schauten uns zu. Bis wir den Zaun erreichten. Du erinnerst dich vielleicht: Der Gipfel fand im Palazzo Ducale statt, also mitten in der Altstadt. Darum herum hatte die Polizei ein fünf Meter hohes Absperrgitter errichtet. Dort standen wir also, rüttelten am Zaun und skandierten unsere Gesänge. Was daraufhin passierte, hast du bestimmt im Fernsehen gesehen.«

Johann erinnerte sich tatsächlich an schockierende Bilder einer Reportage. Er nickte und hörte Enza gebannt weiter zu.

»Erst kam das Tränengas, dann rückten die Bullen mit ihren Schlagstöcken an. Es war ein Gemetzel. Um mich herum die Schreie meiner Freunde, das Brüllen der Bullen, die Knüppel, das Blut. Ich habe noch nie in meinem Leben so viel Angst gehabt. Aber ich hatte Glück. Ich kannte mich aus und bin durch eine enge Gasse geflüchtet, obwohl ich wegen meiner Tränen kaum etwas sehen konnte. Ich traf zwei Demonstranten aus Österreich, die nahmen mich mit in eine Schule, wo sie übernachteten. Dort fühlten wir uns sicher. Ich dachte, der Alptraum wäre vorbei.«

Johann ahnte, von welchem Ort Enza sprach. Der sogenannte Folterskandal in der Diaz-Schule hatte noch viele Jahre lang Schlagzeilen gemacht.

»Du warst in der Diaz-Schule?«

Enza sah ihn traurig an. »Ja, ich hatte Angst, durch die Stadt zu laufen. Also bin ich dort bei den anderen Demonstranten geblieben. Kurz nach Mitternacht kamen sie. Dreihundert Polizisten, in Vollmontur mit Helm und heruntergezogenem Visier. Du sahst keine Gesichter, nur diese schwarzen Krieger wie aus einem Science-Fiction-Film. Sie brachen das Tor mit einem gepanzerten Fahrzeug auf und fingen sofort an, jeden zu verprügeln, der ihnen vor die Knüppel geriet. Ich habe versucht, meinen Kopf zu schützen, und bekam die Schläge zuerst auf beide Unterarme. Als mich ein Schlagstock von hinten auf den Kopf traf, bin ich zusammengebrochen und habe noch wie durch Watte hindurch ein paar Tritte gespürt. Dann war ich weg.«

Johann drückte unwillkürlich Enzas Hand fester, als könne er so nachträglich ihren Schmerz lindern. Sie hatten am Ende des Strandes kehrtgemacht und gingen Richtung Osten wieder zurück. Vor ihnen erstreckte sich jetzt scheinbar endlos die Hafenmole mit Kränen und Containerschiffen.

»Aufgewacht bin ich in einem Mannschaftswagen, am Boden liegend und mit Handschellen gefesselt. Meine Lippen waren blutig und geschwollen, mein Kopf hämmerte vor Schmerzen, und auch alles andere tat so weh, dass ich mich kaum bewegen konnte. Aber verglichen mit denen, die um mich herumhockten, ging es mir noch gut. Einem Mädchen hatten sie vier Schneidezähne ausgeschlagen, sie wimmerte nur noch vor sich hin und hielt die ganze Zeit beide Hände vor den Mund. Ein junger Mann blutete so stark aus einer Platzwunde auf der Stirn, dass er buchstäblich in seiner eigenen Blutlache saß. Und ein anderer starrte fassungslos auf seinen linken Unterarm, grotesk geschwollen und seltsam angewinkelt, wohl mehrfach gebrochen von einem Polizeiknüppel.«

Enza hielt kurz inne und ließ eine ältere Dame mit Labrador an der Leine passieren.

»Ich dachte, sie bringen uns ins Krankenhaus. Aber als sich die Tür am Heck endlich öffnete, standen wir vor einer Polizeikaserne. Hinterher habe ich erfahren, dass es die in Bolzaneto war. Ich erinnere mich nur noch bruchstückhaft, auf jeden Fall hörte der Alptraum nicht auf, er ging immer weiter. Erst mussten wir gebückt durch ein Spalier von etwa fünfzig Polizisten hindurchhumpeln. Sie haben uns beschimpft, bespuckt und mit ihren Knüppeln immer weitergetrieben. Danach, im Gefängnis der Kaserne, wurden wir achtundvierzig Stunden lang gefoltert. Anders kann man das nicht nennen. Sie haben brennende Zigaretten auf unseren Armen ausgedrückt. Wir mussten faschistische Lieder singen und vor dem Bild von Mussolini salutieren. Am Ende sollten wir uns nackt ausziehen und wurden medizinisch untersucht. Du weißt schon, als hätten wir in unseren Körperöffnungen Tütchen mit Drogen versteckt.«

»Diese Schweine!«, entfuhr es Johann.

»Und damit kommt Moreno ins Spiel, der dreckige kleine Commissario, mit dem du zusammenarbeiten willst. Denn bis dahin hatte ich nicht ein einziges Gesicht gesehen. Alle diese feigen, sadistischen Saukerle waren maskiert durch ihre Helme. Aber er war irgendwie Vorgesetzter und trug normale Uniform. Stell dir also diese Szene vor: Stolz wie ein Pfau mit blank gewichsten Stiefeln marschiert er in den Raum, während ich nackt, breitbeinig und mit erhobenen Armen an der Wand stehe.«

Enza blieb wieder stehen, ließ Johanns Hand los und wendete sich von ihm ab Richtung Meer.

»Moreno schaut mich also von oben bis unten an, packt mir mit seinen Fingern grob an den Schritt und sagt: ›Du kleine Attac-Nutte, du hättest wohl gern mal einen richtigen Knüppel zwischen den Beinen.‹ Ich war so geschockt, dass ich völlig spontan reagierte. Ich habe ihm, so fest ich konnte, eine runtergehauen. Das war mein erster Fehler, dafür musste ich natürlich büßen. Nicht dass er die Nerven verloren hätte. Nein, er rieb sich überrascht seine rote Wange und zog betont langsam den Schlagstock aus dem Gürtel. Damit tat er mir anschließend weh. Ganz gezielt, mit fast schon chirurgischer Präzision. Ein Schlag auf den Oberarm, ein Stoß in die Magengrube, ein Hieb gegen das Knie, ein Schlag aufs Schulterbein. Immer mit genau dosierter Kraft, um möglichst große Schmerzen zu bereiten, aber keine bleibenden Verletzungen zu hinterlassen.«

Johann konnte Enzas Bericht kaum noch ertragen, wollte hilflos wieder nach ihrer Hand greifen. Doch sie wehrte ihn ab.

»Schließlich lag ich zusammengekrümmt vor ihm auf dem Boden. Ich konnte nicht mehr stehen, ich stöhnte vor Schmerz, ich war nackt und blutig und hatte nur noch eines, nämlich meinen Stolz. Also biss ich die Zähne zusammen und erstickte jedes Jammern, jeden Schrei. Vor diesem Schwein wollte ich nicht um Gnade betteln. Da fragte er mich, ein wenig außer Atem, ob ich jetzt genug habe. Ich machte meinen zweiten Fehler. Ich nannte ihn mit letzter Kraft ›Bullensau‹.«

Enza stockte. Johann sah, wie sie schluckte und einmal tief durchatmete, bevor sie leise weitersprach.

»Er kannte noch eine andere feine Foltermethode. Er griff nach meiner rechten Hand und packte meine Finger. Zeige- und Mittelfinger in der einen Faust, den kleinen und den Ringfinger in der anderen. Langsam, aber mit voller Kraft zog er sie auseinander. Bis es knackte, bis die Haut zwischen den Fingern riss.«

Enza hielt die Hand hoch und spreizte ihre Finger. Johann entdeckte zwischen Ring- und Mittelfinger eine weiße, gezackte Narbe, die ihm bisher nicht aufgefallen war.

»Es tat so weh, dass ich schreien musste. Das Geräusch verfolgt mich bis heute, mein eigenes Schreien, durchdringend, hilflos, jämmerlich. Glücklicherweise habe ich das Bewusstsein verloren und bin erst im Krankenhaus aufgewacht. Dort renkte man die Finger wieder ein, der Riss wurde genäht, netterweise alles unter Narkose. Ich habe nie herausgefunden, wer das Arschloch war, das mich so gequält hat. Bis der Typ wie aus dem Nichts vor meiner Wohnung stand und sich als Commissario der Kriminalpolizei vorstellte. Ganz offensichtlich hat er Karriere gemacht.«

Johann versuchte, seine tiefe Bestürzung hinter einer einfachen Frage zu verbergen. »Hat er dich erkannt?«

»Nein, vielleicht hätte ich mir vorher meine Lippen blutig schlagen sollen«, antwortete Enza sarkastisch. »Außerdem hatte ich damals lange dunkelbraune Haare.«

»Du hast ihn doch sicherlich angezeigt. Kam er denn nicht vor Gericht?«

»Klar habe ich ihn angezeigt. Aber da ich seinen Namen nicht kannte, wurde es eine Anzeige gegen unbekannt. Und weil der Korpsgeist der Polizei perfekt funktionierte, weil sich niemand erinnerte, liefen alle Ermittlungen ins Leere. Schließlich wurden sie eingestellt.«

Johann küsste sprachlos und verwirrt die neu entdeckte Narbe. Was Enza ihm geschildert hatte, passte in die Welt faschistischer Diktaturen in Südamerika. Hier, an der italienischen Blumenriviera, klangen ihre Erlebnisse seltsam deplatziert, irgendwie unmöglich, wie die grausame Phantasie aus einem düsteren Märchen.

Gewiss, er kannte einige erschreckende Details aus der Zeitung. Zum Beispiel die Sache mit den gefälschten Beweisen. Die Polizeiführung hatte zunächst zwei Molotowcocktails präsentiert, die angeblich in der Diaz-Schule beschlagnahmt worden waren. Doch Jahre später kam heraus: Die mit Benzin gefüllten Weinflaschen hatte in Wahrheit ein Polizist in die Schule geschmuggelt, um den brutalen Einsatz im Nachhinein zu legitimieren. Auf der anderen Seite erinnerte sich Johann aber auch daran, dass es mehrere Prozesse gegeben hatte.

»Wurde denn überhaupt niemand verurteilt?«

Enza lächelte grimmig. »Oh ja, es gab jede Menge Prozesse, viele, viele Jahre lang. Am Anfang standen vierundvierzig Polizisten vor Gericht, die in Bolzaneto Menschen gequält haben. Die meisten wurden aus Mangel an Beweisen freigesprochen, nur wenige wurden verurteilt. Sie gingen in Berufung, und die nächste Instanz war dran. Alle paar Jahre gab es also neue Urteile und immer wieder neue Berufungen. Zwischendurch hat ein Kassationsgericht alle Urteile aufgehoben. Und Berlusconi sorgte dafür, dass die Verjährungsfristen dramatisch verkürzt wurden. Im Jahr 2012, also elf Jahre später, kam das Urteil in letzter Instanz: Vier Polizisten wurden freigesprochen, sieben zu geringen Haftstrafen verurteilt. Die restlichen dreiunddreißig wurden zwar ebenfalls schuldig gesprochen, konnten aber nicht mehr belangt werden. Weil, na so eine Überraschung, die Vorwürfe mittlerweile verjährt sind. Und weißt du, was das Absurdeste an diesem absurden System ist?«

Johann schüttelte hilflos den Kopf.

»Wenn man sie wegen Folter angeklagt hätte, wären vielleicht noch mehr verurteilt worden. Aber in unserem fröhlichen, sonnigen Land gibt es dummerweise keinen Folterparagrafen. Das haben unsere Superjuristen irgendwie vergessen.« Enza stieß die letzten Worte angespannt hervor, voller Aufregung und Verachtung. Johann wollte sie beruhigen, versuchte, sie zu umarmen. Doch sie riss sich los, sie war noch nicht fertig. Mit bebender Stimme sagte sie:

»Und jetzt kannst du gern zu diesem Ekel Moreno gehen, ihm schön alles anvertrauen und dafür sorgen, dass er bald noch ein bisschen höher befördert wird.«

3

Montag

Der Tag begann mit einem verstörenden Anruf. Johann saß an seinem Schreibtisch und grübelte darüber nach, wie er in Zukunft Commissario Moreno gegenübertreten sollte, als sein Telefon klingelte. »Wohlscheid« stand auf dem Display, der Leiter der Gerichtsmedizin in Berlin. Mit einem unguten Gefühl in der Magengrube nahm Johann den Hörer ab.

»*Ciao bello*«, lautete die unvermeidliche Begrüßungsformel.

»Was macht deine Piranha-Leiche?«

»Hi Thomas. Ganz ehrlich, die Geschichte wird mit jedem Tag komplizierter. Aber deshalb rufst du bestimmt nicht an, oder?«

»Na ja, vielleicht doch. Ich dachte, es könnte dich interessieren, dass es wieder eine Leiche mit deiner Lieblingszahnlücke gibt. Zweiter Schneidezahn oben rechts, du weißt schon.«

Johann horchte auf. »Wieder bei euch in Berlin?«

»Nein, in Hamburg. Aber ich tausche mich ja regelmäßig mit meinem Nachfolger dort aus, und so habe ich davon erfahren. Der Fall ist jedenfalls absolut schräg. Ein zweiundneunzig Jahre alter Mann ertrinkt in der Außenalster. Alles sieht nach einem normalen Unfall aus. Der Mann war so rüstig, dass er noch laufen konnte. Er hat Wasser in der Lunge und keine direkt sichtbaren äußeren Verletzungen. Aber dem Gerichtsmediziner fällt etwas Seltsames auf. Der Mann hatte keine eigenen Zähne mehr, in seinem Mund steckt aber noch das künstliche Gebiss. Und in dieser Prothese fehlt genau der eine Schneidezahn. Unser Kollege denkt sich also: Vielleicht gab es ja doch eine Gewalteinwirkung. Und untersucht die Leiche noch einmal genauer. Diesmal findet er ein kleines Hämatom am Hinterkopf, das er, unter uns gesagt, natürlich schon bei der ersten Untersuchung hätte finden müssen. Jedenfalls stellt er daraufhin eine neue Diagnose. Jemand hat den Greis mit einem abgerundeten Gegenstand bewusstlos geschlagen und ihn so ins Wasser geworfen, wo er ertrank.«

»Und bevor er ihn ins Wasser warf, hat er ihm noch schnell einen Zahn aus dem Gebiss gebrochen«, fügte Johann hinzu. »So absurd das auch klingt.«

»Keine Ahnung«, antwortete Wohlscheid. »Glaubst du das wirklich?«

Johann dachte darüber nach. Seitdem Guido entdeckt hatte, dass auch Francas Großvater mit dieser Zahnlücke gestorben war, hielt er fast alles für möglich.

»Ich weiß es nicht«, antwortete er. »Aber wir haben insgesamt vier Leichen mit der gleichen Zahnlücke. Erst der pensionierte Lehrer im Schlachtensee, dann die Frau im Piranha-Becken, jetzt der alte Mann aus Hamburg und schon vor neun Jahren ein ähnlich alter Mann hier in der Gegend. Interessanterweise war er der Großvater des Mädchens, das du meine Piranha-Leiche nennst.«

Aus der Leitung kam ein anerkennendes Pfeifen.

»Alle vier sind ertrunken«, fuhr Johann fort. »Auch wenn Francesca Ermia insofern eine Ausnahme macht, als sie in Olivenöl ertrunken ist. Zwei dieser Opfer wurden definitiv ermordet, die beiden anderen möglicherweise. In keinem Fall wurde ein Täter identifiziert.«

»Das könnte bedeuten«, ergänzte Wohlscheid den Gedankengang, »dass wir hier von einem europäischen Serienmörder sprechen, der seit mindestens neun Jahren Menschen umbringt und ihnen den immer gleichen Zahn herausbricht, warum auch immer.«

»Klingt ziemlich durchgeknallt, oder?«

»Vielleicht auch nicht.« Wohlscheid schien ein Lachen zu unterdrücken. »Obwohl ich zugeben muss, es wäre schon ziemlich abgefahren. Vielleicht bist du ja kurz davor, den nächsten Jack the Ripper zu überführen. Was sagt denn die Polizei zu deinen wilden Theorien?«

»Ganz schwieriges Thema«, erwiderte Johann. »Wenn ich davon anfange, sprechen wir in drei Stunden noch miteinander.« Er bat Wohlscheid darum, ihm weitere Informationen zu dem Hamburger Mord zu schicken, und versprach, ihn auf dem Laufenden zu halten. Dann legte er den Hörer auf. Während er noch versuchte, seine Gedanken zu ordnen, klopfte es an der Tür. Guido steckte seinen Kopf herein.

»Dottore, wir brauchen Sie. Wir haben eine neue Leiche.«

***

An der Tür zum Seziersaal stand, grinsend und selbstgefällig, Commissario Moreno.

Vor seinem inneren Auge sah Johann die feine gezackte Narbe zwischen Enzas Fingern – und spürte mit großer Klarheit, dass er sich entschieden hatte. Mit diesem Menschen konnte er nicht mehr zusammenarbeiten. Er verzichtete auf eine Begrüßung.

»Warum wurde ich nicht zum Tatort gerufen?«, fragte er barsch.

»Das war nicht nötig«, antwortete Moreno fast übertrieben liebenswürdig. »Es handelt sich um einen Routinefall. Eine Nutte aus der Altstadt, schwarz wie die Nacht. Gefunden hat sie eine Kollegin. Wahrscheinlich ist irgendein Freier durchgedreht. Wir haben alle Spuren vor Ort gesichert. Es reicht also, wenn Sie die Leiche hier untersuchen.«

Johann ließ ihn stehen und betrat den Leichensaal. Eigentlich grenzte es an einen Skandal, wenn die Polizei den Tatort eines Mordes ohne Gerichtsmediziner untersuchte. Doch Morenos Worte hatten seine Wut erstickt, stattdessen spürte er mit einem Mal Angst. Die Leiche lag auf dem letzten Tisch, nackt und auf den ersten Blick vertraut.

»Ihr Name ist Zoulaya Diouf.«

Moreno war Johann gefolgt und versorgte ihn mit Fakten, die er nicht hören wollte.

»Geboren im Senegal, vor sieben Jahren illegal eingereist. Sie teilte sich mit drei anderen Nutten eine Absteige im Vico Colalanza. Angeblich war Blasen ihre Spezialität. Ihrem letzten Kunden war das vielleicht nicht genug.«

Johann zwang sich, ruhig zu bleiben, und betrachtete Veronicas Leiche. Ihr sinnliches Lächeln war ausradiert, der Mund nur noch blutige Masse. Ihr Gesicht hatte sich im Sterben zu einer gequälten Fratze verzerrt. Um ihren Hals lag eine Drahtschlinge, die der Mörder mit großer Kraft zugezogen hatte. Ihr weicher Körper war übersät mit schwarzblauen Blutergüssen. Jemand hatte sie, bevor er sie erwürgte, brutal zusammengeschlagen.

Die Erkenntnis, dass vor ihm gequält und kalt seine Samstagsfreundin lag, traf ihn wie ein Faustschlag in den Unterleib. Ihm wurde heiß, er bekam kaum noch Luft, sein Körper füllte sich mit erstickender Übelkeit.

»Entschuldigen Sie mich einen Moment.« Er presste die Worte mühsam zwischen seinen Zähnen hervor und hastete aus dem Saal.

Auf der Toilette verriegelte er die Tür hinter sich, stand keuchend vor dem Waschbecken. Sein Spiegelbild war verschwommen, er blinzelte mit den Augen, merkte, dass ihm Tränen die Wangen herabliefen. Mit eiskaltem Wasser wusch er sich das Gesicht und bemühte sich, die ihn überwältigende Traurigkeit niederzukämpfen. Im Leichensaal wartete Moreno. Er durfte sich jetzt keine Schwäche leisten. Er musste klar denken und pragmatisch handeln.

Johann zwang sich zu einer rationalen Analyse der Situation. Was war passiert? Ein Mann hatte Veronica ermordet. Eine Frau als Täterin konnte er bei dieser massiven Gewalt ausschließen.

War Toni der Täter? Der Mann, den Veronica unter dem Namen Marco kannte? Der ihn möglicherweise vor ein paar

Tagen ins Öl gestoßen hatte? Vielleicht war er ihm auch zu Veronicas Adresse gefolgt. Hatte er in der Wohnung das Foto gefunden, das ihn mit Franca und Enza zeigte, und hatte sie daraufhin gefoltert, um herauszubekommen, was sie wusste? Was war zu tun? Es gab keinen Ausweg. Er musste sich zusammenreißen und Veronicas Leiche sezieren. In ein paar Minuten würde er den Leib aufschneiden, dem er am Samstag noch so nahe gewesen war. Alles andere hätte Verdacht erregt. Wenn der Täter Veronica vergewaltigt hatte, würde er wahrscheinlich dessen DNA finden. Er war froh, dass er selbst Kondome benutzte, sonst hätte er womöglich noch Reste seines eigenen Spermas analysiert. Obwohl er sich keine Illusionen machte. Wenn die Kripoleute einigermaßen sorgfältig gewesen waren, hatten sie auch so schon genügend Spuren von ihm gefunden: Haare, Hautschuppen, wahrscheinlich auch Fingerabdrücke.

Was wusste Moreno? Das war für ihn die große Unbekannte. Hatte der Commissario das Foto gefunden? Hatten Nachbarn ihn, Johann, womöglich als Stammkunden beschrieben? War der Verkehr mit Prostituierten in Italien illegal?

All diese Fragen durfte er nicht aussprechen. Er musste sich verhalten, als wäre die Frau, mit der er jedes Wochenende eine intensive Nacht verbracht hatte, eine Routineleiche, die ihn vollkommen kaltließ.

Er atmete tief durch, spülte sich den Mund und ging zurück in den Saal.

Moreno empfing ihn wie üblich mit einem hämischen Spruch. »Dottore, Sie sind doch sonst nicht so empfindlich.« Er hatte sich mittlerweile einen Kittel angezogen und wollte wohl bei der Leichenöffnung zuschauen. Ihm gegenüber legte Guido gerade die Instrumente zurecht.

»Machen Sie sich keine Sorgen um mich, Commissario«, sagte Johann betont beiläufig und ging gleich in die Offensive: »Was verschafft mir die Ehre Ihrer Anwesenheit? Sie interessieren sich doch sonst nicht für meine Arbeit.«

»Ich wollte schon immer mal wissen, wie Neger von innen aussehen«, konterte Moreno kalt.

Nur mit Mühe gelang es Johann, den üblen Satz zu ignorieren. Er hatte sich oft gefragt, ob der Mann tatsächlich Rassist war oder ob er mit seinen Sprüchen nur provozieren wollte. Seitdem er Enzas Geschichte gehört hatte, war ihm klar geworden, dass Commissario Bruno Moreno eine Art kontrollierter Soziopath war, ein Sadist, der sich an der Macht seiner Position aufgeilte.

Er griff nach seinem Aufnahmegerät, vermied es, Veronica ins Gesicht zu schauen, und zwang sich zu einem derben Gerichtsmedizinerspruch.

»Na, dann wollen wir mal anfangen. Bitte nichts anfassen, und wenn Sie kotzen müssen, bitte nicht auf die Leiche.«

Während er den geschundenen Körper untersuchte, während er jedes einzelne Hämatom begutachtete und vermaß, während er mechanisch seine Befunde ins Diktafon sprach, überwältigte ihn die Trauer aufs Neue. Der Gedanke, dass er diesen Menschen gar nicht gekannt hatte, quälte ihn. Ihr Name war nicht Veronica, sondern Zoulaya. Sie stammte nicht aus Nigeria, sie kam aus dem Senegal. Sie hatte ihn auch in Bezug auf die Wohnung angelogen. Es war nicht ihre eigene, sondern ein Bordell-Apartment, das irgendein Zuhälter für mehrere Prostituierte gemietet hatte. Johann kam sich vor wie der letzte Depp.

Moreno riss ihn aus seinen düsteren Gedanken. »Für 'ne schwarze Nutte war sie ziemlich hübsch. Ihre Kunden müssen Spaß mit ihr gehabt haben. Glauben Sie nicht auch?«

Johann ging nicht darauf ein. Er versuchte, sich ganz auf die Arbeit zu konzentrieren. Doch einen Augenblick später wurde er hellhörig, ihm wurde wieder heiß. War das eine Anspielung gewesen? Wollte Moreno ihn provozieren, weil er bereits wusste, dass Johann das Opfer gekannt hatte? War das vielleicht der Grund, warum der Commissario zum ersten Mal überhaupt einer Leichenöffnung beiwohnte?

Während er behutsam die Drahtschlinge löste, die sich tief in Veronicas Hals gegraben hatte, beschloss er, vorsichtig Fragen zu stellen.

»Glauben Sie wirklich, es war ein Freier? Gibt es Indizien in der Richtung?«

Moreno blaffte eine nichtssagende Antwort. »Es war bestimmt nicht ihr Zuhälter. Mit der Braut hat er garantiert viel Kohle gemacht.«

Die Schlinge bestand aus einem etwa zwei Millimeter dicken Drahtseil mit einer äußeren Hülle aus durchsichtigem Plastik. An mehreren Stellen machte Johann DNA-Abstriche und reichte die Proben zur Beschriftung weiter an Guido.

»Und wie sah es in der Wohnung aus?«, fragte er. »Haben Sie etwas Besonderes gefunden?«

Spätestens jetzt würde Moreno das Foto erwähnen müssen, sofern es noch dort gelegen hatte.

»Das Übliche. Ein Bett, viele Papiertücher, sonst erstaunlich ordentlich. Sie lag auf dem Rücken. Sie können sich die Aufnahmen, die der Kriminaltechniker gemacht hat, ja später anschauen. Die andere Nutte kam zur Ablösung. Sie hat uns ein paar Stammkunden beschrieben. Meine Männer sind dabei, das zu überprüfen.«

Kein Foto also. Oder vielleicht doch? Spielte Moreno ein Spiel mit ihm? Wusste er längst von seinen Samstagsbesuchen bei Veronica und hatte in diesem Moment seinen Spaß daran, ihn zu quälen? Oder war das Foto tatsächlich verschwunden?

Er war fast fertig mit der äußeren Leichenschau. Jetzt noch den Kopf untersuchen, danach kam die Öffnung des Körpers. Mühsam versuchte er, Veronicas Gesicht nicht als Ganzes zu betrachten, sondern sich auf Details zu konzentrieren. Die Nase blutig und nach Tastbefund einmal gebrochen. Die Lippen mehrfach aufgeplatzt und unförmig geschwollen. Die Zähne vollständig trotz der heftigen Gewalteinwirkung.

»Keine Zahnlücke«, diktierte er auf Band. Und fragte sich insgeheim, ob er etwas anderes erwartet hatte.

»Sie mit Ihrer Zahnlücke«, kommentierte Moreno spitz. »Sie glauben doch nicht etwa, dass der Mord an dieser Negerin etwas mit unserer Piranha-Leiche zu tun hat.«

In Johanns Kopf sprang ein Schalter um, er konnte sich nicht mehr beherrschen. »Vielleicht ist es Ihnen entgangen, dass man Menschen mit dunkler Hautfarbe heutzutage als Schwarze bezeichnet.«

»Oder noch bescheuerter: als Afroitalianer«, antwortete Moreno mit beißendem Spott. »Aber schauen Sie doch mal genau hin. Sie ist gar nicht schwarz. Sie ist eindeutig dunkelbraun. Soll ich sie deshalb ›Braune‹ nennen? Diese Farbe ist ja leider auch negativ besetzt.«

Johann ärgerte sich über sich selbst. Moreno war ein Rassist, der es genoss, wenn man auf seine Provokationen reagierte. Er zwang sich zur Ruhe, beendete die Untersuchung des Kopfes und griff zum großen Messer, um den Y-Schnitt anzusetzen. Es gelang ihm, alle störenden Gedanken aus seinem Hirn zu verbannen.

In dem Moment, als er die äußere Hülle durchschnitt, begann er zu vergessen, wer hier vor ihm lag. Da waren nur noch Haut, Muskeln, Sehnen, Blutgefäße. Der Mensch von innen. Er nahm die Rippenschere und öffnete den Brustkorb. Beim zweiten Knacksen registrierte er im Augenwinkel, wie Moreno hastig und kommentarlos den Raum verließ.

»Er war schon ganz grün im Gesicht«, sagte Guido, der bis dahin stumm assistiert hatte. »Er ist nicht nur ein Widerling, sondern auch noch ein Weichei.«

»Sie wissen gar nicht, wie sehr Sie recht haben«, antwortete Johann.

Insgeheim fragte er sich, warum ein Mann, der gefoltert hatte, es nicht mit ansehen konnte, wenn der Körper eines Menschen geöffnet wurde. Egal, er konnte endlich in Ruhe arbeiten.

In der Luftröhre des Opfers fand er feinblasigen blutigen Schaum. Die Bestätigung dafür, dass das Opfer noch lebte, als der Mörder das Drahtseil zugezogen hatte.

»Todesursache: Ersticken durch Strangulation«, diktierte er in sein Aufnahmegerät. Die massiven Blutungen, die er im Genitalbereich entdeckte, bestätigten seinen Verdacht.

»Was denken Sie, was passiert ist?«, fragte er Guido, der heute erstaunlich tapfer durchgehalten hatte.

»Er hat sie mit seinen Fäusten zusammengeschlagen, bis sie sich, halb ohnmächtig, nicht mehr rühren konnte«, sagte Guido mit tiefer Verachtung in der Stimme. »Dann hat er die Schlinge um ihren Hals gelegt und langsam zugezogen. Während sie keine Luft mehr bekam, hat er sie brutal vergewaltigt. Ihr Todeskampf hat ihn erregt, ganz schön krank.«

»Ja, so sehe ich das auch. Ich bin gespannt, was die Abstriche aus der Vagina ergeben. So, wie der Kerl durchgedreht ist, nehme ich nicht an, dass er sich vorher noch wohlüberlegt ein Kondom übergezogen hat.«

Eine halbe Stunde später waren sie fertig. Guido legte die zuvor entnommenen Organe zurück in den Körper und begann, die Leiche zuzunähen.

Johann suchte auf dem Gang nach Moreno, doch der Commissario war verschwunden.

Seltsam, dachte Johann. Erst überrascht er mich mit seiner Anwesenheit, wartet aber nicht einmal das Ergebnis der Sektion ab. Wieder überfiel ihn ein Anflug von Panik. Was hatte Moreno bloß vor?

Er ging zurück in den Saal und war erleichtert, dass Guido die Leiche bereits in ein Kühlfach geschoben hatte. Er war damit beschäftigt, die Instrumente im Desinfektionsbad zu sterilisieren. Sie standen allein im Raum.

Johann nahm all seinen Mut zusammen. »Guido, ich muss Ihnen etwas erzählen. Die Frau, die wir eben seziert haben. Ich kenne sie. Oder besser: Ich kannte sie.«

Die Überraschung im Blick seines Assistenten bremste ihn zunächst aus. Aber er zwang sich weiterzusprechen.

»Ich kannte sie sogar gut. Und ich war erst am Samstag in ihrer Wohnung.«

Guido brauchte eine Weile, um seine Worte zu verdauen. Zögernd fragte er: »Sie waren, äh ... befreundet?«

»Ja, so bescheuert das klingt. Ich war natürlich ihr Kunde, aber wir waren auch befreundet. Und ich glaube, dass Toni sie getötet hat.«

Er berichtete Guido kurz und knapp, was Veronica ihm über die Perversitäten ihres Freiers erzählt hatte. Außerdem die Geschichte mit dem Foto, das er bei Veronica vergessen hatte und das jetzt verschwunden schien.

»Und Sie glauben, dass sich Toni auf dem Foto selbst erkannt und sie deshalb ermordet hat?« Guido schien nicht überzeugt.

»Wer sonst hätte ein Interesse daran gehabt, das Bild mitzunehmen. Aber das ist natürlich nur eine Theorie. Wir müssen abwarten, was die Abstriche im Labor ergeben.«

Guidos Augen weiteten sich. Beim Stichwort Labor hatte er das komplette Ausmaß des Schlamassels begriffen, in dem sich sein Chef verstrickt hatte. »Wenn Sie in der Wohnung waren, haben Sie doch sicherlich ...«

Johann beendete den Satz für ihn: »... jede Menge Spuren hinterlassen.«

Eine intensive Stille breitete sich aus, beide Männer dachten fieberhaft nach. Johann machte sich zwar wenig Sorgen um seine Fingerabdrücke. Die waren nirgendwo registriert. Doch ihm war klar: Sobald der Sequenzierautomat seinen genetischen Fingerabdruck entzifferte, würde es laut und deutlich »ping« machen. Seine DNA war, wie die aller Leute im Institut, abgespeichert. Das war in jedem DNA-Labor Routine. Nur so konnte man sicherstellen, dass es sofort auffiel, wenn Proben von Mitarbeitern verunreinigt wurden.

Spätestens morgen oder übermorgen würde sein eigenes Labor also herausfinden, dass er sich in der Wohnung der ermordeten Prostituierten aufgehalten hatte.

※ ※ ※

Enzas Handy klingelte. Sie sah auf das Display und verzog das Gesicht. Der Name »Carlo Grasso« blinkte auf. Tonis Kollege, der Delfintrainer, der ihr im Aquarium geholfen hatte. Wahrscheinlich wollte er seine Flirtversuche fortsetzen. Dafür hatte sie gerade keine Zeit. Sie stellte auf lautlos und wendete sich wieder Johann zu.

»Okay, was willst du mir erzählen?«

Er hatte sie zu Hause angerufen und mit aufgeregter Stimme um ein Treffen gebeten.

»Du liegst richtig mit Moreno«, hatte er gesagt. »Aber es geht um etwas anderes. Wir haben hier eine Leiche, eine Frau. Ich muss dir dringend etwas sagen.«

Sie hatte nicht weiter gefragt und war gekommen. Jetzt saßen sie einander gegenüber auf der Terrasse vor dem Café »Klainguti«, mitten in der Altstadt. Alle Tische um sie herum waren besetzt, die Piazza Soziglia vibrierte im wuseligen Nachmittagsleben von Genua. Elegant gekleidete ältere Frauen, die ihre Schoßhündchen mit den Brioches aus der Pasticceria fütterten. Junge Mädchen in High Heels und Push-ups, die aufgeregt kichernd mit ihren Smartphones herumspielten. Handwerker mit staubigen Gesichtern, die wenig sprachen und müde an ihrem Bier nippten.

Johann wippte nervös in seinem Stuhl auf und ab. Er goss seinen Espresso in einem Zug hinunter und antwortete schließlich: »Eine Frau ist gestern ermordet worden. Eine Prostituierte aus der Altstadt. Jemand hat sie gequält und erdrosselt. Ich glaube, es war Toni.«

Enza war unwillkürlich zusammengezuckt. Sie spürte, dass sie tief im Inneren immer noch nicht akzeptiert hatte, dass Toni ein Mörder war.

»Du sagst, du glaubst, es war Toni? Habt ihr denn Beweise?«

»Es gibt eine Zeugin, eine andere Prostituierte. Sie hat Toni auf einem Foto erkannt. Sie hat auch erzählt, dass er eine Art Stammkunde war, der sich Marco nannte, und dass es ihn erregte, die Frauen zu misshandeln. Nach Auswertung der DNA werden wir hoffentlich mehr wissen.«

Nachdenklich musterte Enza den Mann, der ihr gegenübersaß. Ein rätselhafter Mensch, der noch vor wenigen Stunden souverän den Körper einer Frau aufgeschnitten und geheimnisvolle DNA-Spuren gesichert hatte. Der jetzt aber merkwürdig unruhig, fast schon aufgeregt zu ihr sprach. Sie empfand große Zärtlichkeit für ihn und griff nach seiner Hand.

»Weißt du was? Wir brauchen eine Auszeit von diesem ganzen Horror. Den Rest dieses Tages vergessen wir alle Leichen und alle Mörder und konzentrieren uns nur auf uns. Was hältst du davon?«

Johann wollte etwas antworten, doch das Geräusch einer eingegangenen Nachricht auf ihrem Handy kam dazwischen. Sie blickte auf das Display.

»Das ist der Delfintrainer. Er hat wahrscheinlich eine Liebesbotschaft draufgesprochen. Warte, ich höre das mal kurz ab.«

Genervt wählte Enza die Nummer ihrer Mailbox. Doch schon nach den ersten Worten wurde sie hellhörig. Carlo Grassos Worte waren alles andere als ein weiterer Flirtversuch. Um sicherzugehen, dass sie alles richtig verstanden hatte, hörte sie die Nachricht ein zweites Mal ab und erzählte es Johann.

»Er sagt, ihm sei etwas aufgefallen. Er hat sich das Bild von der Überwachungskamera noch einmal genau angesehen. Und dabei hat er auf Tonis Arm eine Tätowierung entdeckt, die ihm fremd vorkam. Er ist sich absolut sicher, dass Toni dieses Tattoo noch nicht hatte, als sie das letzte Mal zusammengearbeitet haben.«

Johann schaute sie an, als wäre er mit seinen Gedanken woanders. Erst nach einer Weile fokussierte sich sein Blick.

»Du hast die Bilder im Aquarium doch gesehen?«, fragte er. »Hast du das Tattoo bemerkt?«

»Nein, aber ich habe auch hauptsächlich auf sein Gesicht geachtet.«

Johann schien weiterhin über irgendetwas nachzugrübeln.
Enza stand kurzerhand auf, beugte sich über den Tisch und
küsste ihn sanft auf den Mund.
»Schluss jetzt! Damit können wir uns morgen beschäftigen.
Ich will dir etwas zeigen.« Sie zog ihn mit beiden Händen hoch, dabei stieß er aus Versehen gegen den Stuhl eines Mannes, der mit dem Rücken zu
ihnen am Nebentisch saß. Johann entschuldigte sich, doch der
Mann hatte sich im Schatten seines Basecaps in die »Gazzetta
dello Sport« vertieft. Er zeigte keine Reaktion.

***

Der Mann zahlte sein Bier und machte sich auf den Weg. Er
war zufrieden. Es war eine gute Idee gewesen, sich heute wieder an die Fersen der Blonden zu heften. Lange hatte er auf
dem Platz vor ihrem Haus gewartet und die Kinder bei ihren
albernen Spielen beobachtet. Hinter einem Fußball herzulaufen und dagegenzutreten, das hatte ihnen die Nonna nie
erlaubt. Alles musste einen Sinn haben. Schmerzen erdulden,
stark werden, das Ziel verfolgen.
Endlich war sie aus dem Haus gekommen. Diesmal hatte er
sich vorbereitet. Mit seiner Kappe und der riesigen Sonnenbrille konnte sie ihn nicht erkennen. Er war ihr gefolgt und
hatte geduldig auf seine Chance gewartet. Doch sie ging mit
raschen Schritten direkt zur Piazza Soziglia. Immer waren
andere Menschen in Sichtweite. Und dann kam der Gerichtsmediziner.
Er ärgerte sich nicht. Er fragte sich nur, wie der Typ das
Ölbad überlebt hatte. Wahrscheinlich hätte er den Deckel
schließen sollen. Aber der Angler, der auf einmal mit seinem
Kahn auf dem Wasser aufgetaucht war, hatte ihn gestört. Egal,
jetzt stand der Gerichtsmediziner eben wieder auf seiner Liste.
Er ging langsam, er hatte Zeit. Er dachte an gestern. Nachdem er die Schlinge zugezogen hatte, war alles sehr schnell

vorbei gewesen. Das Prickeln, die Raserei, der Rausch. Stattdessen absolute Leere. Und die traurige Erkenntnis, dass es mit der schwarzen Hure kein nächstes Mal geben würde.

Sie war immer besonders gut für ihn gewesen. Sie hatte so viel Kraft gehabt. Und hatte so viel ertragen können. Aber ihm war nichts anderes übrig geblieben.

Er tastete nach dem Foto in seiner Brusttasche. Wie war das Bild bloß auf ihren Tisch gekommen? Was hatte sie mit der Schlampe und ihrer blonden Freundin zu tun? Er wusste es immer noch nicht. Sie hatte das Geheimnis bis zum Schluss für sich behalten.

Vielleicht konnte er die blonde Zicke zum Sprechen bringen. Wenn er sie endlich in seiner Gewalt hatte.

Bei diesem Gedanken spürte er sie wieder, die prickelnde Vorfreude. Er wollte jeden Augenblick davon festhalten und genießen.

Er fühlte nach dem Schlüssel in seiner Hosentasche. Die nächste Aufgabe wartete auf ihn.

**

Sie liefen bis zur Sopraelevata, der hässlichen Hochstraße, die Altstadt und Hafen voneinander trennte. Dort nahmen sie ein Taxi.

»Boccadasse«, sagte Enza zum Fahrer. Und zu Johann: »Das wird dir gefallen.«

Johann erinnerte sich daran, dass er von diesem besonderen Ort bereits gehört hatte. Ein Fischerdorf, in dem die Zeit stehen geblieben zu sein scheint, so lautete die Beschreibung eines Kollegen. Und genau so wirkte Boccadasse dann auch auf ihn.

Sie waren kaum zehn Minuten gefahren, schon stiegen sie aus, verließen die laute Hauptstraße mit ihrer endlosen Blechkolonne und tauchten ein in eine andere, fast unwirkliche Welt. Ein winziger Kieselstrand, umgeben von verschachtelten Häusern in warmen Pastelltönen, die sich übereinandergetürmt an einen Bergrücken schmiegten. Auf den Kies gezogen ein schrabbeliges Holzboot, in dem ein Fischer mit tätowiertem Oberkörper seinen Fang verkaufte. Drum herum ein Hauch von »*dolce far niente*«: ein junges Pärchen, kuschelnd und verliebt mit den nackten Füßen im klaren blauen Wasser. Dahinter ein paar Rentner, die mit hochgekrempelten Hosenbeinen auf Plastikstühlen saßen und in Zeitungen blätterten.

Sie aßen in der »Trattoria Dindi«, erst leicht frittierte Sardellen, danach *spaghetti allo scoglio*, was so viel hieß wie »von der Felsenklippe«. Das Essen war frisch und lecker, die Nudeln al dente, Venusmuscheln, Scampi und Langusten nur leicht von einer wunderbar würzigen Tomaten-Weißwein-Soße benetzt.

Ihr Tisch stand draußen in der Abendsonne, sie blickten auf das glitzernde Meer.

Johann versuchte verzweifelt abzuschalten. Er sah in Enzas fröhliches Gesicht und hörte ihre weiche Stimme. Doch die Gedanken, die in seinem Kopf rumorten, ließen sich nicht so leicht unterdrücken.

Er hatte Enza nicht belügen wollen. Eigentlich. Jedenfalls war er mit der festen Absicht zum Treffen gegangen, ihr von seiner Beziehung zu Veronica zu erzählen. Doch als er schließlich sprach, war die Geschichte mit der erfundenen Zeugin wie von selbst aus seinem Mund gekommen. Und während sie jetzt zärtlich seine Hand streichelte, bohrte in ihm das schlechte Gewissen.

Er dachte an die Tätowierung, die der Delfintrainer bei seinem Anruf erwähnt hatte. Was Enza nicht ahnte: Er wusste bereits, wie sie aussah. Veronica hatte sie ihm bei seinem letzten Besuch beschrieben, eine Art langer Galgen, an dem Leichen hingen. Aber auch darüber konnte er nicht mit Enza sprechen. Seine Lüge hatte ihn in eine Sackgasse manövriert.

Hinterher konnte er sich nicht mehr erinnern, wie es passiert war. Irgendwann hatte er sich mitreißen lassen von ihrer Energie. Sie tranken einen herben Pigato und rückten näher aneinander. Sie fragte ihn nach seinem Leben, und er erzählte von seiner Zeit in Berlin. Sie flirtete übertrieben mit dem Kellner, und er lachte darüber. Eine ungewohnte Leichtigkeit verdrängte alle schweren Gedanken. Ein erotisches Flimmern erfüllte die Situation.

Im Taxi küssten sie sich. Diesmal empfand er keine Angst. Vor ihrer schön geschnitzten Wohnungstür überfiel ihn ein letzter Anflug von Sachlichkeit.

»Ich habe mich schon am ersten Tag gefragt, wie du dir diese Adresse leisten kannst. Ich weiß nicht einmal, wovon du lebst.«

Enza küsste ihn auf die Nase und schloss die Tür auf. »Als meine Mutter starb, habe ich die ganze Etage geerbt. Das andere Apartment habe ich an eine deutsche Familie vermietet. Außerdem betreibe ich einen Modeblog und schreibe ab und zu Artikel für Magazine.«

Mit einem lauten Klacken kickte sie ihre hochhackigen Schuhe in eine Ecke, war plötzlich zehn Zentimeter kleiner als Johann und schmiegte sich an ihn.

»Gibt es noch etwas, das Sie wissen möchten, bevor ich Sie verführe, Herr Doktor?«

Er sagte nichts, schloss mit dem Fuß die Tür und legte seine Arme um Enza. Er fühlte sich leicht und frei.

Sie liebten sich, erst vorsichtig und zärtlich, dann voller Leidenschaft, am Ende eng umschlungen. Danach schlief er fest und traumlos.

4

Dienstag

Das Klingeln eines Telefons riss sie unbarmherzig zurück in die Realität. Spontan begann Johann, nach seinem Handy zu suchen. Doch Enza merkte schnell, dass es ihr Smartphone war, das nicht aufhören wollte zu klingeln. Sie fand es schließlich unter einem Kleiderhaufen und meldete sich.

»*Si, pronto.*«

»*Buongiorno, signora.* Wer spricht dort bitte?«, fragte eine ihr unbekannte männliche Stimme.

Enza ärgerte sich. Es war sieben Uhr morgens, und der Mann hatte sich nicht einmal vorgestellt.

»Wer sind Sie denn bitte? Und warum rufen Sie mich in aller Herrgottsfrühe an?«

»Entschuldigen Sie, mein Name ist Alessandro Galassi. Ich bin Inspektor bei der Kriminalpolizei. Kennen Sie einen Mann namens Carlo Grasso?«

Enza fuhr es eiskalt den Rücken hinunter. »Ja, ich kenne ihn. Er arbeitet als Delfintrainer im Aquarium. Warum fragen Sie?«

»Er ist tot. Ich bin im Aquarium. Und ich rufe Sie an, weil Ihre Nummer die letzte ist, die von seinem Handy aus angerufen wurde. Also mit wem spreche ich bitte?«

Enza stockte der Atem. Ein paar Sekunden lang rang sie um Worte, bevor sie antwortete. »Mein Name ist Enza Marconi. Es stimmt, Carlo hat mich gestern angerufen. Ich bin nicht drangegangen. Deshalb hat er eine Nachricht auf meiner Mailbox hinterlassen. Aber was ist denn passiert?«

»Das darf ich Ihnen nicht sagen, bitte haben Sie Verständnis dafür. Können Sie mir sagen, warum Carlo Grasso Sie angerufen hat?«

Enza zögerte. Inspektor Galassi klang freundlich. Aber letzten Endes war Moreno sein Vorgesetzter.

»Er wollte sich wieder einmal mit mir verabreden. Wir haben uns vor ein paar Wochen in einer Kneipe kennengelernt. Seitdem ruft er mich regelmäßig an, obwohl ich entweder ablehne oder gar nicht ans Telefon gehe.«

Galassi wirkte nicht überzeugt. »Können Sie zur Questura kommen und uns die Nachricht von Ihrer Mailbox vorspielen?«

»Tut mir leid, aber so etwas lösche ich immer sofort.«

Galassi war kurz still, wahrscheinlich schrieb er etwas auf. Daraufhin sagte er: »Gut, das reicht für den Moment. Es kann sein, dass sich noch einmal jemand bei Ihnen meldet. Vielleicht brauchen wir Ihre Aussage in der Questura.«

Enza beendete das Gespräch und wandte sich Johann zu, der dem Telefonat mit wachsendem Interesse gelauscht hatte.

»Der Delfintrainer ist tot.«

Johann reagierte erstaunlich sachlich. »Hat ihn jemand umgebracht?«

»Keine Ahnung, der Polizist wollte mir nichts sagen.«

Sie beschrieb ihm kurz und knapp, wie das Telefongespräch abgelaufen war. Johann hörte aufmerksam zu.

»Vielleicht hätten wir ihn gestern doch zurückrufen sollen«, sagte er leise.

Sie hatten es nicht getan. Jetzt standen sie einander gegenüber, nackt und still, beinahe schuldbewusst. Sie sahen sich in die Augen, und Enza wusste, dass er sich genauso wie sie an die vergangene Nacht erinnerte. Wie sehr hatte sie jede Sekunde davon genossen. Sie spürte, dass sie sich endgültig in diesen tollen, komplizierten Mann verliebt hatte. Aber was ging in seinem Kopf vor? Stellte er alles in Frage? Kamen seine Ängste wieder hoch?

Ein Lächeln ging über sein Gesicht. Er umarmte sie und gab ihr einen sanften Kuss.

»Guten Morgen, meine Schöne. Es war eine herrliche

Nacht. Und weißt du was: Wir fahren ins Aquarium und recherchieren weiter.«

***

Das schiffsförmige Gebäude lag wie ein Riesentanker friedlich in der Morgensonne und wartete auf den täglichen Besucheransturm. Nichts deutete darauf hin, dass hier erneut ein Mensch gestorben war. Weder Polizei noch Rettungswagen waren vor dem Gebäude zu sehen.

Johann klingelte am Personaleingang und fragte nach dem Direktor. Der Aquariumschef, ein freundlicher kleiner Mann mit Glatze, erkannte ihn sofort wieder. Am Tag, als Francas Leiche im Piranha-Becken gefunden worden war, hatten sie eine Weile miteinander gesprochen.

»Dottore, was kann ich für Sie tun?«

Johann überlegte kurz, wie er vorgehen sollte. Er konnte dem Direktor ja schlecht auf die Nase binden, dass er ohne Wissen der Polizei private Ermittlungen führte. Kurz entschlossen verließ er sich auf seine Improvisationsfähigkeiten.

»Wir haben gehört, dass Ihr Delfintrainer tot ist.«

Zu seiner Überraschung stellte der Direktor keine Fragen, sondern begann sofort zu erzählen.

»Ja, er ist eben erst abtransportiert worden. Stellen Sie sich vor, es war wieder Alberto, der Piranha-Pfleger, der die Leiche gefunden hat. Der arme Kerl, aber er ist halt immer als Erster im Haus. Er wollte nach seinen Piranhas schauen, kam am Delfinbecken vorbei und sah sofort, dass etwas nicht stimmte. Die beiden Tiere trieben Carlos leblosen Körper mit ihren Nasen vor sich durchs Wasser. Der Notarzt kam schon zehn Minuten später. Aber er konnte nichts mehr machen. Er hat die Leiche untersucht und festgestellt, dass er ertrunken ist. Vielleicht wollte Carlo mit den Delfinen nach Feierabend etwas Neues einüben. Vielleicht hat ihn eines der Tiere unter Wasser gedrückt. Es ist auf jeden Fall eine schreckliche Tragödie.«

»War denn auch die Polizei hier?«

»Ja, ein Inspektor von der Kripo. Er hat sich das Becken angesehen und ein paar Mitarbeiter befragt. Aber nachdem der Notarzt sagte, dass es sich um einen Unglücksfall handelt, ist er wieder gegangen.«

Johann schüttelte den Kopf. So wie der Direktor den Sachverhalt beschrieb, hätte die Polizei zwingend einen Gerichtsmediziner hinzuziehen müssen. Sich bei einem derart unklaren Todesfall auf das Urteil eines Notarztes zu verlassen, grenzte an einen Skandal. Er würde später dafür sorgen, dass die Leiche des Delfintrainers zur Untersuchung in sein Institut gebracht wurde, ohne dass die Polizei davon erfuhr.

Der Direktor schien seine Gedanken gelesen zu haben. »Aber warum sind Sie eigentlich hier, Dottore? War das Ganze vielleicht doch kein Unfall?«

Johann versuchte, Zeit zu gewinnen. Ihm kam eine Idee. »Darf ich Ihnen erst einmal meine Kollegin vorstellen: Commissaria Enza Marconi. Sie arbeitet bei der Mordkommission Hand in Hand mit Commissario Moreno.«

Enza lächelte gequält, aber der Direktor schien auf den Bluff hereinzufallen. Interessiert musterte er die frisch gekürte Kriminalkommissarin in ihrem sommerlichen Outfit. Ihr kurzer Jeansrock und die schulterfreie Bluse gingen nicht gerade als Businesskostüm durch. Doch dem Aquariumschef gefiel die junge, attraktive Polizistin sichtlich gut. Breit lächelnd schüttelte er ihr die Hand.

»Und was unser Kommen betrifft«, fuhr Johann fort. »Es gibt neue Verdachtsmomente, über die wir noch nicht sprechen dürfen. Wir können jedenfalls nicht ausschließen, dass die beiden Todesfälle irgendwie zusammenhängen, und würden deshalb gern noch einmal die Bilder der Videoüberwachung studieren.«

»Sie meinen die Bilder von vor zwei Wochen?«, fragte der Direktor überrascht. »Die haben Sie doch als Fotos längst in der Questura.«

Damit hatte Johann nicht gerechnet. Der Direktor hatte

natürlich recht, die Bilder waren als Videoprints ins Polizei-
präsidium geliefert worden. Allerdings hatte er selbst sie nie
gesehen. Fieberhaft suchte er nach einer Ausrede.

Enza kam ihm zu Hilfe. »Ja, das stimmt. Aber ich muss
Ihnen etwas gestehen. Der Stapel mit den Fotos lag auf einem
Schreibtisch dicht am Fenster. Gestern hatte eine Kollegin
einen allergischen Anfall mit großer Atemnot. Sie öffnete
also das Fenster, um frische Luft zu schnappen.« Sie zauberte
ein naives Lächeln in ihr Gesicht und zuckte hilflos mit den
Achseln. »Ein Windstoß fegte durch unser Büro. Es liegt im
sechsten Stock der Questura.«

Johann fand, sie übertrieb. Aber ihre Masche funktionierte.
Ab sofort hatte der Direktor nur noch Augen für Enza und
keinen Sinn mehr für irgendwelche Anflüge von Misstrauen.
Er führte sie persönlich zum Videoüberwachungsraum und
ließ den Techniker die richtige Kassette heraussuchen.

Zum ersten Mal sah Johann die Bilder, die ihm Enza schon
beschrieben hatte: Toni von vorn mit Bündel auf der Schulter.
Toni von hinten ohne Bündel. Das zweite Bild musste das sein,
von dem Carlo Grasso bei seinem Anruf gesprochen hatte. Auf
Tonis linkem Oberarm entdeckte Johann einen kleinen Schatten.

»Können Sie das Bild vergrößern?«

Der Techniker gehorchte stumm. Er schien sich nicht darüber zu wundern, dass Enza schon zum zweiten Mal die Über-
wachungsbilder sehen wollte. Beim ersten Mal war sie ihm
noch von Delfintrainer Carlo Grasso als Bekannte vorgestellt
worden, diesmal vom Chef persönlich als Kripobeamtin. Falls
er Verdacht schöpfte, ließ er es sich jedenfalls nicht anmerken.
Er drehte an zwei Knöpfen, und der Schatten auf Tonis Oberarm wurde zu einem blauschwarz verschwommenen Bild.

Johann spürte einen Stich in der Magengegend. Veronica
hatte die Tätowierung gut beschrieben. Eine Art Galgen, an
dem fünf flüchtig hingekritzelte Leichen hingen. Daneben ein
leerer Strick.

Er suchte Enzas Blick, sie sah ihn an und schüttelte unmerklich den Kopf. Er verstand: Auch ihr war dieses Tattoo fremd, obwohl sie mit Toni eng befreundet gewesen war.

»Das war es, was wir gesucht haben«, sagte Johann zum Aquariumsdirektor. »Bitte haben Sie Verständnis, wenn wir Ihnen noch nicht sagen können, was dahintersteckt. Wir bedanken uns jedenfalls für Ihre Zeit und die Mühe.«

Er stand auf und wollte sich verabschieden. Doch Enza überraschte ihn mit einer Idee. Sie blieb sitzen und fragte in einem überaus ernsten Tonfall:

»Dürfen wir bitte auch einen Blick auf die Bilder von heute Nacht werfen? Es könnte ja sein, dass jemand Carlo Grasso beim Ertrinken geholfen hat, wenn Sie verstehen, was ich meine.«

Der Direktor nickte nachdenklich. »Ich habe mich schon ein bisschen darüber gewundert, dass Ihr Kollege heute Morgen nicht nach dem Band gefragt hat«, sagte er zu Enza und gab dem Techniker ein Zeichen. Der legte eine andere Kassette ein und fing an zu spulen. Als die Uhr auf dem Videobild siebzehn Uhr neunundfünfzig anzeigte, riefen Enza und Johann fast gleichzeitig: »Stopp!«

Die Person auf dem Bild trug eine Baseballkappe und eine große Sonnenbrille. Trotzdem waren sie sich einig: Der Mann, der dort gerade das Aquarium betrat, war Toni.

»Wie ist er bloß hereingekommen?«, fragte Johann.

Der Direktor druckste zunächst herum, das Thema schien ihm unangenehm. »Na ja, wahrscheinlich mit seinem Schlüssel.«

»Haben Sie die Schließanlage nach dem ersten Mord nicht auswechseln lassen?« Enzas Überraschung klang echt.

»Haben Sie eine Ahnung, was das kostet?«, fragte der Direktor empört. »Wer hätte denn ahnen können, dass er noch einmal hierher zurückkehrt.«

Johann bat den Techniker weiterzuspulen. Es dauerte nicht lang, bis sie Toni auch von hinten entdeckten. Um achtzehn Uhr siebenunddreißig hatte er das Aquarium verlassen. Er trug wieder nur ein T-Shirt, sodass die Tätowierung am Oberarm sichtbar war. Der Techniker zoomte diesmal ungefragt auf das unheimliche Bild.

»Ach du Scheiße!«

Enza war die Erste, die es bemerkt hatte. Es gab keinen leeren Strick mehr. An Tonis eintätowiertem Galgen hingen jetzt nicht mehr fünf, sondern sechs Leichen.

✻✻✻

Sie trafen sich zu dritt in Enzas Wohnung, heimlich wie Verschwörer. Guido und Enza musterten sich mit neugierigen Blicken, schienen Gefallen aneinander zu finden und küssten sich zur Begrüßung auf beide Wangen. Johann hatte Guido angerufen und ihn gebeten zu kommen, ohne jemandem Bescheid zu sagen. Das Büro im Institut war zu unsicher geworden.

Er gab Guido einen kurzen Bericht, was sie am Morgen im Aquarium erlebt hatten. Enza zeigte ihm die beiden Bilder des Tattoos, die sie mit ihrem Handy abfotografiert hatte.

Guido kniff seine Augen zusammen und sprach seine Gedanken laut aus: »An dem Tag, an dem er Franca ermordet, hängen noch fünf Leichen am Galgen. Knapp zwei Wochen später sind es sechs. Sieht ganz so aus, als hätte er sich Franca eintätowieren lassen, nachdem er sie den Fischen zum Fraß vorgeworfen hat.«

»Aber wer sind die anderen fünf Leichen?«, fragte Johann.

»Und warum hat er auch noch den Delfintrainer umgebracht?«, ergänzte Enza. »An seinem Galgen ist doch gar kein Strick mehr frei.«

»Mich würde interessieren, wie die Prostituierte da hineinpasst.« Guido öffnete den Reißverschluss seiner Umhängetasche und zog einen Stapel bedruckter Seiten heraus. »Ich war nämlich heute Morgen schon im Institut und habe die ersten Ergebnisse der DNA-Untersuchungen gesichtet. In der Vagina der Frau«, er stutzte kurz und warf einen unsicheren Seitenblick auf Enza, »also, in ihrem Körper fand sich Sperma, das eindeutig von Toni stammt. Die identische DNA hatten wir ja schon in der Leiche von Franca gefunden. Wir können also davon ausgehen, dass er auch Zoulaya Diouf getötet hat.«

Johann durchfuhr ein Schreck. Guido wusste Bescheid über seine Beziehung zu Veronica. Er konnte nur hoffen, dass er genügend Gespür für die Situation entwickeln und sich nicht verquatschen würde. Er wandte sich schnell an Enza.

»Es geht um die Prostituierte, die vorgestern ermordet wurde. Die Zeugin, von der ich dir erzählt habe, hat das Tattoo mit dem Galgen übrigens auch erwähnt.«

Enza starrte ihn überrascht an. »Du wusstest, dass Toni diese Tätowierung hat? Warum hast du mir das gestern nicht erzählt, nachdem ich die Nachricht von Carlo Grasso abgehört hatte?«

Johann brach endgültig der Schweiß aus. Verzweifelt suchte er nach einer Ausrede. »Ich habe einfach nicht daran gedacht. Es war ja nur eine vage Beschreibung. Ich wollte …«

Er wusste nicht mehr weiter. Nicht Guido hatte sich verquatscht, sondern er selbst. Dabei hatte er die Zeugin, die es gar nicht gab, doch nur erwähnt, um Guido ein Signal zu geben. Und jetzt saß er in der Patsche.

Als spürte Guido seine Unsicherheit, versuchte er abzulenken. »Was hat der Delfintrainer denn genau gesagt, als er gestern anrief?«

Enza warf ihm einen irritierten Blick zu, ließ sich aber auf die Frage ein. »Er sagte, ihm wäre aufgefallen, dass Toni auf dem Bild der Überwachungskamera eine Tätowierung hatte, die er nicht an ihm kannte. Das kam ihm komisch vor, und deshalb hat er sich gemeldet.«

Johann ließ sich die Gelegenheit nicht entgehen. »Das bedeutet, dass die Tätowierung noch nicht besonders alt sein kann«, sagte er schnell. »Wann hast du Toni zuletzt mit nackten Oberarmen gesehen?«

Enza versuchte sich zu erinnern. »Beim letzten Essen trug er ein langärmeliges Hemd. Davor habe ich ihn eine Zeit lang nicht getroffen. Im August waren wir zu dritt am Strand. Es war ein Sonntag. Warte, ich schau mal nach …« Sie klickte sich durch den Kalender ihres Smartphones.»Hier, es war der 19. August. Wir sind schwimmen gegangen. Und ich bin mir sehr sicher, dass ich dieses Tattoo bemerkt hätte.«

Johann rechnete nach, wie lang dieser Tag zurücklag.»Franca wurde in der Nacht vom 11. auf den 12. September umgebracht. Das bedeutet, in diesen drei Wochen muss etwas passiert sein, das ihn dazu brachte, sich die Tätowierung stechen zu lassen.«

»Was ihn dazu brachte, verrückt zu werden und einen Menschen nach dem anderen zu ermorden«, ergänzte Enza.

»Aber das passt doch alles nicht zusammen«, erwiderte Guido.»Wenn wir die Zeichnung richtig deuten, hat er mindestens sechs Menschen auf dem Gewissen. Plus Prostituierte und Delfintrainer. Und das soll er alles innerhalb von drei Wochen geschafft haben?«

»Möglicherweise hat er schon früher mit dem Morden angefangen, noch ohne Tattoo«, sagte Johann.»Vielleicht hat es etwas mit den Zahnlücken zu tun.«

Er nahm ein Blatt Papier von Enzas Schreibtisch und begann, Namen und Daten aufzuschreiben.

»Ich mache mal eine Übersicht. Es geht los mit Rodolfo Ermia, Francas Großvater. Im Jahre 2010 wurde er im Dorfteich gefunden, angeblich ertrunken, genauso wie jetzt angeblich auch unser Delfintrainer. Aber ihm fehlte der gleiche Schneidezahn wie neun Jahre später seiner Enkelin.«

Er schrieb nun Francas Namen auf den Zettel.

»Meines Erachtens kann das kein Zufall sein.«

»Fehlt dem Delfintrainer denn auch ein Zahn?«, fragte Guido.

»Wahrscheinlich nicht«, antwortete Johann.»Sonst hätte der Notarzt ja wohl Verdacht geschöpft. Aber das werden wir uns später noch genau anschauen. Ich habe vorhin beim Beerdigungsinstitut angerufen und darum gebeten, dass seine Leiche bis fünfzehn Uhr ins Institut überstellt wird.«

Er schrieb zwei weitere Namen auf den Zettel.

»Hier wird es endgültig rätselhaft. Zwei Deutsche: Helmut

Bergmann, achtundachtzig Jahre alt, vor fünf Jahren in einem Berliner See ertrunken, die gleiche Zahnlücke, und Heinz Wohlgemut aus Hamburg, zweiundneunzig Jahre alt, vor knapp einer Woche tot in der Alster.« Er machte eine Pause und schaute Enza und Guido bedeutungsvoll an. »Bei Bergmann ist die Todesursache unklar. Wohlgemut hingegen wurde definitiv ermordet. Jemand hat ihn bewusstlos geschlagen und ertränkt.«

»Und das ist noch nicht alles.« Guido blätterte geräuschvoll in seinen Unterlagen. »Ich habe in den Akten gestern noch zwei neue Fälle gefunden, wieder hier in Italien. Der erste heißt Giuseppe Manzo, vor acht Jahren fand man seine Leiche in der Mündung der Centa. Das ist der Fluss, der in Albenga ins Meer fließt. Die Todesursache ist ungeklärt, er lag schon monatelang im Wasser. Auf jeden Fall fehlte auch ihm der zweite Schneidezahn oben rechts. Außerdem Nino Bergamaschi aus Genua, er starb vor sieben Jahren. Darüber habe ich sogar ein paar Artikel im Netz gefunden. Er war nämlich Parteiführer bei den Neofaschisten. Und sein Tod war so ungewöhnlich, dass darüber viel spekuliert wurde.«

»Also ist er ausnahmsweise nicht ertrunken?« Enza sah ihn neugierig an.

»Nein. Man fand ihn zwar bei sich zu Hause in einer randvollen Badewanne. Aber in seiner Lunge gab es kein Wasser. Er starb an einem Herzstillstand, hervorgerufen durch einen Stromschlag. In der Wanne schwamm ein Föhn, dessen Kabel noch in der Steckdose steckte. Der Gerichtsmediziner hielt es damals für möglich, dass der Schneidezahn beim Sturz auf den Rand der Wanne herausgebrochen sein könnte. Allerdings wurde der fehlende Zahn nie gefunden. Trotzdem wurde sein Tod offiziell als Unfall abgeheftet. Was mich erstaunt, denn ich glaube kaum, dass er sich in der Wanne die Haare föhnen wollte. Er hatte nämlich einen kahl rasierten Kopf. Aber das scheint den Kollegen, die damals ermittelt haben, egal gewesen zu sein.«

Johann hatte mitgeschrieben und betrachtete nachdenklich die sechs untereinanderstehenden Namen. Dann sprach er aus, was alle dachten:»Wir haben sechs Tote mit der gleichen Zahnlücke. Und es hängen sechs Leichen am Galgen auf dem Tattoo.« Enza schüttelte langsam den Kopf.»Das kann nicht sein. Francas Großvater starb vor neun Jahren. Da war Toni gerade mal sechzehn Jahre alt.«

»Wer weiß, wozu Sechzehnjährige in der Lage sind. Aber klar, es ist erst einmal nur eine wilde Theorie.« Johann schrieb, während er sprach, einen siebten und einen achten Namen weiter unten auf den Zettel.»Und sie erklärt auch nicht, warum diese beiden Opfer keine Zahnlücke aufweisen. Veronica hatte definitiv noch alle Zähne. Und der Delfintrainer wahrscheinlich auch.«

»Wer ist Veronica?«, fragte Enza.

Johann hätte sich fast verschluckt, so sehr ärgerte er sich über seinen erneuten Fauxpas. Er warf einen Blick auf den Zettel. Dort standen korrekterweise die Namen Zoulaya Diouf und Carlo Grasso. Ausgesprochen hatte er jedoch den vertrauten Namen seiner Samstagsfreundin. Was war er nur für ein Idiot!

Er bemühte sich, die Fassung zu bewahren und möglichst gelassen zu antworten.»Ich meine natürlich Zoulaya. Veronica war wohl der Name, unter dem ihre Kunden sie kannten.«

Er registrierte Enzas ungläubigen, fast ängstlichen Blick. Aber sie sagte nichts. Dafür nahm Guido hastig den Faden ihrer gemeinsamen Überlegungen wieder auf.

»Vielleicht haben die ersten sechs Morde einen tieferen Sinn, den wir noch nicht entdeckt haben. Und die letzten beiden dienten nur der Vertuschung. Möglicherweise hatte Toni Angst, dass Zoulaya oder Carlo ihn verraten könnten.«

»Warum sollte ihn das kümmern?«, entgegnete Johann, der insgeheim dankbar war, dass Guido nicht auch noch das verschwundene Foto erwähnt hatte.»Toni ist doch sowieso auf der Flucht. Die Polizei sucht ihn wegen des Mordes an Franca.«

»Ja, da ist was dran«, sagte Guido resigniert.

»Trotzdem stimme ich Ihnen zu«, sagte Johann und hielt

demonstrativ den Zettel hoch. »Wir müssen herausfinden, was diese Menschen miteinander verbindet. Es muss etwas mit der Vergangenheit zu tun haben. Wir wissen durch Enzas Recherchen im Dorf, dass die beiden Familien verfeindet waren.« Er schaute sie an und registrierte ihren zweifelnden Gesichtsausdruck. »Morgen erfährst du vielleicht noch mehr bei deinem geheimnisvollen Treffen in dieser Kirche.«

Enza nickte stumm.

»Ich sage das ja ungern, weil ich Commissario Moreno auch nicht mag«, warf Guido zaghaft ein. »Aber nach allem, was wir jetzt wissen oder zumindest ahnen, sollten wir nicht doch die Kripo miteinbeziehen?«

»Auf keinen Fall!«

Guido zuckte unwillkürlich zusammen. Enza und Johann hatten fast gleichzeitig dieselben Worte ausgerufen.

Johann versuchte, es ihm zu erklären. »Wir wollen nicht mit Moreno zusammenarbeiten, weil wir ihm nicht trauen. Aber ich stimme Ihnen natürlich zu. Wir können diesen Fall nicht ohne Polizei lösen. Ich mache Ihnen einen Vorschlag. Sobald wir handfeste Beweise dafür haben, dass die Todesfälle miteinander zusammenhängen, wenden wir uns direkt an den Polizeipräsidenten.«

Johann sah zur Sicherheit Enza an, ob sie diesen Kompromiss gutheißen konnte. Doch ihre Miene ließ weder Zustimmung noch Ablehnung erkennen. Er spürte, wie es in ihr arbeitete. Sie hatte begriffen, dass etwas in der Luft lag, wovon ihr niemand erzählen wollte. Er musste mit ihr reden, allein.

Er bat Guido, schon einmal ins Institut zu fahren und alles für die Leichenöffnung des Delfintrainers vorzubereiten.

»Johann, was ist hier los? Was verheimlicht ihr mir?«, fragte Enza gefährlich ruhig, nachdem Guido den Raum verlassen hatte.

Plötzlich spürte er sie wieder, die Angst in seinem Bauch, in seiner Brust, in seiner Kehle. Wehmütig dachte er an die Leichtigkeit der Nacht zuvor.

Er ergriff Enzas Hände und sah in ihre schönen braunen Augen, um die Nähe und die Intensität zwischen ihnen wieder heraufzubeschwören. Es funktionierte nicht. Sie war wachsam, kühl und distanziert. Er nahm all seinen Mut zusammen. »Ich wollte es dir gestern schon sagen, aber ich war zu feige. Ich kenne Veronica. Ich bin bei ihr gewesen, zuletzt am Samstag.«

※ ※ ※

Am Hinterkopf der Leiche fand Johann, wonach er gesucht hatte: einen kleinen, aber intensiven Bluterguss, verursacht durch einen festen Schlag mit einem harten rundlichen Gegenstand. Nicht genug, um jemand zu töten, aber doch ausreichend für eine kurze Bewusstlosigkeit. Es war der Beweis dafür, dass Carlo Grasso erst niedergeschlagen und dann unter Wasser gedrückt worden war, wo er hilflos ertrank. Ansonsten fand er keine Spuren von Gewalt. Auch das Gebiss des Delfintrainers war, wie erwartet, unversehrt.

»Wissen Sie, was ich nicht verstehe«, sagte Guido, während er routinemäßig Proben der Organe entnahm.

»Ich wäre ja schon froh, wenn ich bei diesem Fall überhaupt etwas verstehen würde«, antwortete Johann.

»Mal angenommen, die sechs Leichen mit Zahnlücke sind Teil eines perversen Kultes, den wir noch nicht begreifen. Ich könnte mir vielleicht noch vorstellen, dass Toni zusätzlich die Prostituierte tötet, weil er sich selbst auf dem ominösen Foto entdeckt und sich dadurch bedroht fühlt. Aber warum der Delfintrainer? Den hätte er schon seit Jahren umbringen können, wenn ihm das wichtig war. Die beiden haben doch seit Langem am selben Ort zusammengearbeitet.«

»Es muss einen Auslöser geben«, sagte Johann nachdenklich. »Wie bei Veronica das Foto.«

»Eine Veränderung, eine unvorhergesehene Entwicklung«, führte Guido den Gedanken fort. Er stutzte kurz, als sei ihm eine Idee gekommen. »Wo waren Sie, als Enza den Anruf des Delfintrainers abhörte?«, fragte er aufgeregt.

»Auf der Terrasse vor dem ›Café Klainguti‹.«

»Dort hat sie Ihnen auch erzählt, was er gesagt hat?«

»Ja, genau so.«

»Hätte jemand Ihr Gespräch belauschen können?« Johann versuchte, sich an die Szenerie zu erinnern. »Um uns herum saßen mehrere Leute. Enza sprach ziemlich laut, weil sie aufgeregt war. Wahrscheinlich konnte jeder von denen zuhören.«

»Das muss es gewesen sein. Toni hat Sie belauscht. Er hat gehört, dass der Delfintrainer sein Tattoo entdeckt hat.« Guido klatschte aufgeregt in die Hände und wurde schnell wieder ernst. »Wobei ich trotzdem nicht begreifen kann, warum er sich dadurch bedroht fühlte. Er weiß doch, dass alle Polizisten des Landes nach ihm suchen. Im Grunde müsste ihm so etwas total egal sein. Aus irgendeinem Grund mordet er aber immer weiter.«

Johann dachte über Guidos Worte nach, während er begann, die Leiche wieder zu schließen. Normalerweise war das die Arbeit seines Assistenten. Aber die Monotonie des Nähens und des Knotens beruhigte ihn.

»Vielleicht ist er einfach verrückt«, sagte er langsam. »Wahrscheinlich macht ihm das Töten Spaß. Sie kennen bestimmt die unzähligen Untersuchungen, die sich mit Mehrfachmördern befassen. Wir suchen nach einem Menschen mit einer schweren Persönlichkeitsstörung, als Kind emotional vernachlässigt, traumatisiert, wahrscheinlich auch sexuell missbraucht. Passt Toni in dieses Raster? Keine Ahnung. Wir wissen ja leider nichts über seine Kindheit. Seine Eltern sind früh gestorben. Die Großmutter, die ihn aufgezogen hat, wollte nicht mit uns sprechen. Jedenfalls genießen solche Psychopathen die Macht über das Sterben eines anderen Menschen wie einen gewaltigen Glücksrausch. Und deshalb morden sie immer weiter.«

Sie waren fertig. Guido schob die Leiche von Carlo Grasso

in ein Kühlschrankfach. Mit einem lauten Klicken schloss sich die glänzend polierte Edelstahltür.

In der Stille, die darauf folgte, konnte Johann Guidos unausgesprochene Frage erahnen. Sie hatten jetzt, zusammen mit den Aufnahmen der Überwachungskamera, klare Beweise dafür, dass auch der Delfintrainer von Toni ermordet worden war. Doch die Behörden gingen weiterhin von einem bedauerlichen Unglücksfall aus. Durften sie ihr Wissen für sich behalten?

»Ich weiß schon, was Sie denken«, sagte er leise. »Aber es würde nichts ändern, wenn wir die Polizei informieren. Die Fahndung nach Toni läuft sowieso auf Hochtouren. Wenn er endlich festgenommen wird, können wir immer noch zusammen mit der Kripo klären, wie viele Menschen er tatsächlich auf dem Gewissen hat.«

Guido sah ihn kopfschüttelnd an. »Ganz ehrlich, ich habe kein gutes Gefühl dabei. Auf mich können Sie sich verlassen. Aber wir können innerhalb des Instituts nicht geheim halten, dass wir den Delfintrainer obduziert haben. Und früher oder später wird Garzetti es weitergeben.«

»Ja, das werden wir kaum verhindern können. Aber lassen Sie uns noch ein paar Tage recherchieren. Wenn wir herausbekommen, was hinter diesem ganzen Irrsinn steckt, gehe ich zum Polizeipräsidenten. Ihm werde ich auch berichten, wie unfähig sein Untergebener Moreno ist und welche wichtigen Hinweise von uns er komplett ignoriert hat.«

Was Johann nicht aussprach: Dann würde er auch Enzas Foltervorwürfe zur Sprache bringen. Er fühlte sich bereit zum großen Showdown mit Commissario Moreno. Aber erst, wenn sie diesen Fall gelöst hatten.

»Mich beunruhigt noch etwas anderes«, unterbrach Guido seinen Gedankengang. »Wenn ich mit meiner Vermutung richtigliege, dass Toni das Gespräch vor dem ›Café Klainguti‹ belauscht hat, scheint er entweder Enza oder Sie zu beschatten. Das würde auch erklären, wer Sie ins Öl gestoßen hat. Wenn es Toni war, wird er so etwas wieder versuchen. Ich glaube, Sie sind in Gefahr.«

Johann sah ihm lange ins Gesicht. Es tat gut, ihn als Verbündeten, vielleicht sogar als Freund zu haben. Er spürte, dass Guido sich mehr Sorgen um ihn machte, als er selbst es tat. Obwohl er im Olivenöl um sein Leben gekämpft hatte, blieb die Bedrohung durch Toni irgendwie abstrakt. Guido hatte recht mit dem, was er sagte. Aber Johann fühlte erstaunlicherweise keine Angst vor Toni. In Bezug auf Enza allerdings ließ ihn der Gedanke, den Guido formuliert hatte, frösteln.

Er bat ihn darum, im Labor die neuesten Ergebnisse abzurufen. Schließlich wollte er vorbereitet sein, wenn die Bombe platzte, wenn die Sequenzierautomaten seine DNA melden würden. Danach ging er hoch in sein Büro und wählte Enzas Nummer. Sein Geständnis lag erst ein paar Stunden zurück. Sie war außer sich gewesen.

»Du hast am selben Tag, an dem du deine Freundin obduziert hast, mit mir geschlafen?« Die Frage hatte sie ihm fassungslos ins Gesicht geschleudert. »Ich verstehe das nicht. Wie kannst du so etwas tun? Was läuft in deinem Kopf ab?« Danach war sie in Tränen ausgebrochen. Schluchzend und am ganzen Körper zitternd hatte sie sich in ihr Sofa vergraben und ihm den Rücken zugewendet.

Er hatte nach Worten gesucht. Doch was gab es da schon groß zu erklären? Dass er seine Beziehung mit einer Prostituierten vor ihr geheim halten wollte? Dass ihm seine Lüge leidtat? Dass er es selbst nicht verstand, was in seinem Kopf vorging?

Am Ende hatte sie sich zu ihm umgedreht, ruhig und gefasst. Er sah ihre traurigen Augen immer noch vor sich und hörte noch einmal ihre sehr bestimmten Worte: »Bitte lass mich allein. Geh einfach.«

Er war gegangen. Zur nächsten Obduktion. Was war ihm auch übrig geblieben?

Jetzt meldete sich nur ihr Anrufbeantworter. Ihre warme

Stimme, gefolgt vom Piepen. Er bemühte sich, ruhig und besonnen zu sprechen.

»Enza, ich bin's. Bitte geh ran. Wir müssen vernünftig sein.« Er lauschte dem leeren Rauschen des Aufnahmegeräts und ärgerte sich über seinen bescheuerten letzten Satz. Enza ging natürlich nicht dran.

»Enza, bitte! Ich habe mit Guido gesprochen. Er glaubt, dass Toni uns beschattet. Und ich denke, es stimmt. Du bist in Gefahr. Wenn du morgen in die Kirche gehst, möchte ich mitkommen. Bitte versprich mir, dass du nicht allein gehst.«

Es piepte erneut. Danach hörte er wieder Enzas weiches Italienisch: »Danke für Ihren Anruf.«

***

Sie stand vor dem Telefon, hörte seine Stimme und fühlte sich wie gelähmt.

»Idiot.«

Enza sagte es leise, fast flüsternd, in den Raum. Tief in ihrem Innern spürte sie einen dumpfen Schmerz. Johann tat ihr weh. Sie stellte sich vor, wie er mit einem Messer den Körper der anderen Frau aufschnitt. Doch die Bilder vermengten sich mit denen der vergangenen Nacht. Ein Splatterfilm, der jeden Winkel ihres Hirns zu verstopfen drohte.

Unwillkürlich kniff sie ihre Augen zu und schüttelte den Kopf, als könnte sie den Alptraum damit loswerden. Es funktionierte nicht. Sie öffnete die Augen und versuchte, sich abzulenken.

Ihr Blick fiel auf den Zettel mit den Namen. Johann hatte auf ihrem Drucker für sie und für Guido eine Kopie gemacht. Im ersten Affekt wollte sie das Blatt Papier zerreißen. Doch plötzlich nahm das Rätsel sie gefangen.

Sechs Leichen mit Zahnlücke, deren Geheimnis seit zwei Wochen ihr Leben bestimmte.

1. Rodolfo Ermia, gest. 2010 in Castelbianco
2. Franca Ermia, gest. 2019 in Genua
3. Helmut Bergmann, gest. 2014 in Berlin
4. Heinz Wohlgemut, gest. 2019 in Hamburg
5. Giuseppe Manzo, gest. 2011 in Albenga
6. Nino Bergamaschi, gest. 2012 in Genua

Enza setzte sich an ihren Schreibtisch, öffnete den Laptop und fing an zu recherchieren. Zuerst die Italiener.

Über Rodolfo Ermia fand sie keinen einzigen Eintrag. Francas Großvater existierte im Internet nicht. Nur wenig mehr gab es zu Giuseppe Manzo: eine Todesanzeige, die seine Familie in einer Lokalzeitung aufgegeben hatte. Demnach war der Mann sechsundachtzig Jahre alt gewesen, als er starb. Das war alles.

Ergiebiger war die Suche bei Nino Bergamaschi. Sie überflog ein paar Texte über seine Karriere bei den Neofaschisten, vertiefte sich in diverse Artikel, die den tragischen, aber vor allem rätselhaften Tod in der Badewanne beschrieben, kam allerdings in ihrer Recherche keinen Schritt weiter.

Nachdenklich klickte sich Enza noch einmal durch die Suchergebnisse. Was konnte es sein, das diese drei Menschen miteinander verband? Der erste war in einem Teich in Castelbianco gestorben, der zweite in einem Fluss in Albenga, der dritte in seinem Badewasser in Genua. Sie hatte das Gefühl, etwas übersehen zu haben. Da war vorhin eine Art Blitz gewesen, weit hinten in ihrem Bewusstsein. Eine kleine, scheinbar unwichtige Information, die aber in Wirklichkeit große Bedeutung hatte.

Sie versuchte, sich zu konzentrieren, bemühte sich, den Blitz zu erhaschen, ohne Erfolg.

Sie gab die Namen der beiden deutschen Toten ein und bekam eine Fülle von Suchergebnissen auf Deutsch, die sie deshalb nicht verstehen konnte. Ein Foto erregte jedoch ihre Aufmerksamkeit: drei Männer, die auf einer Art Anklagebank saßen und ihre Gesichter hinter Zeitungen vor den Fotografen verbargen. Der dazugehörige Artikel stammte aus dem Jahr 2012. Das war das Einzige, was sie auf Anhieb begreifen konnte. Enza ertappte sich bei dem Gedanken, dass Johann ihr jetzt hätte helfen können. Sie sah zum blinkenden Anrufbeantworter und empfand eine heftige Sehnsucht. In diesem Moment klingelte ihr Handy. Johanns Name erschien auf dem Display. Sie stellte den Klingelton ab.

»Idiot«, wiederholte sie, diesmal mit ungewollt zärtlichem Unterton, und spürte wieder das Stechen tief in der Magengrube. Sie riss sich zusammen, kopierte den Text des Artikels kurz entschlossen in den Google-Translator und ließ ihn ins Italienische übersetzen. Was dabei herauskam, war eine Ansammlung von Wörtern, die auf den ersten Blick wenig Sinn machte. Enza bemühte sich trotzdem, eine Art roten Faden herauszulesen. Je mehr sie verstand, desto aufgeregter wurde sie.

Die drei Männer hatten tatsächlich in Deutschland vor Gericht gestanden. Vielfacher Mord, so lautete der Vorwurf. Allerdings lagen die Taten schon über siebzig Jahre zurück. Zwischen 1943 und 1945 waren die Angeklagten als Soldaten der deutschen Wehrmacht in Italien stationiert gewesen. Und hatten dabei laut Anklage wahllos Menschen getötet. Mehr als hundert Opfer waren von ihnen und ihrer Einheit erschossen, erhängt oder erschlagen worden.

Erstaunlicherweise hatten die Angeklagten den Großteil dieser Taten sogar zugegeben. Allerdings argumentierten sie, sie hätten sich entweder verteidigen müssen oder auf Befehl ihrer Vorgesetzten gehandelt. Deshalb plädierten sie auf nicht schuldig. Wie der Prozess ausgegangen war, ging aus dem Artikel nicht hervor.

Enza löste den Blick vom Bildschirm und verlor sich in Gedanken. War es möglich, dass das Rätsel so weit zurückging?

Sie rief sich die Worte von Dorfpfarrer Don Giorgio noch einmal in Erinnerung: Es gab in Castelbianco alte Feindschaften, die noch aus dem Krieg herrührten. Faschisten gegen

Linke, die bis heute keinen Frieden geschlossen hatten. Aber wie passten die drei Nazisoldaten da hinein? Zwei von ihnen trugen tatsächlich exakt dieselben Namen, die auf der Totenliste standen: Heinz Wohlgemut und Helmut Bergmann. Der dritte Name, Rudolf Müller, sagte Enza überhaupt nichts.

Da war er wieder, der Blitz vor ihrem inneren Auge. Klar und deutlich erkannte sie, was sie wahrgenommen und doch übersehen hatte.

Sie klickte sich zurück durch die Suchergebnisse, bis sie erneut bei der Todesanzeige von Guiseppe Manzo angekommen war. Ihr Herz fing an, schneller zu schlagen, als sie den Bildausschnitt vergrößerte. Gestorben war der Mann aus Albenga am 31. März 2011. Doch das war es nicht, was Enzas Aufmerksamkeit fesselte. Ungläubig starrte sie auf den Geburtseintrag. Giuseppe Manzo war am 14. Januar 1925 geboren worden, und zwar nicht in der Küstenstadt Albenga, sondern in dem beschaulichen Bergdorf, in dem alles seinen Anfang zu nehmen schien: Castelbianco.

**

Auch auf Enzas Handy meldete sich nur die Mailbox. Johann versuchte es mehrmals hintereinander und gab schließlich auf. Als er aufstand, um wieder zu ihr zu fahren, steckte Guido sichtlich aufgeregt den Kopf zur Tür herein.

»Sie haben Toni gefunden.«

»Wer, die Polizei?«

»Nein, irgendwelche Jäger. Sie haben in den Bergen eine Leiche entdeckt. Und in der Kleidung steckte Tonis Personalausweis.«

»Und woher wissen Sie das?« Johann begriff die Tragweite der Information nur langsam. »Warum hat mich niemand informiert?«

Guido errötete. »Moreno hat zuerst bei Ihnen angerufen. Aber es war wohl immer besetzt. Deshalb wählte er die Zentrale und landete bei mir. Die Kripo ist schon unterwegs zum Fundort. Wir sollen nachkommen.«

Johann nickte stumm, griff nach seinem Tatortkoffer, der allzeit bereit in einem Wandschrank stand, und folgte Guido in die Tiefgarage. In seinem Kopf wütete ein Sturm von Gedankenfetzen, der jegliches analytisches Denken erstickte. Enza, die er tief verletzt hatte und die deshalb zu Recht sauer auf ihn war. Moreno, der irgendwann erfahren würde, dass Johann in Veronicas Wohnung gewesen war, und mit dem er gleich wieder aneinandergeraten würde. Toni, das Phantom, der Killer, der Enza bedrohte. Jetzt sollte er auf einmal tot sein?

Als sie die Garage betraten, wich das Chaos in seinem Hirn einem reflexhaften Ärger. Er ärgerte sich so gut wie immer, wenn er dem Dienstwagen der Genueser Gerichtsmedizin gegenüberstand. Ein praktisch nagelneuer Fiat Freemont mit Allradantrieb, fast fünf Meter lang und annähernd zwei Tonnen schwer.

Johann erinnerte sich noch gut daran, wie perplex er gewesen war, als das Fahrzeug in den ersten Tagen seiner Amtszeit geliefert worden war. Bestellt von seinem Vorgänger, der offenbar alle Hebel dafür in Bewegung gesetzt, die Lieferung der Luxuskarosse aber schließlich verpasst hatte. Johann hasste dieses absurde Fahrzeug und benutzte es so selten wie möglich. Die seltsame Mischung aus Jeep und Limousine gab es nur deshalb im Programm von Fiat, weil der Konzern vor ein paar Jahren Chrysler übernommen hatte. Sich mit dem ursprünglich amerikanischen SUV durch die engen Straßen von Genua zu quälen, empfand er als Zumutung.

Und es ging auch diesmal nur im Schneckentempo voran, obwohl Guido schon bei der Ausfahrt das Blaulicht eingeschaltet hatte.

Guido wiederum liebte den protzigen Wagen. Während er sich hupend und wild gestikulierend den Weg durch den Feierabendverkehr von Genua bahnte, löste sich endlich der Knoten in Johanns Denken, und er erkannte wieder, was ihm wichtig war. Mehrmals wählte er Enzas Nummer, sprach sowohl auf ihren Anrufbeantworter wie auf ihre Mailbox, erzählte, dass er auf dem Weg zu Toni war, oder jedenfalls zu seiner Leiche, flehte sie an, dranzugehen. Er wiederholte seine Worte immer wieder, bis das Piepen und ihre Stimme ihn erbarmungslos abschnitten: »Danke für Ihren Anruf.«

Guido gab Gas. Sie hatten die Provinzstraße erreicht und rasten mit quietschenden Reifen durch die Serpentinen in die Berge. Vorbei an Castelbianco immer höher hinauf, bis das Navi sie abzweigen ließ auf einen unbefestigten Feldweg, der mitten durch verkrüppelte Steineichen und mächtige Brombeerbüsche direkt bergauf führte.

Zum ersten Mal musste sich Johann eingestehen, dass die Geländegängigkeit seines Dienstwagens von Nutzen war. Ohne den Allradantrieb wären sie auf diesem steilen Mischmasch aus Matsch, Geröll und Schotter gar nicht vorwärtsgekommen.

Er checkte das Navigationsdisplay: drei Minuten bis zum Ziel, nur noch wenige hundert Meter bis zu einer Leiche, die möglicherweise die von Toni war.

»Was glauben Sie, stehen wir vor der Lösung des Rätsels?« Guido drehte das Lenkrad energisch nach rechts, um den Wagen durch eine enge Kurve zu bugsieren.

Die Sicht öffnete sich auf eine saftig grüne Weide. Rund ein Dutzend schmutzig gefleckter Kühe zupfte gemütlich Grasbüschel um Grasbüschel. Dahinter, etwa fünfzig Meter entfernt, suchten mehrere Kriminalbeamte in weißen Schutzanzügen den Boden ab. Zwischen ihnen lag eine bräunliche Figur auf dem Boden, möglicherweise die Überreste eines Menschen, aus dieser Entfernung war das nicht klar auszumachen.

»Ich fürchte eher, dass damit alles noch rätselhafter wird«, antwortete Johann und löste seinen Gurt. »Wenn der Mörder wirklich tot sein sollte, kann er uns leider nichts mehr über die Hintergründe seiner Taten erzählen. Außerdem stehen wir vor einer neuen Frage, nämlich der, wer den Mörder getötet hat.«

Guido hielt neben zwei Polizeiautos, die inmitten von getrockneten Kuhfladen auf der Alm geparkt waren. Als sie ausstiegen, wurde Johann gewahr, dass sie im Schatten eines Berggipfels standen. Unmittelbar vor ihnen reckte sich annähernd senkrecht eine Steilwand in den tiefblauen Himmel. Johann schätzte, dass es bis zum Gipfelkreuz, das da oben schemenhaft vor einem weißen Wölkchen zu sehen war, mindestens fünfzig Meter sein mussten.

Sofort keimte in ihm ein Gedanke auf: Wenn jemand von dort oben in die Tiefe sprang, würde er ungefähr dort landen, wo die Spurensicherung zugange war.

Sie zogen sich ihre Schutzanzüge an und näherten sich den Kripobeamten. Moreno, auch er in weißer Vollmontur, stand etwas abseits und rauchte eine Zigarette. Sie begrüßten sich mit einem reservierten Kopfnicken.

Johann verzichtete auf jegliche Höflichkeitsfloskel. »Was können Sie uns sagen?«

»In seinem Portemonnaie steckten zwanzig Euro und der Ausweis von Antonio Testa. Ob er es ist? Schwer zu sagen. Was da liegt, sieht ihm jedenfalls nicht mehr ähnlich.«

Moreno spuckte wie zur Bekräftigung seiner Worte einen dicken Schwall gelblichen Speichels vor sich auf den Boden und machte eine Handbewegung in Richtung der verkrümmten Gestalt, die etwa zehn Meter hinter ihm lag.

Johann nahm es als Aufforderung, seiner Arbeit nachzugehen. Ohne ein weiteres Wort näherte er sich der Leiche, die aus der Nähe nicht mehr braun, sondern eher grün wirkte. Obwohl ein frischer Wind wehte, zog ihm ein stechender Fäulnisgeruch in die Nase. Er warf einen besorgten Seitenblick auf Guido, der neben ihm niederkniete, um ihm zur Hand zu gehen. Doch der schien tapfer durchzuhalten; er blickte eher fassungslos als angeekelt auf den zerschmetterten Körper vor ihnen.

Die Leiche lag seltsam verdreht, halb auf dem Bauch, halb auf der Seite. Der Schädel war eingedrückt und an der rechten Schläfe so gespalten, dass Johann eingetrocknete Hirnmasse sehen konnte. Die Gliedmaßen waren grotesk verrenkt, offenkundig vielfach gebrochen. Was von der Kleidung übrig war, wahrscheinlich Jeans und T-Shirt, hing in Fetzen um die zerschundene Haut.

Alles deutete darauf hin, dass der Mann die Steilwand hinabgestürzt, mehrfach auf Felsvorsprüngen aufgeschlagen und schließlich tot hier liegen geblieben war. Hatte ihn jemand gestoßen? Oder war er gesprungen?

Johann wandte sich zu Moreno. »Haben Sie jemand auf den Gipfel geschickt, um dort Spuren zu sichern? Ich halte es für ziemlich wahrscheinlich, dass unsere Leiche ursprünglich dort oben gewesen ist.«

Moreno reagierte genervt. »Auf die Idee sind wir auch schon gekommen. Zwei meiner Männer sind hochgestiegen und kommen hoffentlich bald zurück.«

Johann notierte die Zeit. Es war fast acht Uhr, die Sonne war längst untergegangen, in einer halben Stunde würde es dunkel sein. Normalerweise hätten die Beamten elektrisches Licht aufgestellt, damit er die Leiche in aller Ruhe hier vor Ort untersuchen konnte. In dieser Einöde war das nicht möglich. Er musste sich mit seiner Untersuchung beeilen.

Nachdem er sichergestellt hatte, dass Tatort und Leiche bereits ausführlich fotografiert worden waren, drehte er den Körper vorsichtig auf den Rücken. Guido zuckte zusammen und stieß einen unterdrückten Schrei aus. Die Leiche hatte laut und vernehmlich eine Art Seufzer ausgestoßen.

»Haben Sie das noch nie gehört?«, fragte Johann. »Das ist der sogenannte Totenlaut. Er wird hervorgerufen durch Gas, das sich in der Leiche gebildet hat. Wenn sie bewegt wird, kann das Gas durch die Mundhöhle austreten und es kommt zu solchen Seufzern oder Stöhnlauten.«

»Entschuldigen Sie, Dottore.« Guido hatte sich wieder in der Gewalt. »Ich habe natürlich in der Literatur davon gelesen, aber es hat mich einfach überrascht.«

»Es ist übrigens ein klares Anzeichen für Fäulnisprozesse, die bereits eingesetzt haben. Aber das sehen Sie ja auch äußerlich an den grünlich schwarz verfärbten Stellen am Unterbauch. Was bedeutet, dass diese Leiche schon mindestens ein paar Tage hier liegt. Es kann also gar nicht Toni sein.«

»Ach, was reden Sie da?« Moreno, der sich bisher im Hintergrund gehalten hatte, mischte sich ein. »Wenn hier oben die Sonne scheint, wird es richtig heiß. Und Sie wissen genau, dass Leichenfäulnis durch Wärme beschleunigt wird.«

Johann starrte den Commissario überrascht an. Moreno lag zwar grundsätzlich richtig mit seiner Bemerkung. Doch seine Erfahrung sagte ihm, dass diese Leiche schon mindestens drei oder vier Tage hier gelegen hatte. Auf jeden Fall war die Art und Weise, wie Moreno seine Sachkenntnis als Gerichtsmediziner in Guidos Anwesenheit in Frage stellte, plump beleidigend.

»Commissario, ich wusste gar nicht, dass Sie sich so intensiv für unser Fachgebiet interessieren«, antwortete er deshalb mit beißender Ironie. »Aber vielleicht haben Sie ja auch schon einmal vom ›rigor mortis‹ gehört?«

Moreno schaute ihn aus kalten Augen an und sagte nichts.

»Das ist der lateinische Name für die Totenstarre. Wie Sie vielleicht wissen, bildet sie sich etwa sechs bis acht Stunden nach Eintritt des Todes aus. Aber schauen Sie mal.« Er hob einen Arm der Leiche an und bewegte ihn problemlos in mehrere Richtungen. »Die Totenstarre hat sich schon wieder gelöst. Und das passiert frühestens zwei bis drei Tage nach dem Tod.«

Moreno schien einen Moment nachzurechnen, bevor ein triumphierendes Lächeln über sein Gesicht zog.

»Das kommt doch hin. Die Nutte wurde am Sonntag erdrosselt. Heute ist Dienstag. Wenn sich Toni direkt nach dem Mord hier heruntergestürzt hat, passt das von der Zeit her genau. Könnte doch sein, dass der Mörder sich selbst gerichtet hat. Sie werden sehen, die DNA-Untersuchung wird das bestätigen.«

Johann wusste es besser. Aber er durfte nicht darüber sprechen. Vor weniger als vierundzwanzig Stunden war Toni ins Aquarium eingedrungen und hatte den Delfintrainer ermordet. Selbst wenn er sofort danach hier in den Tod gesprungen wäre, war es naturwissenschaftlich unmöglich, dass sich sein Körper so schnell zersetzt hatte.

Nachdenklich sah er dem Toten ins Gesicht. Er war nicht in der Lage, aus dieser zerstörten Physiognomie irgendwelche Schlüsse zu ziehen. Die Nase war praktisch nicht mehr vorhanden. Auch die Augäpfel und Teile der Wangen fehlten. Vermutlich hatten Vögel und vielleicht auch Luchse an der Leiche gefressen.

»Dottore, schauen Sie!«

Guido hatte vorsichtig die Reste des T-Shirt-Ärmels nach oben gezogen und damit den linken Oberarm des Toten freigelegt. Johann ignorierte den fragenden Blick des Commissario und verständigte sich mit seinem Assistenten durch ein wortloses Nicken. Es gab keine Tätowierung, der letzte Beweis dafür, dass es sich nicht um Tonis sterbliche Überreste handeln konnte.

»Was soll das mit dem Arm?« Moreno schien zu spüren, dass hinter dem stummen Einverständnis der beiden Gerichtsmediziner ein Geheimnis steckte.

Johann schüttelte Guido gegenüber unmerklich den Kopf. Sie würdigten den Commissario keiner Antwort.

***

Enza war kurz davor aufzugeben. Sie saß vor dem Laptop, ihre Augen brannten. Frustriert starrte sie auf die Liste der Toten, die von ihr handschriftlich ergänzt und mit einem Leuchtstift markiert worden war:

1. Rodolfo Ermia, gest. 2010 in Castelbianco
2. Franca Ermia, gest. 2019 in Genua, geb. in Castelbianco
3. Helmut Bergmann, gest. 2014 in Berlin
4. Heinz Wohlgemut, gest. 2019 in Hamburg

5. Giuseppe Manzo, gest. 2011 in Albenga, geb. in Castelbianco
6. Nino Bergamaschi, gest. 2012 in Genua, geb. in Genua

Sie hatte soeben herausgefunden, dass Nino Bergamaschi in Genua geboren war. Nicht in Castelbianco. Sie fühlte sich ausgebremst, ratlos, wusste nicht weiter.

Ihr kam eine Idee. Sie gab »Castelbianco« in das Fenster der Suchmaschine ein und verknüpfte den Ort mit den Begriffen »Faschismus« und »Kriegsverbrechen«. Nach einigen Klicks stieß sie auf einen Aufsatz. Das Thema: »Deutsche Kriegsverbrechen in Italien«, geschrieben von einem deutschen Historiker, glücklicherweise übersetzt ins Italienische.

Zögernd fing Enza an zu lesen. Seit ihrer Studienzeit war sie froh gewesen, solche holprig geschriebenen wissenschaftlichen Arbeiten nicht mehr durchackern zu müssen. Doch schon nach wenigen Sätzen begann der Text sie zu fesseln. Die Fakten, die der Autor zusammengetragen hatte, waren haarsträubend. Demnach hatten deutsche Soldaten im Land des ehemaligen faschistischen Verbündeten unsägliche Verbrechen begangen. Enza wusste praktisch nichts davon. Sie erinnerte sich nur noch an die Ereignisse, die sie in der Schule gelernt hatte: die Absetzung und Festnahme Mussolinis im Juli 1943, danach der italienische Waffenstillstand mit den Alliierten. Die Reaktion der Deutschen ließ nicht auf sich warten: Sie besetzten kurzerhand Italien, befreiten Mussolini und errichteten mit ihm eine Art Marionettenregierung am Gardasee.

Dass damit auch das große Morden an der italienischen Zivilbevölkerung begonnen hatte, war ihr neu. Fassungslos las sie vom »Massaker der Unschuldigen« in Valla sul Bardine, bei dem deutsche Truppen hundertfünfzehn Kinder, Frauen und Alte ermordeten, die sich in eine Kaserne geflüchtet hatten.

Angeekelt verfolgte sie die Ereignisse im kleinen Bergdorf Bergiola Foscalina, wo SS-Männer insgesamt zweiundsiebzig Menschen niedermetzelten. Fünfzehn davon Frauen und

Kinder, die sie in einer Schule einsperrten und anschließend mit Flammenwerfern hinrichteten.

Noch schlimmer klang die Geschichte von Vinca in den Apuanischen Alpen, wo die Nazischergen hundertdreiundsiebzig Menschen auf unvorstellbar brutale Art und Weise umgebracht hatten. Zeitzeugen berichteten von aufgeschlitzten Schwangeren, lebendig verbrannten Alten und gepfählten Frauen.

Enza hielt inne. Zu schrecklich waren die Bilder, die sich vor ihrem inneren Auge gebildet hatten. Doch schnell zog der Text sie wieder in den Bann, fieberhaft las sie zu Ende.

Im Schnitt hatten deutsche Soldaten in den letzten anderthalb Jahren des Zweiten Weltkriegs jeden Tag hundertfünfundsechzig Italiener ermordet. Immer mit der Begründung, man habe gegen aufständische Banden vorgehen müssen. Oft waren die Deutschen sogar von den Schwarzhemden, also den italienischen Faschisten, tatkräftig unterstützt worden. Am nachhaltigsten schockierte Enza, dass zwar diverse Täter nach dem Krieg vor deutsche Gerichte gestellt wurden, aber nicht ein Einziger von ihnen rechtskräftig verurteilt worden war.

Ihr Blick fiel wieder auf die Liste der Toten. Hatten die beiden Deutschen mit diesen Gräueltaten zu tun? Und welche Rolle spielte dabei Castelbianco?

Sie überflog noch einmal den Text und fand die Passage, in der Castelbianco erwähnt wurde. Es war eine Auflistung von Orten, in denen angebliche Partisanen von den Deutschen hingerichtet worden waren. Das war alles, keine Namen von Opfern, keine Namen von Tätern. Und jetzt?

Während sie darüber nachgrübelte und auf den Text starrte, fiel ihr die am Wort »Castelbianco« hochgestellte Ziffer ins Auge: »143«. Eine Fußnote!

Fieberhaft scrollte Enza zum Ende des Textes. Bei der »143« standen genau sechs Worte: »Vgl. Museo della Resistenza di Savignone«.

Sie schloss daraus, dass der Autor seine Informationen zu

den Hinrichtungen in Castelbianco vom »Museum des Widerstands« in Savignone bekommen hatte. Mit wenigen Klicks fand Enza die Telefonnummer und rief dort an.

Es meldete sich nur ein Anrufbeantworter. Kein Wunder, es war bereits nach zweiundzwanzig Uhr. Sie würde es morgen wieder versuchen müssen. Möglichst früh, noch bevor sie sich auf den Weg zur Kirche San Pietro in Banchi machen würde. Dem Ort, an dem jemand auf sie warten wollte, um ihr etwas über Franca zu erzählen.

Sie stand auf und trat ans Fenster. Das Meer glänzte glutrot, letzter Spiegel der längst untergegangenen Sonne. Die Lanterna stand wie ein gelblich schwarzer Schatten vor dem nachtblauen Himmel. Ein sanftes Spiel der Farben, das ihr aufgewühltes Inneres nicht zur Ruhe bringen konnte.

Sie dachte an Johann, sah das Blinken ihres Anrufbeantworters, den sie längst auf lautlos gestellt hatte, überlegte, ob sie seine Nachrichten abhören sollte. Sie entschied sich dagegen. Morgen war ein neuer Tag. Für die Liste der Toten, für das Treffen mit dem geheimnisvollen Unbekannten und vielleicht auch für Johann.

∗∗∗

Er sah nach oben. Die Silhouette am großen Fenster in der obersten Etage verschwand. Kam sie jetzt raus? Er zog sich zurück in den Schatten einer dicken Eiche und starrte minutenlang auf die Haustür. Nein, sie blieb verschlossen.

Er hatte gehofft, auch die Blonde würde bald das Haus verlassen, nachdem der Gerichtsmediziner und der schwule Typ endlich gegangen waren. Doch jetzt wartete er schon seit zwölf Stunden. Auf der Bank mit einer Zeitung. An einen Baum gelehnt, als würde er die schöne Aussicht genießen. Auf und ab gehend, mit einem Telefon am Ohr. Regelmäßig die Position wechseln, keinen Verdacht erregen, geduldig sein. So hatte es immer funktioniert.

Und doch war er zum ersten Mal nervös. Es dauerte zu lange. Er musste endlich abschließen, wollte sicher sein, dass die beiden nicht mehr in seinem Leben herumstocherten. Erst danach war es an der Zeit wegzugehen. Irgendwohin in den Süden, wo Männer wie er gebraucht wurden. Er hatte viel von den Organisationen gehört: Camorra, 'Ndrangheta, Cosa Nostra. Wie sie auch immer hießen, jemand dort würde seine Fähigkeiten zu schätzen wissen.

Hier hielt ihn nichts mehr. Mit der Nonna ging es zu Ende. Am Morgen hatte sie ihn gar nicht mehr wahrgenommen, sondern nur noch schaukelnd vor sich hin gestarrt. Als wäre die Polizei im Haus und sie müsste wieder die senile Greisin spielen. Kurz darauf hatte sie ihn angestarrt wie einen Geist und gefragt: »Antonio, bist du das?«

Was er wohl machte, sein schwächlicher Deppenbruder? In Wahrheit war es ihm egal. Er hätte ihn längst umgebracht, wenn es die Nonna nicht verboten hätte. Am besten schon damals, nachdem Franca ihm höhnisch ins Gesicht gespuckt hatte.

Als er daran dachte, konnte er plötzlich alles wieder spüren: die heißen Wellen von Scham und Wut, ihre Spucke, die warm und eklig sein Gesicht herunterlief, ihre Worte, die ihn erniedrigten wie ein Tier.

Sie war damals vierzehn Jahre alt gewesen, er nur ein Jahr älter. Franca, das hübscheste Mädchen von Castelbianco, reizte ihn mit ihren kurzen Röcken und engen Blusen. Oh, dieser Arsch, diese Titten! Was hätte er dafür gegeben, sie nur einmal zu berühren. Er machte ihr Komplimente, legte Blumen auf ihr Pult, schickte kleine Liebesbotschaften durch die Klasse. Doch egal, was er tat, sie hatte nur Augen für seinen dämlichen Bruder und behandelte ihn selbst wie Luft. Nein, schlimmer noch: Es war, als ob er gar nicht existierte.

Eines Tages war ein Knoten in ihm geplatzt. Er lauerte ihr an einer dunklen Ecke auf, hielt sie mit all seiner Kraft fest und versuchte, sie zu küssen. Sie wehrte sich nicht einmal. Blieb einfach stocksteif stehen, kniff die Lippen zusammen und musterte ihn unverwandt mit diesen spöttischen Augen. Das machte ihn unsicher. Er merkte, dass er vor lauter Aufregung gekommen war, und ließ sie los. Sie stand einfach da, schaute abschätzig auf den großen dunklen Fleck an seinem Hosenstall und sagte mit beißendem Spott: »So schnell? Vielleicht solltest du mal Nachhilfe bei deinem Bruder nehmen.«

Während die Bedeutung ihrer Worte langsam in sein Bewusstsein sickerte, sammelte Franca in aller Ruhe Spucke in ihrem Mund und spie ihm schließlich einen Riesenschwall in die Fresse. Als sie weitersprach, war es, als spuckte sie ihm voller Verachtung jedes einzelne Wort zusätzlich ins Gesicht: »Was bildest du dir ein, du Schlappschwanz? Du bist ein Wurm, ein Nichts. Du bist es nicht wert, dieselbe Luft zu atmen wie Toni und ich. Wenn wir uns lieben, dann lachen wir über dich. Und weißt du, was am lächerlichsten ist? Dass du es tatsächlich für möglich hältst, irgendein Mädchen würde sich für dich erniedrigen.«

Neun Jahre lag diese Szene zurück. Er hatte lange warten müssen, bis er sich rächen durfte. Bis die Nonna ihm endlich den Auftrag erteilt hatte. Und doch spürte er, dass die Scham immer noch in seiner Seele brannte, dass die Rache niemals aufhören würde.

Er wischte sich das Gesicht mit beiden Händen, als wäre die Spucke wieder da. Er sah nach oben. Wenn er die Blonde in seiner Gewalt hatte, würde er sich vorstellen, sie sei Franca.

Es wurde dunkel. Er zog sich die Kapuze seiner Jacke über den Kopf. Diesmal würde er warten, bis sie kam.

∗∗∗

Auf dem Rückweg nach Genua gelang es Guido wider Willen, seinem Chef einen gewaltigen Schreck einzujagen. Sie hatten die Untersuchung der Leiche wegen der Dunkelheit abbrechen müssen und waren schon vorgefahren. Hatten im Auto zunächst darüber spekuliert, wer der geheimnisvolle Tote sein könnte und warum er wohl Tonis Ausweis in der Tasche hatte. Ein weiteres Opfer des Mehrfachmörders? Ein Versuch, die Polizei glauben zu lassen, Toni sei tot? Ihre Argumente drehten sich im Kreis, der Gesprächsfluss war erlahmt. Guido wechselte das Thema.

»Was ich Ihnen noch gar nicht erzählt habe: Es gibt Neuigkeiten aus dem Labor.«

Johann hatte sich, müde nach dem langen und ereignisreichen Tag, im vielfach verstellbaren Beifahrersitz seines Dienstwagens langgelegt. Er fuhr hoch, als hätte ihm der Ledersessel einen Stromschlag versetzt. Ihm war klar gewesen, dass die Bombe irgendwann platzen würde. Aber in diesem Moment klopfte ihm doch das Herz bis zum Hals. Er bemühte sich, ruhig zu bleiben.

»Ist meine DNA endlich aufgeploppt?«

Guido sah ihn überrascht an, konzentrierte sich aber schnell wieder auf die kurvige Straße. Er fuhr auch im Dunkeln wie ein Berserker.

»Sie meinen die Spuren aus der Wohnung der Prostituierten? Nein, nein, das kann dauern. Und an Ihrer Stelle würde ich mir da auch keine allzu großen Sorgen machen. Es geht um die Drahtschlinge, mit der Zoulaya Diouf erdrosselt wurde. Sie erinnern sich?«

»Ja natürlich, warum?« Johann war verwirrt. Weshalb sollte er sich keine Sorgen mehr machen?

»Wir haben tatsächlich genetische Spuren an der Schlinge gefunden«, fuhr Guido fort. »Logischerweise jede Menge vom Mordopfer. Aber auch noch eine zweite DNA. Und Sie werden nicht glauben, von wem sie stammt.«

»Erzählen Sie einfach.« Johann konnte Guidos Hang zu dramatischen Pausen gerade nicht gut ertragen.

»Von einem Wildschwein.«

»Ein Wildschwein?«

Die Überraschung war Guido gelungen.

»Ja, in diesem Fall eine Sau. Und ich glaube auch zu wissen, was dahintersteckt. Einer der Labortechniker ist in den Bergen aufgewachsen, er hat mir erzählt, dass diese Drahtschlingen von Wilderern benutzt werden. Sie legen sie auf Wildschweinpfaden aus und befestigen das Ende des Seils an einem Felsen oder einem Baumstamm. Wenn das Schwein auf der Suche nach Nahrung mit seiner Nase am Boden entlangschnuffelt, gerät es mit dem Kopf in die Schlinge. In Panik versucht es wegzulaufen und zieht die Schlinge immer weiter zu. Es erdrosselt sich also selbst. Keine schöne Vorstellung.« Guido zog eine angeekelte Grimasse.

»Das bedeutet, Toni ist wahrscheinlich auch als Wilderer unterwegs«, schlussfolgerte Johann.

Während er darüber nachdachte, ob diese neue Information sie bei der Lösung des Rätsels weiterbrachte, klingelte sein Handy. War es Enza, die sich endlich meldete?

Eilig, ohne auf das Display zu schauen, ging er dran. »*Pronto.*«

»*Ciao*, spreche ich mit dem attraktiven Gerichtsmediziner, der leider keine Zeit findet, mich anzurufen?« Eine helle Frauenstimme, definitiv nicht Enza.

Verwirrt nahm Johann das Smartphone vom Ohr und sah auf die Anzeige. Raffaella. Wer um Himmels willen war Raffaella?

Fieberhaft ging er im Kopf die Frauen durch, die er kannte. Eine Raffaella war nicht dabei. Oder doch?

»Entschuldigen Sie, aber Sie erwischen mich in einem sehr stressigen Moment. Wie kann ich Ihnen helfen?«

Er hörte die Frau am anderen Ende der Leitung kichern. War sie betrunken?

»Sie erinnern sich nicht, geben Sie es zu. Ich helfe Ihnen. Wir sind sozusagen Nachbarn, ich arbeite in der Neurologie.«

Jetzt sah er sie wieder vor sich: die gut aussehende Ärztin, die ihn auf dem Parkplatz mit dem Telefontrick angemacht hatte. Sie hatte definitiv kein gutes Timing.

»Raffaella, es tut mir leid, aber ich habe überhaupt keine Zeit für Sie.«

Wieder dieses Kichern, ein Schlürfen, das Klirren eines Glases.

»Schade. Vielleicht morgen? Was werden Sie morgen tun, Herr Gerichtsmediziner?«

Johann beherrschte sich und atmete einmal tief durch. Er hatte nicht die geringste Ahnung, was morgen sein würde. Das Einzige, was in seinem Leben feststand, war, dass er als Nächstes eine zerschmetterte Leiche im Institut obduzieren würde. Vorausgesetzt, Hobbyrennfahrer Guido gelang es, den schweren SUV auf der Straße zu halten. Alles, was danach kam, schien ihm vollkommen ungewiss. Sein gesamtes Dasein war zum Spielball dieses Falles geworden.

Obwohl, er erinnerte sich: Morgen hatte Enza das geheimnisvolle Treffen in dieser Kirche in Genua. Dabei würde er sie auf jeden Fall begleiten, ob sie es wollte oder nicht.

Er merkte, dass er immer noch das Telefon an sein Ohr drückte, und bemühte sich, das skurrile Gespräch so höflich wie möglich zu beenden.

»Raffaella, ganz ehrlich, ich werde auch morgen keine Zeit für Sie haben und übermorgen auch nicht. Es tut mir wirklich leid.«

»Es sollte Ihnen auch leidtun«, antwortete die Neurologin mit einem Kieksen in der Stimme und legte auf.

In der Stille, die darauf folgte, war Guidos Neugier fast greifbar. Doch Johann hatte weder die Lust noch die Energie für eine Erklärung. Er lehnte sich zurück in seinen Sitz, schloss die Augen und versuchte, sich zu entspannen, bis sie das gerichtsmedizinische Institut erreichten.

Vergeblich. Er sah die Drahtschlinge um Veronicas Hals, sah ihr gequältes totes Gesicht und fühlte einen tiefen, unerbittlichen Hass auf Toni.

Mittwoch

Enza wählte die Nummer des Museo della Resistenza. Ein Mann meldete sich, Salvatore Giacosa, der Stimme nach musste er schon älter sein.

Enza zögerte, suchte nach den richtigen Worten, beschloss, mit der Tür ins Haus zu fallen.

»Entschuldigen Sie, mein Name ist Enza Marconi, ich ermittle in einem Mordfall. Ich würde gern den Museumsleiter sprechen.«

»*Buongiorno signora*, ich bin Kassierer, Telefonist und Direktor in einer Person. Wir sind ein kleines Museum. Wie kann ich Ihnen helfen?«

Nahm er an, sie sei Kripobeamtin? Enza hatte nichts dagegen.

»Eine junge Frau wurde ermordet. Sie stammte aus Castelbianco. Und es scheint, als hätte ihr Tod etwas zu tun mit Ereignissen im Zweiten Weltkrieg, Kriegsverbrechen von deutschen Soldaten. Unsere Recherchen haben uns jedenfalls zu Ihrem Museum geführt.«

Enza wusste nicht weiter. Sollte sie dem unbekannten Mann am anderen Ende der Leitung gegenüber Namen nennen?

Salvatore Giacosa schien ihre Unsicherheit zu spüren. »Signora, Sie sind nicht von der Polizei, oder?«

Enza seufzte und entschied sich für die Wahrheit. »Nein, ich bin privat in die Sache hineingeraten. Aber sie war meine beste Freundin. Und die ganze Geschichte wird von Tag zu Tag schlimmer. Immer mehr Menschen sterben.« Mit jedem Satz war sie lauter geworden, sie riss sich zusammen. »Verstehen Sie, ich kann das nicht mehr ertragen, ich muss einfach weiterkommen.«

Salvatore Giacosas sonore Bassstimme war dagegen die

Ruhe selbst. »Gut, ich habe kein Problem damit, mit Ihnen zu sprechen. Ich kenne Castelbianco, und ich kenne auch manche Dinge, die im Krieg dort passiert sind. Aber Sie müssen mir schon ein bisschen mehr erzählen, worum es hier geht.«

Enza fasste sich ein Herz. Was hatte sie zu verlieren? Zehn Minuten lang sprach sie ohne Unterbrechung, erzählte chronologisch, was passiert war, was sie erfahren, erlebt und recherchiert hatte. Sie nannte alle Opfer beim Namen und ließ kein noch so schreckliches Detail aus. Sie endete mit der Fußnote, über die sie auf das Museum gestoßen war.

»Und ich dachte mir, wenn der Autor die Informationen über den Zweiten Weltkrieg von Ihnen bekommen hat, kennen Sie möglicherweise auch Namen. Von Tätern, von Opfern, von wem auch immer. Vielleicht können Sie uns helfen, Ordnung in dieses furchtbare Chaos zu bringen.«

Sie hatte alles gesagt und wartete auf eine Antwort. Doch Giacosa ließ sich Zeit. Erst als die Stille unerträglich wurde, als sie schon dachte, die Leitung sei unterbrochen worden, räusperte er sich und äußerte eine überraschende Bitte.

»Sie haben gesagt, der mutmaßliche Täter habe eine auffällige Tätowierung. Können Sie die bitte noch einmal beschreiben?«

»Es ist ein Galgen, an dem mehrere Leichen hängen.«

Wieder Stille.

»Das ist eigentlich nicht möglich, aber es könnte vielleicht doch einen Sinn ergeben.«

Enza lauschte gebannt, hörte Salvatore Giacosa aber nur tief ein- und ausatmen. Sie verlor die Geduld.

»Was könnte einen Sinn ergeben? Sprechen Sie weiter.«

»Wir haben ein Bild hier im Museum. Eine Fotografie aus Castelbianco aus dem Jahr 1944. Ein Galgen, aber es hängt nur eine Leiche daran, davor stehen ein paar Männer.«

Giacosa machte wieder eine lange Pause. Wahrscheinlich dachte er darüber nach, wie viel er Enza erzählen wollte. Schließlich sprach er mit fester Stimme weiter.

»Hören Sie, Signora, ich weiß nicht, ob das alles ein Zufall ist. In jedem Fall ist das eine lange Geschichte, über die ich nicht gern rede. Aber wenn ich darüber sprechen soll, möchte ich Ihnen dabei in die Augen sehen. Können Sie hierher nach Savignone kommen?«

Enza sah auf ihre Uhr. Viertel vor zehn, höchste Zeit, sich auf den Weg zu der mysteriösen Verabredung in der Kirche zu machen.

»Ich habe gleich noch einen Termin. Aber danach könnte ich den Bus nehmen. Sagen wir, um vierzehn Uhr bei Ihnen im Museum?«

»Ich warte auf Sie, Signora.« Giacosa legte unvermittelt auf.

Enza packte eilig ihre Tasche und verließ die Wohnung. Die Sonne schien warm auf die Piazza. Bis zur Kirche San Pietro in Banchi war es ein schöner Spaziergang mitten durch die Altstadt. Sie überlegte, ob sie den öffentlichen Aufzug hinunter zum Portello nehmen sollte, entschied sich aber doch für die Treppen.

Nach ein paar Schritten hatte sie das Gefühl, verfolgt zu werden. Sie blieb unvermittelt stehen und drehte sich um. Doch im Schatten der Palmen vor ihrem Haus sah sie nur ein paar Kinder, die Fußball spielten.

＊

Johann erwachte aus seinem üblichen Alptraum. Keuchend, nass geschwitzt, orientierungslos. Was für einen Blödsinn hatte sein Unterbewusstsein da schon wieder aufgeworfen: selbstverständlich Enza, natürlich nackt, schön und erregend. Sie sitzt auf ihm, beugt sich zu ihm nieder, beißt zärtlich in seinen Hals. Der Biss wird immer fester, er bekommt keine Luft mehr, versucht, sie abzuschütteln. Doch sie ist tonnenschwer, kniet auf seiner Brust, erdrückt ihn. Ihre Zähne bohren sich in seine Kehle, er schmeckt sein eigenes Blut. Und wird wach.

Er war erst gegen zwei Uhr morgens nach Hause gekommen. Die Leichenöffnung hatte lange gedauert, aber leider wenig zutage gebracht. Wie erwartet war der Mann an einem Polytrauma gestorben. Seine Halswirbelsäule war durchtrennt, die Aorta unterhalb des Halses gerissen, mehrere gebrochene Rippen hatten sich durch Herz und Lunge gebohrt, dazu der gebrochene Schädel mit Austreten der Hirnmasse. Jede dieser Verletzungen für sich wäre schon tödlich gewesen. Dazu kamen Schürf- und Schnittwunden am ganzen Körper.

Für all das gab es nur eine vernünftige Erklärung: Der Mann war tatsächlich die Steilwand hinuntergestürzt. Da die Kripoleute auf dem Gipfel keine weiteren Spuren gefunden hatten, blieb offen, ob es sich um eine Selbsttötung, einen Unfall oder ein Verbrechen handelte.

Johann war sich sicher, dass die Leiche mindestens eine Woche auf der Alm gelegen haben musste. Schon deshalb konnte es sich nicht um Toni handeln, ganz zu schweigen von der fehlenden Tätowierung. Vielleicht würde die DNA-Analyse heute neue Erkenntnisse zur Identität liefern.

Immerhin hatte es zu diesem Thema keinen neuen Streit mit Moreno gegeben. Er war nämlich gar nicht mehr zur Obduktion ins Institut gekommen, warum auch immer. Johann war nicht traurig darüber gewesen. Sein Bericht würde im Laufe des Vormittags abgetippt und an die Questura geschickt werden. Was Moreno damit anfing, war ihm in diesem Moment ziemlich egal.

Er duschte kalt und zog sich schnell etwas an. Das Frühstück würde er nachholen müssen. Es war höchste Zeit, sich auf den Weg zu der kleinen Kirche zu machen, wo Enza ihr geheimnisvolles Treffen hatte. Er machte sich gar nicht erst die Mühe, noch einmal bei ihr anzurufen. Ob sie wollte oder nicht, er würde sie beschatten. Er hatte beschlossen, auf sie aufzupassen.

Als er aus der Haustür trat, stellten sich ihm drei Männer in den Weg. Sie trugen die blank gewichsten Stiefel und die blaue Uniform der Carabinieri, Militärpolizei. Der Mann in der Mitte war den Schulterklappen nach der ranghöchste. Er fasste Johann unhöflich an den Arm.

»Dottor Sorbello, bitte kommen Sie mit uns. Wir haben den Auftrag, Sie ins Präsidium zu bringen.«

Johann riss sich wütend los. »Was bilden Sie sich ein? Ich bin der leitende Gerichtsmediziner dieser Stadt. Wenn Moreno etwas von mir will, soll er zu mir ins Institut kommen.«

Die beiden anderen Polizisten stellten sich bedrohlich um ihn herum, als wollten sie ihn am Weglaufen hindern. Der Offizier griff an seinen Gürtel und löste ein Paar Handschellen. Provozierend ließ er die beiden Stahlringe vor Johanns Gesicht baumeln.

»Sorbello, wenn Sie sich wehren, haben wir den Befehl, Sie zu fesseln und mit Gewalt in die Questura zu bringen«, sagte er barsch. »Sie haben die Wahl.«

Johann schaute auf sein Handy: Es war zehn Uhr, noch eine Stunde, bis Enza die Verabredung in der Kirche hatte. Vielleicht würde er es noch rechtzeitig schaffen, wenn er dieses Missverständnis schnell aus dem Weg räumen konnte.

»Und keine Telefonate! Das hat der Commissario verboten.« Der Offizier versuchte, ihm das Telefon aus der Hand zu nehmen. Empört hielt Johann es fest und steckte es in die Hosentasche.

»Was fällt Ihnen ein? Sie haben vielleicht den Befehl, mich mitzunehmen, aber auf keinen Fall das Recht, mir mein Eigentum wegzunehmen.«

Ungerührt nahmen ihn die Carabinieri in die Mitte und führten ihn zu ihrem Wagen, den sie am Straßenrand geparkt hatten. Auf der Fahrt zum Präsidium dachte Johann fieberhaft darüber nach, was in den wenigen Stunden seit seiner letzten Begegnung mit Moreno passiert sein mochte. Hatte man im Labor seine DNA analysiert? Hatte sein spionierender Laborleiter Garzetti den Commissario mit der brandheißen Information versorgt, dass Johann Sorbello in der Wohnung der ermordeten Prostituierten gewesen war?

Doch warum diese dramatische Symbolik? Er hatte mittlerweile recherchiert, dass es in Italien nicht strafbar war, sich auf käuflichen Sex einzulassen. Seine Beziehung mit Veronica war ihm auch nicht peinlich, schon gar nicht vor Moreno. Das Einzige, was man ihm vorwerfen konnte, war, dass er nichts davon gesagt hatte, als das Mordopfer auf seinem Seziertisch gelandet war. Aber es hatte ihn ja auch niemand danach gefragt.

Nach außen hin allerdings wurde die Geschichte zum potenziellen Skandal. »Oberster Gerichtsmediziner im Bett mit ermordeter Prostituierter – was steckt dahinter?« Für die Boulevardpresse wäre diese Schlagzeile natürlich ein gefundenes Fressen. Wie also sollte er Moreno gegenübertreten?

Sie erreichten das Präsidium. Der Polizeioffizier geleitete ihn zu Morenos Zimmer im zweiten Stock. In dem Moment, als sich die Tür vor ihm öffnete, war er entschlossen, das Ganze so offensiv wie möglich anzugehen. Er formulierte im Geiste seine ersten beiden Sätze: »Ja, ich hatte eine Beziehung mit Zoulaya Diouf. Aber was soll jetzt dieser Polizistenzirkus hier?«

Doch noch bevor Johann die Tür hinter sich zugezogen hatte, hielt ihm Moreno schon anklagend ein Foto unter die Nase.

»Wollen Sie mich verarschen, Sorbello?«, blaffte er.

Verdutzt starrte Johann auf das Foto. Eine grob gepixelte Vergrößerung. So unscharf, dass er erst auf den zweiten Blick erkannte, was es war: der Galgen, die Tätowierung auf Tonis Oberarm. Das also war der Grund, warum Moreno sauer war. Insgeheim erleichtert antwortete er mit ruhigem Spott: »Kompliment, Herr Kommissar. Sie scheinen ja tatsächlich mal ein bisschen recherchiert zu haben.«

Moreno platzte fast vor Wut, versuchte aber, sich zu beherrschen. »Was glauben Sie eigentlich, wer Sie sind? Inspektor Columbo? Ich habe Ihnen mehrmals gesagt, Sie sollen sich da heraushalten. Und was tun Sie? Sie baggern die Marconi-Zicke an und spielen mit ihr zusammen Hobbykommissar. Und erzählen Sie mir nicht, dass das alles ein Missverständnis ist. Heute früh hat mich der Direktor des Aquariums angerufen und gefragt, wie es meiner bezaubernden jungen Kollegin, der *Kommissarin* Enza Marconi, geht.«

Johann versuchte, es hinunterzuschlucken. Doch das Lachen brach einfach aus ihm heraus. Die Erinnerung, wie Enza den Direktor um den Finger gewickelt hatte, war zu schön. Das brachte Moreno natürlich noch mehr auf die Palme. Er baute sich wie ein Boxer vor dem fast einen Kopf größeren Johann auf und brüllte ihm von unten ins Gesicht:

»Sie finden das lustig? Ich finde das einen Skandal! Ich weiß jetzt, dass Sie den Delfintrainer Carlo Grasso obduziert haben, ohne uns zu informieren. Ich weiß, dass Antonio Testa in der fraglichen Nacht im Aquarium war und den Mann wahrscheinlich auch ermordet hat. Ich weiß, dass Testa diese verfluchte Tätowierung hat, und begreife auch, warum Sie und Ihr dämlicher Homoassistent gestern so bedeutungsschwanger auf den Arm der Leiche geschaut haben.«

Moreno holte tief Luft und senkte seine Stimme zu einem bedrohlichen Zischen:

»Sorbello, ich warne Sie, ich lasse mich nicht verarschen. Ich bin kurz davor, Sie wegen der Behinderung von Ermittlungen festnehmen zu lassen. Ich weiß schon, damit werde ich auf die Dauer nicht durchkommen. Aber ich schwöre Ihnen: Wenn Sie mir nicht sofort alles sagen, was Sie wissen, lasse ich Sie mindestens eine Woche in der U-Haft schmoren. Und Ihre dämliche Freundin bekommt die Gruppenzelle gleich daneben.«

Johanns Erleichterung verflog. Moreno war schneller hinter seine Alleingänge gekommen, als er gehofft hatte. Er erkannte den Ernst seiner Lage. Ihm war völlig klar, dass die Polizei in diesem Staat durchaus die Macht hatte, Unschuldige tagelang einzusperren. Aber sollte er deshalb mit Moreno kooperieren?

Er sah auf die manikürten Fingernägel des Commissario, die gepflegten feingliedrigen Finger, die das Foto der Tätowierung umklammerten. Hände eines Folterers. Schon darüber nachzudenken, mit Moreno gemeinsame Sache zu machen, kam ihm wie ein Verrat an Enza vor.

Überhaupt, Enza! Die Uhr an der Wand stand auf Viertel vor elf. Noch fünfzehn Minuten. Er musste hier weg. Er beschloss, alles auf eine Karte zu setzen.

»Die Ergebnisse der Obduktion von Carlo Grasso werde ich Ihnen zukommen lassen«, sagte er eiskalt. »Den Rest müssen Sie schon selbst herausfinden. Das ist schließlich Ihr Job.«

Moreno wollte etwas entgegnen, doch Johann brachte ihn mit einer Handbewegung zum Schweigen.

»Und wenn Sie mich nicht sofort gehen lassen, werde ich zwei Stockwerke höher dem Polizeipräsidenten einen Besuch abstatten. Es gibt da nämlich eine interessante Geschichte, für die er sich Zeit nehmen wird. Die Geschichte der bisher nicht identifizierten Polizisten, die während der skandalösen Ereignisse des G8-Gipfels Demonstranten brutal gefoltert haben. Einer von denen hat sich besonders hervorgetan. Erinnern Sie sich an die Kaserne in Bolzaneto? Danach hat dieser unbekannte Polizist übrigens eine steile Karriere gemacht. Aber damit wird es schnell vorbei sein, wenn der Polizeipräsident davon erfährt.«

Moreno war während seiner Worte Schritt für Schritt zurückgewichen. Sein sonnengebräuntes Gesicht hatte eine aschfahle Farbe angenommen. Sein Blick ging an Johann vorbei ins Leere. Die Stille im Raum war fast schon mit Händen zu greifen.

Johann nahm es als Signal. Er drehte sich um, verließ das Zimmer und knallte die Tür hinter sich zu. Kurz lauschte er, ob es irgendeine Reaktion gab. Nichts. Er lief los.

***

Enza bahnte sich einen Weg durch die Menschenmassen in den engen Gassen der Altstadt. An der Piazza Banchi rückten die düsteren Häuserfronten auseinander, ließen Platz für ein paar Sonnenstrahlen, für zwei Marktstände mit antiken Büchern und für den Blick auf das fröhliche beige-rot-grüne Muster der Kirchenfassade.

Eine große Uhr auf dem Bankgebäude gegenüber zeigte ihr, dass es zehn Minuten vor elf war. Sie hatte noch etwas Zeit. Gemächlich ging sie an den beiden Haushaltswarenläden vorbei, die im Erdgeschoss unter der Kirche lagen, und stieg langsam die Stufen zum Portal empor. Sie mochte die Geschichte dieses höhergelegten Gotteshauses. Sie war so typisch für die geizigen Genueser.

In der zweiten Hälfte des 16. Jahrhunderts hatte man die Kirche geplant. Zu der Zeit galt Genua wegen ihrer mächtigen Geldhäuser als reichste Stadt der Welt. Und doch wollte man hier, ausgerechnet am »Platz der Banken«, Geld sparen. Kurzerhand wurde das Gotteshaus in den ersten Stock verlegt, darunter baute man Geschäftsräume. Über den Verkauf dieser Läden wurde der Kirchenbau finanziert.

Ein Lächeln huschte über Enzas Gesicht. So war sie eben, die Stadt, in der Menschen wie ihr Vater zu Reichtum kamen.

Sie ließ das schwüle Rauschen der Altstadt hinter sich und trat ein. Im Zwielicht unter der hohen Marmorkuppel saßen ein paar ältere Menschen auf den Holzbänken, andächtig oder betend, niemand dabei, der auf sie zu warten schien.

Unsicher ging sie eine Weile auf und ab und beobachtete die Beichtstühle. Vielleicht hatte sich jemand hinter den Vorhängen darin versteckt?

Die komischen Holzhäuschen mit den vergitterten Flüsterfenstern erinnerten sie an ihren verstörenden Besuch bei Don Giorgio in Castelbianco. Dieses dämliche Beichtgeheimnis. Nur zu gern hätte sie erfahren, welche intimen, wahrscheinlich schrecklichen Geheimnisse Toni dem versoffenen Priester anvertraut hatte.

Ein Vorhang wurde zur Seite gezogen, knarrend öffnete sich die zugehörige Tür, und ein alter Pater in schwarzer Soutane trat heraus. Ihre Blicke trafen sich. War er der Mann, auf den sie wartete? Nein, er ging nach hinten und verschwand in den Priestergemächern.

Enza wurde unruhig. Hatte sie sich umsonst auf den Weg gemacht?

Unentschlossen setzte sie sich in die hinterste Kirchenbank und musterte die Menschen vor ihr. Nach einer Weile drehte sich eine ältere Frau mit blau-weiß gemustertem Kopftuch zu ihr um und nickte ihr kaum merklich zu. Enza erkannte sie wieder. Es war die Frau, die auf der Beerdigung geweint hatte. Sie stand auf und setzte sich neben sie.

»Ich wollte sichergehen, dass Sie allein sind«, flüsterte die Frau, während sie starr geradeaus blickte. »Niemand darf wissen, dass wir uns treffen. Vor allem mein Mann nicht.«

»Sie sind Francas Mutter, richtig?«

Signora Ermia nickte.

»Ich bin Enza Marconi, Francas Freundin. Ich möchte herausfinden, wer sie umgebracht hat. Können Sie mir dabei helfen?«

Signora Ermia drehte langsam den Kopf und sah Enza aus rot geschwollenen Augen an. In den harten Linien ihres schmalen Gesichts erahnte Enza eine erloschene Schönheit. Sie musste einst ähnlich attraktiv gewesen sein wie ihre ermordete Tochter. Doch in diesem Moment strahlte sie nur noch Schmerz und Bitterkeit aus.

»Ich weiß es nicht«, antwortete sie mit brüchiger Stimme. »Aber ich habe Sie vor unserem Haus gesehen. Ich habe gehört, wie mein Mann Sie angeschrien hat. Und ich habe entschieden, dass ich dieses schreckliche Schweigen endlich durchbrechen will.«

Enza rückte näher an Signora Ermia heran. »Wissen Sie, wer Franca getötet hat?«, fragte sie flüsternd. »Glauben Sie auch, dass es Toni war?«

»Wahrscheinlich war es der andere. Auf jeden Fall bin ich mir sicher, dass die alte Hexe dahintersteckt.«

Enza wurde heiß vor Aufregung. Sie begriff den Zusammenhang nicht, aber sie hatte das Gefühl, kurz vor einem Durchbruch zu stehen.

»Wen meinen Sie? Ist Tonis Oma ›die alte Hexe‹? Und wer ist ›der andere‹?«

Beide schraken zusammen, als das Kirchenportal mit einem lauten Krachen ins Schloss fiel. Jemand hatte die Kirche betreten. Sie schauten sich um, aber es war niemand zu sehen.

»Nicht hier«, sagte Signora Ermia nervös. »Das ist eine lange Geschichte. In der Nähe gibt es ein Café, wo wir in Ruhe reden können. Lassen Sie uns dorthin gehen.«

Sie standen auf und huschten aus der Kirche. Signora Ermia nahm Enza an der Hand und zog sie eilig, fast schon im Laufschritt, hinter sich her in das schattige Gewirr der *carruggi*. Enza ertappte sich dabei, dass sie den Kopf einzog, furchtsam und verstohlen, als sei sie auf der Flucht.

✳✳✳

Außer Atem hastete Johann die Stufen hinauf. Kurz davor, die kleine Tür im dunkelgrün lackierten Kirchenportal aufzureißen, zwang er sich zur Ruhe. Nur ein Schatten wollte er sein, Enza und ihr Gesprächspartner sollten ihn auf keinen Fall bemerken.

Auf Zehenspitzen schlüpfte er in die Kirche und verbarg sich im Schatten eines dicken Pfeilers. Von dort aus scannte er vorsichtig den Innenraum. Ein paar Betende. Eine japanische Touristengruppe, die sich mit ihren Kameras um eine merkwürdige Jesusfigur ohne Hände scharte. Ein schwarz gekleideter Küster, der die Infobroschüren am Eingang ordnete und ihn mit erstauntem Blick musterte. Sonst nichts.

Johann ließ alle Vorsicht fahren, ging mit eiligen Schritten einmal durch die kleine Kirche, kontrollierte, ob in den Beichtstühlen Licht brannte, schaute in jede Ecke. Doch er kam zu spät, Enza war weg.

Er rannte wieder hinaus, blieb auf dem kleinen Vorplatz stehen und suchte von dort mit den Augen die gesamte Piazza ab. Keine Enza.

Er wählte ihre Handynummer, landete zum wer weiß wievielten Mal auf ihrer Mailbox, legte auf, dachte nach. Was konnte er tun?

Sein Handy klingelte, Guidos Name auf dem Display, er ging dran.

»Guido, was gibt's Neues?«

»Dottore, ich habe gerade das Ergebnis aus dem Labor bekommen. Sie werden nicht glauben, wessen genetischen Fingerabdruck unsere zerschmetterte Leiche hat.«

»Guido, ich bin im Stress. Sagen Sie es einfach.«

»Antonio Testa.«

»Nein!« Johann war tatsächlich sprachlos.

»Doch, ich habe mir die Analyse persönlich angesehen. Es gibt keinen Zweifel.«

»Guido, Sie wissen, dass das nicht möglich ist. Toni hat in der Nacht von Montag auf Dienstag den Delfintrainer ermordet. Da war unsere Leiche längst tot.«

Guido schwieg ein paar Sekunden. »Zwei Menschen mit derselben DNA kann es nicht geben. Haben Sie so etwas Ähnliches schon mal erlebt?«

Johann blitzte ein Gedanke durch den Kopf, wieder mal zu schnell, um ihn festzuhalten. Ein alter Fall, eine DNA, zwei mögliche Täter, irgendetwas mit einem Kaufhaus. Er versuchte, sich genauer zu erinnern, kam aber nicht weiter. Das Bild von Toni auf der Überwachungskamera schob sich dazwischen. Und das Bild von Enza, ihr letzter Blick, traurig, vorwurfsvoll und schön. Er spürte, dass sie in Gefahr war. Er musste etwas tun.

»Guido, ich muss weiter. Aber ich möchte Sie um etwas bitten. Checken Sie das alles noch einmal durch. Soweit ich mich erinnere, haben wir Tonis DNA in folgenden Proben gefunden: seine Zahnbürste, Sperma aus der Vagina der Piranha-Leiche, die Eintrittskarte zum Aquarium, Sperma aus der Vagina der Prostituierten und jetzt die Leiche, die vom Berg gefallen ist. Prüfen Sie jedes einzelne Ergebnis noch einmal, als sei es das erste Mal. Irgendwo müssen wir einen Fehler gemacht haben.«

»Okay, aber was sage ich Garzetti? Er ist immerhin der Leiter des Labors.«

»Das ist mir scheißegal!«, rief Johann in sein Telefon. Vor lauter Anspannung dröhnte sein Schädel. Er riss sich zusammen. Guido trug keine Schuld an diesem Schlamassel, in das er sich selbst hineinmanövriert hatte. »Entschuldigen Sie, sagen Sie ihm einfach, Sie hätten die persönliche Anweisung von mir. Und wenn ihm das nicht passt, soll er sich beschweren, wenn ich wieder da bin. Wir haben sowieso noch mehr als ein Wörtchen miteinander zu reden.«

Johann beendete das Gespräch und rannte los. Ihm war eine Idee gekommen, wie er Enza finden könnte. Ihre Wohnung lag rund einen Kilometer entfernt. Also lief er den Vico del Fornaro entlang, immer weiter bergauf, zum Schluss die endlosen Stufen der Salita. Keuchend stand er schließlich vor dem Haus.

Die Tür war verschlossen, auf sein Klingeln reagierte niemand. Er schellte bei den Nachbarn. »Hofmann« stand auf dem Schild. Er erinnerte sich, dass Enza das andere Apartment an eine deutsche Familie vermietet hatte. Mit ein bisschen Glück würde er dort vielleicht einen Zweitschlüssel finden.

»Si, pronto?«

Er erkannte den Akzent und überredete die Frau auf Deutsch, ihm die Tür zu öffnen. Er nahm die Treppe, der Aufzug dauerte ihm zu lange. Im obersten Stock erwartete ihn eine freundlich wirkende Dame Ende fünfzig, die ihn allerdings, als er näher kam, ziemlich überrascht anstarrte. Er musste ein seltsames Bild abgegeben, der Schweiß lief ihm in Strömen über das Gesicht. Auch sein Hemd war klitschnass.

Schwer atmend erklärte er so kurz wie möglich die Dringlichkeit der Situation. Es gehe um Leben und Tod, er habe

Angst um Enza und müsse unbedingt in ihre Wohnung hinein. Ob sie einen Schlüssel dafür habe.

Frau Hofmann reagierte skeptisch. »Ja, ich habe einen Schlüssel. Aber wieso soll ich Ihnen diese abstruse Geschichte glauben?«

Er zeigte ihr seinen deutschen Personalausweis und den italienischen Dienstausweis, der ihn als Leiter der Gerichtsmedizin auswies. Er redete auf sie ein. Schließlich gab sie nach.

»Gut, ich lasse Sie hinein, aber ich gehe mit.«

Die Wohnung war leer, doch auf Enzas Schreibtisch stand, wie er gehofft hatte, ihr Laptop. Er setzte sich davor, klappte den Computer auf und fuhr ihn hoch.

Unter dem misstrauischen Blick der Nachbarin loggte er sich in Enzas Cloud ein und startete das Programm »mein Smartphone suchen«. Das war der Gedanke, der ihm vorhin auf dem Kirchplatz gekommen war: Wenn Enza es geschafft hatte, ihn bis zu seinem Sturz ins Olivenöl zu überwachen, konnte er auf diese Weise herausfinden, wo sie sich gerade befand.

Gebannt wartete er auf den grünen Punkt im Stadtplan von Genua. Doch das Ergebnis war eine Enttäuschung. Der Punkt war grau, er lag exakt über dem Haus, in dem er sich aufhielt, und die Meldung dazu lautete: »Smartphone von Enza Marconi vor achtzehn Stunden«. Das erklärte auch, warum sie nicht mehr ans Telefon gegangen war. Sie hatte es gestern Abend in der Wohnung ausgeschaltet und seitdem nicht mehr angemacht.

Ein leises Räuspern von Frau Hofmann erinnerte ihn daran, dass er nicht allein im Raum war. Er drehte sich zu ihr um und schüttelte den Kopf.

»Es klappt leider nicht. Ich kann sie nicht finden.«

»Das tut mir leid für Sie. Aber ich muss Sie jetzt definitiv bitten, wieder zu gehen. Ich fürchte, ich hätte Sie hier niemals hineinlassen dürfen.«

Johann dachte fieberhaft nach. Sein Blick irrte durch den

Raum, fiel auf einen Notizblock neben dem Computer. Ein paar Worte nur in Enzas Handschrift:»Museo della Resistenza Savignone, Salvatore Giacosa, Mittwoch vierzehn Uhr«.

Er wusste ungefähr, wo Savignone lag. Es war zwölf Uhr dreißig. Wenn er sich beeilte, konnte er es schaffen. Kurz entschlossen riss er das Blatt vom Notizblock und steckte es in seine Gesäßtasche.

»Was tun Sie da? Sie können doch hier nicht einfach etwas mitnehmen«, sagte die Nachbarin empört.

Johann ignorierte sie, klappte den Laptop zusammen, klemmte ihn unter seinen Arm und wandte sich zur Tür.

»Vielen Dank für Ihre Hilfe, es geht nicht anders, das ist meine einzige Chance«, sagte er und lief wieder los.

Frau Hofmann schrie hinter ihm her und drohte damit, die Polizei zu rufen.

Ach ja, die Polizei, dachte er. Da war ich heute schon. Es war ihm vollkommen egal.

***

Aufgewühlt sah Enza Signora Ermia hinterher, die auf dürren Beinen die Gasse entlangstakste, Schultern und Hals tief gebeugt, als müsste sie die ganze Last ihrer Familiengeschichte tragen. Sie drehte sich nicht mehr um, sie hatte alles gesagt, was sie wusste. Und jetzt stand Enza da mit schwirrendem Kopf. Geschockt über das Ausmaß der Familienfehde. Erleichtert, weil sie insgeheim immer noch daran gezweifelt hatte, dass Toni ein Mörder war. Aber auch frisch verwirrt, denn das Rätsel um die vielen Toten blieb weiter ungelöst. In Savignone würde sie hoffentlich mehr erfahren.

Sie schaltete ihr Handy ein, um die Zeit zu checken. Schon nach halb eins, höchste Zeit, zum Busbahnhof zu gehen. Und neun verpasste Anrufe von Johann. Sie spürte, dass sich ihr Ärger auf ihn endgültig in Luft aufgelöst hatte. Sollte sie ihn zurückrufen? Sie hatte so viel Neues erfahren.

Zunächst einmal hörte sie ihre Mailbox ab. Johann machte sich also Sorgen um sie und wollte sie zur Kirche begleiten. Tja, dafür war es wohl zu spät. Die nächste Nachricht: Johann, sehr aufgeregt, diesmal auf dem Weg zu einer Leiche in den Bergen. Wahrscheinlich auf dem Weg zu Tonis Leiche. Gebannt hörte Enza die Nachricht zu Ende, hörte seine Bitte an sie, endlich dranzugehen. Hörte die gleiche Botschaft noch dreimal in aufeinanderfolgenden Variationen. Bestürzt machte sie sich auf den Weg Richtung Busbahnhof. Stieß, tief in Gedanken, immer wieder mit entgegenkommenden Passanten zusammen. Wählte im Laufen Johanns Nummer. Wartete darauf, dass er das Gespräch annahm. Plötzlich war der Weg vor ihr zu Ende. Kein Mensch war mehr zu sehen, in diese dunkle Ecke drangen die Geräusche der Altstadt nur noch als leises Rauschen. In den leeren Fensterhöhlen vor ihr nisteten Tauben. Das Haus schien seit Jahrzehnten verlassen. Enza fröstelte unwillkürlich.

Hinter sich hörte sie Schritte. Sie nahm das Handy vom Ohr und wandte sich um, um nach dem Weg zu fragen. Im Augenwinkel sah sie eine blitzartige Bewegung, spürte im Nacken einen kühlen Lufthauch. Dann wurde alles schwarz.

**

Mit quietschenden Riesenreifen hielt Johann vor dem Museum in Savignone. Weil die Garage des Instituts näher lag als der Parkplatz seines eigenen Autos, hatte er widerwillig den verhassten Dienstwagen genommen. Immerhin hatte das hochmoderne Navigationsgerät ihn schnell und direkt hierhergeleitet. Dafür war es jetzt praktisch unmöglich, einen Parkplatz zu finden. Kurzerhand stellte er den protzigen Geländewagen halb auf die Straße, halb in den Straßengraben.

»Museo della Resistenza«, der Name war in großen schwarzen Lettern auf den mattgelben Putz gemalt. Die Tür, eine bäuerliche Tischlerarbeit aus Kastanienholz, stand offen.

Johann betrat einen kleinen, niedrigen Raum, schwach erleuchtet durch das Tageslicht, das durch die beiden Fenster zur Straße fiel. Rechts an der grob verputzten Wand hingen ein paar Schwarz-Weiß-Fotos, darunter eine verblichene Flagge sowie ein seltsames Holzgestell, das mit Leder bespannt war, wahrscheinlich eine Trage für den Transport von verwundeten Partisanen. Auf einem Tisch in der Ecke ein uraltes Maschinengewehr auf einem Dreibein, in der Mitte des Raumes ein langer Schaukasten aus Glas, montiert auf einem langen Holztisch mit roter Plastiktischdecke. Darin ein kunterbuntes Sammelsurium aus Helmen, Pistolen, Munitionskisten und Geschosshülsen.

Johann ging einmal durch den Raum, das Unprofessionelle dieser Ausstellung rührte ihn. Aber Enza war nirgendwo zu sehen. Was hatte sie bloß herausgefunden? Wie war sie auf dieses Museum gekommen?

»Kann ich Ihnen helfen?«

Die sonore Stimme kam aus einem dunklen Türsturz und ließ ihn zusammenfahren.

Ein Mann trat langsam in den Raum und kam auf Johann zu. Er war groß und hager, trug den blauen Arbeitsanzug der Landbevölkerung, auf dem fast kahlen Kopf eine grüne Kommunistenkappe. Die Linien in seinem eingefallenen Gesicht waren tief. Obwohl er körperlich rüstig wirkte, schätzte Johann ihn auf mindestens achtzig, wahrscheinlich weit älter. Sein Blick blieb verschlossen, als Johann in hastigen Worten zu erklären begann, warum er gekommen war. Doch als er Enzas Namen nannte, hellte sich die Miene des Mannes ein bisschen auf.

»Ich bin Salvatore Giacosa, der Leiter dieses Museums. Enza Marconi hat heute Morgen hier angerufen. Sie wollte mich um vierzehn Uhr besuchen. Bisher ist sie nicht gekommen.«

Es war mittlerweile halb drei.

»Darf ich fragen, warum Enza zu Ihnen wollte?«, fragte Johann. »Ich mache mir große Sorgen um sie.«

»Sie ist bei ihren Recherchen auf unser Museum gestoßen.

Aber was geht Sie das an? Sie sind kein Italiener, oder?« Giacosa schaute ihm klar und direkt in die Augen, jetzt wieder unverhohlen misstrauisch.

Johann seufzte. Er wusste, dass es bei vielen alten Menschen in den ligurischen Bergen heftige Ressentiments gegen die Deutschen gab. Er vermutete, dass Giacosa als junger Widerstandskämpfer gegen die Nazis gekämpft hatte.

Wie konnte er mit seinem leichten deutschen Akzent das Vertrauen des alten Mannes gewinnen? Wo sollte er anfangen?

»Ich bin in Hamburg geboren, mein Vater ist Italiener und lebt in Casanova. Enza ist ...« Er dachte darüber nach, was genau Enza für ihn war. Vor allem, was er *ihr* bedeutete, nach allem, was passiert war. Egal, die Zeit drängte. »Enza ist meine Freundin, und ihre Recherche ist auch meine Recherche.«

»Wenn Sie sich so nahestehen und zusammen recherchieren, warum wissen Sie dann nichts darüber, was Signora Marconi in unserem Museum wollte?«

Johann seufzte zum zweiten Mal. Er hatte keine Lust mehr zu taktieren und entschied sich für die Flucht nach vorn. »Nun gut, wir haben uns gestern fürchterlich gestritten. Seitdem versuche ich, sie zu erreichen, aber sie geht nicht ans Telefon. Und zu Hause habe ich sie auch nicht angetroffen. Glauben Sie mir, ich habe wirklich Angst um Enza. Ich fürchte, sie ist in Gefahr.«

Giacosa sah ihn wenig überzeugt an.

»Geben Sie mir fünf Minuten. Ich schildere Ihnen die ganze Geschichte so kurz und knapp wie möglich.«

»Gut, ich höre zu.«

Johann erzählte. Von Francas Leiche im Piranha-Becken. Von Veronica-Zoulaya, die mit einer Wildschweinschlinge erdrosselt worden war. Von Carlo Grasso, dem ertränkten Delfintrainer. Vom mutmaßlichen Mörder Toni, der längst tot gewesen war, als jemand mit seinem genetischen Fingerabdruck weitergemordet hatte. Er spannte den Bogen zu den anderen Todesfällen, zwei in Deutschland, drei in Italien, die nichts miteinander zu tun zu haben schienen, außer dass die

Opfer die gleiche Zahnlücke aufwiesen. Und natürlich der erstaunlichen Tatsache, dass einer von ihnen, Rodolfo Ermia, Francas Großvater gewesen war.

Er brauchte wesentlich länger als fünf Minuten. Doch Giacosa hörte ihm bis zum Schluss aufmerksam zu. Sein Mienenspiel war schwer zu deuten, aber Johann hatte das Gefühl, dass sich sein Misstrauen langsam aufgelöst hatte. Stattdessen stand ein anderer Ausdruck in Giacosas runzligem Gesicht: ein diffuser Schrecken, hinter dem mehr stecken musste als die durchaus verständliche Reaktion eines Mannes, der von brutalen Morden hört.

Johann spürte, dass es hier Zusammenhänge gab, von denen er noch nichts ahnte, die Enza aber in ihrer Recherche entdeckt hatte. Gespannt wartete er auf eine Reaktion.

Giacosa ließ sich Zeit. Er schloss für ein paar Sekunden die Augen, als müsse er sich auf etwas besinnen, das schon lange zurücklag. Dann ging er langsam ans Ende der Glasvitrine, öffnete eine Klappe und nahm ein vergilbtes Schwarz-Weiß-Foto heraus. Er reichte es Johann.

»Ich glaube Ihnen. Sie haben mir die gleiche Geschichte erzählt wie Signora Marconi. Das hier ist das Foto, das ich Ihrer Freundin zeigen wollte. Deshalb wollte sie hierherkommen.«

Johann betrachtete das Bild. Es war ein Hochformat. In der unteren Hälfte standen sechs Männer auf einer Straße in einem Bergdorf. Drei von ihnen in der Uniform der Wehrmacht, die anderen in dunklen Hemden, wahrscheinlich den Schwarzhemden der Faschisten. Sie wirkten sehr jung, einige fast wie Jugendliche. Alle lächelten stolz in die Kamera, was einen abschreckenden Gegensatz zur oberen Hälfte des Bildes bildete. Dort hing ein Mann in grauer Partisanenuniform an einem grob zusammengezimmerten Galgen, das Gesicht im Todeskampf zur grässlichen Grimasse verzerrt.

»Kommen Sie mit, wir müssen reden. Und ich kann mit meinen neunundachtzig Jahren nicht mehr so lange stehen.«

Salvatore Giacosa führte Johann in den Nebenraum, wo ein

Tisch und zwei Stühle standen. Johann setzte sich, die Augen wieder auf das Foto geheftet. War das der Schlüssel zu ihrem Rätsel?

»Ist das Foto in Castelbianco entstanden?«, fragte er Giacosa, der sich schwer atmend auf den anderen Stuhl hatte fallen lassen.

»Ja, es wurde aufgenommen am 13. Dezember 1944.«

»Und wissen Sie, wer die Männer auf dem Bild sind?«

Giacosa nickte langsam. »Ja, ich weiß es. Aber ich muss ein bisschen weiter ausholen. Was Sie auf diesem Foto sehen, hat sich 1944 und 1945 jeden Tag abgespielt. Es gibt Hunderte solcher Bilder und Tausende von ähnlichen Fällen. Jedes Dorf hier hat seine tragischen Helden und seine verhassten Feinde. In diesem Fall ist es den deutschen Besatzern gelungen, einen Widerstandskämpfer festzunehmen. Faschisten aus dem Dorf haben sie dabei unterstützt. Und was passierte dann? Theoretisch hätte der gegnerische Soldat als Kriegsgefangener in ein entsprechendes Internierungslager gebracht werden müssen. Aber es gab ja Hitlers Befehl zur Bandenbekämpfung. Also wurden gefangene Partisanen grundsätzlich hingerichtet.«

Giacosa zündete sich eine Zigarette an, inhalierte tief und blies den Rauch an die Decke.

»Ich muss zugeben, dass wir es damals genauso gemacht haben, wenn wir ausnahmsweise mal einen Wehrmachtsoldaten geschnappt haben. Meistens haben wir sie erschossen, ihnen die Stiefel ausgezogen und sie einfach liegen lassen.«

Er hatte die ganze Zeit durch ein imaginäres Loch in der Wand gestarrt. Jetzt sah er Johann direkt in die Augen.

»Sie sind jung. Sie wissen nichts über diese Zeit. Und Sie können sich nicht mal im Ansatz vorstellen, wie diese Bestien gewütet haben. Wir haben über vierhundert Massaker gezählt. Und glauben Sie mir, jeder Buchstabe dieses starken Wortes ist mehr als berechtigt. Rund fünfzehntausend Menschen wurden dabei ermordet. Ich habe mich nach dem Krieg intensiv damit beschäftigt und schließlich dieses Museum aufgebaut.«

Er nahm Johann das Foto aus der Hand und zeigte auf den gehenkten Partisanen.

»Das ist Mario Rossi. Ich habe mit ihm zusammen gekämpft. Er war ein tapferer junger Mann, und er hatte Angst vor dem Sterben, wie wir alle. Mario hatte eine Verlobte in Castelbianco, die er manchmal nachts besucht hat. Heimlich natürlich, das Dorf war ja in der Gewalt von Deutschen und Faschisten. Eines Morgens erwischten sie ihn kurz vor Morgengrauen, als er gerade aus der Hintertür schlüpfte. Aber wie konnten die Häscher wissen, dass er da war?«

Giacosa deutete auf einen der Männer im schwarzen Hemd.

»Der hier hat ihn verraten. Sie waren zusammen zur Schule gegangen, hatten sich in dasselbe Mädchen verliebt. Und jetzt, nachdem das Schicksal sie auf verfeindete Seiten gespült hatte, kam für den Unterlegenen die Chance, sich zu rächen. Dieser Mann ist Rodolfo Ermia.«

Francas Großvater, angeblich ertrunken im Dorfteich mit einer auffälligen Zahnlücke, erinnerte sich Johann gebannt und holte die Liste mit den Namen der Toten aus der Tasche. Er legte sie vor sich auf den Tisch.

»Der hier«, Giacosa tippte mit dem Finger auf den nächsten Mann im Faschistenhemd, »heißt Giuseppe Manzo, ich sehe seinen Namen auf Ihrer Liste. Und das dritte Schwarzhemd auf dem Bild heißt Paolo Bergamaschi. Auf Ihrem Zettel steht Nino Bergamaschi, soweit ich weiß, ist das sein Sohn.«

Giacosa drückte seine Zigarette in einer fleckigen Untertasse aus.

»Die Namen der deutschen Soldaten habe ich erst viel später herausgefunden. Zwei von ihnen stehen auf Ihrer Liste: Heinz Wohlgemut und Helmut Bergmann. Der dritte heißt Rudolf Müller. Er war damals dreiundzwanzig, müsste also auch schon tot sein. Aber vielleicht finden Sie noch heraus, dass auch er mit dieser Zahnlücke gestorben ist.«

»Wie hieß die Verlobte des gehenkten Widerstandskämpfers?«, fragte Johann.

»Sie wissen es doch längst.«

Er hatte recht. Johann kannte den Namen. »Gina Testa, Tonis Großmutter.«

＊＊＊

Alles um sie herum war schwarz und still. In ihrem Schädel füllte ein dicht gepresster Ballen aus Watte alles aus. Kein Platz für Gedanken oder Gefühle außer hämmernden Kopfschmerzen. Sie hörte ein aufgeregtes Zwitschern, das Kreischen eines Eichelhähers, draußen, irgendwo. Wo war sie bloß?

Enza versuchte, sich zu bewegen, doch etwas hielt sie fest. Sie schlug die Augen auf. Ein kleines, rundes Zimmer, kaum beleuchtet durch das Zwielicht, das durch eine etwa anderthalb Meter niedrige Türöffnung fiel. Keine Fenster, die Wände grob verputzt, darüber eine rissige Kuppel aus Stein, wie eine Art Iglu aus Felsen.

Sie lag auf dem Boden, ihre Wange ruhte auf festgetretener trockener Erde. In ihrem Kopf schien sich alles zu drehen. Enza begriff weder, wo sie sich befand, noch, was mit ihr passiert war.

Ihre Arme waren hinter ihrem Rücken gefesselt. Sie blickte an sich hinab. Silbernes Klebeband war in mehreren Lagen um die Fußgelenke gewickelt. Ihre Füße steckten noch in den hochhackigen Ankle Boots, die sie am Morgen gewählt hatte. Ansonsten war sie vollkommen nackt.

Die Panik machte sie mit einem Schlag hellwach. Eine Welle von heftigen Gefühlen fuhr durch ihren Körper. Erst die Scham, schnell verdrängt von heißer Wut und schließlich kalter Angst. Sie zog spontan ihre Knie zur Brust, krümmte sich wie ein Embryo auf dem kalten Boden, bemühte sich, klar zu denken. Wer auch immer sie überfallen und hierhergebracht hatte, wollte sie nackt in High Heels betrachten. Was musste das für ein kranker Typ sein. Und was hatte er mit ihr vor?

Mühsam drehte sie sich auf die andere Seite und sah sich

in ihrem Gefängnis um. Sie lag in der Mitte des Raums. An der Wand lehnte eine unbezogene Matratze mit Wolldecke. Darüber steckten ein paar Nägel im Putz, an denen Kleidungsstücke hingen. Eine schwarze Jeans, ein rosafarbenes T-Shirt, darüber Slip und BH. Ihre Klamotten, die jemand ordentlich übereinandergehängt hatte.

Enzas Blick fiel auf ihre Handtasche, die danebenhing. Wenn sie Glück hatte, lag darin noch das Messer. Ihre Lebensversicherung, die sie seit der Folter in der Bolzaneto-Kaserne immer bei sich trug.

Sie schaute zur Türöffnung, niemand zu sehen. Kurz entschlossen rollte sie sich über den Boden, bis sie mit dem Kopf unsanft an die Mauer stieß. Es gelang ihr, sich mit dem Gesicht zur Wand auf den Knien aufzurichten. Mit den Zähnen packte sie den Henkel ihrer Tasche und zerrte daran, bis die Tasche herunterfiel. Sie wälzte sich nochmals herum und bekam schließlich im Sitzen hinter ihrem Rücken die Tasche zu fassen. Fieberhaft nestelte sie mit ihren fast tauben Händen am Reißverschluss, bis er sich endlich öffnete. Ihre zusammengeklebten Hände wühlten sich durch den Inhalt, fanden das Messer, zogen es heraus.

Der Schlag traf sie vollkommen unvorbereitet. Seitlich ins Gesicht mit der flachen Hand, aber mit solcher Gewalt, dass ihr ganzer Oberkörper zur Seite geschleudert wurde. Sie war so sehr auf die Tasche konzentriert gewesen, dass sie die Annäherung des Mannes nicht bemerkt hatte. Das Messer war ihr aus der Hand geglitten. Sie lag keuchend auf der Seite, schmeckte das Blut aus ihrer aufgeplatzten Unterlippe und fühlte sich unendlich schwach.

Langsam hob Enza den Blick. Der Mann stand in der Mitte des Raums und sah ihr in die Augen. Sie erkannte ihn wieder, den aggressiven Blick des Mannes auf der Überwachungskamera. Der Mann mit dem Galgentattoo auf dem Arm. Der Mann, der aussah wie Toni. Und jetzt, aus dieser intensiven Nähe, konnte sie sehen, dass es nicht Toni war.

»Du bist Marco.«

Der Mann nickte. Er hob ihr Messer auf, ließ die Klinge herausschnappen und beugte sich wortlos zu ihr herunter.

Enza hielt den Atem an, als die Schneide knapp unterhalb des Nabels ihren Bauch berührte. Wie ein Rasiermesser schabte Marco die Klinge über ihre Haut, quälend langsam in Richtung ihrer Schamhaare. Erdkrümel waren dort kleben geblieben, als sie sich vorher über den Boden gerollt hatte. Er kratzte die Erde mit der Klinge weg und wischte die Schneide mit dem Finger wieder sauber.

Dann hörte Enza zum ersten Mal seine Stimme:

»Du sollst dich doch nicht schmutzig machen. Dreckige Mädchen haben bei mir keine Chance.«

***

Johanns Gedanken überschlugen sich. Alle Lebenden auf dem Schwarz-Weiß-Foto waren tot. Während der einzige Tote auf dem Bild eine Verlobte gehabt hatte, die bis heute am Leben war.

Das Foto stellte die Verbindung zwischen den Mordfällen dar. Deshalb also gab es die Feindschaft zwischen den Familien von Franca und Toni. Aber war es vorstellbar, dass hinter all diesen Morden eine späte Rache steckte? Die Vergeltung für den hingerichteten Verlobten, ausgeführt mehr als siebzig Jahre nach der Tat?

Warum bloß hatte sich Gina Testa so lange Zeit gelassen?

Giacosa schien Johanns unausgesprochene Frage zu erraten.

»Ich habe Gina Testa vor langer Zeit kennengelernt. Schon in den siebziger Jahren kam sie mit diesem Foto zu mir und fragte, ob ich herausfinden könne, wer die deutschen Soldaten seien. Die drei Schwarzhemden aus ihrem Dorf kannte sie natürlich. Ich konnte ihr nicht helfen, es gab keine Akten dazu in Italien und von deutscher Seite keinerlei Bereitschaft zur Mitarbeit. Aber Gina Testa hatte einen langen Atem. Alle paar Jahre kam sie wieder bei mir im Museum vorbei, fragte mich jedes Mal aufs Neue, ob ich etwas erfahren habe, um stets wieder enttäuscht in ihr Dorf zurückzukehren. Bis ein Staatsanwalt in Rom eine unglaubliche Entdeckung machte. Haben Sie schon mal vom ›Armadio della Vergogna‹ gehört, dem berüchtigten Schrank der Schande?«

Johann schüttelte den Kopf.

»Dieser Schrank stand im Keller des Palazzo Cesi, dem Sitz der Militärjustiz in Rom. Anfang der sechziger Jahre hatte ihn jemand mit einem Eisengitter zugesperrt und mit den Türen zur Wand gedreht. Mehr als drei Jahrzehnte lang nahm niemand Notiz davon, bis ein Staatsanwalt im Jahr 1994 den Entschluss fasste, das Schloss aufzubrechen und hineinzuschauen. Damit öffnete er die Türen zu einem gewaltigen Skandal.«

»Was wurde darin aufbewahrt?«

»Sechshundertfünfundneunzig vergilbte Ermittlungsakten. Beweise für die Kriegsverbrechen der Wehrmacht während der italienischen Besetzung. Die Alliierten hatten das Material nach dem Krieg zusammengetragen. Hunderte deutscher Täter hätte man damit hinter Gitter bringen können. Stattdessen wurden die Akten im Jahr 1960 eingemottet. Der Kalte Krieg hatte begonnen, und man wollte dem neuen deutschen NATO-Verbündeten keine schlechte Stimmung bereiten.«

Giacosa zündete sich eine weitere Zigarette an.

»In den Unterlagen fand man zum Beispiel die Akte über das Massaker von Sant'Anna. Das ist Ihnen sicher ein Begriff.«

»Ja, ich habe davon gehört. Gab es da nicht irgendwann einen Prozess?«

Giacosa schenkte Johann ein ironisches Lächeln. »Ja, es gab sogar ein Urteil, aber eben viel zu spät. Aufgrund der Akten konnten tatsächlich zehn ehemalige SS-Männer als Täter ausfindig gemacht werden. Es dauerte noch einmal zehn Jahre, bis es endlich zum Prozess kam. Im Jahr 2005, also vor vierzehn Jahren, wurden alle Angeklagten zu lebenslanger Haft verurteilt. Sie waren erwiesenermaßen beteiligt an der bestialischen Ermordung von mehr als fünfhundert Dorfbewohnern am 12. August 1944. Das Verfahren hatte nur einen Schönheitsfehler: Es fand in La Spezia statt, und die Angeklagten hatten dummerweise keine Lust, vor Gericht zu erscheinen. Sie wurden also in Abwesenheit verurteilt.«

»Das heißt, sie sind bis heute auf freiem Fuß?« Johann war aufrichtig überrascht.

»Mittlerweile sind die meisten von ihnen eines natürlichen Todes gestorben. Aber nein, keiner von ihnen kam ins Gefängnis, weil die deutsche Justiz sie nicht ausliefern wollte. Stattdessen haben die Staatsanwälte in Deutschland selbst Ermittlungen geführt. Mit dem Ergebnis, dass diese Ermittlungen kurz darauf eingestellt wurden. Und nun wollen Sie bestimmt wissen, warum ich Ihnen das erzähle. Ich will Ihnen noch etwas zeigen.«

Giacosa stand auf, ging mit müden Schritten zu einem Schrank an der Wand und zog einen staubigen Aktenordner heraus. Er entnahm einen Stapel Fotos und breitete sie auf dem Tisch aus.

»Schauen Sie, erkennen Sie die Männer wieder?«

Johann studierte die Bilder. Sie zeigten drei Angeklagte, die sich hinter Zeitungen zu verbergen suchten. Auf einer der Zeitungen, den »Stuttgarter Nachrichten«, sah er ein Datum: 4.7.2012. Ein paarmal war es dem Fotografen gelungen, auch die Gesichter der Männer einzufangen. Johann verglich sie mit den deutschen Soldaten auf dem Schwarz-Weiß-Foto.

»Es sieht danach aus, als hätten die Henker von Castelbianco vor einem deutschen Gericht gestanden«, sagte er zögernd.

»Richtig. Heinz Wohlgemut, Helmut Bergmann und Rudolf Müller. Auch diese drei Namen fanden die Ermittlungsbehörden im Schrank der Schande. Sie gehörten zur SS-Panzergrenadierdivision Thor, die nördlich von Genua stationiert war. Aufgrund der gefundenen Akte ließ sich rekonstruieren, dass sie mindestens hundert Menschen hier in der Umgebung getötet hatten. Mein Kamerad Mario Rossi in Castelbianco war also nur einer unter vielen. Auch diese drei SS-Schergen wurden in Italien zu lebenslanger Haft verurteilt. Und genauso wie im Fall von Sant'Anna glänzten sie durch Abwesenheit.«

»Aber wie kam es, dass sie auch in Deutschland vor Gericht gestellt wurden?« Johann pochte auf die Fotografien, die vor ihm lagen.

»Weil die Stuttgarter Staatsanwaltschaft in diesem Fall tatsächlich Anklage wegen hundertfachen Mordes erhob. Die Beweise waren erdrückend. Und die drei Männer auf der Anklagebank gaben die meisten Taten sogar zu. Sie erklärten sich aber für unschuldig, weil sie auf Befehl gehandelt hätten. Es gab ja Hitlers Befehl zur Bandenbekämpfung, der war eine Art Freibrief nicht nur für die Hinrichtung von gefangenen Partisanen, sondern auch für die Ermordung von Frauen und Kindern. Um es kurz zu machen: Die Richter urteilten, dass all diese Morde nur als Totschlag einzuschätzen seien. Totschlag aber verjährt nach zwanzig Jahren. Die Angeklagten wurden deshalb freigesprochen.«

Johann ließ die Information ein paar Sekunden sacken. Und schlug den Bogen zum Anfang des Gesprächs. »Wie erfuhr Gina Testa davon?«

»Sie war dabei. Ich hatte sie informiert und war mit ihr nach Stuttgart zum Prozess gefahren. Es war Ginas erste Reise ins Ausland. Sie wollte den Mördern ihres Verlobten in die Augen schauen.«

»Und wie reagierte sie, als die Männer freigesprochen wurden?«

»Sie zeigte keinerlei Gefühlsregung. Auch auf der Rückfahrt nach Genua, sieben Stunden lang. Sie saß auf dem Beifahrersitz, starrte geradeaus durch die Scheibe und sprach kein einziges Wort. Ich habe sie auf dem Parkplatz in Castelbianco abgesetzt. Sie wissen vielleicht, dass man ihr Haus mit dem Auto nicht erreichen kann.«

Johann nickte schweigend und erinnerte sich an die beklemmende Begegnung in Gina Testas Haus.

»Sie sagte nur noch Danke, drehte sich um und ging den Berg hoch«, fuhr Giacosa fort. »Das war vor sieben Jahren. Seitdem habe ich sie nicht mehr gesehen.«

Stille. Die beiden Männer sahen sich an. Auf der einen Seite der deutsche Gerichtsmediziner Mitte dreißig, ihm gegenüber der italienische Partisan, fast neunzig Jahre alt. Sie quälten sich mit demselben Gedanken. So unvorstellbar es schien, alles deutete darauf hin, dass Gina Testa das Recht in die eigene Hand genommen hatte.

Giacosa war der Erste, der es aussprach: »Aber wie soll diese alte Frau es geschafft haben, all diese Menschen umbringen zu lassen?«

»Bisher sah alles danach aus, dass ihr Enkel Toni der Haupttäter ist.« Johann dachte an die zerschmetterte Leiche im Kühlfach des Instituts und das Rätsel mit der DNA. »Was wissen Sie über die Familie Testa?«, fragte er.

»Gina war schwanger, als ihr Verlobter gehenkt wurde. Sie bekam nach dem Krieg einen Sohn, den ich nie kennengelernt habe. Er ist in den neunziger Jahren bei einem Autounfall ums Leben gekommen. Das hat sie mir jedenfalls erzählt. Auch ihre Enkel habe ich nie zu Gesicht bekommen. Von denen sprach sie gern. Die beiden waren ihr ganzer Stolz.«

Johann starrte Giacosa ins Gesicht. »Es gibt zwei Enkel? Bisher wusste ich nur von Toni.«

»Natürlich gibt es zwei. Antonio und Marco. Soweit ich weiß, sind sie Zwillinge.«

***

»Was willst du von mir?« Enza bemühte sich, so ruhig und klar wie möglich zu sprechen. Obwohl sie fror. Obwohl sie sich noch nie so wehrlos und verletzlich gefühlt hatte. Obwohl die Todesangst sie fast ohnmächtig werden ließ. Aber sie spürte auch das Bedürfnis, gerade in ihrer Nacktheit so selbstbewusst wie möglich aufzutreten.

»Ein bisschen Spaß haben«, antwortete Marco. »Du wirst schon sehen.«

Tonis Zwillingsbruder lächelte nicht. Sein Blick war fremd und kalt. Ansonsten aber war die Ähnlichkeit verblüffend. Er stieß ihr Messer mit der Spitze in einen Balken an der Wand, sodass es dort stecken blieb. Zu hoch, als dass sie es mit ihren Fesseln hätte erreichen können. Ohne ein weiteres Wort ging er wieder hinaus.

Enza lauschte ihm hinterher, hörte aber nichts mehr außer den Vogelstimmen. Sie fing an zu zittern, ließ es zu. Tief in ihr meldete sich ein Überlebensinstinkt: Mach dich nicht verrückt, spare deine Kraft, lenk dich mit irgendetwas ab.

Sie besann sich noch einmal auf das, was Francas Mutter ihr am Morgen erzählt hatte. Versuchte, sich jedes Wort ins Gedächtnis zu rufen. Je mehr sie über den Mann wusste, der sie in seine Gewalt gebracht hatte, desto größer waren ihre Chancen, hier wieder herauszukommen.

Es war Signora Ermia gewesen, von der sie erfahren hatte, dass es Zwillingsbrüder gab. Toni, der eine, sanft und charmant. Marco, der andere, grob und düster.

»Wie können zwei Menschen, die sich so ähnlich sehen, so unterschiedlich sein?«, hatte Signora Ermia gesagt.

Und diese ungleichen Brüder hatten sich vor langer Zeit ausgerechnet in dasselbe Mädchen verliebt. In ihre Tochter Franca, die zu diesem Zeitpunkt noch gar nichts wusste vom Hass zwischen den beiden Familien.

Franca war vierzehn Jahre alt gewesen, als sie sich ihrer Mutter anvertraut hatte. Sie gestand, dass sie in Toni verliebt war. Und dass sie den zudringlichen Marco zurückgewiesen hatte. Sie musste sich anhören, dass ihre Liebe von vornherein eine undenkbare, unmögliche war. Ihr Großvater Rodolfo und Tonis Großvater Mario hatten gegeneinander gekämpft, Faschist gegen Partisan, mit tödlichem Ausgang. Die Feindschaft zwischen den Familien galt für alle Zeiten und war unüberbrückbar.

»Mir egal«, hatte Franca damals ihrem Vater trotzig ins Gesicht gesagt, der sie postwendend brutal verprügelt hatte. »Lass die Finger von dem Testa-Bastard«, hatte er gedroht. Doch sie hatte sich weiter mit Toni getroffen. Weder Drohungen noch Schläge konnten sie davon abhalten, sodass der Vater sie auf die Klosterschule nach Genua schickte. Francas Eltern hofften, dass sie dort auf andere Gedanken kommen würde. Doch als sie mit sechzehn ins Dorf zurückkehrte, wurde alles nur noch schlimmer. Franca bot ihrem tobenden Vater die Stirn und zeigte sich demonstrativ weiter mit Toni. Bis das ungewollte Liebespaar eines Nachts einfach verschwand.

Mehr als eine Stunde lang hatte Enza mit Signora Ermia im Café gesessen und deren Erzählung gelauscht, am Ende war Francas Mutter in Tränen ausgebrochen und hatte gesagt:

»Ich wollte die Polizei alarmieren und nach ihr suchen lassen. Aber mein Mann hat es mir verboten. Für ihn war Franca seitdem gestorben. Ich durfte ihren Namen in seiner Gegenwart nicht mehr aussprechen. Ein Jahr später hat sie mich das erste Mal angerufen und erzählt, dass die beiden in Genua wohnten. Von da an haben wir ab und zu miteinander telefoniert. Heimlich natürlich, wenn mein Mann davon erfahren hätte, wäre er durchgedreht.«

Enza hatte schließlich die Fragen gestellt, die sie weiter beschäftigten: »Vorhin in der Kirche haben Sie gesagt, Sie glauben, dass Signora Testa dahintersteckt. Warum?«

»Ich bin mir nicht sicher. Aber ich habe seit Francas Tod viel nachgedacht. Ich habe mich gefragt, wer meine Tochter so sehr hassen könnte, dass er sie auf diese grausame Art und Weise umbringt. Irgendwann dachte ich an Gina Testa. Sie war immer wie ein böser Fluch, der über uns lag. Ich bin ihr nur selten begegnet und habe nie ein Wort mit ihr gesprochen. Aber Sie können sich nicht vorstellen, was für eine Eiseskälte sie ausstrahlt. Diese bitterbösen Blicke, ich hatte schon immer Angst vor ihr. Alle Alten hier im Dorf wissen, dass sie niemals über den Tod ihres Verlobten hinweggekommen ist. Dass sie meinen Schwiegervater abgrundtief für seinen Verrat hasste. Dass dieser Hass auf unsere ganze Familie übergegangen ist. Und dann kommt ausgerechnet aus dieser Familie Ermia ein Mädchen und raubt ihr einen Enkel. So muss sie es jedenfalls empfunden haben. Ich würde ihr alles zutrauen, egal, wie alt sie mittlerweile ist.«

Enza hatte sich bei diesen Worten an ihre eigene Begegnung mit Gina Testa erinnert. An die aufrechte Haltung der greisen Frau, an ihre kalten Augen, an den kontrollierten Hieb mit der Axt, der so gar nicht zur angeblichen Verwirrtheit passte.

»Als die Polizei nach Francas Tod zu Ihnen kam, wurde da nie über Marco gesprochen?«, hatte sie Signora Ermia als Nächstes gefragt.

»Nein, der Mann von der Kripo sagte, Toni habe sie ermordet. Also drehte sich alles nur um die Frage, wo sie ihn finden könnten. Sein Bruder Marco war überhaupt kein Thema. Weil ich keine Ahnung hatte, wo sich Toni verstecken könnte, habe ich die Polizisten zu Gina Testa geschickt.«

»Kann es sein, dass Gina ihren Enkel Marco für ihre Zwecke eingespannt hat?«

»Es ist möglich«, hatte Signora Ermia geantwortet. »Aber ich habe den düsteren Zwilling seit Jahren nicht mehr gesehen. Ich habe mir gedacht, er sei irgendwann weggezogen.«

Falsch, dachte sich Enza jetzt in ihrem Gefängnis. Marco war nicht weggegangen. Aber er hatte sich offenbar so unsichtbar gemacht, dass nicht einmal die Polizei auf den Gedanken gekommen war, nach ihm zu suchen. Sofern die Behörden überhaupt von der Existenz des Zwillingsbruders wussten. Marco war das bisher unentdeckte Werkzeug von Gina Testa. Er hatte Franca ermordet. Wahrscheinlich gingen auch die anderen Menschen von der Liste auf sein Gewissen. Und nun war auch sie in seiner Gewalt. Nackt und gefesselt, ohnmächtig, gedemütigt, an einem unbekannten Ort. Die Angst kam zurück, umklammerte ihr Herz.

Wie lange mochte das Gespräch mit Francas Mutter her sein? Sie hatte jedes Gefühl für Zeit verloren.

Sie versuchte, sich zu bewegen, doch das Klebeband saß bombenfest. Was konnte sie tun?

Ein Geräusch an der Tür ließ sie zusammenzucken. Marco kam zurück. In der rechten Hand hielt er ein doppelläufiges Gewehr, in der anderen ein Foto. Er hielt es ihr wortlos vor das Gesicht.

Enza erkannte das Bild sofort und fühlte einen Anflug von Verwirrung. Es war das Foto von ihr zwischen Franca und Toni, das sie erst vor ein paar Tagen Johann gegeben hatte. Wie war es in den Besitz von Francas Mörder gelangt?

Marco lieferte ihr die Erklärung.

»Das habe ich bei einer Nutte gefunden. Es lag auf ihrem Küchentisch. Ich verstehe das nicht.«

Er setzte sich auf den einzigen Stuhl im Raum, schaute mit seinen kalten Augen auf sie herab und schien auf eine Erklärung zu warten.

Enza begriff, und es versetzte ihr wieder einen schmerzhaften Stich. Johann selbst musste es gewesen sein, der das Bild bei seiner Freundin Veronica vergessen hatte. Durch einen verrückten Zufall war das zum Todesurteil für die Prostituierte geworden. Aber was sollte sie dazu sagen? Sie musste Marco zum Reden bringen, musste sich mehr Zeit verschaffen. Hauptsache, er griff nicht wieder nach dem Messer. Sie dachte sich spontan etwas aus.

»Das Foto habe ich der Polizei gegeben. Keine Ahnung, was sie damit gemacht haben. Vielleicht haben sie überall Kopien davon verteilt, um nach Francas Mörder zu suchen.«

Er sah ihr emotionslos in die Augen, schüttelte langsam den Kopf. Enza hatte das Gefühl, dass er sich vergeblich bemühte, den Sinn ihrer Worte zu begreifen. Vielleicht, weil er selbst Francas Mörder war, das Foto aber seinen Bruder zeigte? Sie beschloss, in die Offensive zu gehen.

»Warum hast du Franca getötet?«

»Die Nonna hat es befohlen. Sie hat es verdient.«

»Das stimmt nicht. Sie war meine Freundin. Sie war ein wunderbarer Mensch.«

Wieder kam der Schlag wie aus dem Nichts. Er traf sie genau an derselben Stelle und warf sie zum zweiten Mal seitlich auf den Boden. Es tat höllisch weh, die Lippe blutete noch stärker.

»Sie war eine Schlampe, genauso wie du«, sagte Marco. Er beugte sich zu ihr herunter und wischte mit einem Finger das Blut auf, das ihr aus dem Mundwinkel das Kinn hinablief.

Enza wollte reflexhaft zurückweichen, doch sie lag bereits mit dem Kopf an der Wand, wehrlos, ohne jede Chance.

Quälend langsam näherte sich Marco mit seinem blutigen Finger ihrem Busen, zeichnete jeweils einen Kreis um jede Brustwarze, holte sich in ihrem Mundwinkel frisches Blut, malte ein Kreuz zwischen ihre Brüste.

»Und deshalb wirst du genauso sterben wie sie«, sagte er ohne jede sichtbare Emotion.

Enza konnte seine Worte kaum noch hören. In ihren Ohren raste der Puls, in ihrem Schädel hämmerten die Kopfschmerzen. Sie bekam kaum Luft, fühlte sich wie gelähmt vor Angst. Und spürte doch, tief in ihrem Inneren, die Keimzelle eines mächtigen Zorns. Was für ein perverses Arschloch versuchte ihr da gerade Angst einzujagen!

Sie merkte, wie diese Empörung ihr half, die Lähmung zu durchbrechen. Sie reagierte instinktiv, setzte sich, so gut sie konnte, wieder aufrecht hin, stützte den Rücken gegen die Wand und schrie Marco ihre Wut ins Gesicht:

»So sterben wie Franca? Ach was, willst du mich auch erst ins Olivenöl werfen und danach ins Piranha-Becken? Du bist doch wahnsinnig!«

Sie schloss die Augen, spannte ihre Muskeln an und wartete auf den nächsten Schlag. Doch nichts passierte. Als sie seine Stimme hörte, öffnete sie ihre Augen wieder und sah zum ersten Mal eine Gefühlsregung in seinem Gesicht. War es ein Hauch von Verwunderung, dass sein Opfer sich wehrte?

»Das mit den Piranhas war nur ein Versuch«, sagte er zu ihrer Überraschung ganz sachlich. »Ich habe oft vor dem Becken gestanden und mich gefragt, was passiert, wenn man einen Menschen dort hineinwirft. Also habe ich es ausprobiert. Aber es war viel zu kurz. Nach ein paar Sekunden sieht man nichts mehr. Das Wasser wird zu trüb.«

Enza war perplex. Ein Gedanke blitzte auf. Das Ticket zum Aquarium, das sie im Haus der Nonna gefunden hatte. Marco musste es als normaler Besucher gekauft haben, um das Piranha-Becken vorher auszukundschaften.

Aber es war doch Tonis genetischer Fingerabdruck gewesen, den die Gerichtsmediziner an der Eintrittskarte festgestellt hatten. Wie war das möglich? War die DNA von Zwillingen identisch?

Sie riss sich zusammen, konzentrierte sich. Weitersprechen, ihn zum Reden bringen, Zeit gewinnen.

»Warum hast du Franca vorher ins Öl geworfen?«

»Hat sich so ergeben. Ich wusste gar nicht, dass in dem Schiff Öl drin war. Ich hatte das Mistvieh tagelang verfolgt und wartete nur auf einen günstigen Moment. Als sie den großen runden Deckel aufmachte und mit einer Lampe reinleuchtete, habe ich sie erst mal gepackt.« Ein Lächeln huschte über Marcos Gesicht. »Es hat Spaß gemacht.«

Enza begriff, dass er auf die Vergewaltigung anspielte. Verzweifelt versuchte sie, die neue Welle von Angst, die in ihrer Kehle aufstieg, hinunterzudrücken. Wo war ihre Wut geblieben?

»Warum das Öl?«, wiederholte sie tapfer.

Marco schien einen Moment nachzudenken, als wüsste er selbst keine Antwort. Seine Mundwinkel hoben sich wieder zu einer Art kaltem Grinsen.

»Ich wollte ausprobieren, wie lange sie es schafft«, sagte er schließlich. »Mit der Lampe konnte ich zuschauen. Aber sie begann leider so laut zu schreien, dass ich den Deckel zumachen musste.«

Enza schloss die Augen. Die Vorstellung, wie ihre Freundin gequält und vergewaltigt um ihr Leben kämpfte, bis das Schwarz der sich schließenden Luke ihr jede Hoffnung raubte, war unerträglich. Schlimmer noch als der Splatterfilm mit den Piranhas.

»Was wolltest du vor Francas Haus? Wir haben dich gesehen. Du bist vor uns weggelaufen.« Sie zwang sich, ruhig zu bleiben.

»Das Geld. Deine dämliche Freundin hat mir Kohle angeboten, bevor ich sie ins Öl geworfen habe. Ich sollte sie laufen lassen für hundertfünfzigtausend Euro. ›Ich habe das Geld zu Hause‹, sagte sie. Also dachte ich mir, ich schau mal nach, ob ich die Knete finde.«

Enza fühlte das letzte Quäntchen Kraft schwinden. Mit matter Stimme presste sie eine weitere Frage heraus.

»Was ist mit Toni? Hast du den auch umgebracht?«

»Schluss jetzt, genug gequatscht.« Marco hob ihre Tasche vom Boden auf und kramte darin herum. Er fand ihr Smartphone und zog es heraus.

»Wir rufen deinen hübschen Gerichtsmediziner an. Der möchte dich doch bestimmt befreien, oder?«

Während er sprach, wollte Marco das Telefon aktivieren. Doch er begriff schnell, dass er dafür Enzas vierstelligen Sicherheitscode brauchte.

»Sag mir die Nummer. Sonst schneide ich dir einen Finger ab.« Er zog das Messer aus dem Balken und beugte sich zu ihr herunter.

Enzas Wut war verschwunden. Sie zitterte heftig und fühlte sich erbärmlich, als sie ihm den Code nannte.

✳✳✳

Als Johann das Museo della Resistenza verließ, piepte sein Handy. In dem Gebäude hatte er keinen Empfang gehabt, in diesem Moment zeigte das Display die Meldung ›Enza Marconi, verpasster Anruf‹. Endlich, er drückte sofort auf Rückruf, doch es meldete sich nur ihre Mailbox.

Während er zurück zu seinem Wagen ging, schwirrten die neuen Informationen von Salvatore Giacosa in seinem Kopf herum. Und auf einmal erinnerte er sich wieder an den Fall mit den Kaufhausdieben. Natürlich, es waren Zwillinge gewesen. Bei einem spektakulären Einbruch in ein Berliner Luxuskaufhaus waren Uhren und Schmuck im Wert von mehreren Millionen Euro gestohlen worden. Am Tatort fand sich ein genetischer Fingerabdruck, der zur Festnahme eines Täters führte. Fall gelöst, dachten sich die Ermittler. Doch der Mann hatte einen eineiigen Zwillingsbruder. Beide Brüder verweigerten die Aussage, weshalb sie am Ende wieder freigelassen werden mussten. Wer von den beiden am Tatort gewesen war, ließ sich nämlich durch die DNA-Analyse nicht feststellen. Das Erbgut von eineiigen Zwillingen war praktisch identisch.

Damit hatte Johann endlich eine plausible Erklärung für das DNA-Rätsel seines Falles. Während Toni längst tot auf der Kuhweide lag, hatte sein Zwillingsbruder Marco nacheinander Veronica und den Delfintrainer getötet. Der Gedanke lag also nahe, dass Marco im Auftrag seiner Großmutter auch alle anderen Menschen auf der Liste des Todes ermordet hatte. Unbegreiflich blieb allerdings die Tatsache, dass die Polizei nichts von der Existenz des Zwillings zu wissen schien.

Als er die Tür zu seinem Dienstwagen öffnete, klingelte sein Handy. »Enza Marconi« stand auf dem Display. Er fühlte eine Welle der Erleichterung und meldete sich.

»Enza, wo bist du?«

»Deine blonde Freundin liegt hier vor mir auf dem Boden«, sagte eine fremde kalte Stimme. »Wenn du sie wiederhaben willst, musst du tun, was ich sage.«

Johann hielt den Atem an. Dann presste er eine Antwort heraus. »Wer sind Sie, was wollen Sie?«

»Ich will die hundertfünfzigtausend Euro. Wenn du mir das Geld nicht bringst, schneide ich ihr die Kehle durch.«

Johann zwang sich zu einem Moment der Konzentration. Es konnte sich bei dem Anrufer nur um Marco handeln. Er hatte Enzas Handy, und er wusste, dass in Francas Wohnung hundertfünfzigtausend Euro versteckt waren. »Ich brauche einen Beweis, dass es Enza gut geht. Ich will ihre Stimme hören«, sagte Johann und hatte bei diesen Worten das Gefühl, in die Handlung eines billigen Krimis hineinkatapultiert worden zu sein.

Stille am anderen Ende, Enzas Stimme meldete sich: »Johann, bist du da?« Sie klang zaghaft, fast flehend. Johann konnte hören, dass sie litt.

»Das muss reichen«, sagte wieder der Anrufer. »Ich gebe dir zwei Stunden. Wenn du bis dahin nicht mit der Knete gekommen bist, ist sie tot. Wenn du die Bullen alarmierst, ist sie tot. Wenn du irgendein verfluchtes Spiel versuchst, ist sie tot.«

Johann spürte einen Anflug der Panik in seiner Brust. Kein guter Zeitpunkt für eine Attacke. Er atmete zweimal tief durch und schaffte es, ruhig zu bleiben. Fieberhaft dachte er nach. Hatte er Alternativen? Ihm fielen keine ein.

»Ich kann das Geld holen. Aber ich brauche mehr Zeit«, sagte er und merkte, wie seine Stimme zitterte. Er riss sich zusammen. »Ich bin in Savignone und muss erst mal zurück nach Genua fahren.«

Die Antwort kam nach ein paar Sekunden. »Gut, Blödmann. Ich gebe dir eine Stunde dazu. Es ist vier Uhr. Wenn du bis sieben nicht da bist, hast du verloren.« Er nannte eine Adresse im Industriegebiet von Genua, wo er auf Johann warten würde, und legte auf.

Johann stieg sofort ins Auto, startete den Motor und fuhr los.

***

Er legte das Telefon zurück in die Handtasche, spießte das Messer wieder fest in die Wand und hängte die Tasche darüber.

So hoch, dass Enza nicht herankommen würde. Er checkte das Klebeband an ihren Händen und Füßen, fand ihre High Heels erotisch und alles andere ziemlich armselig.

Es hatte ihn angemacht, als er sie ausgezogen hatte. Auch das Malen mit ihrem Blut. Aber so, wie sie jetzt dalag, zitternd, mager und knochig, ließ sie ihn kalt.

Er dachte darüber nach, was er mit ihr anstellen würde, sobald er den Gerichtsmediziner erledigt hatte. Die Nummer mit der Schlinge hatte Spaß gemacht. Aber es war zu schnell gegangen. Diesmal wollte er so langsam wie möglich sein, ihr Millimeter für Millimeter die Luft abschnüren. Er stellte sich vor, wie sich ihr Gesicht vor Qual verzerren, wie sie ihren Mund öffnen und verzweifelt nach Luft schnappen würde.

Der Gedanke, wie er ihren letzten Atemzug mit einer winzigen Bewegung seiner Finger kontrollieren konnte, brachte seine Erregung zurück. Er spürte sie wieder, die pulsierende Vorfreude.

Er nahm die Bockflinte und lud sie mit den Spezialpatronen. Bisher hatte er mit der Splittermunition nur auf Wildschweine geschossen. Nun würde er die Wirkung endlich einmal bei einem Menschen ausprobieren können.

Er merkte, dass sie ihn beobachtete, lud durch und zielte auf ihre rechte Brust. Sie kniff vor Angst die Augen zu, das gefiel ihm. Die dumme Kuh glaubte tatsächlich, er würde auf sie schießen.

»Nein, diese Kugel ist nicht für dich«, sagte er abfällig. »Du kannst dir gar nicht vorstellen, was für eine Riesensauerei das wäre, wenn ich jetzt abdrücken würde. Hier drin stecken nämlich sechs Stahlsplitter, die auseinandergehen, wenn das Geschoss auftrifft. Wo deine Titte ist, würde die Munition ein tiefes Loch hinterlassen, so groß wie meine Faust. Gute Ergebnisse auch bei schlechten Treffern, damit machen sie Werbung. Tolle Erfindung, was? Hat man für die Jagd auf große Schweine entwickelt. Aber ich dachte mir, ich probiere es heute mal mit deinem hübschen Gerichtsmediziner aus. Zuerst ein Schuss zwischen die Beine. Tut verdammt weh, und er verblutet langsam. Und danach blase ich ihm einfach den Kopf weg.«

Sie sah ihn wieder an, sagte weiterhin nichts.

Er registrierte, wie sich in ihrem Augenwinkel eine Träne löste und das Gesicht runterlief. Heulsuse. Ihr hatte keine Nonna das Weinen ausgetrieben.

Er verstaute die Flinte in einer Sporttasche, die hinter der Matratze verborgen war, ging hinaus und verriegelte die Tür.

✼✼✼

Bis zu diesem Zeitpunkt hatte er einfach funktioniert. War in die Stadt gerast, zu Francas Wohnung gerannt, hatte die Tür mit ein paar Tritten aufgebrochen und das Geld aus dem Versteck geholt. Nun saß er mit hundertfünfzigtausend Euro in seinem SUV und checkte die Zeit: zehn Minuten nach fünf, er hatte noch knapp zwei Stunden. Zum ersten Mal seit dem Anruf gönnte sich Johann einen Moment des Nachdenkens.

Er ging davon aus, dass es sich bei dem Mann, der Enza in seiner Gewalt hatte, um Marco handelte. Die Adresse, die er ihm genannt hatte, lag eine halbe Stunde entfernt. Johann kannte die Gegend, weil er erst vor ein paar Wochen zu einem Einsatz dorthin gefahren war. Eine halb verweste Leiche, die schon mehrere Wochen in einer aufgebrochenen Garage gelegen hatte. Wahrscheinlich ein Mafiamord, bis heute nicht aufgeklärt. Vermutlich hatten die Täter ihr Opfer wohlüberlegt dort deponiert. In einem verlassenen Industrieareal, in das sich keine Menschenseele verirrte. Wo eine Leiche lange unentdeckt bleiben würde. Wo man ungestört und unbemerkt tun konnte, was man wollte.

Johann machte sich keine Illusionen darüber, was sein Gegner vorhatte. Das Ganze war eine Falle. Natürlich war Marco auch am Geld interessiert. Aber sein Hauptinteresse lag darin, keine Zeugen zurückzulassen. Abgesehen davon, dass ihm das Morden wahrscheinlich Spaß machte.

Marco hatte schon so oft getötet. Er würde auch ihn, Johann, töten wollen. Was hatte er entgegenzusetzen? Er besaß weder eine Waffe, noch kannte er sich mit solchen Dingen aus. Sein erster Gedanke war, die verhasste Kripo um Hilfe zu bitten. Andererseits zweifelte er nicht daran, dass Marco seine Geisel sofort umbringen würde, sobald er davon Wind bekam. Und selbst wenn er ihm das Geld brachte und damit seinen eigenen Tod einkalkulierte, konnte er auf diese Weise Enzas Leben nicht retten. Marco würde auch sie umbringen. Alles andere machte aus der Sicht des Serienmörders keinen Sinn.

Es gab keine Lösung. Egal, wie Johann sich entschied, alles schien direkt ins Fiasko zu führen.

Sein Blick fiel auf Enzas Laptop, der auf dem Beifahrersitz lag. Kurz entschlossen klappte er ihn auf und startete noch einmal das Ortungsprogramm. Mit klopfendem Herzen wartete er auf das Signal. Der Punkt leuchtete auf, diesmal nicht grau, sondern grün. Marco hatte Enzas Handy demnach nicht ausgeschaltet. Allerdings blinkte das Ortungssignal nicht über dem Industriegebiet, wo Marco auf ihn warten wollte, sondern in den Bergen weit nördlich von Castelbianco, über unbewohntem Gebiet. Was mochte das bedeuten? Lag dort vielleicht Marcos Versteck?

Johann versuchte, sich in das Denken des Mörders hineinzuversetzen. Wenn Marco ihm wirklich eine Falle stellen wollte, würde er so früh wie möglich an den Ort des Showdowns fahren, um den Hinterhalt vorzubereiten. Es schien ihm deshalb extrem unwahrscheinlich, dass sich Marco noch dort aufhielt, wo das Funksignal von Enzas Handy blinkte. Hatte er also seine Geisel mit nach Genua genommen und das Handy einfach vergessen? Oder war er allein losgefahren und hatte Enza samt Smartphone in seinem Versteck zurückgelassen? Lag darin vielleicht Johanns Chance?

Er startete den Motor, scannte noch einmal den Computerbildschirm, wo der grüne Punkt unverändert blinkte, fällte eine Entscheidung. Er würde so schnell wie möglich in die Berge fahren. Danach konnte er immer noch den Treffpunkt ansteuern. Marco wollte das Geld. Er würde auf ihn warten. Johann ließ sich die GPS-Daten des Handysignals anzeigen, übertrug sie in das Navigationssystem und fuhr los. Hupend wie ein Idiot bahnte er sich seinen Weg durch den Nachmittagsstau, erreichte die Landstraße Richtung Castelbianco, raste mit quietschenden Reifen durch die Serpentinen. Die Konzentration auf Straße und Gegenverkehr verdrängte jeden weiteren Gedanken.

Kurz vor Castelbianco befahl ihm das Navi, nach rechts abzubiegen. Auf einem Schotterweg fuhr er in immer engeren Kurven steil nach oben. Brombeersträucher und Ginsterbüsche schlugen laut gegen die Karosserie. Ab und zu setzte der schwere Wagen krachend auf den Bodenwellen auf. Aber dank Allradantrieb schaffte er es immer weiter den Berg hinauf.

Als der Weg abrupt endete, wies ihn das Navigationssystem an, nach links abzubiegen. Dort zweigte aber nur ein schmaler Wanderweg ab, der sich in einem verwilderten Olivenhain verlor.

Johann zögerte kurz und gab Gas. Es wurde ein halsbrecherischer Ritt. In Schlangenlinien kurvte er um die Olivenbäume, die jungen Buchen- und Eichenschösslinge dazwischen überfuhr er einfach. Er konnte nur hoffen, dass der Unterboden das mitmachte. Immer wieder holperte er über Mauervorsprünge und Grenzsteine. Jedes Mal klang es, als würde die Karosserie auseinanderbrechen. Doch der Wagen hielt durch.

Irgendwann durchstieß er die Baumgrenze, raste über eine lang gestreckte Kuhweide weiter Richtung Gipfel und realisierte plötzlich, dass das Navi nur noch zweihundert Meter bis zum Ziel anzeigte. Er trat auf die Bremse, verglich das Display mit dem, was er durch die Windschutzscheibe sah, spürte das Aufwallen der Verzweiflung.

Vor ihm ging die Alm zu Ende, dahinter ragte eine nackte Felswand steil nach oben. Er sah kein Haus, kein Zelt, kein

Versteck. Er war in die Irre gefahren, fehlgeleitet von der modernen Technik. Er hatte versagt, Enzas Leben war verspielt. Niedergeschlagen fuhr er langsam weiter, stieg aus, fing an zu rennen, bis zum Beginn des Gipfelanstiegs. Er sah sich um. War da etwas?

Links von ihm im Schatten erblickte er eine runde Form. Eine Art Hütte, wie ein Iglu aus roh behauenen Steinen, kaum wahrnehmbar vor den Felsen dahinter. In der weiß gekalkten Außenwand gab es keine Fenster, nur eine niedrige Eingangstür.

Johann erkannte, was er vor sich hatte. Es war ein Hirtenunterstand, wie man sie oft in den ligurischen Bergen fand. Vor Hunderten von Jahren hatten Schafhirten diese Gebäude aus losen Steinen errichtet, um bei Unwettern darin Unterschlupf zu suchen. Im Krieg waren sie oft von Partisanen als Versteck benutzt worden. Seitdem verfielen sie. Im Gegensatz dazu wirkte diese Steinhütte allerdings alles andere als baufällig. Die Ritzen im Mauerwerk, durch die normalerweise der Wind pfiff, waren sauber verputzt. Und der Einlass, der sonst immer offen stand, war durch eine massive Holztür versperrt.

Mit klopfendem Herzen ging Johann näher heran.

***

Das Geräusch an der Tür ließ Enza zusammenfahren. Seitdem Marco die Tür geschlossen hatte, war es in ihrem Gefängnis stockfinster. Ihr war bitterkalt, sie hatte keine Ahnung, wie viel Zeit vergangen war, und alle Hoffnung verloren. Es gab keinen Zweifel: Marco hatte Johann erschossen. Er kehrte zurück, um auch sie zu töten.

Sie hörte, wie der Riegel zurückgeschoben wurde. Knarrend öffnete sich die Tür. Das Zwielicht, das in den Raum fiel, blendete sie. Doch sie wollte sehen, was passierte, hielt ihre Augen krampfhaft offen, starrte in die gleißende Helligkeit.

Alles war weiß, mittendrin ein schwarzer Schatten. Marco, der langsam näher kam und sich zu ihr herunterbeugte. Jetzt würde er ihr wehtun.

Sie schloss die Augen, rollte sich zusammen und fing an zu weinen. Sie hörte eine Stimme.

»Enza, Liebes, ich bin es. Alles ist gut.«

Johanns Stimme!

Sie spürte eine warme Hand auf ihrer Schulter. Als sie die Augen öffnete, war sein Gesicht ganz nah. Er hatte sich neben sie gelegt und hielt sie eng umschlungen. Er küsste sie auf die Stirn, auf die Wangen, auf die Lippen und redete in einem fort auf sie ein.

»Enza, bleib ruhig. Marco ist nicht hier. Er ist nach Genua gefahren und wartet dort auf mich. Was hat er bloß mit dir gemacht? Ich bin bei dir, ich passe auf dich auf. Alles wird gut.«

Die Erleichterung überwältigte sie. Krämpfe durchzogen ihren Körper. Sie konnte nicht aufhören zu weinen. Zitternd schmiegte sie ihr Gesicht in Johanns Halsbeuge und kam nur langsam zur Ruhe. Nach einer Weile spürte sie, wie sehr ihre Handgelenke schmerzten. Sie begann wieder zu funktionieren.

»Da oben in der Wand steckt mein Messer. Könntest du damit das Klebeband durchschneiden?«

Johann sprang auf, fand das Messer und befreite sie. Danach zog er zu ihrer Überraschung ein Taschentuch aus seiner Hose und spuckte darauf.

»Entschuldige bitte, aber ich sehe hier kein Wasser«, sagte er zärtlich und wischte behutsam das getrocknete Blut von ihrer Haut. Er nahm die Kleidungsstücke von der Wand und half ihr beim Aufstehen.

Vorsichtig richtete sie sich auf. Alle Glieder schmerzten, nur mühsam fand sie ihr Gleichgewicht. Mechanisch streifte sie sich die Klamotten über und erwachte Schritt für Schritt aus ihrem Alptraum.

Abwechselnd, einander immer wieder ins Wort fallend,

erzählten sie, was passiert war und wie viel sie unabhängig voneinander herausgefunden hatten.

Mittendrin sah Johann auf seine Uhr. »In einer Stunde merkt Marco, dass ich nicht komme. Wir müssen uns beeilen.« Auf dem Weg zum Auto besprachen sie, dass sie auf dem schnellsten Weg zur Questura fahren würden. Nicht zu Moreno, sondern direkt zum Polizeipräsidenten. Ihm würden sie sich anvertrauen. Dort wären sie erst einmal sicher und könnten abwarten, wie die Fahndung nach Tonis Zwillingsbruder verlief.

Während Johann querfeldein bergab fuhr, fing Enza wieder an zu zittern. Ihr ganzer Körper schmerzte, nur schwer fand sie eine erträgliche Sitzposition. Sie beobachtete Johann, der mit einiger Mühe die großen Sträucher und Bäume umkurvte. Seine Anwesenheit gab ihr Kraft, bei ihm fühlte sie sich beschützt. Langsam fiel die Beklemmung der Todesangst von ihr ab, spürte sie, wie die Lebensgeister in ihren zerschundenen Körper zurückkrochen.

Sie dachte nach. Johann hatte ihr erzählt, was er im Widerstandsmuseum von Salvatore Giacosa erfahren hatte. Jetzt passten die meisten Puzzlestücke endlich zusammen. Gina Testa hatte Rache genommen. An allen, die ihren Verlobten an den Galgen gebracht hatten. In einem Fall sogar am Sohn eines Täters, warum auch immer. Sie hatte Marco zu ihrem Werkzeug gemacht. Vielleicht auch Toni. Wie viel der davon gewusst hatte, das würden sie möglicherweise nie erfahren. Aber warum hatte Gina Testa mehr als siebzig Jahre auf ihre Rache gewartet? Bei den deutschen Soldaten lag die Erklärung auf der Hand. Deren Namen hatte sie erst durch die Prozesse erfahren. Aber weshalb hatte sie nicht schon direkt nach dem Krieg versucht, sich zumindest an den drei Italienern zu rächen? Und welche Rolle spielten die Zahnlücken in ihrem grausamen Plan?

Mittlerweile fuhren sie wieder auf einer richtigen Straße. Im Augenwinkel sah Enza ein Hinweisschild vorbeihuschen. Noch drei Kilometer bis Castelbianco.

Sie folgte einer spontanen Eingebung. »Johann, dreh um. Wir fahren zu Gina Testa.«

***

Er dachte erst, er hätte sich verhört. Doch als er seinen Kopf drehte, sah er an ihrem Gesichtsausdruck, dass sie es ernst meinte.

»Du bist verrückt. Marco hätte dich um ein Haar umgebracht. Er kann jederzeit zurückkommen.«

»Nein, es ist erst kurz nach sechs Uhr«, antwortete sie. »Möchtest du nicht wissen, warum all diesen Toten ein Schneidezahn fehlte? Oder wie Gina es geschafft hat, ihren Enkel zum Mörder zu machen? Ich bin mir sicher, dass sie nicht dement ist. Wenn wir sie in die Zange nehmen, bekommen wir alles aus ihr heraus.«

Enza meinte es wirklich ernst. Trotz seiner Sorge faszinierte sie ihn. Noch vor einer halben Stunde war ihr Körper von Weinkrämpfen geschüttelt worden. Ihr erbärmlicher Zustand oben in der Hütte hatte ihn zutiefst berührt. Schutzlos, verzweifelt, verängstigt, ohne einen Funken Kraft. Jetzt blitzten ihre Augen wieder selbstbewusst. Er konnte noch die Spuren der Strapazen sehen, sie war erschreckend blass und wirkte ausgezehrt. Doch es war unverkennbar, dass ihre Energie sich zurückgemeldet hatte. Trotzdem widersprach er weiter.

»Nein, auf keinen Fall. Sobald sie Marco festgenommen haben, kannst du machen, was du willst. Danach können wir Gina Testa von mir aus tagelang ins Kreuzverhör nehmen. Aber vorher ist das Risiko einfach zu groß.«

Enza ließ nicht locker. »Glaub mir, wir haben noch genug Zeit. Im Moment wartet Marco noch in Genua auf dich. Wenn du bis sieben nicht kommst, wird er bestimmt noch einmal zehn Minuten warten. Wenn er so spät erst losfährt, braucht er mindestens eine halbe Stunde bis hierher. Das heißt, bis zwanzig vor acht sind wir in jedem Fall sicher. Und er wird ja gar nicht nach Castelbianco fahren, sondern daran vorbei in die Berge, wo seine Geisel liegt. Bis er herausgefunden hat, dass ich nicht mehr da bin, ist es halb neun.«

Johann musste insgeheim zugeben, dass sie mit ihrer Zeitrechnung recht hatte. Und doch wollte er nicht nachgeben. Er hatte heute einmal Glück gehabt und sich richtig entschieden. Jetzt schreckte er davor zurück, das Schicksal wieder auf die Probe zu stellen.

»Und schau mal, wir sind sogar bewaffnet.«

Enza zog das Survivalmesser aus ihrer Tasche, ließ die Klinge herausschnappen und lächelte ihn demonstrativ an.

Johann gab sich geschlagen. »Okay, wir machen den Abstecher. Aber nur fünfzehn Minuten. Wenn die um sind, fahren wir zum Präsidium.«

Er bremste und wendete mitten auf der Straße.

∗∗∗

Als sie Castelbianco erreichten, überlegte Johann nicht lange und lenkte das Auto auf den schmalen Fußweg, der direkt zu Gina Testas Haus führte. Diesmal verzichtete er auf jegliches Klopfen oder Rufen, sondern drückte gleich die Klinke. Die Tür war unverschlossen. Er griff nach Enzas Hand und trat mit ihr hinein ins Halbdunkel.

Sie sahen sich um. Der Raum war leer, im Kamin glomm ein kleines Feuer, darüber hing wieder der dampfende Kessel. Gina Testa schien zu Hause zu sein.

Enza deutete wortlos auf die Treppe, die die alte Frau bei ihrem ersten gemeinsamen Besuch herabgestiegen war.

Johann ging voran und kümmerte sich nicht um das Knarren der Stufen. Gina Testa sollte ruhig wissen, dass ungebetene Gäste kamen. Im Vorbeigehen wunderte er sich kurz über den seltsamen großen Spiegel, der sich von hier oben als durchsichtig erwies, lief aber rasch weiter einen schmalen Gang entlang, von dem aus zwei Türen nach rechts abzweigten.

Sie öffneten die Tür zum ersten Raum, er sah aus wie ein Schlafzimmer, merkwürdig leer und unbelebt. In der einen Ecke stand ein altes Holzbett, in der anderen ein schmaler Schrank, dazwischen ein Fenster, winzig wie eine Schießscharte. Ansonsten nichts, kein Kleidungsstück, kein Buch, auch kein Schmutz. Die hellen Bodenfliesen wirkten frisch gewischt.

Enza und Johann tauschten einen Blick und hörten im selben Moment das Geräusch: ein monotones Rauschen – oder eher ein unheimliches Murmeln. Enza zeigte mit dem Kopf in Richtung Nachbarzimmer. Das Geräusch schien von dort zu kommen.

Sie traten wieder auf den Gang und näherten sich der nächsten Tür. Johann sammelte sich einen Moment. Im Augenwinkel nahm er wahr, dass Enza mit der rechten Hand in ihre Tasche langte. Natürlich, sie war bewaffnet. Allerdings konnte er sich beim besten Willen nicht vorstellen, dass die weit über achtzigjährige Gina Testa eine Bedrohung für sie darstellen könnte. Er öffnete die Tür, das Murmeln wurde lauter, sie traten ein.

Sie standen in einem winzigen Raum ohne Fenster, das einzige Licht kam von einer Handvoll flackernder Kerzen. An der Wand gab es eine Art Altar, zusammengezimmert aus grob geschnitzten Brettern, bemalt in Grün und Gold mit bäuerlich naiven Ornamenten. Davor kniete mit dem Rücken zu ihnen Gina Testa, ihr Oberkörper schwankte leicht vor und zurück.

Erst als er den Rosenkranz in ihren Fingern wandern sah, begriff Johann, dass sie betete. Enza schloss die Tür mit einem lauten Krachen. Doch Gina Testa zuckte mit keiner Miene. Selbst als Johann sie verhalten an der Schulter berührte, betete sie weiter, ohne jede Reaktion. War es Trance oder Trotz?

Enza ging an Johann vorbei, hockte sich direkt vor Gina Testa und rüttelte an ihrer Schulter.

»Schluss damit, Signora Testa!«, sagte sie barsch. »Hören Sie auf zu beten. Das hilft Ihnen jetzt auch nicht mehr.«

Gina Testa öffnete ihre bis dahin halb geschlossenen Augen, sah Enza ohne jede Überraschung an und blieb still.

»Warum haben Sie all diese Menschen ermorden lassen?« Gina Testa wich keinen Millimeter zurück und sagte weiterhin kein Wort. So, wie sie mit kerzengeradem Rücken trotzig ihre Haltung bewahrte, wirkte sie auf Johann kein bisschen verwirrt. Zum ersten Mal konnte er sich vorstellen, dass hinter diesem zerfurchten Gesicht das Böse steckte. Dass Gina Testa tatsächlich alles ihrer persönlichen Rache untergeordnet hatte. Ihr eigenes Leben und das ihrer Enkel. Wobei die Frage bestehen blieb, warum sie nicht schon ihren Sohn zum Werkzeug ihrer Vergeltung gemacht hatte.

Er beschloss, Enza zu unterstützen. Vielleicht würde eine Art Kreuzverhör tatsächlich Wirkung zeigen.

»Signora, reden Sie mit uns. Oder wollen Sie, dass Ihr Enkel Marco immer mehr Menschen ermordet?«

Gina Testa wollte aufstehen. Doch Johann hielt sie fest.

»Er hat auch eine Prostituierte getötet, die nicht das Geringste mit Ihrer Familiengeschichte zu tun hatte«, fuhr er fort.

Gina Testa kniete sich wieder hin und schwieg weiter. Sie war ein harter Brocken.

Unschlüssig ließ Johann seinen Blick durch den Raum schweifen. Auf dem Altar fiel ihm ein seltsamer Kasten auf, so groß wie eine Schuhschachtel, mit Wänden aus Glas. Er erinnerte ihn an einen Schrein in der Kirche, in dem Gebeine von Heiligen oder andere Reliquien aufbewahrt wurden. Was in diesem Kasten lag, ließ sich allerdings nicht erkennen. Die Scheiben waren fast blind.

Johann folgte einer Eingebung, ging zum Altar und öffnete den Schrein. Als Erstes griff er nach einer Blechdose. Kleine harte Gegenstände schepperten darin, sie klangen wie Nägel oder Reißzwecken. Als er sie auf dem Altar ausleerte, war er nicht überrascht. Sieben Schneidezähne holperten wie winzige Würfel über das rissige Holz, die meisten bräunlich verfärbt, einer strahlend weiß, das musste der von Franca sein.

»Warum musste Franca sterben?«, schrie Enza der Alten wütend ins Gesicht. »Sie hat Ihnen doch nicht das Geringste getan! Und weshalb hat Marco ihr den Zahn herausgebrochen?« Sie rüttelte Gina Testa noch einmal heftig an beiden Schultern, ohne Erfolg.

»Ich weiß es.« Johann nahm ein gerahmtes Schwarz-Weiß-Foto aus dem Schrein und hielt es vor das Kerzenlicht. Es war das gleiche Foto, das er im Museo della Resistenza gesehen hatte. Der Galgen mit Ginas Verlobtem in der oberen Bildhälfte. Darunter die sechs Täter, die stolz für die Kamera posierten. Nur dass dieser Abzug wesentlich größer war und sich dadurch einige Details besser erkennen ließen.

Johann reichte Enza das Bild und deutete auf den Kopf des Gehenkten. »Schau dir seine Zähne an.«

Im Todeskampf hatte Gina Testas Verlobter die Kiefer weit auseinandergerissen und dabei sein Gebiss entblößt. Die schreckliche Grimasse enthüllte eine Zahnlücke. Zweiter Schneidezahn oben rechts.

»Sie haben ihn stundenlang geprügelt und getreten.« Gina Testas schrille Stimme erfüllte unversehens den Raum. Sie hatte sich entschieden, ihr Schweigen zu brechen. »Er sollte seine Kameraden verraten. Aber das hat er nicht getan. Also haben sie ihn weiter gequält. Sie haben brennende Zigaretten in seinem Gesicht ausgedrückt. Sie haben seinen Kopf unter Wasser gehalten, bis er fast wahnsinnig vor Angst war. Sie haben ihm mit einer Zange den Zahn herausgebrochen. Er hat vor Schmerz gebrüllt, aber er hat nicht geredet. Da wussten sie, dass es nutzlos war. Also haben sie ihn schließlich aufgehängt. Gott wollte, dass alle, die es getan haben, krepieren. Und es war sein Wille, dass sie mit der gleichen Fratze des Todes zur Hölle fahren.«

»Aber warum Franca?«, fragte Johann rasch, ehe Gina Testa wieder verstummen konnte. »Sie war doch nur die Enkelin von einem der Täter. Sie konnte doch nichts dafür.«

Gina Testa stand wortlos auf. Sie nahm Johann die Dose

aus der Hand, legte einen Zahn nach dem anderen wieder hinein und stellte die Dose zurück in den Schrein. Danach riss sie Enza mit erstaunlicher Kraft das Foto aus der Hand und legte es dazu. Sie schloss den Deckel, setzte sich auf die Holzbank, die seitlich an der Wand stand, und faltete ihre Hände.

»Franca war böse. Sie hat meinen Jungen verführt. Ich habe ihm immer gesagt: Antonio, dieses Mädchen ist eine Ermia. Rodolfo Ermia hat deinen Großvater umgebracht. Die Ermias sind unsere Feinde. Doch er wollte nicht auf mich hören. Das Mädchen ist schuld daran, dass ich ihn verloren habe. Er schrieb mir einen Brief, dass sie schwanger war. Er wollte, dass ich es erfahre. Es war gut, dass er mir Bescheid gesagt hat. So konnte ich es verhindern. Ich habe zu Marco gesagt: ›Dieser Bastard darf nicht auf die Welt kommen.‹ Marco ist ein guter Junge.«

Ein Hauch von einem Lächeln umspielte Gina Testas dünne Lippen. Sie war mit sich und ihrer Rache im Reinen.

Johann sah auf seine Uhr: kurz nach halb sieben. Höchste Zeit, das Haus zu verlassen. Trotzdem stellte er noch die eine Frage:

»Signora Testa, warum haben Sie so lange gewartet? Sie kannten doch zumindest die italienischen Täter. Warum haben Sie nicht direkt nach dem Krieg versucht, sich zu rächen?«

Das Lächeln der Nonna verschwand. Ein harter, grausamer Zug lag jetzt auf ihrem Gesicht. Sie sah ihn lange an, bevor sie antwortete.

»Alle sagen immer, Rache ist süß. Das ist Unsinn. Rache bedeutet vor allem eines: ewigen Hass. Jeden Tag habe ich diese Männer gehasst. Jede Stunde habe ich mir ihren Tod herbeigesehnt, jede Nacht davon geträumt, sie umzubringen. Aber zum Töten braucht man Männer. Und der einzige Mann, den ich je hatte, war tot. Als unser Kind auf die Welt kam, spürte ich, dass Gott mir einen Sohn geschickt hatte. Aber ich habe alles falsch gemacht, ich habe ihn verhätschelt. Und als er alt genug war, Rache für seinen Vater zu nehmen, war es zu spät. Er war zu einem Schwächling herangewachsen, der nichts damit zu tun haben wollte. ›Mama, so etwas kann ich nicht‹, sagte er zu mir. Und ging wieder raus zu seinem dämlichen Fußballspiel. Also musste ich weiter warten. Mein Hass gab mir die Kraft dafür.«

Gina Testa stand wieder auf. Sie ging zurück zum Altar, ihre Augen fixierten den Schrein.

»Ich habe dem Schwachkopf eine Frau gesucht. Und es dauerte nicht lange, bis Marco und Antonio geboren wurden. Von da an habe ich die Sache selbst in die Hand genommen. Ich habe die beiden zu starken Männern erzogen. Sie haben das Werk zusammen angefangen. Marco hat es vollendet. Ich kann jetzt besser sterben. Aber glauben Sie mir: Meine Rache ist immer noch nicht süß. Ich hasse weiter, über den Tod hinaus. Alle, die es getan haben. Alle, die weiterleben durften, während mir mein Leben genommen wurde. Es ist mir völlig egal, ob Marco Sie beide umbringen wollte. Ich hasse Ihre hübsche Freundin. Ich hasse Sie. Und nun lassen Sie mich in Frieden.«

Sie kniete sich wieder vor ihren Altar und begann von Neuem mit dem Rosenkranzgebet.

Johann und Enza verständigten sich mit einem Blick: Mehr würde Gina Testa nicht sagen, außerdem mussten sie dringend hier weg.

Auf dem Weg zurück durch das Haus dachte Johann über ihre Wortwahl nach. Sie hatte die Sache selbst in die Hand genommen. War es vorstellbar, dass sie ihren Sohn und dessen Frau aus dem Weg geräumt hatte, um die Enkel ungestört zu ihren Werkzeugen erziehen zu können? Was mochten sie für eine Kindheit gehabt haben mit einer Großmutter, die nur eines formen wollte: Männer, die töten können.

Es blieben viele Geheimnisse in dieser Geschichte des Schreckens. Wenn sie erst einmal in Sicherheit waren, würde er Guido darum bitten, weiterzurecherchieren. Sofern Johann in Zukunft überhaupt noch oberster Gerichtsmediziner von Genua sein konnte. Seine DNA-Spuren in der Wohnung der ermordeten Prostituierten würde er noch erklären müssen, genauso wie die gesamte persönliche Verstrickung in diesen Fall.

Als er die Haustür öffnete, blickte er in das Gesicht, das er bisher nur vom Überwachungsvideo kannte. Stechende Augen, ein hämisches Lächeln. In den Händen hielt Marco eine doppelläufige Flinte.

Ein kurzer Anflug von Panik überfiel Johann, vermischt mit Ärger über sich selbst. Er hatte sich falsch entschieden. Ihm blieb keine Zeit, weiter darüber nachzudenken.

Er hob die Hände, um Enza, die direkt hinter ihm stand, abzuschirmen. Doch das Letzte, was er wahrnahm, war eine blitzartige Bewegung des Gewehrkolbens.

٭٭٭

Er fand die Tasche im Auto und zählte das Geld. Tatsächlich, hundertfünfzigtausend Euro. Für sein neues Leben im Süden konnte es nicht schaden, gut bei Kasse zu sein.

Zurück im Haus, kontrollierte er das Klebeband. Der Gerichtsmediziner war noch bewusstlos. Seiner blonden Freundin liefen schon wieder die Tränen übers Gesicht. Wenigstens nervte sie ihn nicht mit weiteren Fragen.

Die Nonna war nicht zu sehen. Wahrscheinlich betete sie wie immer in der heiligen Kammer.

Er dachte kurz nach. Er hatte den Gerichtsmediziner unterschätzt. Als er sich bis kurz nach sieben nicht am Treffpunkt gezeigt hatte, war ihm schlagartig klar geworden, dass er nicht kommen würde. Entweder pünktlich oder gar nicht.

Immerhin hatte er danach die richtige Eingebung gehabt, am Haus der Nonna vorbeizuschauen, bevor er zurück zur Hütte fuhr. Er hatte das Auto gesehen und sofort seinen Fehler begriffen. Aber dann war es ein Kinderspiel gewesen, den vor

Schreck erstarrten Typen niederzuschlagen und seine zeternde Freundin wieder zu fesseln. Glück gehabt.

Wie der Kerl sein Versteck gefunden hatte, war ihm schleierhaft. Aber jetzt war alles in Ordnung. Genau genommen sogar noch viel besser.

In den vergangenen Tagen hatte er etwas Neues erkannt: Das Töten tat ihm gut. Es hatte ihn nie groß belastet, die Aufgaben der Nonna zu erledigen. Alte Männer niederzuschlagen und zu ertränken, er hatte seine Pflicht getan, weil die Großmutter es wollte. Aber ihm waren dabei keine besonderen Gefühle gekommen. Bei Franca hatte er ihn zum ersten Mal gespürt, bei der afrikanischen Nutte noch intensiver: den kurzen Moment des Glücks, das Rauschen in den Ohren, die Hitze hinter den Augen, sein hämmerndes Herz, das wie verrückt Blut durch alle Adern pumpte. Das Beste war die Ruhe danach. Das Gefühl von Leere und Zufriedenheit mit allem, was er getan hatte.

Er wusste jetzt, dass es mit dem Blick der Menschen zu tun hatte. Der Mischung aus Angst, aus Hoffnung und aus der Erkenntnis, dass es keine Hoffnung mehr gab. Er konnte es kaum erwarten, diesen Moment wieder zu erleben.

Er musterte die beiden erbärmlichen Figuren, die vor seinen Füßen lagen. Es würde viel besser sein, die beiden zusammen zu töten. Er hatte die Wahl. Er konnte dem Typen vor ihren Augen langsam die Kehle abschnüren. Oder ihn erst dabei zuschauen lassen, wie er es seiner Freundin besorgte. Auf jeden Fall würde er das Ganze bis zum letzten Moment genießen.

Damit ihn niemand dabei störte, musste er nur noch die Karre entsorgen, die vor dem Haus stand. Jedem, der zufällig vorbeikam, würde das Auto auffallen. Und so kaputt, wie der Wagen aussah, war er ohnehin nicht mehr viel wert.

Er schloss die Haustür und ging zurück zum Auto. Der Zündschlüssel steckte. Er kannte einen Abhang, wo die Dorfbewohner ab und zu ihren Schrott hinunterrollen ließen. In dem verwilderten Dickicht würde selbst dieser Riesenwagen nicht mehr zu sehen sein.

Er startete den Motor und legte den ersten Gang ein.

***

Enza hörte, wie sich das Auto entfernte. Sie lagen mit Klebeband verschnürt Rücken an Rücken auf dem Steinfußboden der großen Wohnküche. Wenn sie noch eine allerletzte Chance hatten, mussten sie sofort handeln.

»Johann, hörst du mich?«

Keine Reaktion.

Sie wälzte sich hin und her, bis sie es geschafft hatte, oberhalb von Johanns Kopf auf die Knie zu kommen. Jetzt sah sie, wo Marco ihn getroffen hatte. Eine dunkelrot geschwollene Platzwunde klaffte an seiner rechten Schläfe, eine breite Spur geronnenen Bluts zog sich über die Stirn bis zum Boden.

Enza beugte sich zu ihm hinab. »Johann, wach auf«, rief sie laut direkt vor seinem rechten Ohr. »Wir sind allein.«

Er stöhnte, wahrscheinlich vor Schmerz. Sie küsste ihn intensiv auf den Mund, ein irritierender Geschmack von Schweiß, Spucke und Blut. Seine Augenlider zuckten. Sie küsste ihn immer wieder, rief zwischendurch mehrmals seinen Namen, hatte schließlich Erfolg. Langsam kam er zu sich. Er öffnete die Augen, sah aber durch sie hindurch. Seine Schultern und Arme bewegten sich. Vielleicht wollte er sich die Lider reiben, jedenfalls merkte er, dass er gefesselt war. Ein paarmal kniff er die Augen zusammen. Schließlich erkannte er sie und wirkte schlagartig hellwach.

»Was ist passiert?«

»Marco hat dich bewusstlos geschlagen. Er hat uns beide gefesselt. Aber vielleicht haben wir doch noch eine Chance. Er ist soeben mit dem Auto weggefahren.«

Ächzend drehte Johann den Kopf ein paar Zentimeter und schaute sich um. »Wo ist Gina Testa?«

»Keine Ahnung. Wahrscheinlich kniet sie da oben vor ihrem Heiligen Gral. Los, Johann, wir müssen uns gegenseitig helfen.« Er versuchte, seine Position zu ändern, rollte sich mühsam auf die andere Seite, bis er gegen den schweren Küchentisch stieß. Seine Handgelenke waren hinter seinem Rücken mit Klebeband zusammengeschnürt, auch seine Unterschenkel hatte Marco mit silbernem Tape gefesselt. Sich aus dieser Lage zu befreien, schien aussichtslos. Das Klebeband war so stabil, dass es sich nur noch mit einem Messer würde aufschneiden lassen. Johann rollte hilflos wieder zurück und sah sie an.

»Was schlägst du vor?« Ein Telefon klingelte. Enza suchte mit den Augen nach ihrer Tasche, in der ihr Handy stecken musste, vielleicht auch noch ihr Messer. Doch sie konnte die Tasche nirgendwo entdecken.

»Johann, es muss dein Handy sein. Wo hast du es?«

Er rollte sich wieder auf die andere Seite, sah an sich hinab und horchte auf das Klingeln.

»Linke Hosentasche. Keine Chance ranzukommen. Schaffst du es vielleicht?«

»Wenn du mir hilfst. Du musst mir die Richtung weisen.«

Enza ließ sich wieder auf die Seite fallen und wälzte sich mit ihren zusammengeklebten Beinen hin und her, bis sie hinter Johann lag und ihm den Rücken zuwandte. Als sie mit ihren klammen Fingern endlich anfing, Johanns Hose abzutasten, hatte das Klingeln längst aufgehört.

»Weiter nach links, noch weiter!«

Mit den Fingerspitzen fühlte sie die Naht seiner Hosentasche, wühlte sich in die enge Öffnung hinein und schaffte es, den Rand des Smartphones zu greifen. Ihre Schultern schmerzten, sie war kurz davor aufzugeben. Doch mit letzter Kraft zog sie das Handy schließlich heraus. Es entglitt ihrem Griff, fiel auf den Boden.

»Und was machen wir jetzt?«, keuchte sie frustriert.

»Wir müssen es entsperren«, sagte Johann. »Dann rufen wir die Polizei an.«

»Aber wie sollen wir das schaffen mit unseren gefesselten Händen? Wir können doch nicht sehen, was wir eintippen.«

Johann schwieg ein paar Sekunden. »Ich habe eine Idee«, sagte er schließlich. »Ich halte das Handy hinter meinem Rücken fest und drehe mich auf den Bauch. Dann kannst du das Display sehen und versuchen, mit deiner Nase den Code einzugeben.«

Es war ihre einzige Chance. »Okay, wir probieren es.«

Sie wälzte sich wieder, bis sie einigermaßen stabil auf ihren Knien stand. Gleichzeitig drehte sich Johann so lange hin und her, bis er hinter seinem Rücken nach dem Handy tasten konnte. Er bekam es zu fassen und drehte sich wie geplant auf den Bauch. Enza hopste zu ihm und beugte sich vorsichtig über das Telefon. Das Display war schwarz, Ruhezustand.

»Genau so festhalten und möglichst nicht bewegen«, sagte sie. »Ich drücke erst mal den Home-Button.«

Je näher sie dem Telefon kam, desto mehr musste sie unwillkürlich schielen. Es fiel ihr erstaunlich schwer, mit der Nasenspitze gezielt einen Knopf zu drücken. Schließlich erwischte sie den Startknopf. Auf dem Display blendete sich unter der Uhrzeit eine Meldung ein: »Raffaella, verpasster Anruf vor 2 Min«.

»Eine Raffaella hat dich angerufen. Wer ist das?«

Johann stöhnte genervt. »Egal, du musst den Home-Button noch einmal drücken. Dann erscheint das Ziffernfeld zum Entsperren. Mein Code ist neun, sieben, vier, drei.«

Den Startknopf noch einmal zu erwischen, war ziemlich leicht. Doch schielend mit der Nasenspitze Ziffern einzugeben, erwies sich als knifflige Herausforderung.

»Neun, sieben, vier … Scheiße, ich habe die sechs erwischt.«

Sie probierte es ein zweites Mal. Wieder daneben.

»Warte mal«, sagte Johann. »Steht da nicht irgendwo etwas von Notruf?«

Enza hielt inne. Ein Schweißtropfen lief über ihre Nase und tropfte auf das Display. Links unten sah sie verschwommen das

Wort »Notfall«. Dort musste sie die Oberfläche berühren. Sie atmete tief durch, konzentrierte sich. Ihre Knie, ihr Rücken, ihre Schultern, alles tat weh. Als sie sich wieder hinunterbeugte, klingelte das Telefon. Anruf Raffaella.

»Es ist wieder Raffaella.«

»Geh dran! Wir müssen sie dazu bringen, die Polizei zu alarmieren. Los, du schaffst das.«

Mit der Nasenspitze gelang es Enza tatsächlich, den grünen Button nach links zu schieben: Anruf annehmen, das Klingeln hörte auf.

»Hallo?«, sagte sie laut und legte ihr Ohr auf den Lautsprecher.

»Hallo, wer spricht da? Bin ich nicht bei Johann Sorbello«, sagte eine Frau kichernd.

»Doch, aber der kann gerade nicht, weil seine Hände auf dem Rücken gefesselt sind«, rief Enza angestrengt in das Telefon und merkte im selben Moment, wie absurd das klang. Sie versuchte, sich zu sammeln. Wenn sie jetzt nicht die richtigen Worte fand, war auch diese letzte Chance vertan.

»Raffaella, ich bin Enza, eine Freundin von Johann. Wir haben wirklich ein Problem. Wir sind beide gefesselt. Ein Irrer will uns umbringen. Sie müssen für uns die Polizei alarmieren. Verstehen Sie mich?«

Wieder ein Kichern. »Das ist ein Scherz, oder?«

Enza war kurz davor, die Geduld zu verlieren. Die einzige Frau, die sie retten konnte, schien zu betrunken, um ihre ausweglose Situation zu erfassen.

»Nein, kein Scherz!«, schrie sie. »Wenn Sie nicht die Polizei alarmieren, werden wir ermordet. Glauben Sie mir, das ist tödlicher Ernst. Helfen Sie uns!«

Johann kam ihr zu Hilfe. »Raffaella!«, brüllte er, so laut er konnte. »Ich liege auf dem Bauch. Meine Hände und meine Füße sind mit Klebeband zusammengebunden. Meine Freundin Enza ist auch gefesselt. Der Typ, der uns in seiner Gewalt hat, wird uns entweder erschießen oder erwürgen oder sonst wie töten. Er ist derselbe, der auch die Frau im Piranha-Becken ermordet hat. Es geht um Leben und Tod. Sie müssen uns helfen!«

Die Dringlichkeit seiner Worte zeigte Wirkung. »Okay, was soll ich tun?««, fragte Raffaella atemlos.

»Rufen Sie die Polizei an«, sagte Enza ruhig. »Sagen Sie, es geht um den Mörder von Franca Ermia, der Frau aus dem Piranha-Becken. Sein Versteck ist das Haus von Gina Testa, oberhalb von Castelbianco. Und wenn sie nicht bald kommen, ist es zu spät. Dann sind wir beide tot.«

Enza vernahm ein Geräusch an der Tür. Marco kam zurück.

»Wir müssen Schluss machen«, zischte sie Johann zu.

Er wollte sich schnell auf den Rücken drehen, um das Handy zu verstecken. Doch es war zu spät.

Mit zwei Schritten sprang Marco in den Raum, schleuderte Enza mit einem Hieb zur Seite und trat Johann das Smartphone aus den Händen. Es schlitterte über den Küchenboden, blieb kreiselnd kurz vor dem Kamin liegen. Mit einem resoluten Kick seines Absatzes zerschmetterte er das Display und beendete das Gespräch.

❊❊❊

Johann hatte nur noch einen Gedanken: Sie brauchen eine halbe Stunde. So lange würde es dauern, bis die Polizei hier oben am Haus von Gina Testa eintraf. Mindestens, vorausgesetzt natürlich, Raffaella hatte sich in ihrem möglicherweise angetrunkenen Zustand die Namen und Fakten gemerkt, die Enza ihr gesagt hatte. Ausgerechnet diese attraktive kichernde Ärztin, die einen Narren an ihm gefressen hatte, war ihre allerletzte Chance.

Er fixierte den Mann, der mit dem Gewehr in beiden Händen im Raum stand und seine Gefangenen abschätzig musterte. Johann war sich vollkommen darüber im Klaren, dass Marco Enza und ihn töten würde. Es ging höchstens noch darum, Zeit zu gewinnen. Selbst dieser eiskalte Serienmörder musste eine psychologisch verwundbare Stelle haben, ein Thema oder besser ein Trauma, mit dem er ihn aus der Fassung bringen konnte.

»Warum haben Sie all die Morde für Ihre Großmutter begangen? Aus Liebe?«, fragte Johann verächtlich.

Marco sah ihn überrascht an, sagte aber nichts. Stattdessen lehnte er seine Flinte an die Wand, ging zum Küchenschrank und zog Enzas Tasche aus einer Schublade. Er nahm ihr Handy heraus, ließ es auf den Fußboden fallen und zerschmetterte auch dieses Telefon mit einem Fußtritt.

Johann probierte es ein zweites Mal. »Haben Sie jemals darüber nachgedacht, warum Sie ohne Eltern aufgewachsen sind?«

»Sie starben bei einem Autounfall.«

Marco sah ihn nicht einmal an, während er sprach. Er wühlte weiter in der Tasche, bis er gefunden hatte, wonach er suchte: Enzas Überlebensmesser. Mit einem lauten Klacken schnappte die Klinge heraus. Marco prüfte an seinem Daumennagel, wie scharf sie war, und drehte sich zu seinen Gefangenen um.

Johann suchte verzweifelt nach Sätzen, die Marco stoppen konnten. Er dachte noch einmal an Gina Testas Worte. Sie hatte die Sache selbst in die Hand genommen. Was hatte sie damit gemeint, was hatte sie damals möglicherweise getan? Ihm kam eine Idee.

»Das stimmt, es gab einen Autounfall. Aber hat Ihre Nonna Ihnen erzählt, dass die Polizei damals wegen Mordes ermittelt hat? Jemand hatte die Bremsschläuche am Auto Ihrer Eltern durchgeschnitten.«

Die Geschichte war frei erfunden. Marcos Reaktion fiel überraschend heftig aus. Er machte zwei schnelle Schritte zu Johann und trat ihm brutal in die Seite.

»Quatsch nicht rum«, zischte er. »Es war ein Unfall. Die Nonna hat es uns erzählt.«

Johann konnte vor Schmerz kaum atmen. Er zwang sich, seine Geschichte weiterzuspinnen.

»Ihre Großmutter hat Sie belogen. Ich habe den offiziellen Polizeibericht gesehen. Darin gibt es ein technisches Gutachten mit einer klaren Aussage: Das Auto stürzte in eine Schlucht, weil die Bremsen nicht mehr funktionierten. Die Leitungen waren durchtrennt.«

Marco reagierte diesmal mit zwei Tritten. Erst in den Magen, dann in die Hoden. In Johanns Innerem schien etwas zu explodieren. Der Schmerz war übermächtig. Eine unerträgliche Übelkeit füllte alles aus. Er krümmte sich zusammen und wollte etwas sagen, doch aus seinem Mund kam nur ein klägliches Stöhnen. Er spürte Hände, die ihn an der Gurgel fassten und zudrückten. Er sah Marcos verzerrtes Gesicht ganz nah vor seinen Augen, hörte dessen wuterfüllte Stimme Wort für Wort.

»Die Nonna lügt mich nicht an. Und dir werden deine dreckigen Lügen im Hals stecken bleiben, *cazzo*.«

Johann bekam keine Luft mehr. Der Schmerz in seinem Unterleib rückte in den Hintergrund, verdrängt vom tonnenschweren Druck auf seiner Brust und einem anwachsenden Rauschen in den Ohren. Weit entfernt, wie durch Watte, hörte er Enzas gellendes Schreien:

»Lass ihn los! Du wolltest es doch mir besorgen. Aber wahrscheinlich kriegst du gar keinen hoch ...«

Plötzlich ließ der Druck nach, er konnte wieder atmen. Marco hatte von ihm abgelassen. Unter Qualen drehte er sich mühsam auf die andere Seite, um sehen zu können, was dort passierte.

Marco kniete über Enza. Mit der linken Hand raffte er ihr T-Shirt zusammen, in der rechten hielt er das Messer und durchtrennte das Gewebe mit einer einzigen Bewegung. Danach schnitt er ihren BH in der Mitte zwischen den Brüsten durch. Der Stoff klappte nach außen, Enzas Oberkörper war vollkommen entblößt.

»Du hast hier gar nichts zu sagen.« Er griff brutal an ihre Brust.

Enza lag wie erstarrt vor ihm. Sie hatte die Augen geschlossen.

Hilflos beobachtete Johann, wie Marco die Knöpfe ihrer Jeans abtrennte, genussvoll einen nach dem anderen. Er versuchte, ihr die Hose herunterzustreifen, merkte aber schnell, dass er an den Fesseln hängen blieb. Kurz entschlossen schnitt er das Klebeband durch, das um Enzas Fußgelenke und Unterschenkel gewickelt war, und riss ihr die Jeans mit einem Ruck von den Beinen. Bis auf die Unterhose war Enza jetzt nackt. Johann musste etwas tun.

»Eure Nonna hat euch belogen!«, rief er, so laut er konnte, und wechselte dabei instinktiv zum Du. »Sonst hätte sie euch erzählt, dass sie selbst zu den Verdächtigen gehörte. Nur weil die Polizei keine Beweise fand, wurden die Ermittlungen schließlich eingestellt.«

Es klappte. Marco, der gerade im Begriff gewesen war, Enzas Slip aufzuschneiden, ließ von ihr ab und kam zu ihm zurück. Diesmal nahm er die Faust und schlug Johann brutal ins Gesicht. Johann spürte den Schmerz und das Blut, wahrscheinlich hatte Marco ihm die Nase gebrochen.

»Was erzählst du da für einen Quatsch«, sagte Marco erstaunlich ruhig. »Warum sollte jemand ein Interesse daran gehabt haben, meine Eltern zu töten?«

»Weil deine Nonna Männer für ihre Rache brauchte. Weil dein Vater zu schwach dafür war. Weil sie dich und deinen Bruder unter ihrer Kontrolle haben wollte. Weil deine Eltern dabei nur gestört hätten.«

Johann bereitete sich innerlich auf den nächsten Schlag vor. Im Augenwinkel nahm er wahr, dass Enza sich seitlich zusammengerollt hatte und angespannt zuschaute.

Doch der Schlag kam nicht. Stattdessen schien Marco nachzudenken. Sein Blick wanderte unstet in der Küche umher. Unschlüssig ließ er die Klinge von Enzas Messer einschnappen und wieder herausklappen.

»Denk doch mal nach«, insistierte Johann in der Hoffnung,

ihn noch mehr aus dem Gleichgewicht zu bringen. »Wie wäre dein Leben wohl verlaufen, wenn deine Eltern nicht gestorben wären? Glaubst du, dass du all diese Menschen getötet hättest?«

Marco sah ihn direkt an. Seine Augen zuckten, wurden feucht. Zum ersten Mal erahnte Johann in diesem leeren Blick einen großen Schmerz. Doch der Moment dauerte keine zwei Sekunden. Dann hatte Marco sich wieder in der Gewalt. Ein höhnisches Lächeln erschien auf seinem Gesicht.

»Du redest Schwachsinn, du dämlicher Idiot. Aber es ist egal. Ich habe mich entschieden. Du bist als Erster dran.«

Er legte das Messer auf den Boden, stand auf und nahm eine Schlinge von einem Haken an der Wand.

Johann erkannte das mit Plastik ummantelte Drahtseil wieder. Mit der gleichen Wildschweinschlinge war Veronica erdrosselt worden. Er versuchte, sich wegzurollen, doch er hatte nicht die Spur einer Chance. Ohne dass er sich dagegen wehren konnte, legte Marco ihm die Schlinge um den Hals und zog sie langsam zu.

Wie viel Zeit hatten sie wohl gewonnen? Waren es zehn, vielleicht fünfzehn Minuten? Auf jeden Fall zu wenig, um von der Polizei gerettet zu werden.

Verschwommen nahm Johann wahr, dass Enza sich aufgerappelt hatte und auf wackeligen Beinen nach Marco zu treten begann. Der ließ das Drahtseil nur für einen Moment los, schleuderte Enza mit einem einzigen Schlag seiner Hand gegen die Wand, wo sie benommen liegen blieb, und zog die Schlinge wieder straff.

Wie in Zeitlupe registrierte Johann die Folgen des Sauerstoffmangels, fühlte den wachsenden Druck auf seiner Brust und erkannte voller Melancholie, wie ungefährlich dagegen seine Panikattacken gewesen waren. Er sah, wie Marco ihm forschend ins Gesicht blickte, hörte Enzas Stöhnen und spürte eine tiefe Trauer darüber, dass er mit ihr keine Zeit mehr verbringen würde.

Wie aus weiter Ferne hörte er das Echo eines dumpfen Knalls und merkte, dass er das Bewusstsein verlor. Das letzte, schemenhafte Bild vor seinen Augen war wie aus einem Alptraum: seltsamerweise das eitle Lächeln von Commissario Moreno.

* * *

Enza erlebte alles wie in Trance. Wie die Haustür sich mit einem Knarren öffnete und Commissario Moreno auf der Schwelle erschien. Wie Marco sofort das Messer nahm und sich auf den Eindringling stürzen wollte. Wie Moreno geistesgegenwärtig das Gewehr an der Wand ergriff und schoss.

Danach war es still. Marco lag rücklings auf dem Boden. In seiner Brust klaffte eine riesige Wunde, ein tellergroßer Krater, aus dem Blut floss. Schräg daneben lag Johann mit bläulich angelaufenem Gesicht, die Drahtschlinge fest zugezogen um seinen Hals. Er sah aus wie tot. Oder war er noch dabei zu ersticken?

Enza war immer noch benommen von Marcos Schlag. Mühsam robbte sie zu Johann und drehte ihm den Rücken zu. Mit ihren gefesselten Händen tastete sie nach der Drahtschlinge, bekam die Schlaufe zu fassen, zerrte verzweifelt daran und schaffte es irgendwie, das unter Spannung stehende Drahtseil zu lösen.

Mit einem pfeifenden Geräusch schnappte Johann nach Luft. Er atmete wieder, er lebte.

Voller Erleichterung sah Enza sich um. Moreno stand auf der Schwelle, starrte schamlos auf ihren entblößten Körper und verzog seine Lippen zu einem Grinsen.

»Perfektes Timing, oder?«, sagte er und schloss die Tür hinter sich.

Ihre Erleichterung war mit einem Schlag verflogen, stattdessen fühlte Enza eine große Leere. Marco war tot, der Alptraum der letzten Stunden hatte ein Ende. Aber als Retter war ausgerechnet der Mann erschienen, den sie abgrundtief hasste, der Polizist, der sie damals erniedrigt und gefoltert hatte.

»Wer ist das?«, fragte Moreno und deutete mit der Flinte auf den toten Marco.

»Das ist Marco Testa, der Zwillingsbruder von Antonio Testa«, antwortete Enza. »Er hat Franca ermordet. Aber Sie wussten ja nicht einmal, dass es einen Zwillingsbruder gibt.« Moreno nickte mechanisch. Er machte keinerlei Anstalten, Enza zu antworten oder ihre Fesseln zu lösen. Stattdessen setzte er sich auf einen der beiden Küchenstühle, das Gewehr weiter in der Hand, und starrte auf ihren Busen.

Angewidert drehte sich Enza von ihm weg. Sie verspürte nicht die geringste Lust, den Commissario um etwas zu bitten.

Johanns Stöhnen lenkte sie ab, er kam wieder zu sich. Er sah fürchterlich zugerichtet aus. Rund um seinen Hals zog sich ein blaurotes Hämatom. Seine Nase war dick geschwollen und blutverkrustet. Er öffnete die Augen und sah Enza an.

»Was ist passiert?«, fragte er.

»Marco ist tot.« Auf dem Boden nicht weit von Johanns Kopf entfernt entdeckte Enza ihr Messer. Im Augenwinkel registrierte sie, dass Moreno weiterhin reglos auf seinem Stuhl saß. Kurz entschlossen griff sie nach der Waffe.

»Komm, Johann«, sagte sie. »Ich habe mein Messer gefunden. Wenn ich es ruhig am Griff halte, glaubst du, du kannst deine Fesseln an der Klinge aufschneiden?« Sie kauerte hinter ihm nieder.

»Okay, wir versuchen es«, sagte Johann, der mit dem Gesicht zur Wand lag. In seinem Blickfeld befanden sich weder Moreno noch Marco. Enza spürte hinter ihrem Rücken, wie er vorsichtig mit seinen Fingern nach der Klinge fühlte und im Anschluss seine Handgelenke mit dem Klebeband an der Schneide auf und ab bewegte. Es funktionierte. Innerhalb kürzester Zeit hatte er das Tape durchgeschnitten und konnte seine Hände befreien.

Erst jetzt drehte er sich um und erstarrte. Sein Blick war

auf den Commissario gefallen, der seelenruhig dasaß und sich an ihren Bemühungen zu ergötzen schien.

***

Johann spürte sofort, dass etwas an dieser neuen Situation ganz und gar nicht stimmte.

»Was soll das, Moreno?«, fragte er. »Warum helfen Sie uns nicht mit den Fesseln?«

»Immerhin habe ich Ihnen gerade das Leben gerettet«, antwortete Moreno süffisant.

Johann begriff, dass sie weiterhin in höchster Gefahr schwebten. Schnell nahm er Enza das Messer aus der Hand und beeilte sich, zunächst seine Fußfesseln zu durchschneiden, danach auch das Klebeband, das Enzas Hände umfing. Er legte das Messer zur Seite und half ihr, das Tape abzuziehen. Dabei ließ er Commissario Moreno nicht aus den Augen.

Als Enza sich erhob und ihre Handgelenke massierte, nahm Moreno das Gewehr und legte scheinbar spielerisch auf sie an. Johann machte sofort einen Schritt zur Seite und stellte sich instinktiv vor Enza.

»Was haben Sie vor?«, fragte er. »Wie haben Sie uns überhaupt gefunden?«

»Ganz einfach. Ich habe Ihre Handys orten lassen. Als Sie beide in diesem Haus hier zusammenkamen, schien mir der perfekte Zeitpunkt, um einzugreifen.«

Johann analysierte die Lage klar und deutlich. Falls Raffaella die Polizei alarmiert hatte, wäre eine komplette Einsatzgruppe hier aufgeschlagen. Moreno dagegen war allein. Außerdem hatte er keinerlei rechtliche Handhabe, ihre privaten Mobiltelefone überwachen zu lassen.

Es gab nur eine mögliche Erklärung dafür: Commissario Moreno war nicht auf der Suche nach Francas Mörder gekommen, sondern auf der Jagd nach Enza und ihm. Er wollte verhindern, dass ihn seine schmutzige Vergangenheit einholte.

Er war hier, um das Risiko auszuschließen, dass Johann ihn beim Polizeipräsidenten anschwärzen und ihm die Karriere versauen konnte. Wahrscheinlich hatte Moreno sogar erkannt, dass es sich bei Enza um sein Folteropfer von damals handelte.

»Ihre blonde Freundin hatte damals lange braune Haare«, sagte Moreno, als habe er Johanns Gedanken gelesen. »Ich habe eine Weile gebraucht, um zu begreifen, woher Sie Ihre Informationen bekommen haben.«

Er schwieg und strich sich nachdenklich die gegelten Haare mit der linken Hand hinters Ohr. Die Rechte hielt bedrohlich das Jagdgewehr.

Johann sah sich nach einer Waffe um. Das Messer war verschwunden. Enza hockte neben ihm auf dem Boden. Sie hatte ihre Knie an die Brust gezogen und hielt sie mit den Armen umschlungen. In ihrem Blick sah er eine Mischung aus Hass und Angst. Er suchte mit den Augen den Boden ab. Irgendwo musste das Messer doch liegen.

Moreno interpretierte dies offenbar als Vorstufe einer Aktion. Er nahm das Gewehr in beide Hände und richtete es auf Johann.

»Bleiben Sie, wo Sie sind. Am besten setzen Sie sich neben Ihre reizende Freundin auf den Boden.«

Johann blieb nichts anderes übrig. Er hockte sich neben Enza und legte einen Arm um ihre Schultern. Sie zitterte.

Moreno stand auf und ging zu Marcos Leiche. Mit dem Lauf des Gewehrs stieß er gegen dessen Kopf, als wollte er testen, ob der Mann wirklich tot war.

»Ich hätte den Typen die Drecksarbeit erledigen lassen sollen«, sagte er nachdenklich. »Auf der anderen Seite: Wenn ich hier fertig bin, wird niemand daran zweifeln, dass der gesuchte Massenmörder noch zwei weitere Menschen tötete, bevor der tapfere Commissario ihn erschießen konnte.«

Johann fühlte, dass etwas in Enzas Körper zuckte. Er drehte den Kopf zu ihr. Sie starrte auf das Gewehr in Morenos Händen und wirkte unheimlich fokussiert.

Jetzt bloß keine Dummheiten, dachte er und drückte sie fester an sich.

»Wir können über alles reden«, sagte er zu Moreno. »Ich muss Sie ja nicht anzeigen.«

Oben auf der Empore knackste eine Diele. Moreno fuhr herum und fixierte den großen Spiegel oberhalb der Treppe. Bevor Johann den Moment der Ablenkung ausnutzen konnte, richtete Moreno seinen Blick wieder auf ihn.

»Es geht nicht darum, ob Sie es tun. Es geht darum, dass Sie es jederzeit tun könnten«, sagte er verächtlich. »Und Sie werden sicherlich verstehen, dass ich mit dieser Möglichkeit nicht leben möchte.«

Johann sparte sich eine Antwort. Aufmerksam behielt er die Empore im Blick. Er hatte sich schon die ganze Zeit gefragt, wo Gina Testa blieb. Es war schwer vorstellbar, dass sie den Schuss nicht gehört hatte und weiter in ihrer Kammer vor sich hin betete. Saß sie womöglich hinter dem Spiegel und beobachtete die Situation?

Erneut spürte er, wie Enza ihre Muskeln anspannte. Er legte den Arm noch fester um ihre Schultern und bemühte sich verzweifelt, Moreno ins Gespräch zu verwickeln:

»Wollen Sie gar nicht wissen, wie viele Menschen Marco insgesamt auf dem Gewissen hat? Interessieren Sie sich nicht einmal für die Hintergründe?«

»Ach, das werden meine Kollegen schon noch herausbekommen. Aber ich finde, wir haben genug geredet, Dottore. Ich sage hiermit: *ciao ciao.*« Er hob die Flinte und zielte auf ihn.

Johann fühlte sich wie gelähmt. Moreno stand drei Meter entfernt, also zu weit weg, um irgendetwas versuchen zu können.

Dann ging alles sehr schnell. Enza sprang auf, das Messer in ihrer rechten Hand, und lief auf Moreno zu. Der schwenkte geistesgegenwärtig den Flintenlauf herum und schoss. Enza fiel schreiend zu Boden. Ihr linker Oberschenkel war getroffen, aus einer riesigen Wunde spritzte Blut. Das Messer hatte sie fallen lassen.

Johann griff danach und wollte sich auf Moreno stürzen. Doch es war zu spät. Der Commissario zielte seelenruhig auf seinen Kopf und drückte ab.

Es machte »Klick«.

Innerhalb eines Sekundenbruchteils begriffen beide Männer, dass es sich nicht um einen Aussetzer handelte, sondern dass eine doppelläufige Jagdflinte nur zwei Schüsse hatte und danach neu geladen werden musste.

Eine enorme Wut gab Johann Kraft. Brüllend und mit erhobenem Messer rannte er auf Moreno zu. Der stoppte ihn mit einem Tritt in den Bauch und schlug ihm mit dem Gewehrkolben das Messer aus der Hand. Ein zweiter Hieb mit dem Gewehr traf Johann gegen das Kinn. Rücklings stürzte er zu Boden. Sein Hinterkopf schlug hart auf einer Schieferplatte auf. Er wollte so schnell wie möglich wieder aufstehen, doch seine Beine gehorchten ihm nicht mehr. Auf dem Rücken liegend, sah er, wie Moreno das Gewehr fallen ließ, seelenruhig das Holster unter seinem Sakko öffnete, nach seiner Pistole griff, entsicherte und auf ihn anlegte. Sein Mund bewegte sich, Johann konnte nicht verstehen, was er sagte. Enzas Schreie übertönten alles.

Plötzlich nahm Johann hinter Moreno eine Bewegung wahr. Ein dunkler Schatten vor der hellen Wand. Gina Testa, die mit raschen Schritten die Treppe herunterkam.

Die Zeit schien für einen Moment stehen zu bleiben. Wie in einem Film, der stark verlangsamt Bild für Bild abspielt, erlebte er die letzte Rache der Nonna. Im Vorbeigehen griff sie am Kamin nach ihrer rostigen Spaltaxt und näherte sich Moreno zielstrebig von hinten. Ehe er abdrücken konnte, schlug sie ihm mit einem energischen Hieb das Beil in den Schädel.

Moreno fiel zur Seite, wie eine Marionette, deren Fäden mit einem Schnitt gekappt wurden. Gina Testa beugte sich kurz über die Leiche ihres Enkels, faltete die Hände, schlug ein

Kreuz. Dann sah sie Johann an, mit leeren, traurigen Augen, ein kurzer, intensiver Moment. Sie drehte sich um und stieg die Stufen langsam wieder hoch.

✳✳✳

Enza schrie nicht mehr, sie hatte das Bewusstsein verloren. Johann beschloss, den Schmerz in seinem Hinterkopf zu ignorieren, und rappelte sich auf.

Die Schusswunde war ein Alptraum. Er hatte keine Ahnung, welche Art von Munition so zerstörerisch wirkte. Das Loch in Enzas Bein war jedenfalls größer als eine Männerfaust, ein blutiges Chaos aus Fleischfetzen, Sehnen und Knochensplittern. Ein leicht pulsierender Blutstrahl zeigte ihm an, dass die Arterie verletzt war. Wenn er diese Blutung nicht sofort stoppen konnte, würde Enza innerhalb weniger Minuten sterben.

Für einen kurzen Moment fühlte er sich wie paralysiert. Vor seinem inneren Auge rasten die Bilder der vergangenen Tage vorbei: Hülya, die er als Notarzt hatte verbluten lassen. Franca, deren Körper die Piranhas zerfleischt hatten. Veronica, gequält und erdrosselt. Enza und ihr ruhiges Lächeln, als er mit ihr geschlafen hatte. Er wusste, er musste handeln, und spürte die Angst vor dem Versagen. Jetzt eine Panikattacke und alles war verloren.

Eine Berührung brachte ihn zur Besinnung. Enza war zu sich gekommen, drückte seine Hand, sah ihn an.

Er ließ ihre Hand los und begann zu funktionieren. Innerhalb weniger Sekunden öffnete er alle Türen und Schubladen des Küchenschranks, fand zwei Stapel mit Geschirrtüchern und Tischdecken. Ohne nachzudenken, riss er ein langes Tuch in dünne Streifen, wickelte diese mehrfach um Enzas Oberschenkel oberhalb der Wunde und schnürte das Bein ab. Nachdem er die Knoten festgezogen hatte, war der pulsierende Blutstrahl zu einem Rinnsal zusammengeschmolzen. Er knüllte ein weiteres Tuch zusammen, stopfte es in die Wunde und band eine zerrissene Tischdecke fest darum. Mehr konnte er ohne medizinische Ausrüstung nicht tun.

Er fühlte Enzas Puls. Sie hatte viel Blut verloren, ihr Blick ging durch ihn hindurch ins Leere, sie schloss die Augen. Ihr Zustand war mehr als ernst. Sie musste so schnell wie möglich ins Krankenhaus, Bluttransfusionen bekommen, operiert werden. Johann war sich nicht sicher, ob die Ärzte ihr Bein würden retten können. Wenn sie diesen Schlamassel überhaupt überlebte.

Er sah sich um. Die Küche war ein groteskes Schlachtfeld. Auf dem Boden lagen zwei blutüberströmte Leichen, dazwischen eine Schwerverletzte, deren notdürftiger Verband sich langsam rot färbte. Wichtig war jetzt vor allem eines: Wie konnte er schnellstmöglich ärztliche Hilfe bekommen? Nirgendwo im Haus hatte er zuvor ein Telefon gesehen. Und die beiden Handys lagen zerschmettert in einer Ecke.

Er überlegte, ob er es schaffen würde, Enza in den Dienstwagen zu packen und mit ihr ins Tal zu fahren. Doch als er die Haustür öffnete, war das Auto verschwunden. Ihm kam der Gedanke, dass Moreno ein Handy dabeihaben musste. Er begann, dessen Taschen zu durchwühlen, als er ein Geräusch vernahm. Ein dumpfes Brummen, das immer lauter wurde, der Rotor eines Helikopters. Er schleppte sich wieder nach draußen und erblickte einen Polizeihubschrauber im Landeanflug.

Mit letzter Kraft ging er zurück ins Haus, setzte sich neben Enza und griff nach ihrer Hand.

Epilog

Zwei Wochen später

Die Sonne strahlte aus einem klaren blauen Himmel, und ein kühler Wind fegte durch die Gassen von Genua, als er Enza endlich besuchen durfte. Fast eine Woche lang hatten die Ärzte um ihr Leben gerungen, hatten sie wegen des hohen Blutverlustes vorübergehend in ein künstliches Koma versetzt und außerdem eine üble Infektion bekämpft, um ihr Bein zu retten. In der Zwischenzeit war Johann mehrere Male von der Kripo befragt worden, zweimal in Anwesenheit des Polizeipräsidenten. Er hatte weitgehend wahrheitsgemäß berichtet, was passiert war, nur seine persönliche Bekanntschaft mit der ermordeten Prostituierten ausgelassen. Er war damit durchgekommen. Seine Schilderung der Ereignisse entsprach der Spurenlage. Morenos Fingerabdrücke fanden sich auf Tonis Jagdflinte. Außerdem bewiesen Schmauchspuren an den Händen des Commissario, dass er mit dem Gewehr tatsächlich geschossen hatte. In der Zwischenzeit war durch polizeiinterne Ermittlungen auch bestätigt worden, dass Moreno zu den Folterern in der Bolzaneto-Kaserne gehört hatte. Johann war vollkommen rehabilitiert.

»Sie haben den Fall aufgeklärt, Dottore«, hatte der Präsident anerkennend zu ihm gesagt. »Aber Sie hatten auch verdammt viel Glück. Sie haben ja nicht nur Ihr eigenes Leben riskiert, sondern auch das von Signora Marconi. Warum mussten Sie all diese Recherchen allein vorantreiben? Sie hätten uns miteinbeziehen müssen.«

»Ich wusste nicht, wem ich trauen konnte«, hatte Johann einsilbig geantwortet. »Ich hatte das Gefühl, dass in der Questura alle sehr eng zusammenhielten.«

»Das wird sich ändern, glauben Sie mir«, hatte der Polizeipräsident mit ernstem Blick geantwortet und ihm geraten, zwei Wochen freizunehmen.

Johann hatte den Urlaub genommen und die Zeit genutzt. Zuerst war er zum Arzt gegangen. Der Kollege, der ihm die gebrochene Nase richtete, fragte ihn neugierig nach dem Strangulationsmal um seinen Hals, was er aber freundlich ignorierte. Er war noch einmal in Castelbianco gewesen und hatte ein langes Gespräch mit Pfarrer Don Giorgio geführt. Er hatte sich von Kollegen in Deutschland weitere Akten schicken lassen. Und er war regelmäßig mit Guido zusammengekommen, der für ihn die letzten fehlenden Puzzlestücke des Falls recherchiert hatte.

Als Johann jetzt den Krankenhausflur entlangging, dachte er mit Wärme darüber nach, welch freche, aber vor allem raffinierte Idee sein Assistent gehabt hatte, um ihn vor weiteren unangenehmen Fragen der Polizei zu bewahren. Am selben Tag, als Enza und er in Castelbianco zwischen Leben und Tod geschwebt hatten, war im Institut ein peinlicher Skandal bekannt geworden: Sämtliche im Labor untersuchten DNA-Spurenträger wiesen eine Übereinstimmung mit der hauseigenen Datenbank auf. Alle Proben trugen den genetischen Fingerabdruck des Institutsleiters, Johann Sorbello. Da er aber nicht an sämtlichen Tatorten gewesen sein konnte, gab es dafür nur eine Erklärung. Es hatte eine massive Verunreinigung gegeben. Irgendwie war Johanns DNA in das hermetisch abgeriegelte Labor gelangt und hatte alles verseucht. Soweit er wusste, hatten Garzetti und seine Mitarbeiter die Fehlerquelle noch nicht gefunden.

Sie konnten ja nicht ahnen, dass der Missetäter aus dem eigenen Haus kam. Zwei Haare vom Schreibtischstuhl des Chefs waren alles, was nötig gewesen war. Guido hatte sie zu feinem Staub zermahlen und diesen Staub heimlich mit einem kleinen Blasebalg gezielt im Labor versprüht. Dass Johanns DNA auch den Proben aus der Wohnung der ermordeten Prostituierten anhaftete, schien in diesem Zusammenhang nur logisch. Nachdem Guido ihm all das mit spitzbübischem Lächeln erzählt hatte, war Johann aufgestanden und hatte ihn fest umarmt.

Jetzt klopfte ihm das Herz, als er sich der Tür näherte, hinter der Enza lag. Er wusste, es war ein Einzelzimmer, und nahm an, dass ihr Vater dafür gesorgt hatte. Auch Gianni Marconi hatte er vor ein paar Tagen in seiner protzigen Firmenzentrale besucht, in der Hoffnung, eines der letzten verbleibenden Rätsel lösen zu können. Warum war Franca am Abend ihres Todes auf das Schiff gegangen und hatte den Olivenöltank geöffnet? Sie hatte das Geld für ihre Erpressung doch schon bekommen. Wollte sie weiteres Material sammeln, um Marconi noch ein zweites Mal unter Druck zu setzen?

»Sie hatte Zugang zu allen Schlüsseln«, hatte Marconi erklärt. »Also konnte sie jederzeit auf das Schiff gehen und die Luke öffnen. Aber was sie dort wollte? Keine Ahnung.«

Dieses Rätsel blieb also ungelöst. Dafür hatte ihm Marconi erzählt, dass die Guardia di Finanza tatsächlich Ermittlungen gegen seine Firma aufgenommen hatte, nachdem das Öl aus seinem Schiff als tunesisches Chemlali-Öl identifiziert worden war.

»Aber ich habe schon dafür gesorgt, dass die Sache nicht so schlimm wird.« Marconi hatte das breite selbstgefällige Grinsen aufgesetzt, das Johann schon vertraut war. »Ein Freund von mir arbeitet im Handelsministerium. Er kennt den leitenden Ermittlungsrichter aus Kindertagen. Es wird wohl darauf hinauslaufen, dass ich mit einem Bußgeld in Höhe der Steuerschuld davonkomme. Apropos Geld … Sie haben nicht zufällig die hundertfünfzigtausend Euro gefunden, die Franca von mir erpresst hat?« Diese Frage hatte er zum Schluss gestellt.

Johann hatte nur mit dem Kopf geschüttelt. Die Tasche mit dem Geld lag in seiner Wohnung. Er hatte sie einfach mitgenommen, nachdem der Hubschrauber mit Enza davongeflogen war. Er selbst war von einem Krankenwagen nach Hause gebracht worden, sein Gepäck erregte keinen Verdacht. Er hatte der Polizei nichts von der Erpressung erzählt. Das

Geld wäre sonst beschlagnahmt und später an Enzas Vater zurückgegeben worden. Nach allem, was er über Marconis Betrug wusste, wollte ihm dieser Gedanke einfach nicht gefallen. Stattdessen dachte er darüber nach, das Geld anonym zu spenden. Sobald es Enza wieder besser ging, würde er mit ihr gemeinsam eine Idee entwickeln.

Johann drückte die Klinke und trat ein. Der Raum war groß und hell, das Krankenbett stand direkt am Fenster. Enzas Augen waren geschlossen, sie schien zu schlafen. Ihr linkes Bein lag erhöht auf einer Schaumstoffunterlage, eingespannt in ein furchteinflößendes Gestell aus Edelstahl. Morenos Schuss hatte nicht nur den Muskel zerfetzt, sondern auch Enzas Oberschenkelknochen zertrümmert. Zusätzlich zu dem externen Fixateur hatten ihr die Chirurgen deshalb eine Titanschiene eingesetzt. Große Narben würden bleiben, doch die Ärzte waren sich sicher, dass Enza in einigen Monaten wieder normal würde laufen können.

Johann setzte sich leise auf einen Stuhl und sah sie an. Enza war extrem blass und wirkte dadurch jünger. Behutsam strich er ihr mit der Rückseite seiner Finger über die Wange, ihre Zerbrechlichkeit rührte ihn.

Wie viel würde er ihr wohl heute von seinen Recherchen erzählen? Wahrscheinlich interessierte sie sich besonders für Tonis Geschichte. Dessen Beichtvater, Don Giorgio, hatte sich zunächst geweigert, mit Johann zu sprechen.

»Das Beichtgeheimnis ist unverletzlich, auch nach dem Tod des Sünders«, hatte er voller Empörung gesagt.

Doch nach zwei Flaschen Rotwein war der Widerstand des Priesters gebrochen. Am Ende hatte sich ein rührseliger Don Giorgio sogar erleichtert gezeigt, dass er mit seinem furchtbaren Wissen nicht mehr allein war.

Demnach waren die Zwillingsbrüder zunächst gemeinsam zu Mördern geworden. Mit sechzehn Jahren hatten sie Rodolfo Ermia im Dorfteich von Castelbianco ertränkt, ein Jahr darauf das zweite italienische Opfer in Albenga getötet. Beim

nächsten Mord machte Toni aber nicht mehr mit. Paolo Bergamaschi, der dritte Italiener auf dem Galgenfoto, war schon in den achtziger Jahren gestorben. Gina Testa hatte deshalb verlangt, dass dessen Sohn Nino getötet werden sollte. Toni hatte dagegen protestiert. Warum sollte der Sohn für die Tat des Vaters büßen? Doch Gina Testa kannte kein Erbarmen. »Rache endet nicht mit dem Tod«, hatte sie gesagt. »Rache muss vollständig sein.«
Toni hatte sich trotzdem beharrlich geweigert und war mit Franca für immer nach Genua gegangen. Sein Bruder Marco hatte gehorcht und alle weiteren Morde von nun an allein begangen.

Johann kannte inzwischen auch die gerichtsmedizinische Akte des dritten deutschen Soldaten. Rudolf Müller hatte in Süddeutschland gelebt und war im Jahr 2013 unter mysteriösen Umständen ertrunken. Auch bei ihm war die Zahnlücke dokumentiert.

Was Don Giorgio über Tonis letzte Stunden erzählt hatte, war Johann noch einmal besonders unter die Haut gegangen. In der Nacht, als er Franca ermordete, hatte Marco seinen Bruder angerufen und zum Schiff beordert. Dort zeigte Marco ihm die Leiche seiner Freundin und brüstete sich stolz damit, dass er sie vorher vergewaltigt hatte. Geschockt, erstarrt und unfähig, sich zu wehren, gehorchte Toni noch Marcos Befehl, ihm seinen Schlüssel zum Aquarium zu geben. Am nächsten Morgen erschien er vollkommen verzweifelt bei Don Giorgio. Er erzählte dem alten Beichtvater die entsetzliche Geschichte seines Lebens und bat um Vergebung seiner Sünden.

»Ego te absolvo«, lautete die pflichtgemäße Reaktion des Priesters. »Ich spreche dich frei.«

Was Toni nicht davon abhalten konnte, seinen letzten Weg zu gehen. Sein Lebenswille war erloschen. Er stieg auf den Berg, um sich in die Tiefe zu stürzen.

Ziemlich rätselhaft blieb dagegen die Tatsache, dass die Polizei nichts von der Existenz der Zwillingsbrüder erfahren hatte. Tatsächlich tauchte nur Toni im Geburtsregister auf. Sehr wahrscheinlich hatte Gina Testa die Behörden von Anfang an an der Nase herumgeführt. Wie allerdings trotzdem beide Enkel zur Schule gehen konnten, blieb das Geheimnis einer chaotischen italienischen Bürokratie.

Enza öffnete die Augen. Johann küsste sie sanft auf die Wange. Sie überraschte ihn ohne jede Vorwarnung mit einer Frage:

»Glaubst du, Gina Testa hat ihren eigenen Sohn umgebracht?«

Er musste lachen. »Hallo, mein Schatz, was für eine nette Begrüßung. Ist das alles, was dir durch den Kopf geht?«

»Ich denke über nichts anderes nach, seitdem ich aus der Narkose aufgewacht bin. Wie du Marco diese irre Geschichte mit den durchgeschnittenen Bremsleitungen erzählt hast. Und dass er darauf auch noch so emotional reagiert hat. Wie bist du bloß auf diese verrückte Idee gekommen?«

»Ich wusste ja, dass die Eltern von Toni und Marco bei einem Autounfall ums Leben gekommen waren. Und so habe ich mir einfach etwas ausgedacht. Aber wir wissen jetzt, dass die Bremsen in Ordnung waren. Guido hat die Akte aus dem Archiv ausgegraben. Demnach gab es keine technischen Mängel. Und trotzdem stürzte das Auto ohne jede Bremsspur in eine tiefe Schlucht. Man hatte allerdings den Verdacht, dass die beiden Opfer betäubt worden waren. In ihrem Blut wurden Spuren eines Schlafmittels gefunden. Es gab also tatsächlich Ermittlungen, aber nicht gegen Gina Testa, sondern gegen unbekannt. Die Polizei fand weder mögliche Täter noch ein Motiv. Also wurde das Ganze ohne Ergebnis eingestellt.«

Enza hatte ihm aufmerksam zugehört. Sie schloss die Augen, als wollte sie die dramatischen Ereignisse im Haus der Nonna noch einmal vor ihrem inneren Auge ablaufen lassen.

»Vielleicht gesteht sie ja noch«, sagte sie nachdenklich. »Sie hat doch nichts mehr zu verlieren, nachdem ihre Rache vollendet ist und beide Enkel tot sind.«

»Sie ist tot«, sagte Johann leise. »Nachdem sie Moreno mit der Axt erschlagen hatte, ging sie hoch in ihre Kammer und erhängte sich an einem Balken. Irgendwie passt das zu ihr. Wenn Frauen sich töten, wählen sie normalerweise weiche Methoden wie Tabletten oder Gift. Sich zu erhängen beinhaltet eine ungeheure Aggression und gilt als etwas typisch Männliches.«

Enza nickte schweigend.

»Weißt du, worüber ich seit zwei Wochen nachdenke?«, fragte Johann. »Als du mit deinem Messer aufgesprungen bist, wusstest du in dem Moment, dass Moreno nur noch einen Schuss hat?«

Sie lächelte. »Ja. Oben in der Hütte hat mir Marco erzählt, wie er dich erschießen wollte. Dabei hat er immer nur vom ersten und vom zweiten Schuss gesprochen. In der Situation habe ich auch wahrgenommen, dass die Flinte zwei Läufe hatte. Als Moreno dann genau dieses Gewehr in der Hand hielt, dachte ich mir: Wenn er zuerst Johann trifft, habe ich als Frau keine Chance. Du bist der Mann, du bist stärker. Also bin ich aufgesprungen.«

Johann drückte tief gerührt Enzas Hand.

»Es ist schön, dich zu sehen«, sagte sie.

Johanns Telefon summte, eine SMS, ob er heute Abend Zeit hätte. Wortlos steckte er das Handy wieder in die Tasche.

Raffaella hatte tatsächlich die Polizei alarmiert. Und zwar mit solchem Nachdruck, dass der lebensrettende Helikopter aufgestiegen war. Vor ein paar Tagen hatte er die hübsche Neurologin angerufen, um sich bei ihr zu bedanken. Er war überrascht gewesen, dass er sie viel sympathischer fand als bei ihrem ersten Zusammentreffen.

Das Thema der Frauen in seinem Leben blieb kompliziert. Er hatte viel darüber nachgedacht. Sein Gefühl für Enza war intensiv und leidenschaftlich, aber auch bedrohlich. Je näher der Termin des ersten Wiedersehens gerückt war, desto mehr Sorgen hatte er sich gemacht. Ob sie wohl zu viel von ihm erwartete?

Er vermisste Veronica, ihre Ruhe, ihre Weichheit, ihre selbstverständliche Art, einfach für ihn da zu sein. In der vergangenen Nacht war er mit einer Panikattacke aufgewacht. Auch das blieb ein Problem, mit dem er sich weiter herumschlagen musste.

»Ich freue mich, bei dir zu sein«, sagte er.

Jetzt war nicht die Zeit für solche Themen. Enza musste sich erst einmal erholen, Kraft tanken, wieder auf die Beine kommen. Dann würde er mit ihr über alles reden.